담화공동체와 장르 글쓰기 교육

담화공동체와 장르 글쓰기 교육

민정호 지음

보고사
BOGOSA

머리말

　'신입생의 입학'이라는 '사건'은 매년 거의 '모든 곳'에서 발생한다. 이 사건이 중요한 이유는 신입생은 말 그대로 '新入'이라서 공동체에서 요구하는 능력을 갖추고 있지 못하고, 무엇보다 이 능력을 향상시킬 수 있는 교육이 제공되지 못하면, '부적응'을 경험한다는 것이다. 여기서 한 가지 더 고려해야 할 부분이 있다면, 이 '신입생'이 '외국인'인 경우이다. 이국의 낯선 문화와 언어는 '부적응'을 유발시키기에 최적의 조건을 만든다. 필자가 '담화공동체'와 '유학생'에 주목하는 이유는 바로 여기에 있다. 대학교라는 담화공동체에 입학한 유학생은 외국인이면서 신입생이라는 독특한 위치에 있기 때문이다.

　유학생이 새로운 공동체에서 '적응'하도록 하려면, 유학생의 '학습자 요구'를 정리함과 동시에 그들이 입학한 공동체의 특징부터 정리할 필요가 있었다. 유학생은 '글쓰기'에서 가장 큰 어려움을 겪고 있었고, 무엇보다 담화공동체는 그들만의 '장르'로 소통한다는 특징이 있었다. 그러니까 '그들만의 장르'와 '글쓰기의 어려움'은 예정된 결합인 것이다. 그러므로 유학생의 적응을 위한 해결책을 제안한다면 담화공동체에서 요구하는 장르 글쓰기를 해결할 수 있는 교육 방안 설계에서부터 출발해야 한다고 판단했다. 그런데 여기서 다시 발생하는 문제는 담화공동체에서 소통한다는 그 '장르'가 무엇이냐는 것이었다.

　장르가 무엇이냐는 질문에 대한 대답을 찾기 위해서 필자가 주목한 것은 1992년 캐나다에서 열린 'Rethinking Genre'라는 국제 학술대회였다. 이 학술대회는 비문학 텍스트에 대한 장르 연구를 집중 조명한 최초의 학술대회인데, 장르 연구의 큰 흐름을 신수사학파, 특수 목적 영어, 시드니학파 이렇게 3개로 나누었다. 이와 같은 이유로 필자는 신수사학파, 특수 목적 영어, 시드니학파의 주요 연구자들과 그들의 논문들을 찾아 읽고 장르의 특징과 의미를 탐구하기 시작했다. 그리고 이 각 학파들의 핵심 개념과 교육법을 중심으로 한국의 유학생을 위한 장르 글쓰기 교육 방안을 설계했는데, 이 책에는 이 연구 결과들이 담겨 있다.

간단하게 이 책의 내용을 소개하면, 1장에는 학술적 담화공동체의 개념과 필자 정체성 형성·강화와 관련된 연구들이 담겨 있다. 단순히 수동적인 자세로 담화관습을 따라하는 데 그치는 글쓰기가 아니라 자신의 목소리를 당당하게 피력하는 '저자 주체'로서의 장르 글쓰기도 중요하기 때문이다. 2장은 신수사학파의 장르 인식과 장르 업테이크, 3장은 특수 목적 영어의 CaRS 모형과 장르 분석, 4장은 시드니학파의 맥락과 장르 교육법 등을 중심으로 장르 글쓰기 교육 방안을 다룬다. 마지막으로 5장은 대학원 유학생의 학습자 특수성을 고려해서 WAW와 캡스톤 디자인을 적용한 장르 글쓰기 교육 방안을 모색한다.

이 책에 실린 논문들은 모두 2019년부터 2022년까지 학술지에 게재된 13편의 논문들로, 논문에 따라 중폭의 수정을 거친 것도 있고, 간단히 윤문만 진행한 것도 있다. 이 논문들은 혼자 공부한 내용을 중심으로 완성되었지만, 논문의 질적 제고를 위해서 기꺼이 논문을 읽고 함께 고민해 준 동료들의 노력도 있었다. 그 동료들은 동국대학교 국어국문학과 한국어교육 전공 박사 과정의 최유신, 백수혜, 이바른, 김지영, 위약요, 왕중기 선생님, 그리고 석사 과정의 김정연, 오준호, 권미령, 이지수 선생님, 마지막으로 내가 쓴 논문의 첫 번째 비평가 아내 장지연 선생님이다. 이 분들 덕분에 담화공동체의 위력을 새삼 실감할 수 있었다. 이 지면을 빌려 진심으로 감사의 말을 전한다. 또한 낯선 장르 글쓰기를 해결하기 위해서 도서관과 RISS를 분주하게 오가고 있을 56명의 논문 전사, 내 '지도 학생'들에게도 고마운 마음을 전한다. 지금도 결단코 좋은 선생님은 아니지만, 죽는 날까지 좋은 선생님이기를 포기하지 않겠다고 다짐하며 글을 마친다.

2022년 7월 민정호 씀.

목차

Ⅱ. 신수사학파와 장르 글쓰기 교육

III. ESP와 장르 글쓰기 교육

Ⅳ. 시드니학파와 장르 글쓰기 교육

Ⅴ. 학습자 특수성과 장르 글쓰기 교육

I

학술적 담화공동체와
필자 정체성

학술적 담화공동체의 개념과 학술적 글쓰기 교육에서의 의미

1. 머리말

'장르(Genre)'는 서정, 서사, 극처럼 '역사적으로 인식된(historically perceived)' 텍스트들에 대한 일종의 목록화를 의미하는데, 전통적으로 '문학' 분야에서 주로 사용되어왔다(Todorov, 2000:198). 그래서 1990년에 John Swales가 『Genre Analysis』(이하 Swales(1990))를 출판했을 때, 문학계에서는 비판적 논평이 많았다. 하버드대학교 영문학과 교수였던 Marius는 Swales(1990)에 대한 논평에서 Swales가 사용한 '용어'들이 인문학과 비교할 때 품위가 없고, 이 책에서 정리한 수사적 규칙은 마치 기술자들의 용법처럼 '언어적 기법(mechanics of language)'만을 강조한다고 비판했다(Marius, 1991:458). 그렇지만 현재 '장르'는 Swales(1990)의 공헌으로 응용언어학 분야에서 폭넓게 쓰이는 '대중적 용어(everyone's lips)'가 되었다(Freedman & Medway, 1994).

Hyon(1996)은 L1과 L2를 모두 포함해서 장르 연구에 대한 이론적 틀을 크게 영국에서 시작된 '특수 목적 영어(English for Academic Purposes 이하 EAP)', 오스트레일리아의 체계-기능 언어학(Systemic Functional Linguistics), 그리고 미국 중심의 북미 신수사학(North American New Rhetoric studies)으로 분류한다. 이러한 분류는 그 후 Bhatia(2004), Bawarshi & Reiff(2010) 등에서 장르를 기본적으로 이해하는 세 가지 기본 틀로 강하게 굳어진다.

이렇게 장르를 이해하는 세 가지 이론적 틀에서 Swales(1990)은 EAP에서 가장 핵심적인 이론서가 되었다. 특히 Swales(1990)은 학술적 텍스트의 서론, 결론, 초록과 같은 '부분 장르(part genres)'의 분석에 크게 공헌하였고(Samraj, 2005), 교육 현장에서 사용·가능한 교육 자료 구성 차원에서도 크게 기여하였다(Belcher, 2012).

2015년은 1990년에 출판된 Swales(1990)이 나온 지 25년이 되는 해였다. 그래서 JEAP(Journal of English for Academic Purposes)에서는 출판 25주년을 기념해서 2015년에 특집호를 발행했다. 이 특집호에는 모두 12편의 논문이 실렸는데, 여기에는 Swales(1990)이 전세계 학계에 끼친 강력한 영향력을 확인할 수 있다. 특히 Motta-Roth & Heberle(2015)는 Swales(1990)이 브라질 장르 및 글쓰기 학계에 끼친 영향을 다뤘고, Cotos, Huffman & Link(2015)는 Swales(1990)의 무브/스텝(move/step) 이론이 끼친 영향력을 다룬다. 또한 Cheng(2015)는 Swales(1990)의 CaRS 모형이 학습자들의 글쓰기 교육의 과정별 틀로써 강력한 영향력이 있음을 밝혔고, Hyland(2015)는 장르 규범과 필자 정체성의 강화를 중심으로 Swales(1990)과 기타 Swales 연구들의 공헌을 자세하게 밝힌다.

Aull & Swales(2015:6)는 Swales(1990)의 공헌으로 '장르(genre)'에 대한 정의, '담화공동체(discourse community)'에 대한 개념1), 연구 논문(research paper)의 'CaRS 모형'과 '무브 분석(move analyze)' 등을 제시한다.2) 그런데 국내나 국외에서 Swales(1990)에 근거한 연구들을 살펴보면 상대적으로 '담화공동체(discourse community)'에 대한 개념과 관련된 연구가 적음을

---

1) Swales는 '담화공동체'라는 용어를 1986년 미시간 대학교에서 진행된 Lillian Bridwell-Bowles의 발표에서 처음 접했다고 밝혔지만(Swales, 2016:1), 이와 유사한 개념이 최초로 만들어진 것은 Nystrand(1982:17)에서의 '필자들의 언어공동체(writer's speech communities)'였다.

2) 이처럼 Swales(1990)의 학술적 공헌으로 '학술적 담화공동체-장르-무브 분석'을 종합적으로 연결해서 바라보는 경향은 학계에서는 매우 일반적이다(Flowerdew, 2015).

확인할 수 있다. 원진숙(2005)는 대학생들이 학술적 글쓰기 능력을 신장하기 위해서는 '학문적 담화공동체'를 전제해야 한다고 밝히고 '과정 중심 워크숍 활동'을 주장하지만, '학문적 담화공동체'의 개념에 대해서는 주요하게 다루지 않는다. 이러한 흐름은 구자황(2013)에서도 확인되는데, 이윤빈(2016)은 대학교를 다양하고 다층적인 담화공동체들이 융합된 공동체로 전제하고 담화공동체의 적합성 범주에서 대학생들의 낮은 인식도 확인하지만, 담화공동체의 개념과 정체에 대해서는 크게 주목하지 않는다. 종합하면, 글쓰기 연구에서 대학교는 일반적으로 '학술적 담화공동체'로 전제되지만, 학술적 담화공동체의 특징이나 개념이 무엇인지에 대해서는 주목하지 않는 경향이 나타난다.

　Swales(2016:3)에서 Swales도 Swales(1990)에서 25년 전에 개념화한 '담화공동체'에 대한 개념이 지금까지 유지되면서 '담화공동체'의 기준이나 개념에 대해서 비판과 반대가 거의 없었다는 사실에 놀랐다고 밝혔다. 이와 같은 이유로 본 연구는 그간 Swales(1990)의 공헌에서 주목받지 받지 못한 '담화공동체'의 개념을 중심으로 논의를 진행하려고 한다. 가장 먼저 '담화공동체'의 개념과 기준을 중심으로 살펴보고, 이를 통해 담화공동체의 개념을 정리한다. 또한 담화공동체의 개념 변화와 학술적 담화공동체의 개념과 유형을 정리하고, 이 개념들이 학술적 글쓰기 교육에서 어떤 의미가 있는지를 밝혀보려고 한다.[3] 이 연구는 Swales의 연구와 담화공동체의 개념을 다룬 연구들을 중심으로 담화공동체의 개념을 정리하고 학술적 담화공동체가 갖는 학술적 글쓰기 교육에서의 의미를 정리하는 방향으로 논의를 전개한다.

---

3) 본 연구는 Swales의 이론이 EAP인 것에 주목하여 새로운 담화공동체로 편입되어, 실제 학술적 담화공동체 내에서 학술적 글쓰기를 빈번하게 해야하는 '대학원 유학생'을 중심으로 논의를 전개한다.

2. 담화공동체의 개념과 기준 그리고 유형

2.1. 담화공동체의 개념

  Swales(1998)은 같은 건물에 존재하는 세 가지 다른 학문적 규율이 각각의 담화공동체를 어떻게 형성하는지를 살핀 연구이다. 1층에는 컴퓨터 센터, 2층에는 식물표본실, 그리고 3층에는 Swales가 근무하던 영어 연구소(English Language Institute)가 있었는데, 여기서 Swales(1998)은 '대학 시계의 움직임(university clocks move)'에 주목한다. 그래서 수십 년 전의 자료가 여전히 영향력이 있는 2층의 식물표본실과 최소 5년에서 최대 10년 정도의 유통기한이 있는 3층의 영어연구소는 '담화공동체'를 형성했다고 결론을 내린다. 그렇지만 여러 텍스트가 몇 달마다 업데이트 되는 컴퓨터 센터에서는 학생들 서로가 '같은 지점(the same page)'에 있다는 공동체 의식이 발견되지 않았다고 밝힌다. 주목할 부분은 Swales 가 이 연구를 '민족지학(ethnography)'적 연구라기보다 텍스트 중심의 '텍스트지학(textography)'적 연구라고 소개했다는 것이다.[4]

  Swales(1998)에서 '민족지적 연구'와 거리를 두려고 한 이유는 Swales 가 '담화공동체(discourse community)'와 '발화공동체(speech community)'를 구별하려고 했기 때문이다.[5] 일반적으로 '의사소통 민족지학(ethnography of communication)'의 시작은 사회언어학자 Hymes의 1962년 논문 「The Ethnography of Speaking」으로 본다(왕한석, 2010:62). 그런데 Hymes

---

  4) 민족지학(ethnography) 중심의 연구는 사회과학 분야를 넘어서 현재 다양한 분야에서 적용되고 있는데, Hammersley & Atkinson(2007:2)은 '민족지학'이 양적 연구에 반대 하기 위해 나온 연구방법으로 특정 '문화적 지식(cultural knowledge)'이나, '사회적 상호작용 패턴(patterns of social interaction)', 해당 '사회의 전체적인 분석(holistic analysis of societies)' 등을 제공하는 것을 목적으로 한다고 밝혔다.
  5) 다만 본 연구에서 'speech community'를 '언어공동체'가 아니라 '발화공동체'라고 표현한 이유는 Hymes(1974:47-51)에서 'speech community'를 '말하기(speaking) 중 심'의 언어공동체로 정의하기 때문이다.

(1974)는 Swales(1990)에서 특정 담화공동체를 개념화하기 전에 사회언어학(sociolinguistic)'의 입장에서 '발화공동체'를 개념화했다. Johnstone & Marcellino(2010)은 Hymes의 '발화공동체', '상황', '사건', '행위' 등의 특정 전문 용어들이 발화행위(speech act)에 대한 훌륭한 분석 방법을 제공하며 사회언어학 분야에 적지 않은 공헌을 했다고 평가했다. Hymes(1974) 이후에 Freed & Broad-head(1987:154)은 '담화공동체'를 '사회언어학(sociolinguistic)'에서 형성된 발화공동체의 하위 집합(subset)으로 정리했다. 이때 Swales(1990)은 '담화공동체'를 '사회언어학' 기반의 '발화공동체'의 하위 집합으로 정리하지 않고 '사회수사학' 기반의 별개의 공동체로 정리한 것이다.

그렇다면 사회언어학 기반의 '발화공동체'와 사회수사학 기반의 '담화공동체'가 무엇이 다른지부터 살펴볼 필요가 있을 것이다. Hymes(1974:51)는 발화공동체를 "구어(speech)의 '수행(conduct)'과 '해석(interpretation)'을 위한 '규칙의 지식(knowledge of rules)'을 공유하는 공동체", 그리고 "한 가지 종류의 언어(one form of speech)에 대한 지식과 그 '사용 패턴(patterns of use)'에 대한 지식"을 가진 공동체로 정의한다. 이와 같은 공동체의 예로 Borg(2003:398)은 호주식 영어를 사용하는 모임이나 일부 '영어 방언(Geordie English)'을 사용하는 사람들의 모임을 제시한다. Harris(1989:14)는 특정 장소와 시간에 실제 함께 존재하는 '발화자'의 모임을 발화공동체로 정리하는데, 이 경우 이웃, 주거지, 교실 등에서 함께 존재하는 구성원 모두가 발화공동체가 된다. 이처럼 '구어'가 중시되는 발화공동체는 '같은 의사소통 공간·장소'에서 '같은 언어'로 '같은 언어 수행'이 패턴화된 사람들의 집단임을 알 수 있다.

Swales(1990:24)은 '담화공동체'의 특징을 밝히기 위해서 '발화공동체'와의 차이점을 중심으로 논의를 전개한다. 우선 발화공동체가 언어 행위의 목표가 '사회적인 것, 사교적인 것(social)'이라고 밝히고, 반면에 담화공동체는 언어 행위의 목표가 '기능적인 것, 실용적인 것(functional)'이라고 정리한다. 다시 말하면 발화공동체에서는 의사소통을 하는 이유가 '사회화'나 '조직의 결속' 등이 목표지만, 담화공동체에서는 의사소통을 하는 이유가 조직 '공통의 목적'에 따라서 '기능'적으로, '실용'적으로 '참여하기 위한 것'이라는 지적이다. 또한 Swales(1990:24)은 발화공동체는 사람들을 일반적인 구조로 흡수하는 '구심적(centripetal)' 공동체이지만 담화공동체는 '직업적' 혹은 '전문적'인 흥미 모임으로 분리된다는 점에서 '원심적(centrifugal)' 공동체라고 정리한다. Borg(2003:398)의 예를 다시 빌리자면 호주식 영어를 사용하는 사람들은 우연히 호주에서 출생해서 회원자격을 상속받아 호주식 영어를 사용하는 발화공동체로 흡수된다. 반면에 담화공동체는 '훈련 이수'나 '자격 취득'을 통해서 분산되고 '모집(recruits)'된다는 특징이 있다. 마지막으로 발화공동체는 장소, 문화적 배경, 언어적 다양성 등을 공유하고 사회적, 종교적, 문화적 가치를 공유하는 '동종 집단(homogeneous assemblage)'이지만, 담화공동체는 직업적, '놀이적 경험(recreational experiences)', 그리고 목표와 관심사를 공유하는 '이질적이며 사회수사적인 집단(heterogeneous, socio-rhetorical assemblage)'이라고 밝힌다(Swales, 2016:3).

Swales(1990)처럼 '사회적 관점(social perspective)'을 중심으로 담화공동체의 개념을 정리한 연구에는 Johns(1997)도 있는데, 이 연구는 '사회적 리터러시(socioliteracies)'를 중심으로 담화공동체의 개념을 설명한다. 그래서 Johns(1997:66)은 학생들이 담화공동체에 가입하려고 할 때 그 공동체의 '지식 분야(discipline)'와 관련된 맥락, 역할, 텍스트 등을 다양한 '리터러시' 맥락을 고려해서 수용해야 한다고 밝혔다. 다만 Johns(1997:51)은 '학술적 맥락'을 고려해서 '관습의 공동체(communities of practice)'가 담화공동체보다 더 적절하다고 판단했는데, Wenger(1998:78)도 '상호참여(mutual engagement)'와 '공동의 기획·참가(joint enterprise)', 그리고 '공유되는 레퍼토리(a shared repertoire)' 등의 특징을 갖는 '관습의 공동체'가 글쓰기 맥락에서 더 명확한 의미를 갖는다고 했다.6)

정리하면 Swales(1990)은 구어를 중심으로 형성된 '발화공동체'가 아닌 문어를 중심으로 '담화공동체'를 개념화하려고 했다. 물론 Johns(1997), Wenger(1998) 등과 비교해 보면 담화공동체를 지나치게 광의의 '보편적 개념'으로 정리하려고 했음을 알 수 있다. 이는 Johns(1997)이 특정 리터러시 관습을 중심으로 학술적 담화공동체를 정리한 것과 구별되는 지점이다. 또한 관습의 공동체가 갖는 상호 공동의 참여와 같은 '역동성'을 간과하고, 지나치게 구조화되고 보편적인 선험적 이상향으로 담화공동체를 정리했다는 것도 특징이다. Wenger(1998)이 공동의 목표보다는 특정 맥락에서의 상호 참여에 주목해서 '관습의 공동체'가 더 적합한 용어라고 지적한 것은 이와 같은 이유이다.

2.2. 담화공동체의 기준과 유형

Prior(2003)은 담화공동체에 대한 그간의 연구 경향을 정리하면서 담화공동체의 개념이 구체적인 실체가 없는 '담론적 이상향(discursive utopias)'일 뿐이라고 비판했다. 이에 Swales(2016)도 Swales(1990)에서 '담화공동체'의 개념을 비판적으로, 그리고 반성적으로 돌아보면서 '매체(medium)'의 변화에 따라서 발화공동체와 담화공동체의 경계가 무너졌다는 것, 그리고 Swales(1990)에서의 담화공동체 개념이 '지나치게 정적이었다는 것(overly static)', 마지막으로 공동체 구성원들의 믿음, 가치, 충성도 등을 지나치게 '이상적인 렌즈(idealistic lens)'를 통해 긍정적으로

---

6) 물론 Fish(1980)의 '해석공동체(interpretive community)'도 담화공동체와 함께 언급되기도 하지만 Harris(1989:14)는 문학 작품을 해석할 때 공통의 '마음의 습관(habits of mind)'이라는 느슨하고 모호한 기준 때문에 '이론적 논쟁(a theoretical debate)'이 있다고 밝혔다. 이와 같은 이유로 본 연구는 '해석공동체'에 대해서는 주목하지 않고, 발화공동체와 담화공동체의 차이점을 중심으로 논의를 전개한다.

해석했다고 밝힌다. 그러면서 Swales(1990)에서 6가지였던 담화공동체의 성립 '기준(criteria)'을 8가지로 수정·보강하고, 담화공동체의 유형도 3가지로 나눈다. 〈표 1〉은 담화공동체의 기준 변화를 정리한 것이다.

〈표 1〉 담화공동체의 기준 변화

	세부 기준
Swales (1990)	1. 담화공동체는 보편적으로 합의된 일련의 '보편적 공동의 목표 (common public goals)'를 가지고 있다. 2. 담화공동체는 구성원들 사이에 '상호 의사소통의 메커니즘 (mechanisms of intercommunication)'을 가지고 있다 3. 담화공동체는 주로 정보와 피드백을 제공하기 위해서 '참여 메커니즘(participatory mechanisms)'을 주로 사용한다. 4. 담화공동체는 공동체의 목적과 관련된 의사소통의 발전을 위해서 하나, 혹은 그 이상의 '장르(genres)'를 소유하거나 사용한다. 5. 장르를 소유하는 것 이외에도 담화공동체에는 몇 가지 '특정한 어휘(specific lexis)'들을 갖고 있다. 6. 담화공동체는 담화적 전문 지식과 적절한 수준의 관련 내용에 대한 멤버들의 '한계 기준(threshold level)'을 갖고 있다.
Swales (2016)	1. 담화공동체는 폭넓게 합의된 '목표(goals)'를 가지고 있다. 2. 담화공동체는 구성원들 사이에 '상호 의사소통의 메커니즘(mechanisms of intercommunication)'을 가지고 있다. 3. 담화공동체는 주로 정보와 피드백을 제공하기 위해서 '참여 메커니즘(participatory mechanisms)'을 주로 사용한다. 4. 담화공동체는 공동체의 목적과 관련된 의사소통의 발전을 위해서 하나, 혹은 그 이상의 '장르(genres)'를 소유하거나 사용한다. 5. 장르를 소유하는 것 이외에도 담화공동체에는 몇 가지 '특정한 어휘(specific lexis)'들을 갖고 있다. 6. 담화공동체는 담화적 전문 지식과 적절한 수준의 관련 내용에 대한 멤버들의 '한계점(threshold)'을 갖고 있다. 7. 담화공동체는 '침묵적 관계(silential relations)'의 차원을 발전시킨다. 8. 담화공동체는 '기대지평(horizons of expectation)'을 확장시킨다.

Swales(1990)의 첫 번째 기준에서 '보편적 공동의 목표(common public goals)'라고 명시된 부분이 Swales(2016)에서 '목표(goals)'로 바뀌었다. Swales(1990)에서는 공동의 이익에 반하는 목표를 가진 '스파이(spies)'를 예로 들면서 목표의 평범성(commonality)을 강조했다. 반면에 Swales(2016)에서는 'mission', 'vision' 등으로 진술할 수 있는 잠재적으로 '발견가능한(discoverable)' 목표를 제시하면서 구성원 각자에게 '부분적으로(partially)' 인식될 수 있음을 강조한다. 즉 목표는 담화공동체에서 보편적으로 평범하게 정해지는 게 아니라 담화공동체의 구성원 각자가 발견해 가는 것으로 바뀐 것이다. 이러한 변화는 Borg(2003), Johns(1997) 등이 구성원 간의 흥미는 같을 수 있지만, 목표까지 같을 필요는 없다고 제기한 비판을 수용한 것이다. 여섯 번째 기준도 '한계 기준(threshold level)'을 '한계점(threshold)'으로 바꾸었다. 이 역시 Swales(1990)이 초보자와 전문가의 비율에 따른 공동체의 '정적인 생존'만을 강조했다는 비판을 수용하고 가입 후 공동체 내부의 '승진(advancement)'과 같은 '동적 양상'도 강조하기 위함이라고 밝혔다(Swales, 2016:9).

추가적으로 Swales(2016)에는 담화공동체가 Becker(1995)가 제시한 '침묵적 관계(silential relations)'를 발전시킨다고 밝혔다. Becker(1995:9)는 'languaging'이라는 용어를 '오래된 언어(old language)'가 새로운 맥락으로 들어가는 것이라고 설명했다. 결국 현재 맥락에서 언어의 의미는 이전 맥락과의 연관성, 즉 '탈취(abduction)'를 통해서 창조된다는 것이다. Becker(1995)는 이러한 텍스트의 제약을 통해서 만들어지는 '맥락적 관계(contextual relations)'를 6가지 유형으로 제시하는데, 침묵적 관계는 이 6개 중에서 하나이다. Becker(1995:186)는 이 침묵적 관계가 '말로는 모두 표현할 수 없는(unsayable)' 텍스트를 '생각만(unsaid)'으로도 서로 읽어낼 수 있을 때 형성된다고 밝혔다. Swales(2016)에서 구성원 간의 침묵적 관계를 강조하는 것은 담화공동체 구성원 간의 유사한

'languaging' 경험이 누적, 관습화된 결과를 의미하는 것이다.

마지막으로 Swales(2016)은 '기대지평(horizons of expectation)'을 확장시킨다는 내용을 추가했다. Mannheim(1960:179-180)은 '기대지평'을 설명하면서 '사회 경험의 상대적 항상성(a relative constancy of social experience)'과 '지속성에 관한 사회적 보장(social guarantees of continuity)'을 강조한다. 그러니까 공동체의 구성원들은 비슷한 사회 경험을 갖고 있지만 이 경험들은 개별적으로 모두 상대적이다. 하지만 구성원들은 어떤 경험이나 지식이 공동체에서 보호받는지를 잘 알고 있다. 그래서 Pickering(2004:279)는 이와 같은 구성원들 사이의 기대지평이 확장되면 구성원들이 정상적인 구조 내에서 '새로운 것(novelty)'들을 쉽게 '통합(integrate)'하도록 만든다고 지적했다. 그러니까 담화공동체의 구성원들은 새로운 것들이 유입되거나 새로운 사람이 편입되었을 때 공유하는 '활동 리듬(rhythms of activity)', 역사의식, 가치체계 등을 기반으로 유사한 기대지평을 형성·추진한다는 것이다.

종합하자면 Swales(2016)은 Swales(1990)의 '상호 의사소통의 메커니즘(mechanisms of intercommunication)', '참여 메커니즘(participatory mechanisms)', 하나 이상의 '장르(genres)', '특정한 어휘(specific lexis)' 등을 소유한다는 기준은 그대로 유지하면서, 담화공동체 '보편적 공동의 목표(common public goals)'를 '목표(goals)'로, 그리고 구성원들의 '한계 기준(threshold level)'을 '한계점(threshold)'으로 수정했다. 그리고 담화공동체가 구성원들의 '침묵적 관계(silential relations)'를 발전시키고, '기대지평(horizons of expectation)'을 확장시킨다는 기준을 추가했는데, 이는 모두 담화공동체를 구조적으로 구성된 정적인 공동체가 아니라 역동적으로 다양한 맥락이 '상호작용'하는 사회상호적 특징을 강조한 것이다.[7]

---

7) Nystrand(1990:7)은 '담화공동체'를 주장하는 사회 구성주의자들이 질서와 규칙에만 집중하기 때문에 독자와 필자, 화자와 청자와 같은 개별적 '쌍(dyad)'들의 '다양한 상호

Swales(2016)은 담화공동체의 종류를 3가지로 나눈다. '지역적 담화 공동체(Local discourse communities)', '초점적 담화공동체(Focal discourse communities)', 그리고 '초점지역적 담화공동체(Folocal discourse commu- nities)'가 그것이다.8) '지역적 담화공동체'는 '거주 시설(residential)', '특 정 직업 관련(vocational)', '직업 때문에 발생(occupational)'처럼 특정 장 소, 직업 등과 관련된 담화공동체를 말한다. 반면에 '초점적 담화공동 체'는 '오락적(recreational)'이거나 '전문적(professional)' 집단을 말하는 것 으로 지역보다는 규칙과 선택이 중요하고, 구성원의 직업, 국적, 학력 등이 다양한 공동체를 말한다. 이와 같은 이유로 '초점적 담화공동체' 는 구성원의 '소식지(newsletter)', '발행물(publication)' 등이 중요하다. 마 지막으로 '초점지역적 담화공동체'는 Swales(2016)이 직접 만든 용어로 지역적 특징과 초점적 특징이 결합된 공동체를 말한다.

흥미로운 점은 이와 같은 담화공동체의 유형을 나누기에 앞서 Swales(2016:3)은 휴대폰, 가족 분산, 청년들의 유동적이고 불확실한 취 업 시장, 국제 무역의 증가, 그리고 지역 기술과 산업의 쇠퇴와 같은 상 황 맥락을 근거로 전통적인 '발화공동체'가 '중요한 집단(meaningful numbers)'으로 계속 존재하는가에 대해서 회의적인 반응을 보인다. 그러 면서 발화공동체와 담화공동체의 경계가 모호하다고 밝혔는데, 그렇다 면 '지역적 담화공동체'는 비교적 전통적인 '발화공동체'와 연관성이 높 고, '초점적 담화공동체'는 Swales(1990)의 '담화공동체'와 유사성이 있 으며, '초점지역적 담화공동체'는 이 둘의 경계가 흐릿해졌다고 밝힌

작용'을 경시한다고 비판했다.
8) 흥미로운 점은 공동체를 나타내는 'community'를 'communities', 즉 복수로 표현했다 는 점이다. Ivanič(1998:78)은 담화공동체의 추상적 관습과 규칙을 정적으로 구성하는 데는 단수형으로, 구체적인 사용과 결부지어서 동적으로 표현할 때는 복수형이 타당하 다고 밝혔다. Swales(2016)이 담화공동체를 복수형을 사용했다는 점은 언어 사용의 측면에서 담화공동체의 개념을 '세분화'했음을 나타내는 대목으로 보인다.

Swales(2016)의 주장에 따라 새롭게 만들어진 담화공동체로 볼 수 있을 것이다.

3. 학술적 글쓰기에서 학술적 담화공동체의 의미

3.1. 학술적 담화공동체의 의미

앞에서 Swlaes(1990; 2016)을 중심으로 정리한 담화공동체의 특징과 기준, 그리고 유형 등을 정리하면 다음 〈그림 1〉과 같다.

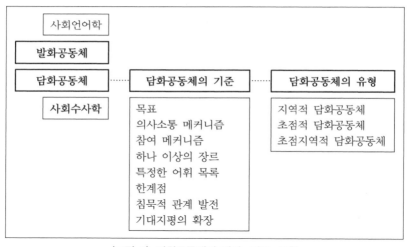

〈그림 1〉 담화공동체의 개념, 기준, 유형

사회언어학에서 만들어진 '발화공동체'와 다르게 사회수사학 중심의 담화공동체를 만들고자 했던 Swales는 Swales(2016)에서 담화공동체를 목표, 의사소통 메커니즘, 참여 메커니즘, 하나 이상의 장르, 특정한 어휘 목록, 한계점, 침묵적 관계 발전, 기대지평의 확장 등을 기준으로 하는 지역적 담화공동체, 초점적 담화공동체, 초점지역적 담화공동체로 정리했다. 다만 여기서 발생하는 문제는 '학술적 담화공동체'와 관련된 것이다.

Borg(2003), Johns(1997) 등이 지적한 문제는 Swales(1990)이 '담화공동체'와 '학술적 담화공동체'를 분리하지 않았다는 것이다. 그러면서 만약 '학술적 담화공동체'가 '담화공동체'와 같다면 학술적 담화공동체의 '목표'가 무엇이냐고 되묻는다. Swales(1990:27)은 '홍콩 연구 모임(the Hong Kong Study Circle: HKSC)'에 대한 예를 들면서 '홍콩의 우표에 대한 관심과 지식 함양'이라는 목표를 제시했지만, '관심'은 공유될 수 있어도 '목표'가 공유될 수는 없다고 비판받았다.[9] Johns(1997:52)이 Lave & Wenger(1991)을 근거로 '관습의 공동체'를 주장하는 이유도 여기에 있다. 즉 '학문적 맥락(academic contexts)'이 더 중요하게 고려되는 '학술적' 담화공동체의 경우에는 공통의 흥미로 구성된 '일반적' 담화공동체와 달리 보다 문어 사용에서의 '장르'와 '어휘', 그리고 다른 담화공동체와 분리되어 구성원을 응집시키는 '관습'과 '가치'가 중요하다는 것이다.

앞에서 논의했듯이 Swales(2016)에서는 '보편적 공동의 목표(common public goals)'라고 명시된 부분을 일반적인 '목표(goals)'로 바꾸었다. 그리고 이 목표는 '발견가능한(discoverable) 목표'로 전제하고 구성원별로 '부분적으로(partially)' 인식할 수 있다고 밝혔다. 이는 담화공동체에 보편적으로 합의된 거대한 목표가 있을 수도 있지만, 이 광범위하게 합의된 목표를 달성하기 위한 담화공동체 구성원들만의 발견가능한 목표가, 다른 구성원들과의 충돌이 발생하더라도 있을 수 있음을 강조한 것이다. 이는 학술적 담화공동체에 '보편적 공동의 목표'가 실제 있냐는 Borg(2003)의 비판에

---

9) Swales(1990:27)은 그간의 담화공동체 관련 연구가 전형적으로 학술적 맥락 안에서 진행되었고, 그 결과 담화공동체를 지적 패러다임이나 학술적 파벌과 연결해야만 한다는 잘못된 인식을 만들어냈다고 밝혔다. 이와 같은 이유로 의도적으로 학술적 예시가 아닌 '취미 모임'을 예로 들어 설명하면서 학술적 맥락에서도 동일하게 적용이 가능하다고 밝혔다.

대한 Swales의 답변으로 보인다. 또한 Swales(2016)에서는 '학문적 맥락 (academic contexts)' 등과 같은 '전문성(professional)'을 담화공동체의 유형별 특징에 포함시킨다. 초점적 담화공동체를 설명하면서 초점의 기준을 '전문성'과 '취미성(recreational)'으로 나누고 전문성의 예로는 '영국 응용 언어학자 협회(British Association of Applied Linguists: BALL)'와 같은 '학술단체'를, 취미성의 예로는 '남동지역 미시간 주의 새 관찰 모임(Southeast Michigan Birders)'을 각각 제시한다. 이처럼 '전문성'을 기준으로 특정 학술 단체를 추가한 것은 Johns(1997)에서 '관습의 공동체'가 문어 상황에서 담화공동체보다 더 적합하다는 비판을 수용한 결과로 보인다.

　　Beaufort(1997:488)은 담화공동체의 개념과 관련해서 학술적으로 제기된 강력한 문제는 '정의적인 문제(definitional problem)'와 '현실적인 문제(pragmatic problem)'라고 지적했다. 이 두 문제는 결국 Harris(1989)의 비판과도 연결되는데, 담화공동체의 개념이 갖는 정의적인 문제는 곧 '경계와 관련된 문제(the boundary issue)'로 담화적 특징이 '공존(overlap)' 하는 공동체별 특징을 고려하지 않았다는 것이다. 또한 글쓰기 관습의 경우, '긴장(tensions)'과 '단절(discontinuities)'이 종횡하는 담화공동체의 '현실적인 상황'을 고려했을 때, '담화공동체'라고 하는 상상의 단일한 구성물에 대한 필자의 복종을 의미한다는 것이다. 이와 같은 비판은 '필자 정체성'의 형성을 다루는 Ivanič(1998)에서도 유사한 문맥으로 등장한다. 비교적 우위에 있는 담화공동체의 단일한 담화 관습을 지지하는 것이 오히려 필자 정체성 형성에 부적 영향을 주기 때문이다.

　　Swales(2016)은 Swales(1990)을 반추하면서 자신의 담화공동체 개념이 세계의 불안정성과 불확실성을 고려하지 못하고, '지나치게 정적 (overly static)'이었다고 밝혔다. 또한 Harris(1989)의 비판을 밝히면서 자신의 담화공동체 개념이 지나치게 '이상적인 렌즈(idealistic lens)'로 설정된 연구임을 밝힌다. 즉 특정 대상에 대한 인식은 그 대상에 대한 지식이 누적될수록 분열되고, 분류될 수 있다고 밝힌 것이다. 이와 같은 이유로 담화공동체를 지역적 담화공동체, 초점적 담화공동체, 초점지역적 담화공동체로 나눈다. 이는 단일한 지배 이데올로기적 구조에 대한 복종을 종용한다는 비판을 수용한 것이다.

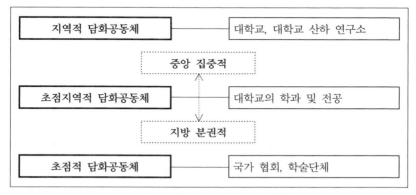

〈그림 2〉 학술적 담화공동체의 유형

특히 Swales(1990)에는 학술적 맥락을 고려한 진술이나 예시가 없었던데 반해서, Swales(2016)에서는 보다 더 '학술적 맥락'을 고려해서 담화공동체를 세분화한다. 지역적 담화공동체의 예로 '애스턴 대학교(Aston University)', 미시간 대학교의 '영어 연구소(English Language Institute: ELI)'와 같은 대학교와 대학교 산하의 연구소를 제시한다. 그리고 초점적 담화공동체의 예로는 협의회, 혹은 '영국 응용 언어학자 협회(BALL)'와 'TESOL Quarterly'와 같은 학술 단체를 예로 들고, 초점지역적 담화공동체로는 '중앙 집중(centripetal)'과 '지방 분권(centrifugal)'적 특징을 모두 갖는다는 설명과 함께 '대학의 학과(university department)'를 제시한다. 대학원 유학생을 중심으로 글쓰기 교육에서의 의미를 살펴보는 본 연구는 이 중에서 지역적 담화공동체로 '대학교', 초점지역적 담화공동체로 '학과(전공)', 그리고 초점적 담화공동체로 '학술 단체'에 주목해 보려고 한다.

3.2. 학술적 글쓰기 교육에서의 의미

　Swales의 이론을 중심으로 '담화공동체'와 관련된 개념과 이론의 변화 등을 살펴보았다. Swales의 이론이 EAP 분야 연구임을 고려하면, 학술적 글쓰기 상황에 놓인 '외국인 유학생'을 대상으로 담화공동체의 개념이 학술적 글쓰기 교육에 어떤 의미가 있는지에 집중할 필요가 있을 것이다. 특히 본 연구에서 주목하는 유학생은 '대학원 유학생'인데 이들은 학술적 담화공동체의 관습과 규율에 가장 큰 영향을 받기 때문이다. 실제 쓰기 교육 분야에서 대학원 유학생을 학습자로 설정하고 진행된 연구를 살펴보면 기본적으로 대학교를 '학술적 담화공동체'로 전제하는 것을 확인할 수 있다(민정호, 2020a; 민정호, 2020b; 김희진, 2019; 강수진·이미혜, 2019).[10] 이러한 경향은 앞서 신입생 글쓰기 분야에서 나타나는 경향과 매우 유사하다(이윤빈, 2016; 구자황, 2013; 원진숙, 2005). 즉 여기서 발견되는 공통점은 기본적으로 대학교를 담화공동체로 전제한다는 점이다. 다만 학습자를 '대학원 유학생'으로 초점화한 본 연구에서 담화공동체의 기준과 유형 등을 세부적으로 검토한 이유는 이들의 학습자 특수성을 고려했기 때문이다. 그러니까 이들은 전혀 다른 담화공동체에서 새로운 담화공동체로 편입된 필자이며, 이들이 편입된 학술적 담화공동체는 '학위논문', '리포트' 등처럼 하나 이상의 장르를 갖고, 학술적 발표 등과 같은 특정 의사소통 메커니즘과 전공별 특정 어휘 목록 등을 확보한 성격이 분명하면서도 다층적 담화공동체들의 총합이기 때문이다.

---

10) '학술 공동체', '학술적 담화공동체', '담화공동체', '학술적 공동체' 등 각 연구에서
　　사용되는 용어에는 차이가 있지만, 대학교(원)에 특정 담화 관습과 장르가 존재한다는
　　것을 기본적으로 전제한다.

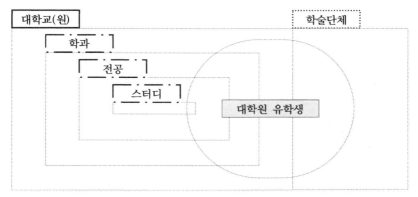

〈그림 3〉 대학원 유학생이 소속된 학술적 담화공동체

　　선행연구에서 지적된 것처럼 대학교가 학술적 담화공동체라는 지적
은 타당하지만, 대학교만이 단일한 원형의 담화공동체로 묘사되는 것
은 부당한 지적이다. 대학교라는 지역적 담화공동체뿐만 아니라 학과,
전공, 스터디 등과 같은 초점지역적 담화공동체와 학술단체와 같은 초
점적 담화공동체도 함께 존재하기 때문이다. 즉 다층적 담화공동체의
영향권 속에 대학원 유학생은 위치하며, 각 담화공동체의 구성원으로
서의 역할을 수행할 수 있어야 좋은 필자로서 학술적 글쓰기를 할 수
있을 것이다. Beaufort(1997)은 학술적 담화공동체의 개념을 교육 현장
에 적용하는 것은 비실용적이라고 지적하면서, 이 개념을 실용적으로
적용하기 위해서는 무엇보다 '글쓰기 행위'와 관련된 측면에 주목할 필
요가 있다고 밝혔다. 본 연구도 학술적 담화공동체의 개념과 특징 중에
서 '학술적 글쓰기'에 주목해 본다면, 학술적 글쓰기의 일반적인 형식
이나 윤리, 평가 등은 대학교에 영향을 받는 것을 알 수 있다. 실제 대
학교에서 정한 학술적 글쓰기 형식이 각 대학교마다 존재한다. 세부적
인 형식과 이에 따른 학술적 글쓰기 지도는 학과와 전공 등과 관련된
다. 같은 학과라 하더라도 세부적인 형식이나 구성은 세부 전공별로 다

를 수 있기 때문이다. 텍스트에 들어갈 핵심 담론이나 글쓰기에서 요구
되는 주요 내용 등은 전공이나 스터디와 관련된다. 이는 스터디에서 어
떤 책과 논문을 읽느냐와 관련되기 때문이다. 또한 담론적 지식에서 주
요하게 다뤄지는 이론이나 개념, 혹은 학위논문의 연구방법 등은 대학
원 유학생이 참석하는 학회의 세미나나 학술지에서 발표된 논문 등에
영향을 받게 된다. 이와 같은 다양한 학술적 담화공동체들의 영향 요인
을 고려해서 교육과정이 개선되고, 대학원 유학생들이 이에 따라서 적
절한 역할과 기능을 학습한다면, 담화공동체 구성원들과의 '침묵적 관
계'를 발전시키고 '기대지평'을 확장시킬 수 있을 것이다.

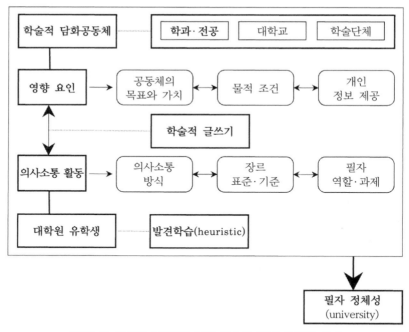

〈그림 4〉 대학원 유학생을 위한 학술적 담화공동체의 의미

〈그림 4〉의 '의사소통 활동(communicative activities)'과 이와 관련된 '영향 요인(influencing factors)'은 Beaufort(1997:490)이 정리한 것으로 학술적 담화공동체에서 학술적 글쓰기를 쓸 때 각각이 역동적으로 작용한다는 특징이 있다. 학술적 담화공동체가 특정 글쓰기에 영향을 주는 '목표와 가치', 글쓰기 공간과 같은 '물적 조건', 여기서 요구되는 개인의 역사와 같은 '개인 정보', 그리고 실제 글쓰기 의사소통 상황에서 요구되는 텍스트 완성을 위한 구어·문어를 포함한 의사소통 방식, 특정 장르의 표준과 기준, 그리고 이때 요구되는 필자의 역할과 글쓰기 과제 등을 '핵심으로 하는 교육과정(core curriculum)'이 대학원 유학생에게 제공되어야 할 것이다.

이와 관련된 연구로는 민정호(2020b)가 있지만, 이 연구는 시론적 성격의 연구이고, 학술적 담화공동체에서의 영향 요인과 의사소통 활동에 대한 면밀한 검토는 수행되지 않았다. 이처럼 담화공동체가 필자에게 제공해 줄 수 있는 영향과 활동 등을 중심으로 학술적 글쓰기 교육과정이 제공될 수 있어야 대학원 유학생을 대상으로 교육적 논의를 할 때 학술적 담화공동체를 전제하는 것이 온당해질 것이다. 다만 〈그림 4〉에서 필자 정체성을 'university'라고 명한 이유는 Bartholomae(1985:134) 때문이다. 그러니까 새로운 담화공동체로 들어오면서 '경계 횡단(border crossings)'을 경험하는 필자들이 담화공동체 내에서 자신만의 '대학교(university)'를, 그러니까 자신만의 '세계(universe)'를 창안하는 것이 곧 담화공동체가 갖는 구속적 성격을 극복하는 것이기 때문이다. '학위논문'이라는 비교적 창의적 목소리를 요구하는 학술적 글쓰기를 고려했을 때, 다층적인 담화공동체의 영향과 기능을 고려해서 자신만의 세계를 완성할 수 있어야 학위논문의 질적 제고도 가능할 것이다.

이와 같은 학술적 담화공동체 내부의 글쓰기 맥락에서 적절한 세계를 필자가 구성하기 위한 방법으로 Beaufort(1997:525)은 '발견학습(heuristic)'

을 제안한다. 실제로 Beaufort(1997)은 실험을 통해서 학술적 담화공동체를 의사소통 관습의 복잡한 연결체로 전제하고, 이 복잡한 연결체에 '발견학습'을 통해 몰입하는 것이 효과적인 글쓰기로 이어졌다고 밝혔다. 그러면서 '학술적 담화공동체의 개념'은 필자들이 새로운 쓰기 과제에 직면했을 때 문제를 해결하기 위해서 수사적 분석, 장르 분석 등 다양한 '발견'을 제공하는 유용한 발견학습이 될 수 있다고 주장했다.[11]

---

1. 이 텍스트의 작성 전후에 이 텍스트와 함께 동반되는 다른 의사소통은 무엇입니까? 어떻게 이런 의사소통이 텍스트 형성에 도움을 줍니까?
2. 이와 같은 수사적 상황에서 의사소통의 방식이 구어 담화보다 문어 담화라는 사실은 무엇을 의미합니까? 그리고 문어 의사소통이 줄 수 있는 목적과 의미는 무엇입니까?
3. 문어 텍스트에서 제외된 것은 무엇이라고 말할 수 있습니까?
4. 텍스트를 사용하는 공동체에 의해서 텍스트에 어떤 가치가 부여되며, 그 가치들은 어떤 역할을 합니까?
5. 담화공동체의 목표와 가치는 장르에 대한 규범과 그 장르에 사용된 수사적 전략을 어떻게 알려줍니까?

〈그림 5〉 담화공동체를 활용한 발견학습(Beaufort, 1997:525)

발견학습을 위한 질문을 보면, 필자가 경험하게 되는 다양한 리터러시 행위와 텍스트 등을 복종적으로 수용하는 것이 아니라, 그 경험에서 한 번쯤 고려해 볼 수 있는 여지를 필자 스스로에게 열어준다는 의의가 있다. 예를 들어 첫 번째 질문을 보면 특정 장르 텍스트를 완성하는 과정에서 요구되는 다양한 리터러시 맥락, 즉 의사소통 행위가 무엇인지

---

11) 대학원에는 학위논문을 쓸 때 지도 교수와 상담을 해야 하는 특정 '의사소통 메커니즘'이 존재한다. 이 발견학습을 위한 질문은 지도교수가 어느 정도 논문을 완성한 '유학생'과 상담을 할 때 활용할 수 있을 것이다. 대학원 유학생이 자신이 속한 여러 담화공동체를 의식하면서 자신만의 세계를 구축하고 학술적 글쓰기를 쓰고 있는지를 점검할 수 있을 것이다.

를 생각해 보고, 이게 어떻게 텍스트 완성 과정에서 도움을 주는지를 생각해 보게 한다. 이와 같은 글쓰기 과정 전반에 대한 점검을 통해서 대학원 유학생들은 자신이 속한 학술적 담화공동체에서 요구하는 특정 장르 텍스트에서의 담화 관습을 이해할 뿐만 아니라, 한 명의 개인 필자로서 도움을 받았던 것을 근거로 글쓰기 전략 등을 발견·창안해 나갈 수 있을 것이다.

4. 맺음말

Swales는 '담화공동체'라는 학술적 용어를 1986년 영국에서 미국으로 이주한 후에 미시건 대학교에서 열린 강연에서 처음 들었다고 밝혔다. 그리고 그때 글쓰기에서 마주하고 있던 여러 가지 문제를 이 '담화공동체'라는 개념이 해결해 줄 것이라는 낙관적인 기대를 품었다고 밝혔다. 그래서 이를 기준으로 Swales(1987)을 CCCC에서 발표했고, 이를 확장해서 Swales(1990)에서 본격적으로 '담화공동체'의 개념을 완성하게 된다.

Bakhtin(1986)은 글쓰기에 그 어떤 패턴도 없고, 무엇보다 최소한의 글쓰기 과정이 없다면, 화자와 청자, 작가와 독자 사이에 이해의 가능성은 사라질 것이라고 밝혔다. 문제는 이 패턴과 글쓰기 과정을 둘러싼 다양한 맥락들이 필자가 속단 담화공동체마다 다르다는 것이고, 필자는 여러 담화공동체의 구성원으로 소속된다는 점이다. 결국 필자가 다양한 담화공동체의 영향 관계를 고려해서 자신만의 세계를 적절하게 구축해야 소속된 담화공동체의 구성원들과 의사소통이 가능할 것이다. 특히 '학술적 글쓰기'라는 특정 장르 글쓰기를 고려하고 대학원 '유학생'이라는 학습자 특수성을 고려하면 이에 대한 명시적 교육과 적절한 세계를 갖추도록 하는 교육적 처치가 제공되어야 할 것이다. Beaufort(1997:523)은 담화공동체의 동적 특성을 고려했을 때 담화공동체의 개념은 '순간 안정적(stable-for-the-moment)'이라고 설명했다. 대학원 유학생이 소속된 담화공동체의 유형도 다양하고, 담화공동체의 특징도 동적이라면, 발견학습을 통해서 소속된 담화공동체의 영향과 활동을 스스로 발견하고 이를 통해 자신만의 세계를 구축하도록 하는 교육적 처치는 대단히 중요한 작업이 될 것이다.

본 연구는 글쓰기 교육에서 '관습적으로' 대학교를 '학술적 담화공동체'라고 전제하는데 착안하여, 담화공동체의 개념과 기준을 정리하고 학술적 담화공동체의 유형과 특징을 살펴보았다. 또한 이를 바탕으로 대학원 유학생 글쓰기에서의 교육적 의미도 아울러 살펴보았다. 다만 담화공동체의 개념과 관련 이론들에 주목한 나머지 학술적 글쓰기에서의 영향과 활동을 지금, 현재, 한국, 대학교 등을 키워드로 세밀하게 도출하지 못했다. 이는 본 연구의 한계로 향후 후속 연구를 통해서 학술적 담화공동체의 구성원들에게 제공하는 영향과 활동이 무엇인지, 그리고 발견학습 이외에 이와 같은 영향 관계를 통찰해서 어떻게 자신만의 세계를 확보할 수 있는지 등에 대한 논의가 다뤄지기를 바란다.

• 참고문헌

강수진·이미혜(2019), 유학생 학위논문에서의 헤지 표현 사용 연구: 한국어 교육 전공을 중심으로, 교과교육학연구 23(5), 이화여자대학교 교과교육연구소, 478-486.

구자황(2013), 학술적 담화공동체의 삶과 글쓰기: 숙명여대 사례로 본 대학글쓰기 교육 모형과 몇 가지 제언, 우리말교육현장연구 7(2), 우리말교육현장학회, 71-96.

김희진(2019), 외국인 유학생의 학위논문 〈서론〉의 종결 표현 문형 연구, 한국어와 문화 26, 숙명여자대학교 한국어문화연구소, 167-207.

민정호(2020a), 대학원 유학생을 위한 학위논문의 장르 교육 연구, 문화교류와 다문화교육 9(3), 한국국제문화교류학회, 109-132.

민정호(2020b), 학술적 리터러시 강화를 위한 대학원 교육과정의 방향 탐색: 대학원 유학생의 요구를 반영한 강의와 활동의 재구성을 중심으로, 학습자중심교과교육연구 20(10), 학습자중심교과교육학회, 855-875.

왕한석(2010), 의사소통의 민족지학 연구, 사회언어학 18(2), 한국사회언어학회, 61-78.

원진숙(2005), 대학생들의 학술적 글쓰기 능력 신장을 위한 작문 교육 방법, 어문논집 51, 민족어문학회, 55-86.

이윤빈(2016), 대학 글쓰기 교육에서 '학술적 글쓰기'에 대한 규정 및 대학생의 인식 양상, 작문연구 31, 한국작문학회, 123-162.

Aull, L. & Swales, J.(2015), Genre analysis: Considering the initial reviews, *Journal of English for Academic Purposes*, 19, 6-9.

Bakhtin, M. M.(1986), *Speech genres and other late essays*, Austin: University of Texas Press.

Bartholomae, D.(1985), Inventing the University, In M. Rose(Ed.), *When a writer can't write*(134-165), New York: Guilford Guilford Press.

Bawarshi, A. & Reiff, M. J.(2010), *Genre: An Introduction to History, Theory, Research, and Pedagogy*, West Lafayette, Indiana: Parlor Press and The WAC Clearinghouse.

Beaufort, A.(1997), Operationalizing the concept of discourse community: A case study of one institutional site of composing, *Research in the Teaching of English*, 31, 486-529.

Beaufort, A.(1998), *Writing in the Real World: Making the transition from school to work*, New York: Teachers College Press.

Becker, A. L.(1995), *Beyond Translation: Essays toward a modern philology*, Ann Arbor, MI: University of Michigan Press.

Belcher, D.(2012), Considering what we know and need to know about second language writing, *Applied Linguistics Review*, 3, 131-150.

Bhatia, V.(2004), Worlds of written discourse: A genre-based view, London/New York: Continuum.

Borg, E(2003), Discourse communities, ELT Journal, 57(4), 398-400.

Cheng, A.(2015), Genre analysis as a pre-instructional, instructional, and teacher development framework, Journal of English for Academic Purposes, 19, 125-136.

Cotos, E., Huffman, S. & Link, S.(2015), Furthering and applying move/step constructs: Technology-driven marshalling of Swalesian genre theory for EAP pedagogy, *Journal of English for Academic Purposes*, 19, 52-72.

Fish, S.(1980), *Is there a text in this class?*, Harvard, Mass: Harvard University Press.

Freedman, A. & Medway, P.(1994), Introduction: New views of genre and their implications for education, In A. Freedman & P. Medway(Eds.), *Learning and teaching genre*(1-22), Portsmouth, NH: Boynton/Cook Publishers

Hammersley, M. & Atkinson, P.(2007), *Ethnography: Principles in Practice*, New York: Routledge.

Harris, J.(1989), The idea of community in the study of writing, *College Composition and Communication*, 40, 11-22.

Hyland, K.(2015), Genre, discipline and identity, Journal of English for Academic Purposes, 19, 32-43.

Hymes, D.(1974), *Foundations in sociolinguistics: an ethnographic approach*, Philadelphia: University of Pennsylvania Press.

Hyon, S.(1996), Genre in three traditions: Implications for ESL, *TESOL Quarterly*, 30(4), 693-722.

Ivanič, R.(1998), *Writing and identity: The discoursal construction of identity in academic writing*, Amsterdam: John Benjamins.

Johns, A.(1997), *Text, Role and Context*, Cambridge: Cambridge University Press.

Johnstone, B. & Marcellino, W.(2010), Dell Hymes and the ethnography of communication, In R. Wodak, B. Johnstone & P. E. Kerswill(Eds.), *Sage handbook of sociolinguistics*(57-66), Thousand Oaks, CA: Sage.

Lave, J. & Wenger, E.(1991), *Situated learning: Legitimate peripheral participation*, Cambridge: Cambridge University Press.

Mannheim, K.(1960), *Man and Society in an Age of Reconstruction*, London: Routledge & Kegan Paul.

Marius, R.(1991), Genre analysis: English in academic and research settings, *Journal of Advanced Composition*, 11(2), 458-460.

Motta-Roth, D. & Heberle, V. M.(2015), A short cartography of genre studies in Brazil, *Journal of English for Academic Purposes*, 19, 22-31.

Nystrand, M.(1982), *What Writers Know: The language, process, and structure of written discourse*, New York: Academic Press.

Nystrand, M.(1990), Sharing words: The effects of readers on developing writers, *Written Communication*, 7, 3-.24.

Pickering, M.(2004), Experience as Horizon: Koselleck, Expectation and Historical Time, *Cultural Studies*, 18(2/3): 271-289.

Prior, P.(2003), Are communities of practice really an alternative to discourse communities? In *Conference on American Association of Applied Linguistics*, Washington, March.

Swales, J.(1987), Approaching the Concept of Discourse Community, In *Conference on College Composition and Communication*, Atlanta, March.

Swales, J.(1990), *Genre Analysis: English in Academic and Research Settings*, Cambridge: Cambridge University Press.

Swales, J.(1998), *Other floors, other voices: A textography of a small university building*, Mahwah, NJ: Lawrence Erlbaum Associates.

Swales, J.(2016), Reflections on the concept of discourse community, *ASp. la revue du GERAS*, 69, 7-19.

Todorov, T.(2000), The Origin of Genres, In D. Duff(Ed.), *Modern Genre*

Theory(193-209), London: Longman.

Wenger, E.(1998), *Communities of practice: Learning, meaning, and identity*, Cambridge: Cambridge University Press.

학술적 글쓰기에서 대학원 유학생의 필자 정체성 강화를 위한 제언

1. 머리말

Ivanič(1998:64)은 Halliday와 Fairclough의 연구가 갖는 의의를 언어 학습과 사회적 행동을 연결한 것에서 찾으며, '학계(academia)'에서 '정체성(Identity)'이 필자의 '언어적 선택(linguistic choices)'과 '문자 행위(literate activities)'를 통해서 구성된다는 '아젠다(agenda)'를 만들었다고 밝혔다. 이와 같은 아젠다를 고려한다면, 대학원 유학생이 학술적 글쓰기에서 경험하는 어려움은 낮은 필자 정체성이 원인이 될 것이다. 새로운 언어로 문자 행위를 할 때 언어적 선택이 적절하지 못할 가능성이 높기 때문이다. 그래서 본 연구는 대학원 유학생의 필자 정체성 강화를 위한 교육적 처치를 '리터러시 생태학(the ecology of literacy)'의 관점에서 살펴보려고 한다(Barton, 1994). 결국 리터러시란 학계에 만연된 의사소통 행위, 사건, 관행 등에 의해서 구성되는 것이고, 이 구성이 곧 학계에서의 필자 정체성으로 전이되기 때문이다. 그렇다면 필자 정체성에 관한 본격적인 논의에 앞서 먼저 논의해야 할 것은 '학술적 글쓰기(academic writing)'는 '학문 목적 글쓰기(writing to learn)'와 무엇이 다르기에 '필자 정체성(writer identity)'을 고려해야 하냐는 점이다.

학문 목적 글쓰기는 대학교 교양 과정에서 신입생들이 '기초 글쓰기 능력' 향상을 목적으로 하는 '배우기 위한' 글쓰기를 말한다. 이 '학습을 위한 글쓰기'에 대해서 Russell(2002:30)는 '학습 전이'를 근거로 들어 '찰나의 신화(the Myth of transience)'라고 비판했다. 정희모(2014)도 동일한 문제 의식을 가지고 신입생을 대상으로 하는 'FYC(First Year Composition)'가 차후 전공 글쓰기에서 '학습 전이'가 활발하게 발생하지 않는다고 비판했다. 학문 목적 글쓰기에 대한 비판과 학습 전이 문제는 차치하더라도, Russell(2002), 정희모(2014)의 공통점은 결국 '학문 목적 글쓰기'란 신입생의 글쓰기 능력 향상을 위한 '학습 글쓰기'라는 것이다.

반면에 학술적 글쓰기는 학문 목적 글쓰기처럼 '배우기 위해서' 참여하는 글쓰기가 아니라, '학계(academia)'에서 '의사소통'을 위해 참여하는 글쓰기라는 점에서 구별된다. 이렇게 정의를 하면, 학문 목적 글쓰기에서는 '학습'이 목적이기 때문에 유'학생'이라는 정체성이 유지되는 것이 보다 '학습'에 유용할 것이다. 하지만 학술적 글쓰기는 의사소통 참여자가 '유학생'이라 하더라도 '학계'의 담화 관습, 텍스트와 관련된 다양한 사건과 맥락들을 종합해서 새로운 '정체성'을 구성해야 할 것이다.[1]

이처럼 '대학원'에서의 '학술적 글쓰기'의 특징을 자신의 주장과 의견을 개진하며 공동체의 구성원들과 '의사소통'하는 것으로 정리하면, 학술적 글쓰기에서 '필자 정체성'은 더욱 중요해진다. 왜냐하면 문화적 배경이 다른 유학생은 본인이 소속된 공동체에서 정체성을 새롭게 구성해야 '입장(stance)', '평가(evaluation)', '판단(appraisal)' 등과 같은 수사적 범위를 적절하게 사용해서 텍스트의 정서적, 인지적 의미를 구성하고, 소속 공동체

---

1) 김혜연(2016:31)은 대학생 '보고서'를 '교수·학습'의 일환으로 보고 '학문 목적 글쓰기'로 정의했기 때문에, 대학원에서의 학술 '보고서'도 똑같이 학문 목적 글쓰기로 판단해야 한다는 지적이 있을 수 있다. 그렇지만 대학원에서의 '보고서'와 대학교에서의 '보고서'는 뚜렷한 차이점이 존재한다. 민정호(2019a:17-20)의 지적처럼 대학원 '유학생'의 '학술 보고서'는 '학위논문'의 성공으로 가는 '경계학습'의 역할을 하기 때문에, '보고서'라 할지라도 '학습'보다는 읽는 독자와의 '소통'에 주안점을 둔다는 특징이 있다.

의 구성원들과 의사소통할 수 있기 때문이다(Hyland. 2002:1094). '표절'이 '필자 정체성'만의 문제는 아니지만, 필자 정체성이 낮을 경우 맹목적으로 담화 관습에 순응하려는 양상으로 나타나고, '연구 윤리의 문제'로 이어지게 될 것이다. 즉 필자로서 의견을 적극적으로 개진하지 못하고 저명한 연구자의 연구를 가져다가 사용만 하는 문제가 발생하는 것이다.

본 연구는 학술적 담화공동체에서 요구되는 '필자 정체성'을 이론적으로 검토하기 전에 우선 Lacan의 이론을 중심으로 일반적으로 정체성이 무엇을 의미하는지 살펴본다. 그리고 글쓰기와 정체성 관련 이론을 종합해서 정체성과 주체의 관계, 그리고 자아와 정체성의 차이점 등을 살펴보고, 학술적 글쓰기에서의 '필자 정체성'을 정리하겠다. 그리고 대학원 유학생에게 요구되는 필자 정체성의 개념을 정리한 후에 필자 정체성을 강화시킬 수 있는 교육적 방법들을 '리터러시 생태학(the ecology of literacy)'의 관점에서 검토·제안해 보려고 한다.[2] 이는 Ivanič(1998:63)의 지적처럼 결국 학술적 리터러시란 학술적 글쓰기를 하는 동안 일련의 리터러시 사건들이 어떻게 '별자리(constellation)'처럼 연결되는지를 배우는 것을 의미하기 때문이고, 이 연결된 사건들이 결국 대학원 유학생의 필자 정체성을 강화시킬 것이기 때문이다.

2. 정체성과 필자 정체성

필자 정체성에 대해서 살펴보려면 우선 일반적 '정체성'에 대해서 먼저 살펴볼 필요가 있다. 일반적으로 정체성을 의미하는 영어 단어

---

2) Jason(2003:213)은 주체의 주변을 둘러싼 '생태(ecology)'가 중요한 이유로 '무언가를 배우는 것'에서 찾는다. 흑백만 존재하는 공간에서 자란 메리가 '빨간' 장미를 보고 무언가를 배우는 것을 예를 들어 설명하는데, 이는 주변 생태의 구성이 주체에게 특별한 경험과 학습을 제공할 수 있음을 간접적으로 설명하는 것이다.

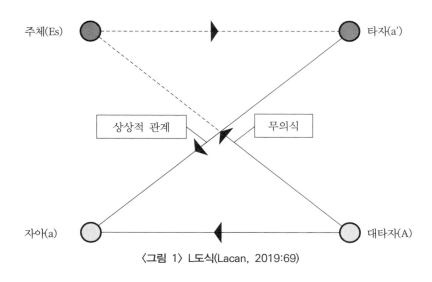

〈그림 1〉 L도식(Lacan, 2019:69)

'Identity'의 사전적 의미에는 '동일성'이라는 뜻이 있다. 이는 정체성이 주체성을 획득한 누군가가 특정 존재로 있기 위해서 욕망하는 대상과 동일하다고 인식하는 것으로 해석할 수 있다. Lacan(2019:68)는 주체와 정체성에 대해 언급하면서 "이미 인간이 존재 속에서 이 질서에 사로잡혀"있다는 것으로 설명하는데, 여기서 '존재'는 주체(S)를 말하고 질서는 상징적 질서(symbolic order)를 말한다. 그러니까 주체와 존재에 대한 Lacan의 지적은 '인간'이 사회나 질서로 대변되는 상징적 질서에서 따라서 구성된 '주체'로 '존재'할 수밖에 없는데, 바로 이 상징계의 언어로 호명된 '기표'가 '주체(subject)'라는 것이고, '정체성(Identity)'은 주체가 존재하기 위해서 해야 하는 것에 대한 총합을 의미하는 것이다.3) 이와

3) Ivanič(1998:10-11)은 '주체(subject)'라는 용어가 Althusser, Foucault와 같은 사회 이론가들에 의해서 주로 사용되는데, 이는 정체성이 사회적으로 구성되고 사회적으로 '제약(constraint)'을 받는다는 공적인 뜻을 함의한다고 지적한다. 반면 '정체성(identity)'이라는 용어는 주로 사람의 '감각(sense)'을 뜻하기 때문에 보다 사적이며 일상적인 뜻을 갖는다고 지적했다. 본 연구는 '주체(subject)'와 '정체성(identity)'을 동일한 층위로 보고 논의를 전개하는데, 그 이유는 '정체성'이 주체로 존재하기 위해서

같은 이유로 본 연구는 '정체성'을 설명하면서 '자아(self)'라는 용어를 사용하는데, 이는 자아가 무언가를 하면서 느끼는 개인의 '감정(feeling)' 이나 '영향(affect)'과 관련된 정체성의 측면을 가리키기 때문이다(Ivanič, 1998:10).

〈그림 1〉의 'L도식'은 '「도둑맞은 편지」'에 관한 세미나'에서 '편지 (letter)'에 의해서 주체가 시시각각 변하는 양상을 나타내기 위해서 Lacan(1966)이 고안한 도식이다. 물론 'letter'는 '언어/문자(letter)'라는 뜻도 갖고 있기 때문에 '주체'가 언어에 의해서 호명된다는 것을 이중 적으로 보여주는 장치이기도 하다. [그림 1]을 보면 주체는 독일어 'Es (영어 it)'로서 일반적으로 주체들의 '언어적 세계'인 대타자(A)와 직접 연결되어 형성될 것이라 판단되지만 실제로는 '상상계의 축(a-a')'을 거치게끔 되어 있다. 그 이유는 언어적으로 동일시되는 어떤 존재가 있다고 하더라도 스스로 혼자 상상적으로 동일시했던 것, 그러니까 '자아(a)' 역시도 주체에 영향을 주기 때문이다. 그렇다면 '자아(a)'와 '주체(Es)'는 어떻게 다를까? Lacan(2019:249)는 주체가 본질적으로 '타자'인 '자아'와 연결된다고 지적했는데, 그 이유는 '자아'란 거울을 보며 마주한 '상상 속의 나'이기 때문이다. 결국 이 '자아'는 또 다른 타자이기 때문에 '주체'의 소외를 불러오게 된다. 그렇지만 '정체성'을 구성할 수 있는 '주체'로 자리를 잡으려면, 언표 주체인 '자아'가 먼저 상징계 속에 자리를 잡아야 한다는 게 Lacan의 지적이다.4) 이와 같은 이유로 '타자'와 '자

필요한 여러 자아들의 총합이기 때문이다. Ivanič(1996:7)도 이와 같은 입장에서 '주체의 위치 설정(subject positioning)'이 곧 정체성 구성과 연결된다고 지적했다. 본 연구도 이와 같은 입장에서 논의를 전개한다.

4) Zizek(2005:258)는 Lacan의 '주체' 개념을 소개하면서 "주체는 우리가 주어진 다양의 실정성으로부터 진리사건과/이나 헤게모니로 이행하게 되는 그 행위, 그 결단이다."라고 정리하고, Zizek(2005:260)는 Lacan이 주체를 '존재'론화한다고 지적했다. 즉 주체는 주어진 상황에서 겪게 되는 다양한 상황과 헤게모니에서 존재하기 위해서 하게 되는 행위와 결단이라는 의미인데, 결국 주체라는 것은 고정된 것이 아니라 가변적인 것이라

아'가 연결된 '상상계의 축(a-a')'을 통하지 않고서는 주체도 나타날 수 없게 된다. 그런데 여기에서 주목해야 할 부분이 있다. 언어로 호명되는 대타자이건, 상상적 동일시가 진행되는 타자이건 결국 주체란 'Es', 즉 영어로 말하자면 'It'이라는 공터일 뿐이며, 결국 주체란, 그리고 그 주체가 존재하기 위해 구성하는 정체성이란 '타자'의 의해서, '언어'에 의해서 '구성된다는 것'이다(Ivanič, 1998:47). 주체를 이렇게 파악하고 나면 '정체성'이란 주체의 '자기의식'으로써 주체의 다양한 양상과 반복되는 총합이 된다(이진경, 1997:8). Hall(1996:2)은 이런 정체성을 '구성된 것 (constructed)'과 '자연적인 것(naturally-constituted)'으로 나눈다. Hall의 연구가 '이민자'를 중심으로 진행된 것을 고려하면 '자연적인 것'은 이민을 오기 전의 사회문화적 맥락에서 형성된 정체성을 말하고, 구성된 것은 이민을 온 후에 이민국의 '공유된 특징(shared characteristics)'이나 '공통적 기원(common origin)'의 '뒷면(the back)'에 새롭게 구성되어진 것들을 말할 것이다. 유학생도 한국으로 온 이민자이기 때문에, 이들을 분명한 성격을 갖는 담화공동체에 구성원으로 본다면, Hall(1996)의 정체성 분류는 본 연구에 시사하는 바가 크다.

Ivanič(1998)은 학술적 글쓰기 '행위(act)'에서 나타나는 필자의 정체성을 '자전적 자아(autobiographical self)', '담론적 자아(discoursal self)', '작가적 자아(self as author)'로 분류하는데, 필자를 유학생으로 전제할 경우 '자전적 자아'는 이미 구성된 것, 그러니까 '자연적인 것'으로 정리할 수 있고, '담론적 자아'와 '작가적 자아'는 새롭게 만들어진 '구성된 것'으로 정리할 수 있다. 첫째, 자전적 자아는 특정 방식으로 행동하려는 사람의 '기질(disposition)'을 말하는 것으로 사회적으로 구성된 '나'를 의미한다. 그런데 이 '나'는 오래 시간을 보낸 곳에서 영향을 받아 구성된

는 의미가 된다. 이는 '필자로서의 정체성'을 강조하기 위해서 주어진 상황을 새롭게 구성하고 저자 주체로서의 위치를 강화하려는 본 연구에 정당성을 부여한다.

것이기 때문에 여기서 정체성은 Hyland(2002:1095) 식으로 말하자면 '가정 문화(home cultures)'에 영향을 받아 구성된 것을 의미한다. 주목할 부분은 학술적 글쓰기에서 자전적 자아는 특히 필자의 '입장(stance)'을 나타낼 때 드러난다는 것이다. 일반적으로 필자의 입장은 '학문적 문화(academic cultures)'를 고려해서 결정되어야 하는데, '가정 문화(home cultures)'에 영향을 받을 경우 입장의 오류가 발생할 여지가 크다. 둘째, 담론적 자아는 필자가 글쓰기 행위를 하는 사회적 맥락에서 중요시되는 가치, 신념, 권력관계 등과 같은 텍스트의 담론적 특징들을 통해서 구축되는 것을 가리킨다. 이는 학술적 글쓰기에서 필자가 자신이 속한 담화공동체의 담화 관습 속에서 내는 '목소리(voice)'를 통해 나타난다. 이 '목소리'를 적절하게 나타낼 수 있으려면 '학문적 문화(academic cultures)'에 익숙해져야 할 것인데, 유학생들은 이와 같은 새로운 문화에 익숙하지 않다.5) 셋째, 작가적 자아는 필자가 저자라고 생각하고 텍스트에서 구현하는 것을 말한다. Ivanič(1998:26)은 이 자아가 '자전적 자아'와 긴밀하게 연결되어 있다고 주장하는데, 필자의 삶을 통해 구성된 자전적 자아가 특정 글쓰기 맥락에서 저자로서의 권위를 나타나게 할 수도 있고, 그 권위를 포기하고 숨게 할 수도 있기 때문이다. 이 자아에서 구성되는 정체성은 학술적 글쓰기에서 논쟁이나 주장 등에 필자 스스로를 드러내는 것으로 나타난다.

---

5) 특정 관습을 따르는 것은 곧 그 사람과 같은 위치에 서는 것, 즉 동일시하는 것을 의미한다(Ivanič, 1998:45). 이 문제를 해결할 수 있다면 정체성 강화에 효과적일 것이다.

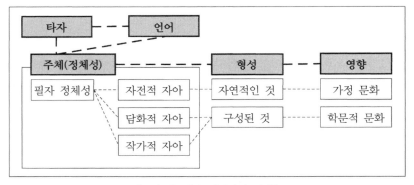

〈그림 2〉 필자 정체성의 양상6)

〈그림 2〉는 필자 정체성의 양상을 정리한 것이다. 주체는 특정 존재로 있기 위해서 정체성을 구성하게 되는데, 그때 '타자'와 '언어'로부터 제일 강력한 영향을 받게 된다. 특히 글쓰기 행위에서 나타나는 필자 정체성의 양상은 '자적적 자아', '담화적 자아', '작가적 자아'로 나타나는데, 자전적 자아는 자연적으로 형성된 것이고, 담화적 자아와 작가적 자아는 새로운 사회문화적 맥락, 즉 학문적 문화에서 새로 구성되어야 하는 것이다. 본 연구는 '목소리(Voice)', 즉 담론적 자아에 주목한다. 본 연구에서 담론적 자아에 주목하는 이유는 대학원 유학생이 자신이 속한 담화공동체와, 글쓰기 맥락에서 강조되는 담화 관습을 수용하면서 목소리를 낼 수 있어야, '저자 주체(subject position)'로서 정체성을 구성하고, 이를 통해서 다양한 글쓰기 맥락에서 학술적 글쓰기로 구성원들과 의사소통할 수 있기 때문이다. 앞서 자전적 자아는 고향의 가정 문화로부터 영향을 받아 구성되고 이미 고향의 사회·문화적 맥락에서 고

---

6) 물론 가정 문화에서 형성된 '자전적 자아'도 결국 '구성된 것'이라는 지적이 있을 수 있다. 그렇지만 Hall(1996)은 이민자의 입장에서 이민국으로 오기 전에 형성된 정체성은 새롭게 편입된 공동체의 영향으로 형성된 정체성과 비교할 때 자연적인 것으로 설명한 것임을 밝힌다.

착화된 '배경지식' 등과 연결되어 변화의 가능성이 높지 않을 것으로 판단했다. 반면에 작가적 자아는 담론적 자아가 소속된 담화공동체에서 중요시 하는 방향으로 강화된다면, 텍스트에 긍정적으로 표출될 가능성이 높기 때문에, 본 연구에서는 우선 '담론적 자아'를 중심으로 논의를 전개해 보려고 한다.

3. 대학원 유학생의 필자 정체성 강화 방안

본 연구는 Lacan(2019)의 L도식을 통해서 정체성이 '타자'의 관계에서 '언어'적으로 구성되는 '존재'임을 밝히고,[7] Hyland(2002)와 Hall(1996)을 근거로 영향을 주는 문화와 정체성의 종류를 나눴다. 또한 이를 전제로 Ivanič(1998)을 통해서 글쓰기에서 정체성을 자전적, 담론적, 작가적 자아로 나눠서 설명하고, 이 중에서 '담론적 자아', 즉 새로운 사회문화적 맥락에서 구성된 '새로 구성된 주체'를 중심으로 논의를 전개한다고 밝혔다. Ivanič(1998:63)은 '리터러시 생태학(the ecology of literacy)'을 '리터러시 사건(literacy event)'을 중심으로 설명하는데, '리터러시 사건'은 텍스트를 완성하는 데 필요한 구어, 주변의 상황, 다양한 텍스트, 하나 이상의 사건, 하나 이상의 하위 사건(sub-events) 등을 가리킨다. 이렇게 글쓰기 행위가 진행될 때 다양한 사건들이 연루되는데 이와 같이 연결된 것들의 총합을 '리터러시 생태'라고 정리한다. 이는 구어와 문어를 포함하는 언어적 자극, 주변 상황의 재설정, 텍스트 완성과 관련된 사건과의 연계 등을 고려해서 '리터러시 생태'를 구성할 수 있다면, 대학원 유학생의 필자 정체성을 강화시키는데 효과적일 것이라는 주장에 근거가 된다.

---

7) 물론 여기에는 '욕망'과 '무의식'에 대한 자세한 설명이 반드시 추가되어야 하지만 본 연구의 초점과는 거리가 멀기 때문에 본 연구에서는 이에 대해서 따로 정리는 하지 않고, 정체성이 구성되는 것에만 초점을 맞춘다.

본 연구는 이와 같은 리터러시 생태를 구성한다는 입장에서 몇 가지 교
육적 처치를 제안한다.

3.1. 학술대회의 반복적 참석과 활동

우선 주체 형성이 타자와의 관계에서 형성되고, 이렇게 구성된 주체
를 통해서 정체성이 구성된다고 전제했을 때, 가장 중요한 것은 바로
'타자' 그 자체이다. 필자 정체성의 강화를 위해서 대학원 유학생의 리
터러시 환경에 적절한 타자와의 접촉을 반복적으로 높여야 한다. 왜냐
하면 이와 같은 학술적 담화공동체의 구성원과 접촉하는 빈도가 높아
지게 되면 '닮고 싶다는 욕망'도 강화될 것이기 때문이다.

본 연구는 이와 같은 적절한 타자들과 함께 시간을 보낼 수 있는 최적
의 활동으로 '학술대회'를 제안한다. Ivanič(2006:20)은 'Logan'이라는 청
년의 예를 통해서 특정 공간에서 특정 활동에 '충분한 참여(full
participation)'가 확보될 경우 확실한 '자기 확인(Identification)'으로 귀결되
어 정체성 강화에 도움을 준다고 주장했다. 정체성이라는 것이 영구적이
지 않고 맥락에 따라 달라지는 존재이기 때문에 지속적인 자기 확인은
정체성 강화에서 필수적일 것이다. 대학원이라는 학술적 담화공동체에
소속된 '주체'로 '나'를 반복적으로 '확인'하게 할 수 있으며, 무엇보다
같은 정체성으로 존재하는 무수히 많은 타자들을 반복적으로 만날 수
있는 '학술대회' 참석은 대학원 유학생의 필자 정체성 강화에서 매우 중요
한 역할을 할 것이다. 특히 '글쓰기'로 의사소통하는 대표적 공간인 학술
대회는 '언어'를 통해서 지배 학문의 규율, 학계에서의 역할 등을 직접
확인할 수 있는 공간이기 때문이다.

Ivanič(1998:47)은 정체성이 사회적으로 '구성(construction)'되는 데,
재료가 필요하다고 지적했는데, 가장 강력한 재료가 '언어(language)'라
고 지적했다. 대학원 유학생이 학술대회에 참석해서 듣게 되는 구어와

접하게 되는 문어 자료들은 모두 필자로서의 정체성을 강화하는데 중요한 언어 재료가 될 것이다.

3.2. 한국인 멘토의 피드백

그렇다면 학술대회에 참석하는 대학원 유학생이 '글쓰기 맥락'에서 필자 정체성을 강화시키려면 어떻게 해야 하는지도 살펴볼 필요가 있을 것이다. 정체성은 기본적으로 구성적이지만 실제 편입된 담화 관습에 직접적으로 연관·구성되는 '담론적 자아'는 보다 더 구성적 성격을 갖는다.

이처럼 새롭게 편입되어 전혀 경험한 적이 없는 공동체에서 새롭게 담론적 자아를 구성하려면 '글쓰기 행위'를 한국인 동료와 함께 하면서 접촉 빈도를 늘려야 한다. 민정호(2018:211-216)은 대학원 유학생이 학술 보고서를 쓰면서 '자기중심성(egocentrism)'을 극복하는 양상을 살폈다. Flower(1993:211)은 '자기중심성'이 '사고(thinking)'가 '나(I)' 또는 '자아(ego)'를 중심으로 집중되어 있는 '심리적 현상(psychologists)'으로 정의한다. 이렇게 '나'를 중심으로 텍스트를 완성하게 되면 '독자', 그러니까 필자가 소속된 담화공동체의 구성원들을 고려하지 않고 글쓰기를 하게 되는 문제가 발생한다.

정은아(2015:514)는 '토론'이나 '피드백'이 필자의 자기중심성을 인식하고 극복하는데 도움을 준다고 지적했다. 실제 민정호(2018)은 대학원 유학생을 대상으로 '토론'과 '피드백'의 '효과성'을 입증하기 위해서 대학원 유학생이 텍스트를 수정할 때 누구와 '토론'이나 '피드백'을 하는지를 분석해 보았다. 민정호(2018)은 '토론'과 '피드백'의 상대를 '혼자', '유학생', '한국 학생', '교수님'으로 나눠서 각각 '토론'과 '피드백'을 한 후에 학생들의 텍스트 수준을 살펴봤는데, 한국 학생이나 교수와 토론을 하고 피드백을 받으면서 학술 보고서를 완성한 유학생의 텍스트 수준이 다른 유학생이나 혼자서 수정한 학생보다 높았다. 총체적 평가의 결과와 다르게 유학생의 도움을 받은 대학원 유학생들도 '맞춤법' 등 '기계적 오류' 측면에서는 많은 도움을 받았다고 밝혔다.8) 그렇지만 한국인 대학원생과 교수에게 지도를 받았던 대학원 유학생들은 단순히 맞춤법뿐만 아니라, 과제를 해석하는 것에서부터 논리적 구조나 문단과 문단을 연결하는 것 등 담화 관습과 직접적으로 연결되는 학술적 글쓰기의 수사적 맥락에서 도움을 받았다고 고백했다. 다시 말하면, 담화공동체에서 요구하는 담화 관습을 '관찰학습'을 통해 알게 된 것이다.9)

민정호(2019b:227)는 대학원 유학생이 학사 학위를 받은 대학교를 조사했는데, 25명(83.4%)은 한국 이외의 대학교에서 학위를 받았고, 5명(16.6%)만이 한국의 대학교에서 학위를 받은 후에 대학원에 진학을 한 경우였다. 이는 한국의 학술적 담화공동체에서 요구하는 리터러시를 대학원 유학생들이 보유하지 못하고 있음을 방증하는 것이고, 리터러시 생태를 구성해서 필자 정체성의 담론적 자아를 강화시킬 때, 담화 관습을 충분히 알고 있는 멘토와의 접촉은 학술적 리터러시의 강화뿐만 아니라 필자 정체성까지도 강화시킬 수 있다는 것을 의미한다.

3.3. 담화 관습에 대한 명시적 교육

그런데 현실적으로 제기될 수 있는 문제는 모든 전공의 대학원에서

---

8) 민정호(2018)에서 대학원 유학생은 주로 '석사과정' 유학생을 말하는데, 도움을 받은 유학생은 '박사 과정', '박사 수료'에 해당하는 유학생을 말한다. '박사 과정'이나 '박사 수료'에 있는 유학생이지만 '맞춤법' 이외에 도움을 받지 못했다는 사실은, 이 유학생들도 담화 관습에 익숙하지 않다는 것을 의미하고, 이는 담론적 자아나 작가적 자아 가 강화되지 못했다는 것을 방증한다.

9) Bandura(1977)은 모방과 관찰학습을 구분하는데, '관찰학습(observational learning)' 은 단순히 따라하는 모방과 달리 인지적 변화를 통한 '동기화'가 따르는 것으로 '모델링(modeling)'이 되는 대상과의 빈번한 접촉, 반복적 노출 등을 통해서 발생하게 된다. 대학원 유학생들은 한국인 조력자와 함께 보고서를 수정해 가면서 이들을 모델링하고 관찰학습했을 것으로 판단되며, 이는 텍스트의 수준뿐만 아니라 필자 정체성을 강화하는데 큰 도움이 되었으리라 판단된다.

유학생과 한국 학생의 비중이 균등하지 않다는 것이다. 그러니까 앞서
언급한 식의 대학원 유학생과 한국인 대학원생의 협업이 현실적으로
불가능할 수도 있다는 것이다. 그래서 유학생의 수는 많지만 한국 학생
의 수가 적은 경우까지 고려해서 정체성 강화 방안을 제안한다면, 대학
원 유학생이 '학술 세미나'에 참석하고 '발표'를 하기 전에 한국인 대학
원생과 토론을 하거나 피드백을 받는 것을 고려해 볼 수도 있겠다. 사
실상 이와 같은 활동은 현실적으로 1학기에 1번 정도만 가능하겠지만
4학기 기준으로 4번의 이와 같은 경험은 담화 관습을 몸에 익히고 한국
인 대학원생을 모델링해서 대학원의 전문 필자로서 필자 정체성을 구
성하기에 부족하지 않은 경험이 될 것이다.

그렇지만 한국인 멘토와의 협업보다 교육과정 차원에서 고려해 볼
수 있는 것은 담화 관습, 즉 해당 전공에서 정치적으로 우위에 있는 글쓰
기 관습과 관행을 '명시적 교육'을 통해 알려주는 것이다. Williams &
Colomb(1993:262)은 글쓰기 수업에서 특정 장르에 대한 '명시적 교육
(explicit teaching)'이 쓰기 능력 향상에 주요한 방법이 될 수 있음을 지적했
다. 최근 이와 같은 흐름 때문인지 Murray(2011), Williams et al.(2011),
Paltridge & Starfield(2007) 등과 같은 학위논문의 특징과 구조, 그리고
작성법을 명시적으로 다룬 책들이 대학원 유학생을 위해서 개발되었고,
영미권에서 유학 중인 유학생들의 논문 작성을 위한 참고자료로 매우
활발하게 사용되고 있다. 이와 같은 경우를 고려하면 담화 관습을 대학
원 유학생 혼자 스스로 알아가도록 하는 것보다 대학원 교육과정에 반영
해서 보다 '명시적 교육'으로 안내하는 것이 담론적 자아를 통한 필자
정체성 강화에 도움이 될 것이다.

3.4. 글쓰기에서 배경지식의 활용

다만 담화 관습을 글쓰기 '공식'처럼 알게 하는 것은 대학원 유학생

에게 글쓰기 형식과 구조가 고정적인 것으로 인식하게 만들 수 있다는 문제가 있다(Hyland, 2009:38). 앞서 '자기중심성(egocentrism)'을 극복하기 위한 방법으로 전공 내 학술 세미나 활동을 제안했지만 '자기', 즉 'ego' 는 '자아'의 다른 말로써 자전적 자아와 연결되어 등장한다. 자전적 자아는 앞서 언급했듯이 필자의 인생 역사를 통해 관습적으로 형성된 '아비투스(Habitus)', 즉 대학원 유학생의 가정 문화에서 학습된 취향에 해당한다(Ivanič, 1998:24). 그러니까 이 학습된 취향은 텍스트를 읽고 평가하거나 판단할 때 분명하게 드러나게 되는데, 문제는 해당 자아의 형성과 무관한 사회·문화적 맥락에서 실행·적용하게 될 경우 오류를 발생시킬 가능성이 높다는 것이다. 그렇지만 Ivanič(1998:28)은 정체성이 구성될 때 '위치(positions)'라는 말도 사용하지만 '가능성(possibilities)'이라는 말도 맥락에 따라 사용된다고 밝혔다. 이는 담화 관습의 가치와 수사적 구조 등을 공식처럼 외워서 한국인 대학원생과 똑같아지는 것이 올바른 정체성의 지향점이 아니기 때문이다.

　　Hall(1996:6)은 '봉합(suture)'이라는 개념을 제시한다. 이 봉합은 '절단한 자리나 외상(外傷)으로 갈라진 자리를 꿰매어 붙이는 일'이라는 사전적 의미에서 알 수 있듯이, 무조건적인 동일시가 아니라 다양한 담론의 '연대'를 의미할 것이다. 즉 대학원 유학생은 학습된 취향에 영향을 준 경험과 배경지식 등을 활용해서도 평가와 판단 등을 포함한 글쓰기 행위를 할 수 있어야 한다. 물론 때에 따라서는 철저하게 담화 관습에 따라서 한 명의 저자로서 행위해야 할 때도 있겠지만, 모든 글쓰기 맥락에서 그렇게 할 필요가 없다는 것이다. 오히려 학술적 글쓰기를 하면서 텍스트에 사용할 읽기 자료를 찾아 읽고 해당 자료에 대한 판단이나 평가를 내릴 때 이와 같은 자전적 자아로서의 행위는 담화 관습과의 갈등의 차원이 아니라 봉합의 차원, 그러니까 Ivanič(1998)가 말한 새로운 원형으로써의 '자아의 가능성'을 형성하도록 하는 데 도움을 줄 것이다.

3.5. 글쓰기 전략에 대한 교육

　Ivanič(1998:30)은 실제 작가들이 저자로서 강력한 존재감을 갖는 것이 '작가적 자아'라고 지적했다. 이는 작가적 자아가 결국 글쓰기 행위의 결과로 나타난 텍스트의 내용에 '책임'의 정도를 말하는 것이기 때문이다. Hyland(2002)는 대학생이 쓴 학술 보고서와 전문 필자가 쓴 학술지 논문에 사용된 1인칭 대명사 사용을 비교했는데, '논쟁과 주장' 등의 '작가적 자아'가 적극적으로 드러나야 하는 맥락에서 대학생 필자들은 전문 필자들보다 1인칭 대명사의 사용을 절제하는 모습이었다. 특히 아시아권의 유학생의 경우 비교적 비논쟁적 국면에서 1인칭 대명사를 사용하고, 논쟁적 국면에서는 1인칭 대명사를 사용하지 않는 양상을 보였다. 몇몇 학생들은 다른 저명한 연구물의 주장을 앞세우고 그 주장 뒤에 숨는 경향도 보였다. 그렇다면 유학생들은 왜 자신의 텍스트에서 주장을 자신의 주장으로 나타내지 못 하고, 해당 분야 전문가의 연구물로 대체했냐는 점이다.

　Hyland(2002)의 지적처럼 텍스트에서 적극적으로 필자를 드러내는 것이 아시아권의 가정 문화를 고려했을 때 옳지 못한 것으로 수용되는 정체성 때문일 수도 있다. 만약 그렇다고 할지라도, 대학원 유학생들에게 학술적 글쓰기에서 주장을 할 때 필요한 논증 구조 등과 같은 글쓰기 전략을 제공할 수 있다면 작가적 자아는 강화될 수 있을 것으로 기대된다. 물론 이에 대해서는 실제 추가적인 연구가 필요하겠지만 학위 논문을 반드시 써야 학위를 받을 수 있는 대학원에서 학위논문에서 필수적으로 요구되는 - 논증 구조와 같은 - 글쓰기 전략을 교육적으로 제공될 수만 있다면 그 효과는 긍정적일 것이다. 왜냐하면 학술적 글쓰기에서 필자가 작가로서의 정체성을 갖도록 하려면 실제 작가들이 같은 글쓰기 맥락, 같은 장르 글쓰기에서 빈번하게 사용하는 글쓰기 전략을 반복적으로 알려주는 것이 제일 효과적일 것이기 때문이다.

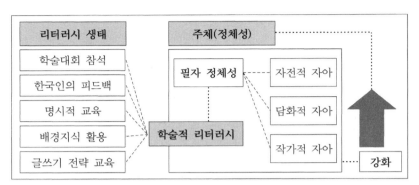

〈그림 3〉 대학원 유학생의 필자 정체성 강화 도식

〈그림 3〉은 대학원 유학생의 필자 정체성을 강화하기 위한 교육적 방법들을 학술적 담화공동체에서의 리터러시 생태를 새롭게 구성하는 것을 중심으로 종합한 것이다. 본 연구는 대학원 유학생에게 '학술대회의 참석과 활동', '전공 세미나에서 한국인 멘토와의 활동', '담화 관습에 대한 명시적 교육', '글쓰기에서 배경지식의 활용', '글쓰기 전략 교육' 등을 중심으로 리터러시 생태를 제공해 줄 것을 제안했다. 이와 같은 구성은 대학원 유학생의 학술적 리터러시를 강화시켜서 새로운 담화공동체에서 적절한 위치를 찾고, 필자 정체성을 구성하도록 만들 것이다.

4. 맺음말

학술적 글쓰기는 학문 목적 글쓰기와 다르다. 대학원 유학생들은 학술 보고서를 거쳐 학위논문을 완성해야 하는 학술적 글쓰기가 만연한 공동체로 편입되었다. 이러한 상황에서 요구되는 것은 학술적 글쓰기로 학술적 담화공동체의 '구성원(membership)'들과 의사소통을 하기 위해서 유학생은 스스로를 '저자 주체'로서 인식할 수 있어야 하고, 무엇보다 '저자 주체'로 존재하기 위해서 글쓰기 행위/맥락에서 필자 정체성을 구성할 수 있어야 한다. 이를 위해서 본 연구는 대학원 유학생이 학술적 담화공동체에서 학술적 글쓰기를 할 때 요구되는 '필자 정체성'을 강화하기 위한 교육적 방법들을 제안했다.

   본 연구는 '주체'와 '정체성', 그리고 '정체성의 종류'와 '필자 정체성의 양상' 등을 문헌 검토를 통해 정리하고, 정체성 구성에 주요한 영향을 주는 '타자'와 '언어'를 중심으로 실행 가능한 정체성 강화 방안을 제안했다. 그렇지만 Ivanič(2006)처럼 실제 인터뷰 등을 통해 해당 방안들이 필자 정체성 강화에 직접적인 효과가 있는지를 입증하지 못했다. 또한 Hyland(2002)처럼 양적 연구 방법을 통해서 텍스트에 나타난 정체성의 양상이나 정체성 인식의 정도 등을 직접 확인하지 못했다. 이는 본 연구가 갖는 '시론적 성격'을 감안하더라도 연구의 한계로 남는다.

   추후 학술적 글쓰기와 대학원 유학생, 그리고 필자 정체성에 대한 연구를 통해서 정체성 강화를 위해 제안된 교육적 처치들이 필자 정체성을 실제로 강화시키는지를 확인할 필요가 있을 것이다. 그래서 추가적으로 진행될 이와 같은 연구들이 대학원 유학생들이 경험하는 학업 부적응과 유학 생활의 부적응 등의 어려움을 해결하는 데 긍정적인 역할을 할 수 있기를 기대해 본다. 또한 이와 같은 연구 성과가 교육과정의 변화로 이어져서 대학원 유학생이 학술적 글쓰기에 자신감을 갖고, 학술적 글쓰기부터 학위논문에 이르기까지 주어진 학술적 과제들을 도전적으로 해결할 수 있기를 기대해 본다.

• 참고문헌

김혜연(2016), 대학생의 학습 목적 글쓰기에서 지식 구성의 양상 고찰-혼합 연구 방법론의 적용, 작문연구 30, 한국작문학회, 29-69.

민정호(2018), 학문 목적 한국어 쓰기에서의 담화종합 수준별 저자성 분석: 대학원 유학생의 계획하기와 수정하기를 중심으로, 동국대학교 대학원 박사학위논문.

민정호(2019a), 학술적 글쓰기에서 대학원 유학생의 저자성 개념과 교육원리의 방향 탐색, 리터러시연구 10(1), 한국리터러시학회, 313-341.

민정호(2019b), 한국어 교육 전공 대학원 유학생을 위한 듣기·쓰기 중심의 수업 모형 연구: 학업 리터러시 향상을 위한 딕토콤프를 중심으로, 사고와표현 12(3), 한국사고와표현학회, 219-250.

이진경(1997), 경제와사회-근대적 주체와 정체성-정체성의 미시정치학을 위하여, 경제와사회 35, 한국산업사회학회, 8-33.

정은아(2016), 글쓰기에서의 오류 개선 연구: 대학생 글쓰기에서의 자기중심성을 중심으로, 우리어문연구 54, 우리어문학회, 511-539.

정희모(2014), 대학 글쓰기 교육에서 학습 전이의 문제와 교수 전략, 국어교육 146, 한국어교육학회, 199-124.

Barton, D.(1994), *Literacy an introduction to the ecology of written language*, Oxford: Blackwell

Bandura, A.(1977), *Social learning theory*, Englewood Cliffs, NJ: Prentice Hall.

Flower, L.(1993), *Problem-Solving Strategies for writing(4th)*, Florida: Harcourt Brace & Company.

Hall, S.(1990), Cultural identity and diaspora. In J. Rutherford(Ed.), *Identity: community, culture, difference*(222-237). London: Lawrence&Wishart.

Hall, S.(1996), Introduction: who needs 'identity'?. In P. Du Gay & S. Hall(Eds.), *Questions of cultural identity*(1-17). London: Sage.

Hyland, K.(2002), Authority and invisibility: authorial identity in academic writing, *Journal of Pragmatics* 34(8), 1091-1112.

Hyland, K.(2009), *Teaching and Researching Writing, Applied Linguistics in Action*, London, U.K.: Longman.

Ivanič, R,(1998), *Writing and identity: The discoursal construction of identity in academic writing*, Amsterdam: John Benjamins.

Ivanič, R.(2006), Language, learning and identification. In R. Kiely, P. Rea-Dickins, H. Woodfield, & G. Clibbon(Eds.), *Language, culture and identity in applied linguistics*(7-29). London: British Association for Applied Linguistics.

Holt, J.(2003), 인공적인 마음은 가능한가: 기계가 만들어 낸 영혼, 이운경 역, 매트릭스로 철학하기, 한문화(원서출판 2002).

Lacan, J.(2019), 에크리, 홍준기 역, 새물결(원서출판 1966).

Murray, R.(2011), *How to write a thesis(2nd)*, Open university press.

Paltridge, B. & Starfield, S.(2007), *Thesis and Dissertation Writing in a Second Language*, New York: Routledge.

Russell, D. R.(1997), Rethinking genre in school and society: An activity theory analysis, *Written Communication* 14(4), 504-554.

Williams, Bethell, Lawton, Parfitt-Brown, Richardson & Rowe(2011), *Completing your PhD*, Red Globe Press.

Williams, J, & G, Colomb(1993), The Case for Explicit Teaching: Why What You Don't Know Won't Help You, *Research in the Teaching of English*, 27-3, 252-264.

Zizek, S.(2005), 까다로운 주체, 이성민 역, 도서출판b(원서출판 1999).

박사 유학생의 필자 정체성 강화를 위한 제언

학술적 글쓰기에서 담론적 정체성을 중심으로

1. 서론

글쓰기에서 필자에게 요구되는 실용적인 '능력'은 신뢰할만한 필자의 '표상(representation)'을 그들이 속한 담화공동체의 표상과 텍스트 속에 나란히 위치시키는 것이다(Hyland, 2002:1091). 이 표상 형성이 중요한 이유는 텍스트에 나타난 필자의 정체성이 곧 필자가 속한 담화공동체의 소속감으로 연결되기 때문이다. 즉 '담화공동체(discourse community)'에는 특정 장르 텍스트와 담화 관행이 있기 때문에 그 관행을 지키면서 텍스트를 완성하고, 소통할 수 있어야 적절한 정체성이 형성될 수 있다(Barton, 1998:17). 그렇지만 특정 담화공동체에 새롭게 진입한 필자들은 다른 담화 관행과 다른 장르 텍스트로 의사소통을 해 왔기 때문에 교육을 통해서 의도적으로 새로운 담화공동체에서의 필자 정체성을 형성해 줄 필요가 있다. 교육을 통한 필자 정체성의 강화는 텍스트의 질적 제고와 학업 적응 등에서 신입생에게 긍정적인 효과가 있을 것이다.

'담화공동체'에서의 '관행(practices)'과 '규약(convention)', 그리고 이로 인한 '구성원(membership)' 간의 네트워크 등에 집중한 연구자는 장르 교육을 연구한 Swales(1990)이다. Swales(1990:17)은 '사회 수사학적 네트워크(sociorhetorical networks)'를 곧 담화공동체로 정의한다. 즉 사회적으로 결속된 수사적 전통과 관행이 있는데, 이 장르로 글쓰기를 하면

서 의사소통하는 조직이 담화공동체라는 것이다.[1] Swales(1990:24-26)
은 담화공동체의 특징을 여섯 가지로 정리했는데, 핵심은 구성원이 참
여하는 '특별한 활동(specific activities)', 전통적으로 누적된 '리터러시 관
행(literacy practices)', 공동체만의 '담화적 특성(discoursal characteristics)'
등이 그것이다. 이처럼 구성원의 '특별한 활동', '리터러시 관행', '담화
적 특성' 등을 고려할 때 가능한 담화공동체는 '학술적 담화공동체(the
academic discourse community)'이다(Ivanič, 1998:81). 본 연구에서 주목하는
'대학원'은 학술적 담화공동체의 대표적인 예가 된다. 그러므로 신입생
이 대학원의 구성원이 되기 위해서는 대학원의 리터러시 관행과 담화
적 특성에 따라서 텍스트를 구성해서 구성원과 소통할 수 있어야 하고,
무엇보다 대학원에서 요구하는 활동에 참여해야 할 것이다.

그렇다면 어떤 유형의 신입생이 대학원으로 편입될 때 어려움을 경
험할지를 생각해 볼 필요가 있다. 언어적인 문제가 있고, 대학원의 리터
러시 관행이나 담화적 특징을 알지 못해서, 학업 부적응을 경험하는 신
입생은 대학원 '유학생'이 될 것이다. '학문 목적 글쓰기(write to learn)'를
하는 학부 유학생과 달리 대학원 유학생은 대학원에 입학하면 곧바로
'학술적 글쓰기(academic write)'를 해야 하기 때문이다(민정호, 2019a:73).[2]
즉 대학원 유학생은 의사소통뿐만 아니라 평가까지 받아야 하는 학술적
글쓰기를 의무적으로 해야 한다. 그런데 본 연구는 대학원 유학생 중에
서도 '박사 과정의 유학생(이하 박사 유학생)'으로 연구 범위를 더 좁혀 보

---

1) 이에 대해서 이 관행과 규약이 지나치게 추상적이라는 비판, 즉 담화공동체만의 지리
   적, 역사적으로 존재하는 리터러시 관행이 분명하다는 생각이 환상이라는 비판도 존재
   한다. 그럼에도 불구하고 본 연구는 Swales가 '특수 목적 영어(English for Academic
   Purpose: EAP)', 즉 유학생을 위한 장르 글쓰기 교육을 전제로 나온 점을 고려해서
   관행과 규약, 그리고 이를 통한 장르 글쓰기 교육을 부분적으로는 인정한다. 담화공동체
   비판에 대해서는 Harris(1989:14)에서 자세하게 다루고 있다.
2) 이는 졸업을 위해서 반드시 학위논문을 써야 하고, 수업에서 좋은 성적을 받기 위해
   반복적으로 학술 보고서를 써야 한다는 점에서 그렇다(민정호, 2019b).

려고 한다. 그 이유는 두 가지인데, 첫째는 박사 과정의 학술적 글쓰기가 석사 과정보다 전문적인 리터러시 관행과 담화적 특징이 요구되기 때문이다. 둘째는 박사 과정에서는 학위논문에서 자신만의 '목소리(voice)'를 발현해야 하는데, 이때 '전문 필자'로서의 정체성이 중요하다. 결론적으로 강력한 필자 정체성의 형성은 박사 유학생에게 장르 텍스트를 담화 관행에 따라 완성하게 하고, 이를 통해 구성원과 의사소통하도록 하며, 학위논문에서 창의적인 목소리를 발현하도록 할 것이다.

학술적 담화공동체에서 신입생의 필자 정체성을 살핀 Ivanič(1998)은 학술적 담화공동체에 편입된 신입생들이 처음에는 줄에 매달린 '꼭두각시 인형(puppet)', 다른 행성에서 온 '외계인(alien)', 채식주의자 회의에 참석한 '불량식품 중독자(junk food addict)', 상류층의 화법으로 통화하려고 하는 '노동자 계층(working class)' 등으로 자신을 표상하거나 정체성을 구성한다고 지적했다(Roach, 1990:5; Ivanič, 1998:8 재인용). 이 비유적 표현들은 학술적 담화공동체에서 요구하는 정체성과 신입생이 가지고 있는 정체성 사이의 이질적 양상을 나타낸다. 결국 이 차이는 담화공동체에 편입된 신입생들이 낯선 리터러시 관행과 담화 관행 등에서 정체성의 혼란을 경험하게 만든다. 본 연구는 이와 같은 이유로 학술적 담화공동체로 새롭게 들어온 대학원 유학생, 그 중에서도 '박사 유학생'을 대상으로 '필자 정체성'을 강화하기 위한 방안을 모색한다.

박사 유학생을 대상으로 '필자 정체성'을 다룬 연구는 없다. 다만 대학원 유학생 중에서 '석사 유학생'을 대상으로 진행된 연구는 있다(민정호, 2020). 이 연구는 반복적인 언어와 타자와의 접촉이 정체성 형성 과정에서 중요한 역할을 한다고 전제하고, 학술대회 참석, 한국인 동료의 피드백, 학술적 글쓰기에 대한 명시적 교육, 배경지식을 활용한 글쓰기, 글쓰기 전략에 대한 교육 등을 정체성 강화 방안으로 제안했다. 그런데 이 연구는 대학원 유학생이 리터러시 관행을 모방·활용할 수 있다면

필자 정체성이 강화되는 것으로 주장한다. 그렇지만 Ivanič(1998)은 학
술적 리터러시를 공식처럼 배우는 것을 '새로운 형태의 규범주의(new
form of prescriptivism)'라고 비판했다. 학술적 담화공동체에 새로 입학한
석사 유학생의 학습자 특수성을 고려하면,3) 이와 같은 규범주의적 접
근이 타당할 수도 있다. 그렇지만 박사 유학생은 담론에 대한 '목소리
발현'이 중요하기 때문에 규범주의적 접근에서 벗어나 목소리 발현을
중심으로 필자 정체성을 강화시켜야 할 것이다. 이를 위해서 본 연구는
민정호(2020)의 특징과 문제점을 도출하고, 이 문제를 해결하는 방향에
서 필자 정체성을 재개념화해 보려고 한다. 또한 박사 유학생의 필자
정체성을 강화시키기 위한 방안에 대해서도 논의해 보겠다.

2. 필자 정체성의 개념

이 장에서는 민정호(2020)의 '필자 정체성' 개념을 비판적으로 분석
하고, 학술적 담화공동체에서 박사 유학생의 '필자 정체성'의 개념을
재정립해 보겠다.

2.1. 민정호(2020)의 필자 정체성

민정호(2020)은 Lacan(2019)의 주체 개념과 Ivanič(1998)의 담론적 자
아를 중심으로 정체성의 형성과 필자 정체성의 개념 등을 개념화했다.
〈그림 1〉은 L도식인데(Lacan, 2019:69), 이 L도식에 대한 설명에서부터
민정호(2020)의 필자 정체성 개념을 설명해 보도록 하겠다.

---

3) 실제로 민정호(2019b:314)를 보면 국외에서 학사 과정을 마친 석사 유학생의 높은
비중을 언급하며 대학원 석사 과정 1학기가 한국어로의 첫 리터러시 실천이자 학습이라
고 지적한다.

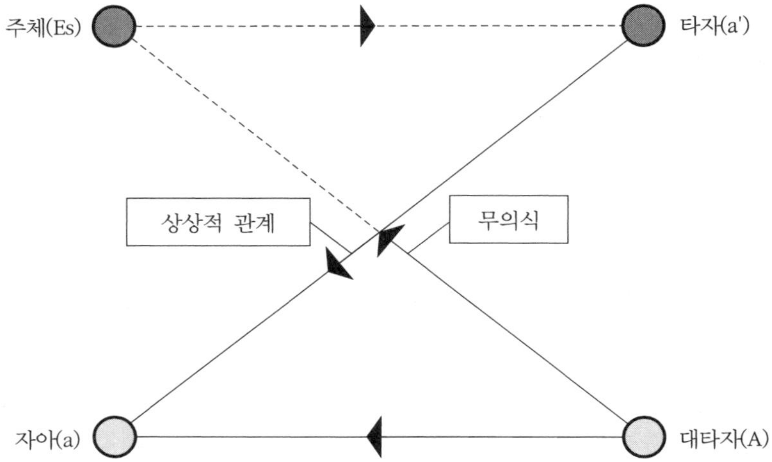

〈그림 1〉 L도식

Zizek(2005:258-260)는 Lacan(2019)의 L도식을 설명하면서 '주체 (Es/Subject)'를 '비어 있는 의자'로 표현했다. 즉 어떤 대타자에 영향을 받느냐에 따라서 주체가 바뀐다는 지적이다. 라캉은 '〈도둑맞은 편지〉 에 관한 세미나'에서 주체 형성에 강력한 영향을 주는 시니피앙에 대해 서 설명했다. 특히 '편지'와 '언어'라는 중의적 의미의 'letter'에 따라서 등장인물들의 주체 위치가 어떻게 바뀌는지를 분명하게 보여준다. '언 어', 즉 시니피앙은 상징계를 지탱하는 '대타자'를 출발해서 주체를 향 해 가는데, 이때 '타자'를 보고 스스로 '나'라고 생각하는 '자아(self)'를 반드시 거치게 된다. 즉 '자아'가 주체 형성에 영향을 주는 것은 맞지만, '자아'를 '주체'라고 단정할 수는 없다는 말이다. 하지만 무의식 속의 많 은 시니피앙이 '주체'가 되려 할 때, 자아를 반드시 거쳐야 하기 때문에, 주체성 획득에서 '자아'가 강력한 역할을 한다는 지적은 타당하다. 그 래서 '나'는 대상을 보고 그 대상과의 동일시를 추구하지만 결국 그건 타자일 뿐이다. 이 타자가 주체가 되게 하려면 '연속적인 행위'로 지탱

되고 있던 무의식의 시니피앙과 상징적 동일시가 발생해야 하는데, 이때서야 '나'는 비로소 어떤 '존재'로 '주체'가 될 수 있다. Lacan(2019)가 주체 형성에서 '타자'와의 동일시, 그리고 반복되는 행위에서 대출받은 '언어'와의 동일시로 설명한 것은 민정호(2020)의 '필자 정체성' 개념에 강력한 이론적 근거가 된다.[4]

이와 같은 이유로 민정호(2020)은 필자가 욕망하는 타자들이 모인 공동체에서 그들을 반복적으로 만나고, 무의식에 저장될 다양한 언어적 자극을 받으면 필자 정체성도 형성·강화된다고 본다. 그렇다면 주체와 정체성의 관계를 추가로 살펴볼 필요가 있겠다. '정체성(identity)'은 '언어'와 '타자'로 잠시 만들어진 '주체'들의 다양한 양상과 반복되는 총합을 의미한다(이진경, 1997:8). 그러니까 순간순간 언어와 타자에 의해서 식민화되는 주체들의 반복, 그리고 이것들의 총합이 곧 정체성인 것이다. 그래서 일반적으로 정체성은 주체와 등가어로 사용된다. 다만 정체성은 '복수성(plurality)', '유동성(fluidity)', '복잡성(complexity)'과 같은 '복합적인(multiple)' 의미를 갖는다(Ivanič, 1998:11). 〈그림 1〉의 L도식을 보면, '대타자(A)'를 출발한 화살표가 '자아(a)'로도 향하고 있음을 확인할 수 있다. 그러니까 무의식으로 들어온 시니피앙들은 상상적 동일시로 '자아(self)'가 구성될 때도 영향을 주는 것이다. 그래서 Ivanič(1998:23-27)은 필자 '정체성'을 설명하면서, '자아'를 세 개로 설명하는데, '자전적 자아(autobiographical self)', '담론적 자아(discoursal self)', '저자로서의 자아(self as author)'가 그것이다.

민정호(2020)은 정체성 강화에서 '언어'와 '타자'의 영향력을 강조하고, 학술적 글쓰기에서 필자 정체성이 담론적으로 구성됨을 수용한다.[5]

---

4) 이에 대해서 Zizek(2007:23)은 "언어는 우리에게 공짜로 주어진다. 하지만 일단 언어를 받아들이면 언어는 우리를 식민화한다."라고 지적했다. 즉 언어가 비어 있는 '무(無)'의 공간에 들어와 자아와 결탁해서 지속적으로 주체로서의 영향력을 행사한다는 것이다.
5) '자전적 자아'는 출신과 연결된 자아로써 글쓰기 상황에서 반응하는 개인의 기질을 의미하고, '담론적 자아'는 글쓰기 상황에서 나타나는 다중적 인상을 의미하며, '저자로

그래서 석사 유학생의 필자 정체성을 강화하기 위해서 '학술대회 참석'과 '한국인으로부터의 피드백'을 강조하는데 이는 '타자'와의 접촉을 고려한 것이고, '장르 글쓰기에 대한 명시적 교육'과 유학생이 고향에서 가지고 온 '배경지식의 활용', 수사적 맥락에서 사용할 수 있는 '글쓰기 전략 교육' 등을 제안하는데, 이는 '언어'의 자극을 고려한 것이다. 이를 통해서 민정호(2020)은 저자 주체의 필자 정체성을 강화하는 효과가 있을 것이라고 주장한다. 그런데 여기서 문제는 이와 같은 '전제'와 '교육 방법'이 학술적 담화공동체에서 강조하는 담화 관습에 대한 '복종'을 의미한다는 점이다. 다시 말해서 '학술적 글쓰기'를 능숙하게 하는 타인과의 접촉을 늘리고, 학술적 글쓰기를 잘하기 위한 명시적 교육을 받으면, 석사 유학생의 필자 정체성이 강화될 것이라는 주장은 정체성 형성의 과정을 지나치게 '일방적'으로 해석한 것이다. 이와 같은 필자 정체성 강화 방안은 석사 유학생의 '자전적 자아'를 '후경화(background)' 시키고, 대학원의 장르 글쓰기 관행을 '전경화(foreground)'시켜서 순응된 존재로 정체성을 구성시킨다는 비판에 직면하게 된다. 이는 민정호(2020)이 Swales(1990)이 주장한 장르의 '전형성(prototypicality)'을 학습하는 것을 학술적 담화공동체의 구성원이 되기 위한 결정적 '도구(toolkit)'로 전락시켰다는 점에서 비판의 여지가 생긴다.

분명한 점은 학술적 글쓰기에서 필자 정체성이 구성되는 것과 학술적 담화공동체에서 리터러시 관행을 능숙하게 구사하는 구성원이 되는 것은 전혀 다른 차원의 문제라는 것이다. 물론 이 지적은 완전히 틀린 지적은 아니다. Ivanič(2006:7)은 반복적되는 상황과 행위에서 발생하는 '자기 확인(identification)'이 정체성을 강화하는데 탁월하다고 지적했다. 즉 학술적 담화공동체의 구성원을 반복적으로 만나고 장르 글쓰기도 반복적

서의 자아'는 스스로를 저자라고 인식하는 정도를 가리키는데, Ivanič(1998)은 정체성이 기본적으로 담론적 구성이라는 것을 전제로 '담론적 자아'를 가장 중요하게 고려한다.

으로 하면, '자기 확인'이 반복적으로 발생해서 필자 정체성이 강화된다는 것이다. 그렇지만 박사 유학생은 능숙한 리터러시 관행과 담화 관행의 사용만으로는 필자 정체성이 강화될 수 없다. 왜냐하면 석사 학위논문이 장르 글쓰기의 관행과 같은 형식이 중요하다면, 박사 학위논문은 필자의 '목소리(voice)'가 더 중요하기 때문이다. Fairclough(2003:41)은 이 목소리가 텍스트에서 언어적, 의미론적으로 드러나는 필자의 '모습(style)'과 같다고 지적하면서, 필자와 함께 연대하는 '모습'들의 '공동 출현(co-presence)'을 볼 수 있기 때문에, 목소리가 중요하다고 설명했다. 실제로 박사 과정의 대학원 유학생이 능숙한 리터러시 관행으로 장르 글쓰기를 하는 것은 당연한 것이다. 오히려 박사 과정에서는 텍스트의 담화들을 적절하게 선택하고, 이를 종합해서 자신만의 목소리로 표현할 수 있느냐가 더 중요할 것이기 때문이다. 결국 박사 유학생에게는 능숙한 리터러시를 활용해서 '자신의 목소리'를 텍스트에 구현할 수 있느냐가 중요하고, 이때 이 목소리가 곧 여러 담론들의 영향으로 구성된 필자 정체성이 될 것이다. 결국 필자 정체성은 담론적으로 구성되기 때문이다.

2.2. 담론적 구성물로서의 필자 정체성

[그림 2]는 1절에서 정리한 정체성의 개념이다. '정체성'이란 언어와 타자를 통해 반복적으로 구성되었던 '주체(S)'들의 총합을 가리킨다. 그래서 민정호(2020)은 학술적 담화공동체의 리터러시 관행으로 글쓰기를 하는 것이 저자 주체로서의 글쓰기 경험이라고 전제하고, 이 저자 주체로서의 반복적인 경험과 누적이 결국에는 필자 정체성을 강화시킨다고 본 것이다. 그런데 Ivanič(1998:18)은 정체성 형성과 관련해서 크게 두 가지 입장이 있다고 지적했는데, 하나는 '담론(discourse)'이고 다른 하나는 '읽고 쓰는 것(reading and writing)', 곧 리터러시이다. 그러면서 정체성 형성을 논하면서 '담론의 관점'을 취하는 경우에는 '언어학에서 방

법론'을 도출하는 것이고, '리터러시의 관점'을 취하는 경우에는 '인류학에서의 관점'을 취하는 것이라고 정리했다. 결국 민정호(2020)은 정체성 형성과 관련된 두 가지 입장 중에서 리터러시의 입장에서 정체성 형성과 강화 방안을 논의한 것이다.

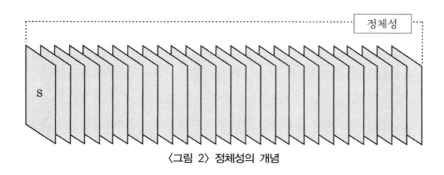

〈그림 2〉 정체성의 개념

Foucault(1972:49)는 '담론의 실천(discursive practice)'을 설명하면서 '언어적 행위(speech acts)'를 단순히 지시대상을 가리키는 것이 아니라 그 대상을 체계적으로 형성해 온 관행들로 구성된 관계로 이해할 것을 주장한다. 특히 이 담론적인 관계가 제도, 기술, 사회집단, 지각된 조직, 여러 담론과의 관계들의 병치와 공존, 상호작용으로 형성될 뿐만 아니라, 이것들 사이의 관계와 형태에 따라서 형성된다고 주장한다(Foucault, 1972: 72). 그래서 언어가 단순히 지시대상의 용어를 가리키는 것으로 생각하는 경향은 거부되어야 한다고 지적한다(Foucault, 1972:48). 왜냐하면 이 '언명적인 기능(enunciative functions)'에는 담론적 실천, 즉 많은 '배경적 관행(background practices)'들이 중요하게 연결되어 있기 때문이다. 그러므로 언어적 행위가 그 어떤 이데올로기의 관여 없이 지시대상만을 지시한다고 보는 것을 부정한 것이다. 그런데 Dreyfus & Rabinow(1983:231)의 저서에 실린 Foucault의 인터뷰를 보면 주목해서 볼 내용이 나오는데, Foucault가 '독서'와 '글쓰기'의 역할로 '자아 구성'을 설명하는 부분이다.

이는 언어적 행위가 담론적 실천에 따른 지식의 담론화를 말하기 때문에 읽기와 쓰기를 통해서 자아의 구성이 가능하다고 본 것이다. 그렇다면 무엇을 읽고, 무엇을 써야 하는지에 대한 논의가 필요할 것이다.[6]

'발현 상호텍스트성(manifest intertextuality)'은 텍스트를 다른 텍스트에서 실제로 확인할 수 있는 경우를 말한다(Fairclough, 1992:104). 직접적으로 똑같이 인용되었을 수도 있지만 필자의 아이디어와 통합되었을 수도 있고, 다양한 방식으로 변용되었을 수도 있다. 이와 유사한 주장은 Bakhtin(1984)에서도 발견되는데, '상호텍스트성'이라는 용어를 직접 사용하지는 않았지만, 필자가 무엇인가를 읽고 사용하는 언어에는 이미 다른 사람의 충만한 '해석(interpretations)'이 반영되어 있다고 정리한다. Enkvist(1987:14)은 이 상태를 필자의 '의도(intentions)', '환경(condition)', '상태(state)' 등과 같은 '메타메시지(metamessage)'가 주는 담론적 차원에서의 '징후적인 의미(symptomatic meaning)'라고 설명했다. 그러니까 Bakhtin(1984)의 설명대로라면, 텍스트의 '수신자'는 독자이면서 이 메타메시지에 응답해야 하는 두 번째 참가자가 된다. Bakhtin(2006:434-435)이 텍스트의 참가자가 후에 응답적으로 텍스트를 읽을 초수신자를 전제하는 필자라고 설명한 것은 이와 같은 이유 때문이다.

다만 본 연구에서 '상호텍스트성'을 언급하는 이유는 필자가 어떤 텍스트에서 어떤 담화를 가져다가, 어떤 입장에서 해석해서, 어떤 형식으로 배열하느냐가 곧 필자 정체성이기 때문이다. 그리고 이때 필자가 동일시하는 사람들의 텍스트를 가져와서 그 사람들의 목소리를 대변하기도 하는데, 이 역시 정체성 형성과 관련된다. 이 모든 언어적인 관계

---

6) 다만 여기에서의 '읽기와 쓰기'는 민정호(2020)에서 언급한 '리터러시 관행'이 아니다. 여기서 '읽기와 쓰기'는 필자가 자신만의 목소리를 찾아 표현하기 위해서 읽고 쓸 내용이나 재료 등을 말하는 것으로 특정 이데올로기를 갖고 다양한 담론적 관계로 형성된 것들을 가리킨다.

들이 Foucault(1972:49)가 지적했던 '담론적 실천(discursive practice)'과 깊숙이 관계를 맺고 있다. 실제 Ivanič(1998:125-180)을 보면 학술적 글쓰기 과제를 수행한 성인 학생의 정체성 양상을 텍스트에 사용된 '담론'을 중심으로 살피는데, 학술적 페미니스트로서의 정체성, 응용 사회학 학생으로서의 정체성, 사회복지사로서의 정체성, 바르고 유머가 있는 사람으로서의 정체성 등이 '혼잡한 목소리(jostling voices)'를 내고 있었다. 페미니스트로서의 목소리를 내야할 때 페미니스트와 관련된 담론을 축소하거나, 학술적 글쓰기와는 어울리지 않는 목소리로 나타나는 경우가 많았고, 실제로 만난 튜터의 조언이나 예상 독자를 과잉 고려하면서 목소리를 감추는 경우도 있었다. 결국 이는 필자들이 자신의 목소리로 담화 유형을 선택하고, 이에 필요한 연구들을 찾아서 자신의 텍스트에 반영하도록 '목소리를 표현하는 연습'이 필요함을 나타낸다.

Bakhtin(1986:89-92)은 한 개인의 독특한 발화 경험이 다른 사람과의 끊임없는 상호작용을 통해서 발생하며, 이 과정에서 '동화(assimilation)'되기도 한다고 지적했다. 또한 다양한 분야의 생각들이 다른 사람의 생각과의 상호작용과 '투쟁(struggle)'을 통해서 형성되는데, 이 생각들은 언어로 표현할 때 반드시 영향을 준다고 지적했다. 앞서 제시한 Ivanič(1998)의 예를 보면, 필자가 읽었던 책의 내용이나 저자 정보, 그리고 교사가 했던 말들이나 학기 중에 공부했던 기억 등이 필자의 목소리에 복합적으로 영향을 주는 것을 확인할 수 있다. 여기서 확인할 수 있는 것은 목소리가 없는 경우는 없다는 것이다. 그 목소리가 '혼잡한 목소리(jostling voices)'냐, 아니면 '담화공동체'의 다양한 주제와 관련된 분명한 목소리를 내느냐의 문제일 뿐이다. 그러므로 다양한 담론들로 구성된 텍스트를 읽고 입장을 분명하게 정리하는 연습이 필요할 것이다. 박사 유학생은 유학생이지만 분명한 목표 의식과 연구 주제 등을 가지고 입학한 학습자들이다. 그렇다면 본인이 연구하는 주제에서의 담론들을 확인하고, 이 담론들의 입장과 관행 등을 발견해서 해석하며, 이를 통해서 자신만의 목소리로 변주할 수 있어야 한다.[7] 그리고 이 자신만의 목소리는 듣는 청자를 고려해야 하기 때문에 독자를 고려해야 할 것이다. 정리하면 필자 정체성이란 글쓰기 행위에서 담론을 고려해서 치열하게 상호텍스트적으로 텍스트를 소비하고, 독자를 고려해서 자신의 목소리로 텍스트를 완성하는 것이 될 것이기 때문이다.

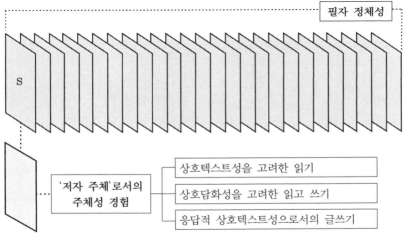

〈그림 3〉 박사 유학생의 필자 정체성의 개념

종합하면 정체성이란 '주체로서의 반복된 경험들의 총합'이다. 박사 유학생은 담화 관습에 따라서 장르 글쓰기를 쓰는 리터러시 관행뿐만 아니라, 다양한 텍스트를 읽고 이를 자신만의 목소리로 구성할 수 있어야 필자 정체성이 형성되었다고 할 수 있다. 그래서 '상호텍스트성'을 고려해서 읽기 자료의 내용들을 읽고 '상호담화성'을 고려해서 텍스트

---

7) 실제 읽었던 텍스트나 발화 내용을 통해서 필자는 글쓰기에서 활용할 수 있는 '담화적 레퍼토리(discoursal repertorie)'를 확보할 수 있다(Ivanič, 1998:52).

를 완성하며,8) 이때 응답적인 글쓰기가 되도록,9) 글쓰기 경험을 박사 유학생에게 제공해 주어야 한다. 본 연구는 이와 같은 교육적 경험을 박사 과정의 학술적 논문을 완성하는 강의를 통해서 제공해 줄 것을 제안한다. 아래 3장의 내용은 이 강의에서 세부적으로 초점을 맞추고 진행되어야 하는 핵심 내용들에 관한 것이다.

3. 필자 정체성의 강화 방안

3.1. 상호텍스트성을 고려한 읽기

상호텍스트성이란 결국 다른 텍스트의 영향에서 자유로운 텍스트가 없다는 의미인데, Fairclough(2003:39)은 발현 상호텍스트성의 대표적인 경우로 '인용(quotations)'을 제시한다. 인용이 상호텍스트성의 대표적인 예라면, 필자 목소리의 시작은 글쓰기를 위해 텍스트를 읽고 그 내용을 자신의 텍스트로 옮겨오는 바로 그 순간부터 시작된다. 이에 대해서 Kress(1985:12)는 내용을 옮겨 올 때, 필자 개인들의 '담론의 역사(discursive history)', 그리고 개인들의 '현재 담론의 위치(present discursive location)', 그리고 '담론들의 맥락(context of discourses)'에 따라서 해결될 수 없는 '차이(differences)'가 발생한다고 지적한다. 가져오는 내용이 함의하는 담론들도 그 나름의 맥락이 있고, 그것을 해석하는 필자 역시 담론의 역사와

---

8) '상호담화성(interdiscursivity)'은 관습에 따른 상호텍스트적 관계를 말한다(Fairclough, 1992:104). 여기에는 텍스트의 유형과 언어의 패턴, 담화의 유형과 구조 등이 포함된다. 본 연구는 민정호(2020)을 비판적으로 분석했지만, 상호담화성으로 대표되는 담화 관습의 능숙도를 필자 정체성 강화에서 제외한 것은 아니다. 이와 같은 이유로 2장을 정리하면서 정체성의 개념을 정리할 때 상호담화성도 포함시켰다.

9) '응답적 상호텍스트성'은 Bakhtin(1986)의 '응답성'과 Fairclough(2003)의 '상호텍스트성'을 결합한 것으로 단순히 수사적 목적에 따라 내용을 배열하는 게 아니라 텍스트의 다양한 담론을 찾기 위해 필자가 텍스트와 대화하면서 이에 응답하는 결과물로 필자의 목소리를 형성하고 텍스트에 표현하라는 의미로 만든 용어이다.

현재 위치가 있어서 그 사이에 '공간(space)'이 발생한다는 것이다. Foucault(1972:46)는 해석하는 사람과 대상(텍스트) 사이의 공간에 대해서 '담론들의 관계'가 지식 형성에 '결정적인 역할(crucial role)'을 한다고 밝혔다. 이 관계에 대해서 Dreyfus & Rabinow(1983:62)은 명제들 사이에서 유지되는 논리적이고 수사적인 관계가 아니라, 아마도 특정한 행동을 수행하기 위해 특정한 맥락에서 사용되는 '언어 행위들 사이의 관계'라고 설명했다. 그렇다면 박사 유학생들은 이 언어 행위들 사이의 관계를 인지하고 '저자 위치'를 선점해서 목소리를 내기 위해서 적극적인 담론적 실천 행위를 해야 할 것이다. Kress(1985:12)의 지적처럼 이 '차이'는 곧 텍스트를 생산하기 위한 '추진기(motor)'로서의 역할을 할 수 있기 때문이다.

박사 유학생은 '외국인', '학생', '연구자' 등의 '역할'에서 파생된 '페르소나(persona)'가 복합적으로 정체성에 영향을 줄 것이다. 또한 개인적으로 갖고 있는 가치관이나 세계관, 그리고 이에 대한 개인적 정서와 같은 '에토스(ethos)' 역시 정체성에 영향을 줄 것이다.[10] 그리고 이 각각의 담론적 구성, 글쓰기 행위를 하는 담론적 자아에 따라서 텍스트에 대한 해석과 인용되는 내용에 대한 평가, 그리고 텍스트를 향한 담론적 실천 등이 모두 달라질 것이다. 여기서 중요한 점은 텍스트 실천의 다양한 양상과 상관없이 이와 같은 행위를 언어적으로 실천하는 것 그 자체이다. 충분히 예상이 가능하겠지만 박사 유학생은 스스로를 '외국인', '학생'이라고 표상하고, '한국인'과는 다르다고 인식한다. 그래서 '박사과정'임에도 학술적 담화공동체의 연구자로서의 페르소나를 감추고, 공동체에서 요구하는 가치와 비교해서 자신의 세계관에 대해 진행되는

---

10) 이 에토스와 페르소나는 텍스트에 나타나는 '자기 제시(self-presentation)'의 두 가지 양상으로 페르소나는 '어머니'와 같은 사회적 '역할(role)', '학생'과 같은 공동체의 구성원을 말하고, 에토스는 공동체 구성원들의 '가치(value)' 등을 가리킨다(Ivanič, 1998: 89-90).

평가 등은 외면한다. 이와 같은 양상으로 구축된 정체성은 목소리의 부재로 이어지는데, 단적으로 보여주는 사례가 유학생 학위논문에서 나타나는 '표절' 문제이다(민정호, 2018:321). '표절'의 다른 말은 글쓰기 행위를 하는 연구자나 필자로서의 정체성 부재, 그리고 이로 인한 담론적 실천의 부재가 될 것이다. 학술적 담화공동체의 구성원으로서 필자 정체성을 갖고 글쓰기 행위를 하지 않기 때문에 '담론'의 구성적 관계에 대해서 비판적으로 분석하고, 이에 대한 자신만의 목소리를 만들 필요가 없는 것이다.

이러한 문제를 해결하기 위해서는 박사 유학생이 학위논문으로 쓰고 싶은 분야의 권위 있는 논문을 찾아 대표 논문들을 읽도록 해야 한다. 그리고 대표 논문을 읽을 때, 그 논문의 지배 담론들이 어떤 배경에서 어떻게 형성되었는지를 판단하고, 이를 비판적으로 분석하도록 해야 한다. 특히 이 비판점들은 따로 정리를 해서, '목록(List)'으로 관리하면 좋은데, 이 목록의 내용들이 필자가 자신의 목소리를 내도록 하는 '비계(scaffolding)'로써의 역할, 즉 '담화적 레퍼토리(discoursal repertorie)'를 확보하도록 하는 데 도움을 주기 때문이다. 결국 담론적 대안에서의 선택, 즉 필자의 목소리는 담화들의 목록에서 필자가 동일시하는 담론을 스스로 선택하는 것에서 출발하는 것이다.

3.2. 상호담화성을 고려한 읽고 쓰기

Fairclough(2003:34-35)은 '장르 혼합(Genre mixing)'을 이야기하면서 '상호담화성(interdiscursivity)'을 언급한다. 이는 장르의 '융합'에 대한 것인데, 결국 장르란 여러 장르 사이에서 일종의 '융합(hybridization)'과 '동화(assimilation)'를 통해서 탄생하기 때문이다.[11] Fairclough(2003)은 특

---

11) 이에 대해서 Ivanič(1998:48)은 장르뿐만 아니라 담화도 융합된다는 것으로 정리한다. 이는 Fairclough(2003:34)의 상호담화성의 범위를 더 확장한 것이다. 다만 이럴 경우,

히 이러한 융합을 '포스트모던(postmodernity)'의 특징으로 간주하는데, 이와 같은 이유 때문인지 미디어에 주목하는 경향을 보인다. 이는 Fairclough(2003)의 연구가 '학술적 담화공동체'가 아니라, '사회 조사 연구(social research)'에 기초하기 때문이다. 그런데 흥미로운 점은 학술적 담화공동체에서도 이와 같은 양상이 나타난다는 점이다

Ivanič(1998)은 사회 복지 전공 필자의 학술적 텍스트를 분석하면서 다양한 담화 유형의 '상호담화성(interdiscursivity)'을 확인한다. 이 필자의 텍스트는 '학술적 과제'에 응답한 과제였지만, '사회복지 업무에서의 사례 필기(social work case notes)', '사회복지 업무에서의 방문 보고서(social work visit reports)', '전문 사회복지사로서의 글쓰기(professional social worker writing)', 부분적으로는 '학술적인 글(academic article)' 등의 장르가 혼합되어 등장하는 것을 발견한다.12) 이렇게 다양한 장르들이 융합된 학술적 텍스트는 결국 좋은 평가를 받지 못했는데, 그만큼 다양한 장르에서 파생된 목소리들이 종합되지 못하고 파편적으로 통합되었기 때문이다. 이에 대해서 Ivanič(1998:167)은 필자가 학술적 글쓰기를 성공적으로 완성할 수 있는 "정체성을 형성"하는 데, 실패했다고 결론을 내린다. 왜냐하면 이와 같은 장르에는 학술적 담화공동체의 리터러시 관행에서 강조하는 담화 관습과 달리 불필요한 단어의 나열이나 주어 표현의 사용, 다른 맥락에서의 인용 표시나 논지와 상관없는 참고문헌의 사용 등이 동반되기 때문이고, 결국 이러한 상호담화적 양상은 성공적인 필자 정체성을 형성하는데 부정적인 영향을 주기 때문이다.

그렇다면 이렇게 필자 정체성 형성에 실패하는 결과를 막기 위해서

상호텍스트성과 상호담화성의 구분이 어려워진다는 점에서 본 연구는 보다 '장르'에 주안점을 두고 논의를 전개한다.

12) 이 학술적 텍스트에서는 '탐정 이야기(detective story)'처럼, 학술적 글쓰기와는 전혀 상관없는 장르적 유형도 발견된다(Ivanič, 1998:151). 이는 텍스트에서 나타나는 '상호 담화성(interdiscursivity)'을 분명하게 보여줬다는 점에서 의미가 있다.

는 학술적 글쓰기가 어떤 장르들의 융합으로, 혹은 주요한 담화들의 융합으로 상호담화성을 갖는지를 가르쳐야 한다. 즉 학위논문을 비롯한 학술적 글쓰기의 장르적 특징과 담화적 특징에 대한 교육이 필요한 것이다. 일반적으로 대학원에서 박사 과정은 학생들을 연구자로 판단하기 때문에 학위논문을 심사받기 전에, 필자가 관심을 갖는 분야로 학술지에 논문을 게재해야 한다. 이 논문 게재는 강제성을 갖는데, 학술지에 논문을 게재하지 못 하면 그 필자는 학위논문을 위한 발표나 심사 등의 권리를 보호 받지 못하기 때문이다. 이는 박사 '유학생'에게도 동일하게 적용된다. 즉 박사 유학생도 자신이 관심을 갖는 분야로 논문을 써서 학술지에 게재하지 못하면 학위논문을 쓸 수 없고, 결국 졸업을 못 한다. 이와 같은 제도의 취지는 학위논문을 쓰기 전에 대학원 유학생이 학술적 논문을 통해서 특정 주제의 담화적 특징을 먼저 경험해 보라는 것이다. 결국 장르 글쓰기를 하는 것이 학술적 글쓰기의 상호담화성을 경험하고 학습하는 것이며, 이를 위해서는 학위논문의 주제로 학술적 논문을 완성하도록 하는 강의 개설이 필요할 것이다.

 이 강의에 대해서 자세하게 설명하면 박사 유학생들의 졸업 요건을 갖추도록 도와주는 성격도 있지만, 학술적 글쓰기의 장르성, 즉 상호담화성을 이해하고 이 리터러시 관행에 따라서 학술적 논문을 완성하도록 도와주는 성격도 갖는다. 예를 들어 설명하면, '한국어 교육 전공'이라고 하더라도 '문법 교육' 논문에서 나타나는 장르적 성격과 '쓰기 교육' 논문에서 나타나는 장르적 성격은 다를 것이다. 그런데 필자의 목소리는 바로 이 담화의 경계에서 나타난다. 다만 이 '경계'를 지나치게 강조하면 필자 정체성 형성에 실패한다. Ivanič(1998)에서 필자가 정체성 형성에 실패한 것은 학술적 과제와 상관이 없는 사회복지 업무에서의 사례 필기, 방문 보고서 등으로 텍스트를 구성하고, 대학의 응용 사회학 전공에서의 학술적 텍스트는 상호담화적으로 과제에 반영하지 못했기 때문이다. 그래서 학술적 논문을 완성해야 하는 강의에서는 특정 전공의 내부에서 다양한 담화가 반영된 논문들을 중심으로 읽도록 해야 할 것이다. 이를 통해서 박사 유학생이 자신이 소속된 담화공동체의 장르 글쓰기에서 강조하는 상호담화성을 이해할 수 있을 것이다. 또한 학술적 글쓰기의 장르적 특징을 이해하고, 나아가서는 필자로서의 '모습(style)'과 '필자 정체성'을 형성할 수 있을 것이다. 즉 박사 유학생의 학술적 글쓰기에서 다양한 상호담화성이 드러나는데, 그 상호담화적 양상이 특정 전공의 학술적 글쓰기를 벗어나지 않는 선에서 자신의 목소리를 낼 수 있도록 해야 한다는 것이다.

3.3. 응답적 상호텍스트성으로서의 글쓰기

지금까지 논의된 내용을 전제로 학술적 글쓰기를 정리한다면, 여러 담화들과 필자 사이의 경계에서 이어나는 '씨름'이나 '대화'로 정리할 수 있을 것이다. 이에 대해서 Bakhtin(1986:69)은 '발화(uttrance)'가 복잡하게 조직된 다른 '발화들(uttrances)'의 연쇄에 의해서 연결되는 것이고, 이것이 텍스트라고 지적하면서 텍스트는 결국 대화적일 수밖에 없다고 지적했다. Bawarshi & Reiff(2010:83)은 Bakhtin(1986)의 '대화적 상호작용(dialogic interaction)'을 의사소통의 영역 안에서 한 장르가 다른 장르에 '응답하는(response)' 장르 간의 '수평적 관계(horizontal set of relationships)'로 정의했다. 결국 텍스트와 담화, 그리고 문장까지도 다른 텍스트와 담화로부터의 '응답'의 결과라는 것이다. 이 '응답의 결과'를 Bakhtin(1986)식으로 '응답성(answerability)'이라고 한다면 이에 대해서 조금 자세하게 살펴보고 박사 유학생에게 적용할 필요가 있겠다.

Bakhtin의 수사학 이론을 정리한 이재기(2019:165)는 텍스트가 "선행 발화(텍스트)에 대한 응답 과정에서 생겨난 것이며, 후행 발화에 대한 응답까지도 포함하고 있다"고 설명한다. 결국 필자가 텍스트에 표현하고

자 하는 내용은 선행 텍스트의 담론과 필자의 담론이 만나는 공간에서 발생하는 것이다. 이 공간에서 "숨겨진 '논쟁'이 발생"하는데, 이 논쟁을 통해서 필자의 담론이 결정된다고 설명한다(이재기, 2019:167). 그런데 Bakhtin의 응답성은 결정된 담론을 글쓰기로 표현할 때 반드시 그 논쟁의 현장에 와 있는 독자를 고려한다고 지적한다. 이 독자는 '후행 발화'라고 한다. 즉 그들이 듣고 반응하는 것을 예상하면서 글쓰기를 한다는 설명이다. 이때 '초월적 수신자'가 개입한다고 하는데, 이는 필자가 하는 담론의 실천에 끝까지 응하며 "응답적 이해를 모색하는 초월적 존재"라고 지적한다(이재기, 2019:170). 이와 같은 초월적 존재를 상정하면서 필자는 글쓰기를 포기하고 싶은 순간에도 끝까지 담론의 탐구를 지속하게 되고 글쓰기를 지속할 수 있게 된다고 밝혔다.

필자 정체성을 형성하고 이를 강화하려면 지금 하고 있는 글쓰기가 결국 선행 연구들로부터 받은 응답적 결과물임을 인식하도록 해야 할 것이다. 결국 글쓰기를 하는 이 '행위(act)'는 연구자로서의 책무이고, 그 텍스트를 읽을 미래 독자와의 대화이기 때문이다. 이를 위해서 두 가지 고려사항이 있을 것이다. 첫째는 박사 유학생이 학위논문으로 쓰기 원하는 주제나 분야에 대한 '선행 연구'를 정리하는 것이다. 일반적으로 학술적 글쓰기에서 '선행 연구'는 서론에서 학계에서의 연구결과를 요약·정리하는 역할을 한다. 그렇지만 이 요약과 정리의 목적이 '대화'가 되게 하려면 과거 논문의 필자들이 지금 유사 주제로 논문을 쓰는 필자들에게 어떤 응답을 요구하고 있는지를 발견할 수 있어야 할 것이다. 결국 선행연구를 분석하는 것은 이 요구를 발견해서 이에 대해서 적절하게 응답하는 것이 목표이기 때문이다. 대학원 유학생들은 학위논문의 연구 주제 선정에서부터 어려움을 경험하는 경우가 많다. 이는 유학생이 관심이 있는 분야의 텍스트, 그리고 담론들과의 누적된 대화의 결과물이 빈약하기 때문이다. 실제로 유학생이 쓴 학위논문의 선행

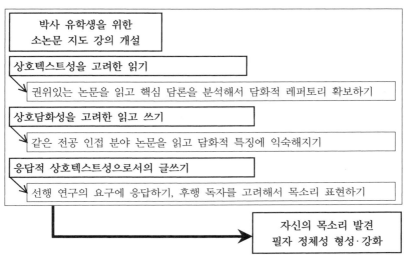

〈그림 4〉 박사 유학생의 필자 정체성 강화를 위한 방안

연구들을 살펴보면 평면적인 요약적 내용이 병렬적으로만 구성되며, 그 속에 담긴 핵심 담화들이 응답되지 못하고 외면 받는 모습이 나타난다. 선행연구 필자들이 독자로서 기대하는 요구사항을 외면하고 박사 유학생이 고독하게 완성한 학위논문들은 요구사항을 외면한다는 이유로 학계에서 그 공로와 학술적 가치를 인정받지 못하는 경우도 많다. 그런데 이러한 양상의 가장 중요한 이유는 결국 선행연구의 대화에 박사 유학생들이 적절하게 응답하지 않기 때문이다. 둘째는 독자에 대한 고려이다. 가깝게는 학위논문을 읽을 대학원의 구성원들과 지도 교수가 있겠지만, 이 독자 목록에는 미래에 이 논문을 읽고 담론적 실천의 과정을 거칠 후배 연구자들과 이 분야의 다른 후학들까지도 고려되어야 한다. 그 후학들이 지금 여기에서 대화를 요청하고 있다고 전제하고 박사 유학생이 필자로서 글쓰기 행위를 해 나가야 할 것이다. 그렇게 해야만 박사 유학생이 필자로서 자신의 목소리를 적절하게 '선택'해서 필자 정체성을 형성할 수 있을 것이다. 그리고 이러한 필자 정체성의

강화는 학술적 텍스트의 질적 제고에도 영향을 줄 것이다.[13]

본 연구는 리터러시 행위의 반복을 통한 필자 정체성의 강화보다 담론의 선택과 목소리의 표현에 맞춰서 논의를 전개했다. 이는 박사 유학생은 학위논문의 형식이나 리터러시 관행보다 학위논문 주제의 독창성이나 전공 분야의 연구사에서의 위치 등이 중요하다는 점을 고려한 것이다. 박사 유학생은 학위논문을 쓰기 위해서 규칙상 학술적 논문을 반드시 써야 하는데, 이를 위한 강의가 개설될 필요가 있다고 전제했다. 그리고 이 강의에서 충돌하는 담화들을 발견하고 이를 상호텍스트적으로 연결해서 사용할 수 있는 담화들을 발견할 것을 제안했다. 그리고 학술적 글쓰기의 상호담화적 특징을 고려해서 텍스트를 읽고, 글쓰기를 하며, 학계의 요구와 미래 독자의 기대에 응답하여 텍스트를 읽고 글쓰기를 할 것 등을 제안했다. 그리고 이러한 과정을 통해서 박사 유학생이 자신만의 목소리를 발견하고 이를 중심으로 학술적 텍스트를 완성하며, 이 과정을 통해서 필자 정체성이 형성·강화된다고 정리했다.

4. 결론

본 연구는 학술적 담화공동체의 특징을 중심으로 박사 유학생에게는 필자로서의 분명한 목소리가 필요하다고 전제했다. 특히 석사 유학생의 필자 정체성 강화 방안을 다룬 연구를 비판적으로 분석하고, 이를 극복하는 방향으로 논의를 전개했다. 박사 유학생은 리터러시 관행을 능숙하게 적용하는 것도 중요하지만 적절한 '담론'을 선택해서 자신의

---

13) 박사 유학생도 '초월적 수신자'를 고려할 수 있다면, 핵심 담화를 끝까지 탐구할 수 있다는 면에서 필자 정체성의 형성과 학술적 글쓰기의 수준 모두에서 긍정적인 효과가 있을 것이다. 하지만 이에 대한 논의는 별도의 장에서 자세하게 진행될 필요가 있다고 판단되어 본 연구에서는 상세하게 다루지 않는다.

목소리를 내는 것 역시 중요하기 때문이다.

　정체성이 반복되는 주체성 경험의 총합임을 전제로, 필자 정체성을 반복되는 상호텍스트적, 상호담화적, 응답적 글쓰기 경험 등의 총합으로 개념화했다. 그리고 이와 같은 경험의 누적을 위해서 박사 과정의 유학생을 위한 학술적 논문을 완성하는 강의가 필요하다고 제안했다. 상호텍스트성을 고려한 읽기를 통해서 필요한 담론을 목록화하고, 이 레퍼토리를 중심으로 필자로서의 목소리를 구성해 나가야 할 것이다. 또한 학술적 텍스트의 상호담화성을 정확하게 인식하기 위해서 학술적 텍스트 중에서 전공 논문, 그리고 학과 내 인접 전공의 논문 등을 폭넓게 읽고 이를 창의적으로 변주해서 학술적 글쓰기를 해야 한다. 마지막으로 학술적 글쓰기가 결국 '읽고 쓰기'라는 성격을 갖는데, 이때 선행 담화의 요구에 적극적으로 응답하고, 후행 독자의 반응을 고려해서 새로운 요구를 표현하는 대화적 글쓰기를 반복적으로 해야 한다.

　본 연구는 정신 분석학, 담화 언어학, 수사학, 장르 중심 접근법 등 다양한 연구 분야의 내용을 중심으로 필자 정체성의 개념을 정리하고, 박사 유학생의 필자 정체성을 강화하는 교육법에 대해서 논의를 전개했다. 그렇지만 시론적 성격이 강해서 필자 정체성을 형성·강화할 수 있는 '구체적 교육내용'이나 '교수법'에 대해서는 논의를 집중하지 못했고, 필자 정체성을 강화하기 위한 강의의 특징 등도 '제안' 수준에 머물렀다. 이 한계점들은 유학생의 필자 정체성을 강화할 수 있는 교육법을 모색하는 후속 연구들을 통해서 보다 체계적으로 다뤄지기를 기대해 본다. 이와 같은 연구를 통해서 박사 과정의 유학생들이 학계의 구성원이라는 정체성을 갖고, 자신만의 목소리로 학술적 글쓰기를 해 나갈 수 있기를 바란다.

• 참고문헌

민정호(2018), 학문 목적 한국어 쓰기에서의 담화종합 수준별 저자성 분석: 대학원 유학생의 계획하기와 수정하기를 중심으로, 동국대학교 대학원 박사학위논문.

민정호(2019a), 학술적 글쓰기에서 대학원 유학생의 독자 고려 양상 분석 – 사회인 지주의 관점에서 독자 인식과 제목을 중심으로, 리터러시연구 10(4), 한국리터러시학회, 63-88.

민정호(2019b), 학술적 글쓰기에서 대학원 유학생의 저자성 개념과 교육원리의 방향 탐색, 리터러시연구 10(4), 한국리터러시학회, 313-341.

민정호(2020), 대학원 유학생의 필자 정체성 강화를 위한 제언, 인문사회21 11(2), 아시아문화연구소, 199-210.

우정민(2019), 정신분석에서 현존재 분석으로, 철학·사상·문화 29, 동국대학교 동서사상연구소, 70-92.

이재기(2019), 바흐친 수사학: 대화적 글쓰기의 추구, 역락.

이진경(1997), 근대적 주체와 정체성 : 정체성의 미시정치학을 위하여, 경제와사회 35, 비판사회학회, 8-33.

최주희(2017), 외국인 유학생의 한국어 학위논문 작성 과정 연구: 참조 모델 활용과 조력자와의 상호작용을 중심으로, 서울대학교 대학원 박사학위논문.

Bakhtin, M.(1984), Problem of Dostoevsky's Poetics, Trans by C. Emerson, Minneapolis: University of Minnesota Press.

Bakhtin, M.(1986), The Problem of speech genres, In C. Emerson & Holquist(Eds.), *Speech Genres and Other Late Essays*(60-102), University of Texas Press, Austin.

Bakhtin, M.(2006), 말의 미학, 김희숙·박종소 역, 도서출판 길(원서출판 1970)

Barton, D. & Hamilton, M.(1998), *Local Literacies*, London: Routledge.

Barton, D.(1994.), *Literacy an introduction to the ecology of written language*, Oxford: Blackwell.

Bawarshi, A. & Reiff, M. J.(2010), *Genre: An Introduction to History, Theory, Research, and Pedagogy*, West Lafayette: Parlor Press.

Devitt, A. J. (2009). Teaching Critical Genre Awareness, In Bazerman, C., Bonini, A. & Figueiredo, D.(Eds.), *Genre in a Changing World*(337-351), Fort Collins, Colorado: The WAC Clearinghouse and Parlor Press.

Dreyfus, H. L. & Rabinow, R.(1983), *Michel Foucault: beyond structuralism and hermeneutics*, Chicago: University of Chicago Press.

Enkvist, N. N.(1987), Text Linguistics for the Applier: An Orientation. In Connor & Kaplan(Eds)., *Writing across languages: analysis of L2 text*(23-43), Addison-wesley publishing company.

Fairclough, N.(1992), *Discourse and Social Change*, Cambridge: Polity Press.

Fairclough, N.(2003), *Analysing discourse: textual analysis for social research*, New York: Routledge.

Foucault, M.(1972), *The Archaeology of Knowledge*, Trans by Smith, A. M. S. Harper Colophon, New York.

Harris, J.(1989), The idea of community in the study of writing, *College Composition and Communication*, 40, 11-22.

Hyland, K.(2002), Authority and invisibility: authorial identity in academic writing, *Journal of Pragmatics*, 34(8), 1091-1112.

Ivanič, R.(1998), *Writing and identity: The discoursal construction of identity in academic writing*, Amsterdam: John Benjamins.

Ivanič, R.(2006), Language, learning and identification. In R. Kiely, P. Rea-Dickins, H. Woodfield, & G. Clibbon(Eds.), *Language, culture and identity in applied linguistics*(7-29). London: British Association for Applied Linguistics.

Kress, G.(1985), *Linguistic Processes in Sociocultural Practice*, Victoria: Deakin University Press.

Lacan, J.(2019), 『에크리』, 홍준기 역, 새물결(원서출판 1966).

Roach, D.(1990), Marathon, *Research and Practice in Adult Literacy Bulletin* 11, 5-7.

Swales, J. M.(1990), *Genre Analysis: English in Academic and Research Settings*, Cambridge: Cambridge University Press.

Zizek, S.(1995) 삐딱하게 보기, 김소연·유재희 공역, 시각과 언어(원서출판 1991).

Zizek, S.(2005), 까다로운 주체, 이성민 역, 도서출판b(원서출판 1999).

Zizek, S.(2007), How To Read 라캉: Jacques Lacan, 박정수 역, 웅진지식하우스(원서출판 2005).

II

신수사학파와
장르 글쓰기 교육

신수사학파의 장르 인식 개념과
유학생 글쓰기 교육에서의 함의

1. 서론

Hyon(1996)은 장르 연구에서 크게 세 가지 이론적 전통이 있다고 밝히는데,[1] Johns(2008:241)은 이 중에서 북미 전통의 '신수사학파'가 응용 언어학자나 외국어 교사들에게 가장 친숙하지 않다고 밝혔다. 그 이유는 이 세 가지 전통을 다시 언어적 접근(linguistic approaches)과 비언어적 접근(nonlinguistic approaches)으로 나눈 Flowerdew(2002:91)에서 찾을 수 있는데, 여기서 신수사학파는 '비언어적 접근'에 속하기 때문이다. 즉 기능 문법이나 텍스트의 수사적 구조보다는 텍스트를 횡단하는 '다양한 맥락'에 주목하기 때문에 유학생을 위한 '교육적 접근'이 어렵다고 본다. 신수사학파에서 주요한 위치를 차지하는 Russell(1997:522)은 장르가 특정 상황에서 만들어지는 텍스트의 성격을 예측할 수는 있지만 텍스트 그 자체를 결정할 수는 없다고 밝혔다. 신수사학파에서 '활동 이론(activity theory)'은 이러한 배경에서 등장하고(Russell, 1997:508),[2]

---

1) Hyon(1996)은 장르의 세 가지 전통을 '언어'와 '텍스트 구조'를 중심으로 교육학적 관심을 두는 '특수 목적 영어(English for Specific Purposes)'와 텍스트 이면의 이데올로기와 비판에 주목하는 '신수사학파(The New Rhetoric school)', 그리고 체계 기능 언어학을 중심으로 초보자(novice student)에 집중하는 시드니 학파(The Sydney School)로 정리한다.

2) 활동 이론은 Vygotsky의 사회역사이론에서 출발해서 교육학, 언어 사회학, 컴퓨터 공학 등에 광범위한 영향을 준 이론으로, 글쓰기를 포함한 인간의 행동(behavior)과

장르 교육은 맥락에 따라 변하는 장르의 구조와 형식을 학습하는 것이
아니라, 필자가 스스로 '비판적'으로 '인식'하고 '발견'하는 것으로 정리
된다.

　이처럼 신수사학파는 필자가 스스로 장르를 비판적으로 인식하는
'장르 인식'과 누적된 '장르 의식'을 통해 새로운 장르 글쓰기를 해 나
가는 것으로 보기 때문에 '유학생'을 대상으로 글쓰기 교육을 진행하는
경우 실제적 응용이 어렵다. 실제로 신수사학파에서 강조하는 비판적
'장르 인식'은 대학교의 '신입생'을 대상으로 한 글쓰기 수업에서 주로
적용된다(Devitt, 2004). 국내 연구도 이러한 연구 흐름과 유사한데, 장르
인식에 대한 연구의 경우 대학교 1, 2학년 학습자를 중심으로 장르 인
식 정도를 확인한 오세영(2018)과 장르 인식에 기반한 대학 글쓰기 프로
그램을 제안한 이윤빈(2015) 등이 있다. 하지만 유학생을 대상으로 학술
적 글쓰기에 대한 장르 인식을 고양할 수 있는 교육 방안 등을 탐색한
연구는 찾기 어렵다. '장르 업테이크(Genre Uptake)' 향상을 위해서 석사
유학생을 대상으로 장르 글쓰기 수업을 설계한 민정호(2021a)가 있지만,
이 연구는 학술적 글쓰기가 아니라 '한국어 교안' 중심의 연구이다.[3]

　'대학원 유학생'을 대상으로 한 '장르 글쓰기 교육 연구'는 민정호
(2021b), 유나(2021), 민정호(2021c)가 있다. 비교적 최근에 진행된 연구들
이 많은데, 민정호(2021b)는 Swales(1990)의 '장르 분석'과 'CaRS 모형'
을 활용해서 쓰기 교육 방안을 모색했고, 유나(2021)은 Swales(1990)의
'장르 분석'을 활용해서 선행연구에 대한 무브 분석을 진행했다. 민정
호(2021c)는 Swales(1990)의 장르 개념과 학술적 담화공동체의 개념을

　　인지(cognition) 사이의 사회적 상호작용을 추적한다는 특징이 있다(Russell, 1997:
　　507).
 3) 그렇지만 국제 학계에서는 Hyon(2002), Cheng(2007), Yasuda(2011) 등처럼 유학생
　　을 대상으로 진행된 장르 인식의 양상과 교육 방안을 다룬 연구들이 있다.

검토하고, 학술적 글쓰기에서 의미하는 바를 이론적으로 도출했다. Swales가 특수 목적 영어 교육을 대표하는 연구자임을 고려하면, 대학원 유학생 대상 장르 글쓰기 교육은 '장르 인식' 등에 주목하는 신수사학파보다는 '특수 목적 영어 교육'에서의 장르 교육의 입장을 중심으로 진행되고 있음을 확인할 수 있다.[4]

　이에 본 연구는 북미 전통의 신수사학파 장르 이론을 전제로, 유학생의 장르 인식 향상을 위한 장르 교육 방안을 탐색해 보려고 한다. 다만 이때 유학생은 대학원에 재학 중인 '대학원 유학생'으로 한정하는데, 이는 글쓰기가 졸업 여부와 직결되는 대학원 유학생의 '학습자 특수성'을 고려한 선택이다. 이를 위해서 본 연구는 신수사학파의 장르 교육법을 분석하고 장르 인식의 개념과 내용을 도출하겠다. 특히 장르 교육법을 분석하면서 장르의 명시적 교육과 암시적 교육 간의 논쟁을 검토하고 장르 인식의 특징과 내용을 도출하겠다. 또한 대학원 유학생을 대상으로 장르 인식을 향상시킬 수 있는 교육 방안을 제안하고 교육적 함의를 가름하여 장르 인식의 향상이 대학원 유학생에게 줄 수 있는 교육적 의미를 정리해 보겠다.

2. 신수사학파의 장르 교육과 장르 인식의 개념

　2장에서는 비교적 최근에 있었던 명시적 교육과 암시적 교육 사이의 논쟁을 살펴보고, 이 논쟁을 통해 두 장르 교육의 핵심 입장을 비교해 본다. 또한 신수사학파에서 강조하는 암시적 교육 입장에서 장르 인

---

4) 국내 연구는 찾기 어렵지만 EFL과 ESL의 경우 Yayli(2011), Yasuda(2011), Johns(2008) 등의 연구가 외국인 유학생을 대상으로 장르 인식의 정도와 양상, 그리고 교육적 방안 모색을 다루었다.

식의 중요성을 살펴보고 장르 인식의 개념과 장르 인식 교육의 내용 등
을 살펴보려고 한다.

2.1. 명시적 교육과 암시적 교육 논쟁

Devitt(2015)에는 2007년 브라질에서 개최된 SIGET(International
Symposium on Genre Studies)5)에서 Devitt이 EAP의 Swales를 만났던 일화가
공개되어 있다. SIGET에서 Devitt은 장르 교육법을 특정 장르에 대한
'명시적 교육(explicit teaching)', '선행 장르 교육(eaching genre antecedents)',
'장르 인식 교육(teaching genre awareness)' 등 세 가지로 나누고, '선행 장르
교육'과 '장르 인식 교육'과 같은 '암시적 교육(implicit teaching)'은 학습자들
이 어떤 장르를 만나더라도 비판적으로 장르를 '의식(conscious)'하게 만든다
는 점에서 '명시적 교육'과 차이가 있다고 정리했다. 그런데 이어진 토론에
서 Swales는 명시적 교육과 암시적 교육의 차이를 장르에 대한 '의식'
강화로 보는 것은 장르의 특징을 명시적으로 가르치는 '명시적 장르 교육'을
'묵살(dismissal)'하려는 것이라고 대답했다(Devitt, 2015:46). Swales의 반응은
새로운 학술적 담화공동체로 유입되는 외국인 신입생들을 고려했을 때
정당한 반응이다. 그렇지만 Devitt(2015)는 언어적, 수사적 형식을 학습했다
고 해서, 이것이 특정한 맥락에서 반드시 생산해야 하는 구체적이며 창안적
인 장르 글쓰기로 '전이(transfer)'되지 않는다고 단언한다.

1990년에 학술적 영어 교육을 표방하고 나온 Swales(1990)의 『장르
분석』에는 '담화공동체', '장르' 등과 같은 핵심 이론뿐만 아니라 교육
적 응용 방법까지 다루고 있고, 현재까지도 장르의 명시적 교육에서 가
장 주요한 저서로 인정된다. 이 책이 나온 지 3년 후에 Freedman(1993)
이 발표되는데, 이 연구는 명시적 교육의 한계를 지적하고 암시적 교육

---

5) 2003년 브라질의 '론드리나(Londrina)' 주립 대학교에서 시작된 국제 심포지엄으로
장르와 텍스트, 대조언어학 관련 연구가 발표되는 국제적 성격의 심포지엄이다.

을 통한 장르 습득에 주목한다.6) Freedman(1993:232)은 명시적 교육이
불필요할 뿐만 아니라 불가능다고 주장하며, 장르에서 사용되는 언어
규칙과 글쓰기 맥락이 너무 복잡하고, 그러므로 장르적 특징을 교사나
학습자 모두 이해하기는 어렵다고 밝힌다. 그리고 이러한 이유로
Freedman(1993 :234)은 정체를 알 수 없는 장르 형식을 명시적으로 가
르치면, 학습자가 배운 내용을 잘못 적용하거나 자신의 직관력을 잘못
활용할 수도 있다고 비판했다. 즉 그 어떤 글쓰기 수업도 특정 장르의
맥락적 복합성 전부를 완벽하게 설명할 수 없으며, 결국 장르에 대한
'완전한 학습(fuller learning)'은 학습자에게 제공되는 입력과 이에 대한
몰입(immersion)을 통해 학습자 스스로 습득하는 것이란 지적이다
(Freedman, 1993).7)

　　Williams & Colomb(1993:252)은 Freedman(1993)의 주장이 지나치게
'단정적 주장(categorical claims)'임을 밝히면서, 단순 텍스트 노출만으로는
유능한 학습자라도 장르 습득에 실패할 수 있지만, 유능하지 않은 학습자더
라도 명시적 교육에서는 장르의 중요한 특징을 학습할 수 있다고 주장한다.
그러면서 글쓰기가 사회적 행위라는 이유로 명시적 교육이 불필요하다는
지적은 온당하지 않고, 명시적 교육이 암시적 교육보다 학습자의 글쓰기에
서 성숙한 능숙함(mature proficiency)을 높이기에 적합한 방법이라고 밝힌다
(Williams & Colomb, 1993:254-255). 실제 Williams & Colomb(1993:257-260)에
는 장르에 대한 성공적인 명시적 교육의 사례와 학습자들의 글쓰기 능력
인식 향상 결과가 포함되어 있다. 또한 Williams & Colomb(1993:262)은

6) 사실 명시적 교육은 Swales(1990)의 EAP뿐만 아니라 Cope & Kalantzis(1993)과 같
　은 호주 시드니 학파에서도 광범위하게 적용되는데 Freedman(1994:192)는 "북미에
　서 이와 같은 명시적 교육이 매력적으로 적용되는 것이 우려된다."라고 밝히면서
　Freedman(1993)에서 명시적 교육을 비판한 이유를 설명한다.
7) 신수사학파에서 몰입은 학습자가 입력된 텍스트에 집중하는 태도를 말하고, 장르 인식
　은 이 몰입을 통해 획득한 판단과 사고의 결과물들을 말한다.

명시적 교육이 '학술적 식민주의(academic colonialism)'를 조장한다는 비판에 대해서도 오히려 암시적 교육이 특정 일반적 형식에서 드러나는 이데올로기의 헌신과 중요성을 감추는 결과를 낳게 된다고 반박했다. Fahnestock(1993:270)도 Williams & Colomb(1993)과 동일하게 글쓰기 교육에서 텍스트의 규칙성을 구별하고 재현할 수 있는 방법을 반드시 명시적으로 가르쳐야 한다고 밝히면서 Freedman(1993)을 비판한다.

본 연구는 Freedman(1993)과 Williams & Colomb(1993), 그리고 Fahne-stock(1993)과의 논쟁을 간략하게 정리하면서, 그 어떤 전문가도 장르가 갖고 있는 '맥락적 복잡성(contextualized complexity)' 전부를 완벽하게 명시적으로 설명할 수는 없다는 Freedman(1993)의 주장에 동의한다. 가장 정형화된 법률 문서를 반복적으로 다루는 변호사의 예에서 알 수 있듯이(Devitt, 2004:194), 그 어떤 전문가도 해당 장르에 대한 특징을 완벽하게 제시·설명할 수는 없을 것이기 때문이다. 하지만 특정 장르적 특징을 명시적으로 설명만 하는 장르 교육에는 반대하지만, 장르가 생성되고 소비되는 일련의 '과정'을 보다 명시적으로 알도록 해야 한다는 면에는 동의한다. 실제로 글쓰기를 하다 보면 학습자가 명시적으로 알고 있는 장르 지식이 오히려 글쓰기 자체를 방해하는 경우가 있는데, 이는 장르적 특징을 하나의 '선행 장르(antecedent genres)'로 보지 않고 완결된 '텍스트 모형(text models)'으로 보았기 때문이다. 그렇다면 학습자가 기존에 알고 있는 장르를 '선행 장르'로 의식하고 이를 활용해서 현재 마주한 장르에 몰입하고 장르를 인식하도록 해야 하는데, 이때 중요한 개념이 바로 '장르 인식'이다.

2.2. 장르 인식의 개념과 장르 인식 교육의 특징

Devitt(2004)가 글쓰기에서 '장르 인식(genre awareness)'을 강조하는 이유는 장르를 어떻게 수행할 수 있을지 알게 되었을 때는 이미 단일한 이데올로기에 편입되어 버려 새롭게 '인식'하기가 어려워지기 때문이다. Freedman(1993)에서 명시적 교육에 '회의적 태도(skepticism)'를 보이며, 오히려 이러한 회의적 태도가 새로운 장르 습득에 도움이 될 수 있다고 밝힌 이유도 이와 같다. 왜냐하면 장르 '수행(performance)'을 통해 지배 이데올로기를 비판적으로 '의식(consciousness)'할 수 있을 때에야 비로소, 같은 학술적 글쓰기이더라도 다른 수사적 맥락과 전략이 요구되는 상황을 '인식(awareness)'하고 창안적으로 접근할 수 있기 때문이다.[8] 결국 장르 인식이란 필자가 주어진 텍스트에 몰입하면서 장르에 내리는 일종의 '메타 인식'을 의미하고, 이 메타 인식은 학생이 새로운 장르를 배워나가는 의식 확장의 과정으로써 텍스트에 내리는 일종의 사고와 판단을 의미한다. Devitt(2009:337)는 장르 인식이 "수사적 인식의 일종이며 이 인식이 비판적 인식으로 이어져 보다 더 의도적인 행위로 전이될 수 있다."라고 밝혔다.

그렇다면 이렇게 새로운 글쓰기 맥락으로 전이 가능성을 높이는 장르 인식 향상을 위한 장르 교육의 목표와 내용 등을 먼저 정리할 필요가 있겠다. 장르 인식 교육의 목표는 학생들이 맥락과 형식 사이의 복잡한 연결을 이해하고, 장르가 가져올 수 있는 잠재적인 이데올로기적 효과를 인식하며, 장르가 가능하게 하는 제약과 선택 모두를 분별하도록 만드는 것이다(Devitt, 2004:198). 우선 맥락과 형식 사이의 연결을 이해하는 것은 다양한 수사적 상황에서 언어와 형식이 어떻게 다른지, 이런 차이가 수사적 목적과 어떻게 연결되는지를 확인하도록 하는 것이다. 그리고 이 수사적 목적은 다시 '이데올로기적 효과'로 연결되는데,

---

8) 이와 같은 의식과 대상 간의 불일치를 인식하고 이를 회의적 태도로 사고하는 것은 새로운 의식의 형태를 출현시킨다는 Hegel(1980:57; 강순전, 2001:193 재인용)의 주장과 맞닿아 있다. 북미 신수사학파에서 주장하는 장르 인식, 비판적 의식, 경험 등이 Hegel의 이론에 근거한다는 주장에 대해서는 보다 추가적인 논의가 필요해 보인다.

언어와 형식, 그리고 구조가 향하는 '목적'을 확인하는 것이다. 마지막으로 대안적 글쓰기로 나아가는데, 자신이 갖고 있는 장르 지식 중에 선택할 수 있는 것과 선택할 수 없는 것 등을 목적과 맥락, 그리고 형식 등을 고려해서 선택하고 이를 전제로 글쓰기를 다시 하는 것이다. 이와 같은 장르 인식 교육의 궁극적인 목표는 이러한 인식이 꾸준하게 향상되어 대학교를 졸업한 후에도 새로운 장르 글쓰기 맥락에서 장르 수행을 성공적으로 해내는 것이다.

이와 같은 다양한 맥락과 텍스트 형식 사이의 복잡한 연결을 이해하고, 잠재적인 이데올로기 효과를 인식하도록 할 때, 고려될 수 있는 것은 바로 '독서'이다. Hyon(2002)는 중요 뉴스 소식지, 특집 기사, 교재, 연구 논문 등의 장르를 중심으로 유학생 대상 독서 강의를 개설했는데, 기말 시험에서 장르 예시들에 대한 서술 평가와 인터뷰 피드백을 확인한 결과 학생들의 장르 인식이 향상되었음을 확인했다. 의도적으로 설계된 강의가 아니라면 한국어로 완성된 텍스트를 주기적으로 읽는 유학생은 많지 않을 것이다. 이는 단순히 읽기에만 영향을 주는 것이 아니라 장르 인식 향상에도 부정적 영향을 주어, 유학생이 마주하는 다양한 장르 글쓰기를 더 어렵게 만드는 원인이 될 것이다. 마지막으로 대안적 글쓰기를 위해서는 Devitt(2004:203)의 지적처럼 '선행 장르(antecedent genres)'를 활용해야 한다. 이는 앞서 제시한 일반적인 독서와는 차원이 다른 논의로, 학생들의 장르 글쓰기를 위해서는 장르 레퍼토리로써의 역할을 충실히 할 수 있는 장르만을 선택해야 한다는 것이다. Bazerman(1997:19)은 장르란 낯선 것을 탐구하기 위해 사용하는 '이정표(guideposts)'와 같다고 지적했는데, 보다 학술적 글쓰기라는 틀 안에서 '문지방(threshold)' 역할을 할 수 있는 장르를 유학생들에게 제공해야 할 것이다.[9]

다만 여기서 주의해야 할 것은 선행 장르로 제공되는 텍스트의 유형이다. Devitt(2004:204)는 신입생 글쓰기를 전제로 학생들이 전공에서 학술적 글쓰기 과제에 직면했을 때, 다섯 단락 글쓰기(the five-paragraph theme), 개인적인 서술(personal narrative), 분석적 에세이(analytic essay), 또는 민족지학(ethnography) 등과 같은 장르들이 그들의 레퍼토리에 있다면 활용 가치가 있을 것이라고 밝혔다. 다만 이때 조심해야 할 것이 있다면 선행 장르로 제공되는 텍스트가 따라해야 하는 샘플로 작용하지 않도록 주의하는 것이다. 대학원 유학생 대다수는 한국어 글쓰기 경험이 많지 않고 그러므로 장르 인식을 위해 활용할 수 있는 장르 레퍼토리도 적다. 이로 인해 상당수는 제시되는 장르를 샘플로 전제하고 이 장르에 최대한 부합하기 위한 모방적 글쓰기를 할 가능성이 높다. 이를 해결하기 위해서 제시된 장르들을 읽고 효과적인 텍스트 기준과 규칙, 그리고 변동 가능성 등을 분석해서 서술하는 과제, 그리고 이 분석한 내용을 근거로 장르를 다시 써 보는 과제 등을 제시할 필요가 있다.

다만 누군가는 국어국문학과라면 현대문학 전공의 '비평 감상문'의 특징만을 명시적으로 가르치는 게 효과적이라고 주장할 수 있을 것이다. 그러나 같은 전공의 비평 감상문이더라도 수필이냐, 소설이냐에 따라 비평문의 장르 구성이 달라지고, 무엇보다 수업을 담당하는 교수자의 특성과 요구 등에 따라 장르 양상은 또 달라진다. 모든 장르의 미묘한 세부적 특징을 유학생에게 명시적으로 가르칠 수 없다는 점을 전제한다면(Freedman, 1993), 무엇보다 유학생 스스로가 글쓰기 맥락과 상황을 인식하고 자신의 의식을 수정·활용하면서 장르에 몰입하는 경험을 쌓도록 해야 한다. 특정 장르를 통한 독서 경험과 이를 비평하면서 누

---

9) '문지방 개념(threshold concepts)'은 전이를 위한 교육을 의미하는 것으로 특정 학문적 담화나 어휘 등으로 정의된다(Adler-Kassner & Wardle, 2015). 장르 레퍼토리로 작동할 수 있는 선행 장르가 잘 선택되어 유학생들이 장르 인식을 쌓는 경험을 할 수 있다면 이 장르 수행 경험은 전공 학술적 글쓰기의 다양한 맥락에서 활용할 수 있는 문지방의 역할을 할 수 있을 것이다.

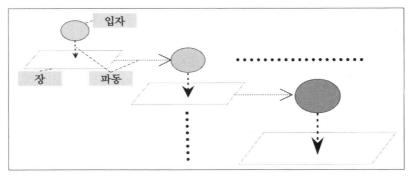

〈그림 1〉 구조물로서의 장르10)

적된 장르 레퍼토리는 유학생의 장르 인식을 향상시킬 것이다. 그리고 글쓰기의 목적과 독자, 그리고 이에 대한 자신의 입장을 정리해 보는 경험, 그리고 이를 전제로 새로운 장르 글쓰기를 해결하는 경험 등은 대학원 유학생에게 글쓰기 두려움을 낮춘다는 의미에서도 유의미할 것이다.

3. 장르 인식 교육 방안과 유학생 글쓰기 교육에서의 함의

3장에서는 Devitt(2009; 2004)에서 제시된 장르 교육을 중심으로 논의를 전개한다. 이 방법이 장르 인식의 과정을 보다 명확하게 보여주며 장르 교육의 암시적 과정도 분명하게 나타내기에 이를 중심으로 장르 인식 교육의 특징을 정리하고 유학생 글쓰기 교육에서의 함의를 정리하겠다.

3.1. 장르 인식 교육 방안의 특징

Devitt(2009:344)는 장르를 언어와 형식들로 구축된 발전하고 확산되는 '내재된 구조물(embedded constructs)'로 정의한다. 그러면서 장르를 물리학의 오래된 은유인 입자(particle), 파동(wave), 장(field) 등으로 개념화하고 장르 인식 교육 방안을 제안한다.

　장르를 물리학에서의 물체(things)로 본다면, 이는 물리학에서의 '입자'가 된다. 그 장르는 특정 맥락과 목적에 따른 과정(processes)을 통해 등장하는데, 이때 과정은 일종의 '파동'으로 장르를 다양한 양상으로 변화시킬 것이다. 다시 이와 같은 과정을 거친 장르들은 사회적, 제도적, 문화적 맥락(contexts)의 일부로서, 그리고 이데올로기적 틀 안의 다양한 맥락으로 존재하며 확산·소멸하게 되는데 여기서 다양한 맥락들은 전부 '장'에 포함된다. 장르 교육 역시 이와 같은 세 가지 장르 양상에 맞춰서 기획될 필요가 있다. 즉 '물체'에 해당하는 고정된 특정 장르를 먼저 접하고, 이 장르가 선행 장르, 즉 파동이 되어 새로운 장르에 몰입하는 과정을 거치고, 마지막으로 선행 장르를 비판적으로 의식하면서 새롭게 장르를 인식하고 표현하는 방식으로 말이다. 실제로 Devitt(2009:345)는 장르 교육의 목표를 '특정 장르를 배우는 것', '이전 장르를 기반으로 새로운 장르를 배우는 것', '기존의 장르를 새로운 맥락을 고려해서 비평하고 바꾸는 것'으로 정리한다. 다시 정리하면 Devitt(2009)가 제시하는 장르 교육은 입자에서부터 장으로 오는 그 과정 전부에서 장르 인식 교육을 위한 장르 레퍼토리, 선행 장르 등이 포함되기 때문에 이 과정이 곧 장르 인식 교육이 된다. 이를 대학원 유학생의 학술적 글쓰기를 전제로 정리하면 다음과 같다.

---

10) 민정호(2020:994)은 Devitt(2009)를 '장르 교육'의 입장에서 해석해서 입자를 장르 교육, 파동을 학습자가 장르를 학습하는 과정, 장을 새로운 장르로의 진출로 정리했다. 다만 본 연구에서는 Devitt(2009:344)에서 이 은유를 '장르 교육'과 '장르'의 입장에서 모두 볼 수 있다고 밝혔기 때문에 '장르'의 입장에서 해석해서 정리한다.

<표 1> 대학원 유학생을 위한 장르 교육 내용

	세부 교육 내용
입자	* 특정 장르 교육: 신문 기사문을 통한 장르 인식 - 기사문의 일반적인 형식, 텍스트의 구조, 사용된 어휘 등을 이해한다. - 기사문을 성공적으로 쓰는 데 필요한 관련 장르를 찾아서 읽는다. - 기사문을 성공적으로 쓰는 데 요구되는 구성 요소/맥락을 정리한다.
파동	* 선행 장르 교육: 학술 보고서의 장르 레퍼토리 확보[11] - 관련 장르 중에서 가장 강력한 선행 장르를 찾고 그 이유를 생각해 본다. - 선행 장르 중에서 친숙한 장르를 선택하고 구성 요소를 발견한다. - 선행 장르 중에서 친숙하지 않은 장르에서 구성 요소를 발견한다.
장	* 장르 인식 교육: 대학원 학술 보고서 (재)인식 - 보고서를 재인식하면서 비평하고, 의식한 내용을 요약한다. - 비평을 통해 바꿔야 하는 장르 세트를 설계하고 이를 계획한다. - 다시쓰기 장르를 통해서 계열별 학술 보고서를 실제 써 본다.

　<표 1>은 학술 보고서를 중심으로 장르 교육 내용을 구체화한 것이다. 정희모(2014:215-217)에서는 활동 시스템을 활용한 글쓰기 교육방안을 제안하면서 수업 과제, 그리고 교육과정의 연속성'이 '학습 전이'를 결정한다고 밝혔다. 본 연구에서 '학술 보고서'를 중심으로 입자-파동-장으로 이어지는 장르 인식 교육을 설계한 이유는 교육과정의 연속성 차원에서 반복적으로 접하게 되는 친숙한 과제가 바로 보고서이기 때문이다. 민정호(2021b:36)는 대학원에 입학한 유학생을 위한 별도의 글쓰기 수업이 없는 현실을 전제로 전공별 글쓰기 수업을 설계했는데, 본 연구는 대학원에 유학생이 많이 있는 계열에서는 계열별 글쓰기 수업이 개설되어야 한다고 전제한다. 보조금 제안서를 중심으로 진행된 Tardy(2003)은 학생 스스로가 텍스트를 읽고 문제를 분석하고 수정하고

---

11) Cheng(2015:126)는 필자가 수사적 문제를 만났을 때 참조할 수 있는 '작은 참조 모음집(small reference collection)'을 강조했는데, 본 연구의 '장르 레퍼토리'는 이와 차이가 있다. 본 연구는 단순히 '수사적 문제'에만 주목하는 것이 아니라 장르를 어떻게 인식하고 이를 비평해서 새로운 장르 글쓰기를 하는 데에 주목하기 때문이다.

하는 '시행착오(trial and error)'를 통해서 장르가 습득되었다고 밝혔다. 계열별 글쓰기 수업이 개설되면 유사한 장르 글쓰기에서 다른 맥락에 영향을 받는 장르의 파동을 경험하고, 새로운 장을 인식해서 장르 글쓰기를 할 수 있을 것이다.

가장 먼저 밝혀야 하는 것은 파동을 일으킬 수 있는 물체인 '입자', 즉 특정 장르가 무엇인지부터 논의해야 한다. Devitt(2004)는 장르 습득이 비판적 인식보다 선행한다는 Freedman(1993)을 비판하면서, '장르 습득' 후에 '비판적 인식'을 하는 것은 이미 이데올로기에 편입된 학생을 어렵게 만든다고 밝혔다. 그러면서 특정 이데올로기에 편입되기 전에 장르를 인식하는 방법과 과정을 먼저 배워야 한다고 밝힌다. 이에 본 연구도 '학술 보고서'가 아닌 '신문 기사문'을 중심으로 '장르를 인식하는 방법'을 배우도록 한다. 실제 일상생활에서 신문 기사문을 쓰는 학생은 없기 때문에, 대학원 유학생에게 신문 기사문은 낯선 장르이다. 이 낯선 장르는 대학원 유학생의 모방 의지를 낮추고, 텍스트의 다양한 구성 요소들이 어떤 목적과 맥락에 따라 선택되었는지에만 몰입할 수 있도록 도울 것이다. 그리고 이 몰입은 기사문에 선택되지 않은 다른 표현, 어휘, 구조 등을 의식하게 만들면서 장르를 인식하는 과정을 습득하도록 만들 것이다.

'파동' 과정에서 유학생들은 보고서에 대한 선행 장르를 찾고 장르를 인식하는 과정을 시작하게 된다. 이때 유학생은 선행 장르와 가장 관련성이 없을 것 같은 장르나 관련성이 있을 것 같은 장르, 혹은 학생에게 가장 친숙한 장르나 가장 친숙하지 않은 장르 등을 마주하게 된다. 다만 '엄격한 논문'이라고 하더라도 부분적으로 '내러티브(narrative)'가 포함될 수도 있고, '미술관 팸플릿'에서나 볼 수 있는 표현과 수사적 구조가 들어갈 수도 있다. 이때 교사는 학생들이 향후 학술 보고서에 활용할 수사적 구조를 추가로 획득하는 데 주목하는 것이 아니라, 어떤 맥락에서, 그리고 어떤 글쓰기 목적으로 인해서, 혹은 어떤 과제 맥락으로 인해서 이와 같은 독특한 구성이 들어가야만 했는지를 유학생 스스로가 '인식'하도록 해야 한다. 파동 단계에서 진행되는 장르 교육은 암시적으로 유학생이 다양한 맥락이 만들어내는 장르의 순간성을 인식하고, 이 맥락을 자신의 장르 레퍼토리에 추가하는 것이 목표이기 때문이다.

마지막 '장'에서는 '장르 인식'을 배우고 '장르 인식을 위한 장르 레퍼토리'까지 갖춘 유학생들이 실제로 쓰게 될 보고서의 장르를 비평하고 다시쓰기를 하는 단계이다. Coe(1994; Devitt, 2004:199 재인용)는 "학생들에게 장르를 분석하고 다른 사람을 위해서 그 장르를 어떻게 쓰는지를 설명서(manual)로 요약하라고 요청한다."라고 밝혔는데, 여기에서 이 설명서를 활용할 수 있다. 즉 유학생이 소속된 계열에서 요구하는 보고서의 샘플을 비판적으로 분석하고 포함되면 안 되는 제약과, 반드시 포함되어야 하는 선택을 요약해서 설명서로 만드는 것이다. 그리고 이 설명서에 따라서 장르 세트를 재설정하고 실제 '계열별 학술 보고서'를 작성한다. 이를 위해서 교사는 계열별 학술 보고서의 샘플과 학생들의 장르 레퍼토리 확보를 위해 참고할 선행 장르 등을 확보해서 학생들에게 제공해 주고, 학생들의 몰입을 유도해야 할 것이다.

3.2. 유학생 글쓰기 교육에서의 함의

Miller(1984)가 기폭점이 된 신수사학파의 장르 이론은 장르의 '실체(substance)'나 담화의 '형태(form)'가 아니라 사회적 목적을 성취하기 위해서 사용되는 글쓰기 '행위(action)'에 주목한다는 점에서 '특수 목적 영어'나 '시드니 학파'와 구별된다. 신수사학파와는 다르게 특수 목적 영어나 시드니 학파는 비교적 수사적 구조나 언어적 표현 등에 보다 더 주목하기 때문이다. Hyon(1996:696)은 미국에서는 다양한 계열, 전공 등에서 민족지학(ethnography)'적 연구를[12] 기초로 구체적인 맥락에서의 글쓰기 행위와 맥락적 패턴에 대한 연구, 그리고 이를 활용해서 신입생을 위한 글쓰기 교육 방안 관련 연구가 활발하게 진행되었다고 밝혔다. 하지만 이와 같은 신수사학파의 학술적 공헌에도 불구하고 신입생 글쓰기에 대한 비판도 존재한다. 현재 신수사학파의 장르 이론은 미국 대학에서 신입생 글쓰기가 불필요하다는 비판에 대해 선행 장르로써의 역할과 장르 인식의 강화를 근거로 반박하는 역할도 맡고 있다(Devitt, 2004:202).

그 비판의 중심에 있는 Wardle(2009:777)는 실제 신입생 글쓰기 교육에서 사용하는 교육 장르가 실제 수사적 맥락과는 전혀 다른 '잡종 장르nuts genre)'라고 비판한다. 그러면서 Wardle(2009)는 신입생 글쓰기 교육에서 학습 전이가 발생하지 않는다고도 주장하며 다양한 수사적 맥락에서 필자 스스로 수사적 문제를 해결할 수 있는 글쓰기 이론을 직접적으로 가르쳐야 한다고 밝힌다.[13] 문제는 신수사학파가 신입생 글쓰기 교육에서 기대하는 목표가 동일한 수사적 상황과 장르적 특징을 바탕으로 신입생을 훈련시키는 데 있지 않다는 것이다. 신입생이 훈련을 받아야 한다면, 그것은 동일한 학문적 맥락에서 활용하거나 모방할 수 있는 수사적 기술이 아니라 장르를 스스로 인식하고 이를 통해 새로운 장르 글쓰기를 해 나갈 수 있도록 하는 태도에 있을 것이다. WAW가 글쓰기 맥락에서 학생 스스로 상황, 맥락, 독자 등을 분별할 수 있는 글쓰기 이론과 지식을 가르치자는 입장이라면(정희모, 2014), 신수사학파

---

12) Athanases & Heath(1995:263)는 민족지학적 연구는 연구자, 교사, 그리고 교육학자 등에게 시간이 지나면서 등장하는 다양한 학습에 대한 풍부한 자료를 제공해 주고, 잠재적으로 함의된 문화적 패턴에 대한 통찰력과 실험을 위한 가설의 공식화, 그리고 이론 생성을 위한 지원 등을 이끌어낼 수 있는 방법이라고 정리한다.

13) 이는 WAW(Writing about Writing)를 가리키고, 글쓰기를 '글쓰기로 가르치는 것 (teaching about writing)'을 말한다(Wardle & Dawn, 2020).

의 입장은 학생 스스로 글쓰기 맥락, 상황, 독자 등을 분별할 수 있는
'몰입' 태도와 이를 위한 장르 인식을 가르치자는 입장이다.

대학원 유학생은 학부 유학생과 비교할 때 매우 곤란한 상황에 처해
있다. 이들은 신입생 글쓰기와 같은 글쓰기 교육을 받은 적도 없고, 무
엇보다 입학과 동시에 학술 보고서, 학술 발표문, 학술논문 계획서, 학
위논문 등처럼 다양한 맥락들이 횡단하는 학술적 글쓰기를 해결해야
하기 때문이다. 미국의 사례처럼 국내 대학원에도 유학생이 많이 재학
중인 계열을 중심으로 학술적 글쓰기에 대한 장르 교육이 진행될 수 있
다면, 신수사학파에서 제시하는 장르 인식 교육은 대학원 유학생 스스
로 새로운 장르를 파악하고 해결하는 데 유용한 도움을 줄 수 있을 것
이다. 특히 범(汎) 학술적 글쓰기로 묶을 수 있는 여러 학술적 텍스트들
은 개별 장르의 특성이 세부적으로 다르고, 무엇보다 계열별, 전공별,
교수자별로 강조되는 사회적, 문화적 맥락 등이 모두 다르기 때문에,
장르 인식 교육은 다양한 맥락에서의 새로운 장르 그 자체를 깨닫는 과
정(process of enlightening)으로 유학생에게 제공되어야 할 것이다.

물론 명시적 교육을 강조하는 Swales(1990)에서도 텍스트의 도식화
가 발생시키는 '규범주의(prescriptivism)'나 '형식주의(formalism)'에 대한
우려를 밝혔다. 이를 해결하기 위해 Swales(1990)의 주요 이론은 학생
들에게 '언어적 선택'과 '수사적 선택'을 제공할 수 있다고 밝혔다. 그렇
지만 선택지가 이미 존재한다는 점에서 근본적으로 규범주의와 형식주
의의 폐해를 막을 수는 없을 것이다. Devitt(2004:210-211)는 실제 학생
의 예를 들면서 참고할 수 있는 장르 샘플이 없었기에 특정 분야에서
요구하는 장르를 예민하게 인식할 수 있었다고 밝혔다. 또한 실제 수업
에서 다뤘던 교사의 질문과 동료와의 토의가 다양한 맥락을 고려해서
장르적 특징을 의식할 수 있도록 도왔다고 밝혔다. 이는 유학생의 낮은
한국어 실력을 근거로 명시적으로 무언가를 반드시 알려줘야, 그들이

학술적 글쓰기를 잘할 수 있을 것이라는 전제가 성급한 판단일 수 있음을 암시하는 대목이다. 오히려 특정 장르에 대한 지식이 없는 상태에서 장르 인식, 즉 장르 그 자체를 깨닫는 과정(process of enlightening)을 배울 수 있다면 명시적으로 가르쳤을 때 유학생이 획득할 수 있는 제한된 글쓰기 능력보다 더 창의적이고 구체적인 글쓰기 능력을 확보하도록 만들 수 있을 것이다.

Wenger(2007:23-24)은 '실천공동체(communities of Practice)'를 설명하면서 학습을 의미, 실천, 정체성, 공동체로 나눈다. 그리고 실천은 '행함으로써의 학습', 의미는 '느낌으로써의 학습', 공동체는 '속함으로써의 학습', 정체성은 '됨으로써의 학습'으로 정리한다. Wenger(2007)은 이 각각의 학습을 분리하지 않고 하나의 학습 과정으로 연결한다. 이는 실천을 행함으로써 소속된 공동체에서 수용과 인정을 받을 수 있다는 의미이고, 이는 다시 그 공동체에서 요구하는 정체성을 학습할 수 있다는 것이다. 대학원 유학생은 현재 대학원이라는 학술적 담화공동체에 소속되어 있지만,[14] 졸업한 후에는 다른 공동체에 편입되게 된다. 그 다른 공동체에서는 새로운 다른 장르가 있을 것이고, 새로운 실천과 새로운 정체성을 학습해야 할 것이다. 이때 장르 인식의 확보는 현재 소속된 담화공동체에서의 실천뿐만 아니라 졸업 후 편입될 수 있는 다양한 실천공동체에서의 실천과 정체성 확보에도 유용한 도움을 줄 수 있을 것이다.

4. 결론

본 연구는 유학생 글쓰기 교육에서 생소한 신수사학파에 주목해서

---

14) 민정호(2021c)는 'communities of Practice'를 '실천공동체'가 아니라 필자가 실천을 위한 공동체 공통의 규약과 관습이 중요하다는 전제로 '관습의 공동체'로 번역했다.

장르 교육 방안을 새롭게 제안했다. 이를 위해서 신수사학파의 장르 개념과 교육법을 살펴보고 장르 인식 개념 등을 이론적으로 검토하였다. 또한 신수사학파의 주요 이론을 중심으로 장르 인식 교육 방안을 살펴보고 대학원 유학생을 고려한 장르 교육 내용을 제안하였다. 마지막으로 본 연구에서 대학원 유학생을 대상으로 신수사학파의 장르 교육 방안을 적용한 것에 대한 교육적 함의를 정리했다.

본 연구는 2장에서 비교적 최근에 발생한 암시적 교육과 명시적 교육 사이의 논쟁을 분석했다. 이 논쟁에서 드러난 양측의 핵심 내용을 검토하고 신수사학파의 입장에서 암시적 장르 교육의 '장르 인식'에 주목했다. 신수사학파에서 장르 인식의 개념과 교육 방안 등을 다룬 연구를 분석하고 학습 전이의 차원에서 장르 인식을 학습하는 것이 원형적 장르 모형을 학습하는 것보다 교육적 효과가 높다고 정리했다. 3장에서는 물리학에서 주요 사용되는 은유적 개념 '입자', '파동', '장'을 중심으로 장르의 개념과 장르 인식 교육의 특징을 도출하고, 대학원 유학생을 대상으로 적용할 수 있는 장르 교육 내용을 자세하게 밝혔다. 마지막으로 미국 작문 교육계에서 신수사학파의 위상을 논의하고 이를 근거로 대학원 유학생 글쓰기 교육에서 장르 인식 교육이 줄 수 있는 효과와 교육적 함의를 밝혔다.

본 연구는 신입생 글쓰기에서 주목하는 신수사학파의 주요 이론을 검토하고 장르 인식을 중심으로 대학원 유학생에게 적용할 수 있는 교육 방안을 제안했다는 점에서 의의가 있다. 그렇지만 실제 대학원 유학생의 장르 인식 향상 정도를 실증적으로 확인하지 않았다는 점은 본 연구의 한계로 남는다. 이를 위해 보다 구체적으로 대학원 계열별 글쓰기 강의를 설계하는 연구와 장르 인식 향상을 확인하는 연구가 진행되기를 바란다.

• 참고문헌

강순전(2001), 의식의 경험으로서의 인식: 헤겔 정신현상학의 서론(Einleitung)을
　　중심으로, 철학연구 54, 철학연구회, 181-202.

민정호(2020), 캡스톤 디자인을 활용한 박사 유학생의 학술논문 수업 설계 연구:
　　협력 활동과 선배 동료의 미니 강의를 중심으로, 학습자중심교과교육연구
　　20(17), 학습자중심교과교육학회, 987-1006.

민정호(2021a), 장르 업테이크 향상을 위한 수업 설계 연구: 대학원 한국어 실습
　　교과에서 교안 완성을 중심으로, 리터러시연구 12(4), 한국리터러시학회,
　　233-257.

민정호(2021b), 장르 분석을 활용한 학위논문 장르 교육 수업 설계 연구, 외국어로
　　서의 한국어교육 63, 연세대학교 언어연구교육원 한국어학당, 27-50.

민정호(2021c), 학술적 담화공동체의 개념과 학술적 글쓰기 교육에서의 의미, 리터
　　러시연구 12(2), 한국리터러시학회, 13-40.

오세영(2018), 대학생 필자의 학문적 글쓰기 과정에 나타난 장르 인식과 글쓰기
　　변형의 상관 분석 연구, 우리말글 76, 우리말글학회, 313-341.

유나(2021), 학위논문 〈선행연구〉의 내용 구조 분석 연구: 중국인 대학원생과 한국
　　어 모어화자의 비교를 중심으로, 국어교육연구 47, 서울대학교 국어교육연구
　　소, 203-243.

이윤빈(2015), 장르 인식 기반 대학 글쓰기 교육 프로그램의 개발 및 적용, 작문연
　　구 26, 한국작문학회, 107-142.

정희모(2014), 대학 글쓰기 교육에서 학습 전이의 문제와 교수 전략, 국어교육 146,
　　한국어교육학회, 199-224.

Adler-Kassner, L., & Wardle, E. A. Eds.(2015), Naming what we know:
　　Threshold concepts of writing studies, *(Re)Considering what we
　　know*(3-12), Utah State University Press.

Athanases, S. Z., & Heath, S. B.(1995), Ethnography in the study of the teaching
　　and learning of English, *Research in the Teaching of English* 29, 263-287.

Bazerman, C.(1997), The life of genre, the life in the classroom. In W. Bishop
　　& H. Ostrum(Eds.), *Genre and writing*(19-26), Portsmouth, NH: Boynton
　　Cook.

Cheng, A.(2007), Transferring generic features and recontextualizing genre awareness: Understanding writing performance in the ESP genre-based literacy framework, *English for Specific Purposes*, 26, 287-307.

Cheng, A.(2015), Genre analysis as a pre-instructional, instructional, and teacher development framework, *Journal of English for Academic Purposes*, 19, 125-136.

Cope, B., & Kalantzis, M.(1993), Introduction: How a genre approach to literacy can transform the way writing is taught. In B. Cope & M. Kalantzis(Eds.), *The powers of literacy: A genre approach to teaching writing*(1-21), Bristol, PA: Falmer Press.

Devitt, A. J.(2004), *Writing Genres*, Carbondale: Southern Illinois University Press.

Devitt, A. J.(2009), Teaching Critical Genre Awareness, In C. Bazerman, A. Bonini, & D. Figueiredo,(Eds.), *Genre in a Changing World*(337 -351), West Lafayette, IN : Parlor Press.

Devitt, A. J.(2015), Genre performances: John Swales' Genre Analysis and rhetorical-linguistic genre studies, *Journal of English for Academic Purposes*, 19, 44-51.

Fahnestock, J.(1993), Genre and rhetorical craft, *Research in the Teaching of English*, 27, 265-271.

Flowerdew, J.(2002), Genre in the classroom: A linguistic approach, In A. M. Johns(Ed.), *Genre in the Classroom: Multiple Perspectives* (91-102), Mahwah, NJ: Lawrence Erlbaum.

Freedman, A.(1993), Show and tell? The role of explicit teaching in the learning of new genres, *Research in the Teaching of English*, 27, 222-251.

Freedman, A.(1994), "Do as I say": The relationship between teaching and learning new genres. In A. Freedman & P. Medway(Eds.), *Genre and the new rhetoric*(191-210), London: Taylor & Francis.

Hyon, S.(1996), Genre in three traditions: Implications for ESL, *TESOL Quarterly*, 30, 693-722.

Hyon, S.(2002), Genre and ESL Reading: A Classroom Study, In Johns, A. M.(Ed.), *Genre in the Classroom: Multiple Perspectives* (121-141), Mahwah, NJ: Lawrence Erlbaum.

Johns, A. M.(2008), Genre awareness for the novice academic student: An ongoing quest, *Language Teaching*, 41(2), 237-252.

Miller, C.(1984), Genre as social action, *Quarterly Journal of Speech*, 70, 151-167.

Russell, D.(1997), Rethinking Genre in School and Society: An Activity Theory Analysis, *Written Communication*, 14(4), 504-554.

Swales, J.(1990), *Genre Analysis: English in Academic and Research Settings*, Cambridge: Cambridge University Press.

Tardy, C. M.(2003), A Genre System View of the Funding of Academic Research, *Written Communication*, 20, 7-36.

Yasuda, S(2011), Genre-based tasks in foreign language writing: Developing writers' genre awareness, linguistic knowledge, and writing competence, *Journal of Second Language Writing*, 20, 111-133.

Yayli, D.(2011), From genre awareness to cross-genre awareness: A study in an EFL context, *Journal of English for Academic Purposes*, 10, 121-129.

Wardle, E.(2009), 'Mutt Genres' and Goal of FYC : Can We Help Students Write the Genres of the University?, *CCC*, 60(4), 765-789.

Wardle, E. & Downs, D.(2020), *Writing About Writing: A College Reader*, 4th edition, Boston: Bedford/St. Martins.

Williams, J. M., & Colomb, G. G.(1993), The case for explicit teaching: Why what you don't know won't help you, *Research in the Teaching of English* 27, 252-264.

Wenger, E.(2007), 실천공동체, 손민호·배을규 공역, 학지사(원서출판 1998).

장르 인식 향상을 위한 텍스트 유형과
장르 인식 활동 방안 연구

1. 머리말

미국 작문 학계에서는 신입생 글쓰기(First Year Composition, 이하 FYC)의 유용성에 대한 비판이 꾸준히 제기되었다. Crowley(1991)은 FYC가 '지적 엘리트 계층'으로 편입되는 것과 '공식적 문어 교육'을 받는 것을 동일시하는 '학문적 신화(academic myth)'에 기초하고 유지되어 왔다고 비판했다. 이에 대해 Roemer, Schultz & Durst(1999:383)는 이런 비판이 학교의 존재 이유를 지배 이데올로기에 대한 봉사로 비판하는 "급진주의적 비평"이라고 평가했다. 그 후에는 실제 이런 공식적 문어 교육을 받으면 대학교나 졸업 후 직장에서 특수층(overclass)이 될 수가 있는지, 또한 그럴만한 학습 '전이(transfer)'가 실제로 가능한지에 대한 비판이 뒤따랐다. Smit(2004:119)는 여러 연구들을 종합해 볼 때, 실제 FYC에서 "학습 전이는 반드시 발생하지 않는다."라고 밝혔다. 즉 실제 FYC가 그 후에 계열, 전공, 취업, 직종 등에서 글쓰기 역량을 강화시킨다는 귀납적 결과가 없다는 지적인데, 이는 다시 'FYC 존재의 이유'라는 논쟁적 주제로 넘어가게 된다.

Crowley(1991)의 주장처럼 FYC에서 학습한 글쓰기가 보다 더 높은 계층으로 가는 조건인지는 확언할 수 없지만, 글쓰기 능력이 지배 이데올로기의 편입에 유용하다고 가정할 때, 그 전이 관계는 여전히 불확실하다. 주목할 부분은 FYC에 대한 '기대'를 정리한 Wardle(2007:65)에서 발견되는데, 그 기대의 근저에는 "지식(knowledge)과 기술(skills)이 다른 글쓰기 맥락으로도 전이될 것"이라는 가정에 있다. Smit(2004)의 지적처럼 지식과 기술이 전이되지 않고, Crowley(1991)의 주장처럼 특권층으로 이끈다는 주장도 하나의 허구에 불과하다면 FYC의 존재 이유를 다시 재점검해 봐야 할 필요가 있다. 이러한 근본적인 질문에 대해서 북미 신수사학파 연구 Devitt(2004:202)는 '장르 인식(genre awareness)'을 통한 '비판적 태도' 형성에 주목한다.[1] 즉 Wardle(2007)의 주장처럼 지식과 기술은 전이되지 않더라도, FYC가 텍스트의 수사적 상황과 맥락을 판단하는 '인식'의 전이에서는 강력한 효과가 있다는 주장이다.

본 연구에서 FYC와 관련된 논쟁과 신수사학파의 '장르 인식'을 간략하게 살펴본 이유는 이러한 전이 문제가 유학생을 대상으로 한 글쓰기 교육에서도 동일하게 나타나기 때문이다. '대학원 유학생'을 학습자로 진행된 '글쓰기' 연구를 살펴보면 유나(2021), 손다정·정다운(2017), 박은선(2006)처럼 대학원 유학생이 완성한 텍스트에 대한 무브 분석을 진행한 연구,[2] 민정호(2021a; 2020; 2019), 홍윤혜·신영지(2019), 정다운(2014)처럼 학위논문 교수 방안 관련 연구나 수업 사례를 보고한 연구들이 주를 이룬다. 여기서 크게 두 가지가 확인되는데, 우선 대학원 유학생에 대한 장르 글쓰기가 특수 목적 영어(English for Specific Purposes, 이하 ESP)를 중심으로 진행되었다는 것, 특히 Swales(1990)이나 그 분파들

---

1) 본 연구에서 사용하는 '장르'라는 용어는 문학 분야에서 사용되는 텍스트의 유형이나 갈래 등을 나타내는 것이 아니다. 여기서 장르란 마주한 수사적 맥락에서 텍스트 구성을 적절하게 만드는 사회·인지적 스키마로서 특정 수사적 맥락에 따라 재구성되는 텍스트를 의미한다(Grabe & Kaplan, 1996).
2) 무브 분석(move analysis)은 Swales(1990)이 텍스트의 장르 분석을 위해 사용한 텍스트 분석 방법으로 무브란 최소한의 응집력 있는 수사적 단위를 가리킨다. 이 무브 분석은 학위논문, 학술논문과 같은 학술적 텍스트뿐만 아니라 유서나 회계감사 보고서 등과 같은 다양한 텍스트의 수사적 구성을 분석하기 위해서 활용되었다(민정호, 2021a:29).

에 의해서 진행된 것이 대부분이며, 무엇보다 실제 수업 설계나 사례 연구의 경우에도 '지식'과 '기술'의 전달에 주목한다는 것이다. 이와 같은 연구 경향은 FYC와 동일하게, 유학생이 실제 학위논문을 본격적으로 쓸 때, 이 지식과 기술이 전이되어 유용한 도움을 제공하는지에 대한 회의적 의심을 가능하게 만든다.

Johns(2011:61)은 'Jane Schaffer essay format'을 설명하면서 굉장히 인기가 있고, 유학생이 친숙하게 사용할 수 있는 '글쓰기 형식'이라고 밝혔다. Harrison(2014:32)는 이 형식이 고전적인 다섯 문단 글쓰기나 햄버거 에세이(the hamburger essay) 모형들과 다르지 않은 "대중적 글쓰기 형식"일 뿐이라고 비판했다. 그런데 유학생이 이러한 형식에 의존한다는 것은 유학생이 학습한 글쓰기 지식과 기술들이 효과적으로 작동하지 않는다는 것을 의미한다. 실제로 Pecorari(2003:342)은 유학생 글쓰기에서 "일부 '표절'과 유사한 '변형 글쓰기(patchwriting)'가 '만연된 전략(widespread strategy)'이다."라고 밝혔다.3) 본 연구는 '형식 의존', '표절 만연' 등의 문제가 FYC에 대한 Wardle(2007)의 지적처럼 지식과 기술의 전이가 발생하지 않기 때문에 나타나는 수사적 맥락에서의 '선택 실패'로 판단한다. 그래서 Devitt(2004)를 수용하여 태도의 전이를 통한 텍스트의 질적 제고를 전제로 장르 인식 중심의 태도를 향상시킬 수 있는 텍스트 유형과 교육 활동을 제안해 보려고 한다.

---

3) 이러한 예는 한국 대학교(원)에서도 발견되는데, 이유경(2016:204)은 유학생이 쓴 텍스트가 다른 자료를 인용하는 비중이 낮거나, 인용을 했을 경우에도 그 출처가 불확실한 경우가 대부분이라고 지적했다.

2. 장르 인식의 개념과 장르 교육의 특징

2.1. 북미 신수사학파의 장르 인식 개념

장르 연구의 새로운 흐름을 정리하면서 Freedman(1994:191-192)에서는 '지역'을 기준으로 '북미국 학파(the North American School)'와 호주 '시드니 학파(Sydney School)'로 나누고 북미국 학파는 '수사학' 이론에서 분파된 것으로 '시드니 학파'는 시드니 대학교를 중심으로 Halliday 기능 언어학 지지자들에서 출발한 것으로 정리한다. 그러니까 본 연구에서 다루는 '북미 신수사학파'는 본래 '신수사학(the New Rhetoric)'과는 다른 것이다.4) 신수사학은 장르 이론이 아니라, 표현을 위한 수사적 기법을 강조하는 고전적 수사학에서 벗어나서 '수사적 맥락'과 '인식', '논리' 등에 주목하는 철학적 수사학이기 때문이다(Crosswhite, 2010). 그런데 이들 중에서 FYC 글쓰기 강의나 연구를 하는 사람들이 생겨났고, 이들이 '북미 신수사학파'라는 '장르 이론 학파'로 호명된 것이다. 이처럼 신수사학의 영향으로 북미 신수사학파는 장르의 고정된 특징이 아닌 장르를 구성하는 '상황'과 '맥락'에 큰 관심을 갖는다(Russell, 1997).

Coe(1994)에서 제시한 수업 절차를 보면, 수사적 상황(circumstances of the writing), 텍스트의 목적, 독자 등에 주목해서 텍스트에 대한 '인식(awareness)' 향상에 주목하는 것을 확인할 수 있다. 여기에서 인식을 Devitt(2004)는 '수사적 인식'이라고 전제하고 이를 다시 '장르 인식'이라고 개념화한다. 즉 장르 인식이란 "텍스트의 '형식'과 '맥락' 사이의 복잡한 연결을 인식·이해하는 것"이다(Devitt, 2004:198). 그래서 이 인식은 새로운 장르에 대한 '비판적 인식'으로 글쓰기 상황에서 필자를 '계획적인 행동(deliberate action)'으로 이끌게 된다. 그녀는 장르 인식을 설

---

4) 'the North American'을 'New Rhetoric'과 결합해서 명명한 것은 Hyon(1996)이고 이를 '장르'를 연구하는 '북미 신수사학파'라고 부른다.

명하면서 이러한 '수사적 재인식'이 "지배적인 관습과 거리를 두면서
필자가 계획하고 직접 행동하도록 만들고, 무엇보다 다른 글쓰기 맥락
에서의 '장르 참여'에도 효과적"이라고 밝혔다(Devitt, 2009:338). 특히 북
미 신수사학파는 이러한 장르 인식이 명시적으로 '학습'되는 것이 아니
라 암시적으로 '습득'되는 것으로 이해한다.[5]

　'장르'가 학습하는 것이 아니라 '습득'되는 것이라면, 이 두 개념의
차이부터 살펴봐야 한다. Clark & Hernandez(2010:65)은 '장르 인식'을
'전이성(transferability)'을 확보한 '문턱 개념(threshold concept)'으로 전제한
다. FYC에서의 '학술적 논증(academic argument)'은 이후 전공/계열에서
의 논증 관련 글쓰기에서도 '전이'된다는 것이다. 하지만 여기서 '전이'는
오히려 '시드니 학파'의 입장에 더 가깝다. Salomon & Perkins(1989:118)
는 시드니 학파의 전이가 텍스트 '형식'과 '기술' 등을 반복적으로 훈련한
후 성찰적 사고 없이 글쓰기 맥락으로 '자동적 전이(automatic transfer)'가
된다고 지적했다. 즉 두 입장 모두 전이가 '유사한 장르 글쓰기 상황'에서
만 발생하는 것으로 정리한다.[6] 반대로 신수사학파는 '대학 안'이라는
유사 장르 맥락을 넘어서, "완전히 '새로운 환경'의 글쓰기에서도 응용할
수 있는 '추상적인 원리'와 '장르 형성 과정'을 비판적으로 인식하고 습득
하는 것"이라고 지적했다(Beaufort, 2007:151).

　Beaufort(2007)의 설명은 장르 인식이 단순히 동일 공동체 내에서 상
위 단계로 전이되는 '좁은 의미'에서의 문턱이 아니라, '생애'에 걸친 모
든 글쓰기에 영향력을 끼치는 '광범위한 전이'를 가능하게 한다는 것을
가리킨다. 그렇다면 무엇을 통해서 이와 같은 광범위한 전이를 가능하게

---

5) 실제 명시적 교육을 옹호하는 Williams & Colomb(1993)과 암시적 교육을 지지하는
　Freedman(1993) 사이의 논쟁은 민정호(2022)를 읽어 보기를 바란다.
6) Russell(1995:51)는 최대한 다양한 장르별 글쓰기를 FYC에서 모두 명시적으로 가르치
　려는 것을 '과잉 야심(over ambitious)'이라고 비판했다. 장르의 복잡성을 고려했을 때
　'모든 장르' 교육은 불가능하다는 지적이다.

하는 '장르 인식'이 향상될 수 있을지를 살펴봐야 한다. Devitt(2004:209)
는 학생들의 장르 인식을 향상시키려면 다양한 샘플 텍스트를 활용해서
'입력'과 '자극'을 주어야 한다고 밝혔다. 왜냐하면 이러한 다양한 텍스트
입력이 학생들에게 다양한 텍스트에 몰입할 수 있는 경험을 제공하고,
무엇보다 이 다양한 텍스트를 '읽는 경험'을 통해서 장르가 어떤 '맥락'에
서 어떤 수사적 형식과 구성을 취하는지를 인식할 수 있게 되기 때문이
다.[7] Freedman(1993)은 이러한 다양한 장르 샘플들을 학생에게 적절하
게 입력(input)시키기 위해서는 글쓰기 과제를 의도적으로 배열한 '스퀀
스(Sequence)'가 필요하다고 밝혔다. 이는 목표 텍스트의 특징을 '모방하
기' 위한 것이 아니라 '장르 인식'을 경험하기 위함이다.

Bawarshi(2003:54)은 과정 중심 이론(the process movement)이 글쓰기
교육에서의 초점을 '텍스트'에서 '필자'로 이동시켰다고 비판했다. 텍스
트와 복잡하게 연결된 다양한 맥락을 고려한다면 필자 인지 속의 아이
디어보다 텍스트 자체에 있는 다양한 장르성을 인식하는 과정 습득이
타당하다는 지적이다. 그래서 신수사학파는 명시적으로 '필자'에게 무
엇을 가르치는가에 집중하는 것이 아니라, 어떤 장르 글쓰기를 만나더
라도 필자가 스스로 텍스트가 갖고 있는 장르성을 발견하고 다양한 맥
락을 고려해서 장르를 인식하도록 하는 것에 주목한다. 본 연구에서 장
르 인식에 주목하는 이유는 대학원 유학생이 본격적으로 학위논문을
쓰게 될 수사적 상황, 더 나아가 졸업 후 한국 기업이나 한국어 교육
기관에서 만날 한국어 글쓰기 상황에서 고양된 장르 인식을 활용해서
성공적으로 장르 글쓰기를 하도록 돕기 위함이다.

---

7) 물론 Freedman(1993:23)은 이러한 샘플이 장르를 모방하는 글쓰기로 연결될 것을
   우려하여 샘플을 전혀 제공하지 않고 장르 수행을 해야 한다고 주장한다. 그렇지만
   본 연구는 한국어로 완성된 텍스트에 대한 사전 경험이 부족한 대학원 유학생을 대상으
   로 논의를 전개하므로 '샘플' 제공을 전제로 논의를 진행한다.

2.2. 장르 인식 향상을 위한 텍스트와 글쓰기 과제

대학원 유학생은 '학위논문'을 완성해야 졸업을 할 수 있지만, 이에 대한 '문턱(threshold)' 역할을 할 수 있는 FYC와 같은 강의는 존재하지 않는다. 민정호(2020)은 대학원에서 새롭게 담화공동체로 편입되는 유학생을 위한 '선수 강의'를 설계했지만 이 강의는 '담화 규약' 중심의 저자성 강화에 집중하지 텍스트 읽기를 통한 '장르 인식 강화'에는 주목하지 않았다. 민정호(2022)가 대학원 유학생의 '장르 인식'에 주목하지만, 텍스트의 유형과 글쓰기 과제를 활용한 활동 등에는 주목하지 않았다. 민정호(2020)을 보면 현재 대학에는 한국의 어학원이나 학부 과정을 거치지 않고 그들의 모국에서 한국어학과를 졸업한 후에 대학원만 유학을 오는 유학생이 대부분이며, 대학원의 글쓰기 강의는 이러한 대학원 유학생이 혼자 완성한 학위논문을 교수가 강평하는 식이라고 밝혔다. 이에 본 연구는 대학원 1, 2학기에 FYC와 같은 강의가 필요하다고 전제하고 이때 장르 인식 강화를 위한 텍스트 유형과 과제 활동이 대학원 유학생의 학위논문 글쓰기에 도움을 줄 수 있을 것으로 판단했다.

Devitt(2004:204)는 장르 인식 교육을 위한 텍스트의 유형을 "다섯 단락 글쓰기(the five-paragraph theme), 분석적 에세이(analytic essay), 개인적 내러티브(personal narrative), 민족지학(ethnography)" 등으로 정리하고, 이것들로 장르 레퍼토리를 구성한다면, 다른 글쓰기 맥락에서 '전이'를 높일 수 있다고 밝혔다. 사실 다섯 단락 글쓰기는 글쓰기의 표준화(standardized), 주입식(indoctrination) 교육 등의 이유로 비판을 받고 있기에(Nunes, 2013:295-296), 샘플 장르에 포함된 것에 동의하지 않을 수도 있다. 하지만 '모방'이 목적이 아니라 비판적 '인식 강화'가 목적인 신수사학파의 입장을 고려한다면, '장르 인식'을 위한 샘플로는 가장 타당한 유형으로 보인다. 분석적 에세이의 경우에는 전공 강의의 '인과 분석(causal analysis)', 직장의 보고서, 대학원의 논문 등에서 샘플로 작용할 수 있고,[8] 개인적 내러티브는 개인의 경험을 강조하는 자기표현 글쓰기에서, 민족지학은 비판적 의식을 강조하는 장르 글쓰기에서 각각 샘플로 작용할 수 있을 것이다.9)

그렇다면 이런 유형의 텍스트를 샘플로 제시할 때 학생들이 참여할 수 있는 활동을 살펴보도록 하겠다. Johns(2008:242)에 따르면 신수사학 파는 장르를 고정된 실체로 보지 않기 때문에, '교과목(curricula)'으로 만들려는 시도가 적다고 밝혔다. 그렇지만 Devitt, Reiff & Bawarshi(2018)에서 제안하는 장르 인식 활동은 실제 교실 상황에서 적용할 수 있다는 점에서 주목할 만하다.

〈표 1〉 장르 인식 활동(Devitt, Reiff & Bawarshi, 2018:93-94)

활동 내용
1. '샘플 장르'에서 장면(scene)을 구분하고 접근한다.
2. 장르가 사용된 상황(situation)을 설명하고, 장면을 확인한다.
3. 샘플 장르의 장면에서 패턴을 설명하고 장르의 특징을 확인한다.
4. 이 패턴과 상황과 장면과 연결해서 무엇을 드러내는지를 분석한다.

Devitt, Reiff & Bawarshi(2018:7)은 '장면'을 특정 장르가 사용되는 전체적인 설정(overall setting)으로 정의한다. 여기서 설정이라는 것은 장르 글쓰기가 발생하는 공간뿐만 아니라 그 공간에서 오랫동안 누적된 담화 관습이나 특정 담화 관습을 확보하고 있는 학술적 담화공동체, 학

---

8) 여기서 핵심은 미리 배운 분석적 에세이를 모방해서 전공 강의의 '인과 분석'을 해결하는 게 아니다. 오히려 모방할 경우 발생하는 '수사적 문제'를 필자가 인식하고 같은 범주의 글쓰기더라도 샘플 장르와 마주한 장르 사이의 '차이'에 주목해서 장르를 재인식하는 과정을 학습하는 것이다.

9) Hammersley & Atkinson(2007:1-2)은 민족지학을 '문화적 지식(cultural knowledge)'이나, '사회적 상호작용 패턴(patterns of social interaction)', 해당 '사회의 전체적인 분석(holistic analysis of societies)' 등을 제공하는 가장 기초적인 사회 과학 연구 방법이라고 밝혔다.

계 등까지를 모두 아우른다. 상황은 필자가 장면에서 마주한 특정 의사소통 상황으로 수사적 상호작용(rhetorical interaction)을 가리킨다. 이 상호작용은 철저하게 장면과 상호작용하면서 특정 맥락적으로 구별되는데, 이 구별되는 상호작용을 인식하도록 하는 게 목적이다. Devitt, Reiff & Bawarshi(2018)은 다양한 샘플 장르를 통해 각 장면에서 수사적 상호작용이 어떻게 발생하는지를 확인하고 이를 위해 장르가 수사적으로, 언어적으로, 그리고 형식적으로 어떻게 달라지는지를 확인하게 한다. 그리고 다른 샘플 장르에서 같은 장면의 다른 상황을 찾고 그 '차이'를 학생 스스로가 인식하도록 하는 장르 인식 활동을 제안한다. 이 장르 인식 활동은 여러 샘플에서 등장하는 유사 장면들의 특징과 차이를 필자가 '직접 목격'하는 활동이다. 특히 특정 맥락이나 이데올로기에 따라 수사적으로, 형식적으로 텍스트와 결합되는지를 확인할 수 있다.

교실 상황이라면, 장르 인식은 샘플 텍스트를 분석하면서 암시적으로, 점진적으로 향상될 수 있다. 샘플 텍스트가 모방을 위한 명시적 교육이 아니라 장르 인식을 강화시키는 입력으로 진행되기 때문이다. 이를 위해서 입력으로 사용될 수 있는 텍스트 유형과 실제 적용할 수 있는 활동 등을 이론적으로 검토해 보았다. 다음 장에서는 실제 대학원 유학생을 대상으로 직접 적용할 수 있는 텍스트 유형과 장르 인식 활동 등을 보다 세부적으로 정리하고 설명하면서 논의를 전개한다.

3. 텍스트 유형과 장르 인식 활동 과정

3.1. 텍스트 유형과 내용

Hyon(2001)은 겨울 학기 12주 동안 80분 수업을 통해서 8명의 대학원 유학생, 2명의 학부 유학생, 1명의 대학교 외국인 교직원 등 모두 11명에게 읽기 수업을 진행하였다. 사용된 장르는 모두 4개로 최신 사건 기사, 특집 기획 기사, 대학 교재 자료, 연구 논문 등이었다. 수업은 내용, 구조, 언어적 스타일, 목적 측면을 중심으로 진행되었고 이를 가지고 명시적 토의, 모델링, 텍스트 분석 등을 진행했다. 결과적으로 이 연구는 유학생에게 특정 장르에 기반한 읽기 교육이 장르 인식 형성에 도움이 된다는 것을 발견했다. 여기서 주목하는 것은 Hyon(2001)이 Swales(1990)에 근거해서 구조, 내용, 언어적 스타일 등에서 나타나는 '유사성의 패턴'에 주목했다는 점이다. 실제 텍스트를 읽은 후에 이를 '모델링(modeling)'하기 위한 토의와 과제가 주어졌는데, 이는 Hyon(2001)이 말하는 장르 인식이 다양한 장르의 특징을 포착하도록 하는 비판적 장르 인식이 아니라 특정 장르에 대한 명시적 장르 인식임을 알 수 있는 대목이다.

Devitt(2004)는 다섯 단락 글쓰기, 분석적 에세이, 개인적 내러티브, 민족지학적 텍스트 등을 언급했다. 그녀는 다섯 단락 글쓰기라고 했지 어떤 특정 영역이나 혹은 현재 학습자들이 전공에서 마주할 특정 텍스트 예시를 구체적으로 언급하지는 않았다. 민족지학적 텍스트 역시 '민족지학'이라는 메타 용어를 사용했지, 특정 공동체의 수사적 특징을 담은 텍스트를 명시하지 않았다. 이는 Hyon(2001)이 제시한 '최신 사건 기사', '특집 기획 기사', '대학교 교재', '(이공계열) 연구 논문' 등과 비교했을 때 '구체성'이 떨어지는 대목이다. 하지만 여기서 분명히 할 부분은 샘플 장르의 입력이 장르 인식의 강화를 위한 것이지 유사한 패턴과 보편적 형식을 모델링해서 모방하기 위한 것이 아니라는 점이다. 이와 같은 이유로 본 연구는 Hyon(2001)을 통해서 텍스트를 입력하는 것이 장르 인식에 영향을 준다는 점만 수용하고 텍스트는 한국만의 학술적 맥락이나 특징 등은 의도적으로 배제한 채 Devitt(2004)의 다섯 단락 글쓰기, 분석적 에세이, 개인적 내러티브, 민족지학적 텍스트 등을 그대로 사용한다.

Russell(2002)는 한 번의 FYC를 통해 학술적 리터러시가 전이될 것 이라는 주장을 '신화'라고 밝혔다. FYC가 신화라면 학술적 글쓰기도 신 화이다. Berkenkotter & Huckin(1993:476)은 우리가 흔히 알고 있는 학 술 보고서(technical reports)와 학술논문(journal articles), 그리고 전공 논문 (monograph)뿐만 아니라 실험 보고서(lab report), 작업 보고서(working paper), 논평(review), 그리고 연구비 제안서(grant proposal)나 학회 발표문 (conference papers)까지도 학계에서 생산되는 학술적 글쓰기라고 밝혔 다. 최근 '전공별 글쓰기(Writing in the disciplines, 이하 WID)'나 '계열별 글 쓰기(Writing Across the Curriculum, 이하 WAC)'와 같은 연구 흐름을 통해 보자면 이 다양한 텍스트들은 전공이나 계열별로 다시 나뉠 것이고, 또 한 개별 교수자나 학교별 특징에 따라 다시 다른 양상으로 나타날 것이 다. 본 연구는 멀게는 졸업 후 한국어 관련 글쓰기, 그리고 가깝게는 대 학원에서의 학술적 글쓰기를 전제로 논의를 전개하는데, 이런 다양한 맥락을 고려해서 텍스트 유형을 선정하면 다음 〈표 2〉와 같다.[10)

〈표 2〉 장르 인식 교육에서 텍스트 유형

유형	내용
다섯 단락 글쓰기	1. 계열별 학술적 과제에서 5단락으로 완성된 텍스트 2. 세부 전공별 학술적 과제에서 5단락으로 완성된 텍스트 3. 반대로 학술적 과제에서 5단락으로 완성되지 않은 텍스트
분석적 에세이	1. 계열별 학술적 과제에서 '분석'이 적용된 텍스트 2. 세부 전공별 학술적 과제에서 '분석'이 적용된 텍스트 3. 반대로 비학술적 과제에서 '분석'이 적용된 텍스트

10) 본 연구는 ESP가 아니라 신수사학파에 주목해서 연구를 진행하기 때문에 특정 전공을 고려하지 않고 텍스트 유형을 선정했다. ESP처럼 특정 전공을 고려할 경우 학위논문 장르의 명시적 특징을 고려하게 되고 이는 장르에 대한 신수사학파의 암시적 학습과 대비되기 때문이다(Devitt, 2015a). 오히려 전공과 무관한 텍스트에 몰입하는 경험이 장르 인식을 향상시킨다는 Devitt(2009)를 수용하여 다양한 장르, 계열 등을 고려해서 텍스트 유형을 선택했음을 밝힌다.

개인적 내러티브	1. 계열별 학술적 과제에서 '개인적 내러티브'가 적용된 텍스트 2. 전공별 학술적 과제에서 '개인적 내러티브'가 적용된 텍스트 3. 반대로 학술논문에서 '개인적 내러티브'가 적용된 텍스트
민족지학 텍스트	1. 계열별 학술적 과제에서 '민족지학적' 특징이 있는 텍스트 2. 전공별 학술적 과제에서 '민족지학적' 특징이 있는 텍스트 3. 반대로 비학술적 과제에서 '민족지학적' 특징이 있는 텍스트

기본적으로 텍스트 유형은 학술적 글쓰기를 전제로 '계열별', '세부 전공별'로 나누고, 여기에 장르 재인식을 하는 데 도움을 줄 수 있는 '예외적 텍스트'를 추가했다. 다섯 단락 글쓰기의 경우 학술적 글쓰기의 기초라고 하지만, 인문사회계열과 이공계열에서 완성된 다섯 단락 텍스트, 같은 인문사회계열이더라도 경영학과와 국어국문학과, 그리고 같은 국어국문학과더라도 세부적으로 어학 전공과 문학 전공 등에서 나타나는 다섯 단락의 수사적 특징과 형식이 다를 것이다. 여기에 학술적 과제지만 다섯 단락으로 완성되지 않은 텍스트나, 비학술적 과제이지만 다섯 단락으로 완성된 텍스트를 학생들이 몰입하도록 제공한다면, 어느 맥락에서 어떤 목적을 위해서 다섯 단락 글쓰기를 해야 하고, 어떤 맥락을 고려했을 때 다섯 단락 글쓰기를 하면 안 되는지를 학습자가 인식할 수 있을 것이다. 분석적 에세이와 개인적 내러티브, 그리고 민족지학 텍스트도 '계열별', '세부 전공별' 학술적 과제에서 해결된 텍스트를 제공하고 비학술적 과제에서 사용된 '분석적 텍스트',11) 학술적 텍스트가 아니지만 '개인적 내러티브'가 포함된 텍스트,12) 학술적 담화

---

11) Devitt(2004)에는 역사 전공 수업에서 과제로 제출되는 인과 분석 보고서와 직장에서 상사에게 보고 하기 위한 분석 보고서는 같은 '분석'이지만 그 양상은 다를 것이라고 밝혔다.

12) Devitt(2015a)에는 학술논문이지만 2007년 브라질 학술대회에서 Swales와 만나 토론했던 일화가 개인적 내러티브로 들어가 있다. 계열별, 전공별 텍스트의 경우 학술적 텍스트이더라도 '자기표현 글쓰기'를 표방한 과제에서만 내러티브를 만날 가능성이 높은데, '자기표현 글쓰기 = 개인적 내러티브'라는 공식으로 장르를 학습하지 않도록 하는

공동체를 벗어나서 다른 공동체에서 발견되는 민족지학적 특징 등을
제공한다.[13] 그리고 이러한 텍스트 입력은 대학원 유학생이 가깝게는
학술적 글쓰기 맥락에서 멀게는 취업 분야의 한국어 글쓰기 맥락에서
활용할 수 있는 장르 인식을 향상시키는데 도움을 줄 것이다.

3.2. 장르 인식 활동과 특징

Devitt(2009)는 장르를 이데올로기적으로 건축된 구조물로 본다. 그
러므로 특정 장르가 건축되는 과정에서 고려되었을 맥락을 미리 인식
하고 선행 장르를 활용해서 장르를 인식하는 것은 신수사학파 장르 교
육의 핵심이 된다.[14] Devitt, Reiff & Bawarshi(2018)은 샘플 장르의 장
면과 상황에서 '장르'를 확인하고, 기존에 알고 있는 샘플과 대조하며
'장르 인식'이 강화된다고 밝혔다. 또한 내용, 수사적 특징, 형식, 문장
유형, 용어 사용 선택 등을 중심으로 패턴을 분석해 보고 이것이 어떤
문화적 맥락, 이데올로기에 영향을 받는지를 확인하도록 했다. 다만 '학
술적 글쓰기'를 써야 하는 '대학원 유학생'을 전제했을 때, 선택한 장면
에서 파악해야 하는 구체적인 상황, 그리고 상황에서 확인해야 하는 패
턴들의 실제, 마지막으로 다른 샘플과 대조를 통해 무엇을 드러내야하
는지 등에 대한 추가적인 고려와 설명이 필요할 것이다.

첫 번째 선택한 장면에서 파악해야 하는 구체적인 상황부터 살펴보
겠다. 상황에는 설정, 주제, 참여자(필자/독자), 목적 등과 같은 다양한

데 도움이 될 것이다.

13) 사실 민족지학적 장르 특징을 공식적 글쓰기 상황이나, 학술적 글쓰기 상황에서만
발생하는 것으로 규범화할 가능성이 있지만, Swales(2016)은 특정 직업, 공간뿐만 아니
라 흥미와 취미에 따라서도 장르적 특징이 발생한다고 밝힌다. 민정호(2021b:23)는
이러한 이유로 Swales(2016)가 'community'를 'communities'로 기술했다고 밝혔다.
14) 선행 장르(antecedent genres)가 필자가 이미 확보하고 있는 장르 레퍼토리를 의미한
다면 샘플 장르(samples of the genre)는 교실 현장에서 선행 장르로 활용할 것을 기대
하고 학생들에게 입력된 것을 의미한다(Devitt. 2004:54-58).

장르 상황이 존재한다. 설정의 경우에는 주로 어떤 장르들이 서로 연결되어 설정되어 있는지를 파악하는 것이다. 여기서 연결된 장르들은 장르 체계나 장르 집합과 연결해서 활동을 진행해야 한다.15) 주제는 이 장면에서 참여자들을 주로 상호작용하도록 만드는 내용, 이슈, 아이디어, 질문 등과 관련되고 참여자는 필자의 능력, 독자의 특징 등과 관련된다. 마지막으로 목적은 이 장르가 생성되어 어떤 역할을 담당하는가이다. 예를 들어서 대학원 유학생이 특정 전공의 다섯 단락 글쓰기를 샘플 장르로 받았다면, 이 텍스트가 발생하는 특정 장면을 고려해서 매개되고 연결된 장르, 부각되고 선정된 내용, 읽으면서 발견되는 필자와 독자의 특징, 수사적 목적 등과 같은 상황을 찾아보는 것이다.

두 번째는 이 상황에서 확인해야 하는 패턴이 구체적으로 무엇이냐는 것이다. 여기에서는 샘플들에서 반복적으로 나타나는 것과, 반복적으로 나타나지 않는 것을 찾는 것이다. 즉, 내용들이 어떻게 처리가 되는지, 그때 사용되는 근거나 전형적인 예들은 무엇인지를 찾아보는 것이다. 또한 장면에서 발견되는 장르는 전체 텍스트에서 어느 위치에 해당되고, 어떤 역할을 하며, 어떤 형식으로 쓰였는지도 확인한다. 문장의 길이나 문장의 형태 그리고 어휘 선택 등도 확인하는데, 이를 통해 장르 스타일을 확인한다. 예를 들어서 특정 전공의 분석적 에세이를 받았다면, 이 텍스트에서 사용된 내용들을 필자가 어떻게 다루고, 어떤 전략으로 구현하는지, 그리고 이 장면은 전체 텍스트에 어떻게 결합되고, 형식과 문장의 특징은 어떠한지를 정리하며, 본인이 필자라고 전제했을 때 여기서 누락된 패턴이나 스타일이 있다면 어떤 대안적 전략이 있는지를 생각해 보는 것이다.

---

15) Devitt(2004:56-57)는 '장르 체계(genre systems)'를 장르 글쓰기를 완성해 나가면서 사용하게 되는 장르들의 집합으로 보았고, '장르 집합(genre sets)'은 장르 글쓰기를 할 때 필자가 활동 체계 내에 찾을 수 있는 장르들의 집합으로 보았다.

세 번째는 다른 샘플과의 대조를 통해 무엇을 인식해야하느냐에 관한 것이다. 샘플 장르들에서 비교를 할 때 가장 중요한 것은 드러난 특정 장르에서 확인된 장르 상황과 패턴 등이 왜 그렇게 구성될 수밖에 없었냐는 것이다. 즉 이 장르가 함의하는 공동체의 목표, 신념, 전제, 관습 등이 무엇이고, 이것이 독자에게 무엇을 요구하는지를 대학원 유학생이 직접 확인하는 과정이다.16) 이 이데올로기 확인의 과정은 텍스트에 드러난 장르 집합이나 수사적 특징, 형식과 내용 등을 다르게 만드는 주요한 요인이기 때문에 중요하다. 예를 들어서 '개인적 내러티브'가 반영된 인문 계열과 이공 계열 과제 텍스트가 있다고 전제했을 때 내러티브를 보여주는 형식과 장르 집합, 그리고 그 수사적 이유 등이 모두 다를 것이다. 이 과제를 통해 대학원 유학생은 그 차이를 만드는 각 공동체의 특징과 규칙, 그리고 공동체에서 필자에게 부여한 역할 등을 발견하게 되고, 이 인식적 탐구는 대학원 유학생이 이와 유사한 규범과 표준, 그리고 역할을 받았을 때, 장르 인식을 강화해서 새로운 장르 글쓰기에 참여도록 만들 수 있을 것이다.

〈표 3〉 대학원 유학생을 위한 장르 인식 활동

활동 단계	활동 내용
장면 상황 이해	설계된 장르 체계나 장르 집합은 무엇인가? 주제에 포함된 내용, 이유, 아이디어, 질문 등은 무엇인가? 필자의 능력이나 고려되는 독자의 특징은 무엇인가? 장르는 다른 상황들과 어떤 영향 관계에 있는가?
상황 패턴 이해	강조되는 내용과 은폐되는 내용은 무엇인가? 이 상황은 텍스트에서 어떤 위치에 있는가? 이 상황은 어떤 수사적 역할을 하는가? 이 상황은 어떤 형식을 갖추고 있는가?

16) Russell(1997:510-511)은 '활동 체계(activity system)'를 설명하면서 동작주가 소속된 '공동체'와 그 공동체의 '규칙/표준', 그리고 공동체에서 사회적으로 부과하는 '역할' 등이 '동작주(agent(s))'의 '목표/동기'와 '매개 수단' 등에 영향을 준다고 밝혔다.

다른 샘플 대조	장면에서 도출된 상황이 어떤 '차이'를 만드는가? 상황에서 도출된 패턴이 어떤 '차이'를 만드는가? 이 차이를 유발한 주요 이데올로기는 무엇인가? 이 활동을 통해 발견한 장르 글쓰기 전략은 무엇인가?

Freadman(2015:446)는 특정 순간의 예측할 수 없는 역사적 복잡성으로 인해 그 어떤 장르도 순수한 예시로써 담론적 결과물(discursive event)일 수 없다고 밝혔다. 이러한 이유로 Freadman(2015)이 장르 업테이크를 강조했다면,17) 이와 동일한 이유로 Devitt(2004; 2009; 2015a; 2015b)는 장르의 명시적 교육을 거부하고 필자가 스스로 탐구하며 발견하는 '장르 인식'을 강조한 것이다. 여기서는 대학원 유학생이 장르 인식 활동을 할 때 구체적으로 어떤 활동을 할 수 있는지를 중심으로 살펴보았다. 다양한 샘플 장르에서 특정 장면을 선택하고 이 장면이 함의하는 상황과 패턴을 분석하는 것, 그리고 다른 장르 샘플에서의 장면과 대조를 통해 차이를 발견하고, 필자에게 필요한 장르 전략을 확보하는 것 등이 그것이다. 다만 추가적으로 대학원 유학생이라는 학습자 특수성을 고려한다면, 이 활동에서 주요하게 고려되어야 하는 것은 '현장 조사(research a field site)'일 것이다(Johns et al, 2006:242). 이미 학위논문을 완성하고 졸업한 선배나, 오랜 기간 해당 장르를 가르친 교수자에게 '인터뷰'를 진행하면서 장르 글쓰기 하는 과정을 관찰하며 대조하고, 이를 다시 기록하는 실제적 활동이 포함된다면 보다 학위논문이나 학술적 글쓰기와 관련된 유학생의 장르 인식 향상에 도움이 될 것이다.

---

17) Freadman(2015:445)는 같은 장르 쓰기더라도 수사적 상황과 맥락에 따라서 부각되는 작인이 다르다고 밝히고, 필자가 수사적 상황과 맥락을 재인식해서 '장르 업테이크(genre uptake)'를 할 수 있어야 한다고 밝혔다.

4. 맺음말

본 연구는 북미 신수사학파의 장르 이론 중에서 '장르 인식'을 중심으로 텍스트 유형과 글쓰기 과제 활동 등을 제안했다. 이를 위해서 신수사학파의 장르 인식의 개념을 살펴보고, 텍스트 유형과 장르 인식 활동 등을 검토하였다. 또한 이를 한국어 글쓰기 상황을 반복적으로 마주해야 하는 대학원 유학생을 고려해서 세부적인 텍스트 유형을 도출하였다. 마지막으로 이 텍스트 유형을 통해 진행되는 과제 스퀀스를 중심으로 과제 활동을 구성하고 이 활동을 대학원 유학생을 고려해서 자세하게 설명하였다.

본 연구는 2장에서 신수사학파의 장르 이론과 장르 인식의 개념을 과정 중심 이론, 장르의 명시적 교육, 장르 학습 등과의 대조를 통해 살펴보았다. 그리고 장르 인식 교육을 위한 텍스트의 유형과 그 텍스트로 진행할 수 있는 장르 과제 스퀀스를 제시했다. 3장에서는 학술적 글쓰기 상황에 놓인 대학원 유학생을 고려해서 텍스트의 유형을 계열별, 전공별, 세부 전공별 등을 고려해서 선정하고 장르 인식을 강화할 수 있는 예외적 텍스트를 추가했다. 그리고 활동 과정을 대학원 유학생을 고려해서 맥락의 내용, 상황의 요인, 다른 샘플 장르들과의 비교 등을 중심으로 정리하고 이를 다시 구체적으로 정리하였다.

본 연구는 대학원 유학생 글쓰기가 명시적 교육으로 진행되어야 한다는 ESP 이론에서 벗어나 암시적 교육을 주장하는 신수사학파와 장르 인식에 주목했다는 점에서 의의가 있다. 또한 장르 인식 수업에서 진행될 수 있는 텍스트 유형과 장르 인식 활동을 구성·제안했다는 점에서 의미가 있다. 다만 현재 FYC와 같은 글쓰기 교과가 대학원에 없다는 점에서 실제 교육 현장에 적용될 때 고려해야 하는 다양한 요인들을 고려하지 못했고, 무엇보다 실증적 결과물이 부재한 것은 본 연구의 한계

로 남는다. 물론 현재 장르 인식을 향상시킬 수 있는 활동이 지도교수
와의 상담이나 스터디 활동 등을 통해서 진행되고 있지만 공식적인 교
육과정의 틀 안에서 체계적으로 설계·제공되어야 대학원 유학생의 장
르 인식이 향상되고, 텍스트의 질적 향상에도 도움이 될 것이다. 이를
위해 앞으로 보다 구체적으로 대학원 유학생의 장르 인식 향상을 위한
교육적 방법 모색과 실증적 연구 결과 등이 논의될 수 있기를 바란다.

• 참고문헌

민정호(2019), 학술적 글쓰기에서 대학원 유학생의 발견 능력 향상을 위한 교육 내용 제안, 리터러시연구 10(6), 한국리터러시학회, 27-50.
민정호(2020), 대학원 유학생을 위한 학술적 글쓰기 교수요목 설계: 학술적 리터러시에서의 저자성 강화를 중심으로, 리터러시연구 11(3), 한국리터러시학회, 221-246.
민정호(2021a), 장르 분석을 활용한 학위논문 장르 교육 수업 설계 연구, 외국어로서의 한국어교육 63, 연세대학교 언어연구교육원 한국어학당, 27-50.
민정호(2021b), 학술적 담화공동체의 개념과 학술적 글쓰기 교육에서의 의미, 리터러시연구 12(2), 한국리터러시학회, 13-40.
민정호(2022) 신수사학파의 장르 인식 개념과 유학생 글쓰기 교육에서의 함의, 동악어문학 86, 동악어문학회, 171-192.
박은선(2006), 한국어 학위논문 서론의 장르 분석적 연구: 한국어 모어화자와 한국어 학습자를 대상으로, 한국어 교육 17(1), 191-210쪽, 국제한국어교육학회.
손다정·정다운(2017), 외국인 유학생의 한국어교육 박사 학위논문 서론 텍스트 구조 분석, 어문론집 70, 중앙어문학회, 445-479.
유나(2021), 학위논문 〈선행연구〉의 내용 구조 분석 연구: 중국인 대학원생과 한국어 모어화자의 비교를 중심으로, 국어교육연구 47, 서울대학교 국어교육연구소, 203-243.
이유경(2016), 외국인 유학생의 학술적 글쓰기에서 인용 교육 방안에 대한 연구, 한국어교육 27(3), 국제한국어교육학회, 203-232.
정다운(2014), 외국인 대학원생을 위한 논문 쓰기 수업 사례 연구, 어문론집 58, 중앙어문학회, 487-516.
홍윤혜·신영지(2019), 예술분야 외국인 대학원생을 위한 학술적 글쓰기 교수요목 설계: 미술계열 학습자 수업을 중심으로, 리터러시연구, 10(1), 한국리터러시학회, 343-373.
Bawarshi, A.(2003), *Genre and the invention of the writer*, Logan: Utah State University Press.
Beaufort, A.(2007), *College writing and beyond: A new framework for university writing instruction*, Logan, UT: Utah State University Press.
Berkenkotter, C. & Huckin, T. N.(1993), Rethinking Genre from a Sociocognitive

Perspective, *Written Communication,* 10, 475-509.

Clark, I. L., & Hernandez, A.(2011), Genre Awareness, Academic Argument, and Transferability, *The WAC Journal,* 22, 65-78.

Coe, R. M.(1994), Teaching genre as process. In A. Freedman & P. Medway (Eds.), *Learning and teaching genre*(157-69), Portsmouth, NH: Boynton/Cook.

Crosswhite, J.(2010), The new rhetoric project, *Philosophy & Rhetoric,* 43(4), 301-307.

Crowley, S.(1991), A Personal Essay on Freshman English, *Pre-Text: A Journal of Rhetorical Theory,* 12, 155-176.

Devitt, A. J.(2004), *Writing Genres,* Carbondale: Southern Illinois University Press.

Devitt, A. J.(2009), Teaching Critical Genre Awareness, In C. Bazerman, A. Bonini, & D. Figueiredo,(Eds.), *Genre in a Changing World*(337-351), West Lafayette, IN : Parlor Press.

Devitt, A. J.(2015a), Genre Performances: John Swales' Genre Analysis and rhetorical-linguistic genre studies, *Journal of English for Academic Purposes,* 19, 44-51.

Devitt, A. J.(2015b), Translating Practice into Theory in Genre Studies, In N. Artemeva, & N. A. Freedman,(Eds.), *Genre studies around the globe: beyond the three*(386-402), Bloomington: Trafford.

Devitt, A., Reiff, M. J., & Bawarshi, A.(2018), Scenes of Writing: Strategies for Composing with Genres, Independently published.

Freadman, A.(2015), The Traps and Trappings of Genre Theory, In N. Artemeva, & N. A. Freedman,(Eds.), *Genre studies around the globe: beyond the three*(425-452), Bloomington: Trafford.

Freedman, A.(1993), Show and tell? The role of explicit teaching in the learning of new genres, *Research in the Teaching of English,* 27, 222-251.

Freedman, A.(1994), "Do as I say": The relationship between teaching and learning new genres. In A. Freedman & P. Medway(Eds.), *Genre and the new rhetoric*(191-210), London: Taylor & Francis.

Grabe, W. & R. B. Kaplan(1996), *Theory and practice of writing.* London: Longman.

Hammersley, M. & Atkinson, P.(2007), *Ethnography: Principles in Practice*, 3rd, New York: Routledge.

Harrison, L.(2020), Inviting Jane Schaffer to an Informational Text Close Reading, *The Utah English Journal*, 42, 32-36.

Hyon, S.(1996), Genre in three traditions: Implications for ESL, *TESOL Quarterly*, 30, 693-722.

Hyon, S.(2001), Long-term effects of genre-based instruction: a follow-up study of an EAP reading course, *English for Specific Purposes*, 20, 417-38.

Johns, A. M.(2008), Genre awareness for the novice academic student: An ongoing quest, *Language Teaching*, 41(2), 237-252.

Johns, A. M.(2011), The future of genre in L2 writing: Fundamental, but contested, instructional decisions, *Journal of Second Language Writing*, 20, 56-68.

Johns, A. M., Bawarshi, A., Coe, R. M., Hyland, K., Paltridge, B., Reiff, M. J. & Tardy, C.(2006), Crossing the boundaries of genre studies: Commentaries by experts, *Journal of Second Language Writing*, 15, 234-249.

Nunes M. J.(2013), The Five-Paragraph Essay: Its Evolution and Roots in Theme-Writing, *Rhetoric Review*, 32(3), 295-313.

Pecorari, D.(2003), Good and original: Plagiarism and patch writing in academic second-language writing, *Journal of Second Language Writing*, 12, 317-345.

Roemer, M., Schultz, L. M. & Durst, R. K.(1999), Reframing the great debate on first-year writing, *College Composition and Communication*, 50(3), 377-392.

Russell, D. R.(1995), Activity Theory and Its Implications for Writing Instruction, In J. Petraglia,(Ed.), *Reconceiving Writing, Rethinking Writing Instruction*(51-77), Hillsdale, NJ: Erlbaum.

Russell, D. R.(1997), Rethinking Genre in School and Society: An Activity Theory Analysis, *Written Communication*, 14(4), 504-544.

Russell, D. R.(2002), *Writing in the academic disciplines: A curricular history*, 2nd, Illinois: Southern Illinois University Press.

Salomon, G., & Perkins, D. N.(1989), Rocky road to transfer: Rethinking the mechanisms of a neglected phenomenon, *Educational Psychologist*, 24, 113-

42.

Smit, D.(2004), *The End of Composition Studies*, Carbondale, IL: Southern Illinois University Press.

Swales, J.(1990), *Genre Analysis: English in Academic and Research Settings*, Cambridge: Cambridge University Press.

Swales, J.(2016), Reflections on the concept of discourse community, *ASp. la revue du GERAS* 69, 7-19.

Wardle, E.(2007), Understanding 'transfer' from FYC: Preliminary results of a longitudinal study, *WPA Journal,* 31(1/2), 65-85.

Williams, J. M., & Colomb, G. G.(1993), The case for explicit teaching: Why what you don't know won't help you, *Research in the Teaching of English,* 27, 252-264.

장르 업테이크 향상을 위한 수업 설계 연구

대학원 한국어 실습 교과에서 교안 완성을 중심으로

1. 머리말

국립국어원(2018:64)의 '실습 교과목' 운영 지침을 보면, 실습 교과는 이론 수업, 강의 참관이나 강의 실습, 모의수업으로 구성해야 한다. 또한 '실습 교과'의 경우 '강의 참관이나 강의 실습'은 필수이고, '강의 참관이나 강의 실습'을 전체 강의에서 5분의 1 이상으로 구성해야 한다. 이와 같은 운영 지침에서 주목할 부분은 '참관'과 '실습'처럼 '실습 교과'로써 학습자들이 참여하고 경험하는 교육 내용을 강조한다는 것이다. 이는 교육과정에서 한국어 예비 교사가 '경험'할 수 있는 유일한 실제 '교실 상황'이기 때문이다.

실제 '실습 교과목'과 관련된 연구들에서도 이와 같은 경향을 확인할 수 있다(박수연·이은경, 2020; 구민지·박소연, 2020; 민진영·최유하, 2018; 이윤진, 2016; 김지혜, 2015; 기준성, 2015). 민진영·최유하(2018)은 학점은행제에서 효과적인 모의수업을 설계하고, 학습자의 양상을 살폈다. 이윤진(2015)는 교육대학원의 실습 교과를 대상으로 진행된 연구로 전체적인 수업 운영에서 고려되는 내용을 살펴보았다. 김지혜(2015)는 온라인 과정의 모의수업을 분석한 연구로 모의수업과 모의수업 평가표를 중심으로 수업 설계 방향을 정리했다. 기준성(2015)는 오프라인과 온라인에서 모의수업이나 강의실습을 수강한 학습자를 대상으로 인식 양상을 살폈

다. 구민지·박소연(2020)과 박수연·이은경(2020)이 '교안'에 주목하는
것과 반대로 이들 연구들의 공통점은 '참관'과 '모의 수업'에 주목한다
는 것이다.[1]

　최근 대학원에 입학하는 유학생의 수는 최근 크게 증가했다. 코로나19
로 전체 유학생 수는 약 7,000명 줄었지만, 대학원 유학생은 약 4,000명이
증가했다.[2] 40,000명의 대학원 유학생 중에서 약 60% 정도가 인문사회
계열이고, 상당수가 '한국어교육' 전공으로 입학하는 점을 고려하면, 실제
대학원에 개설된 '한국어 실습 교과(이하, 실습 수업)'에도 유학생의 비중이
높을 것이다. 실습 수업에 참여하는 학습자가 '유학생'임을 고려한다면
'실습 수업'에서 '실습'과 '참여' 등을 고려함과 동시에 보다 더 주목해야
할 부분이 있다. 바로 '교안 작성'과 관련된 것이다. 왜냐하면 유학생에게
'교안' 작성은 완전히 새로운 '장르 글쓰기'이기 때문이다.

　Bailey & Nunan(1996:18)은 '교안(lesson plan)'을 교사를 위한 '로드맵
(road map)'으로 개념화했고, Farrell(2002:30)는 학습자의 학습 목표를 달
성을 위한 '서면 서술(written description)'로 정리하였다. 수업에 대한 로
드맵이자 서면 서술인 '교안'은 실습 수업의 질적 제고를 위해서 매우
중요한 위치를 차지한다. 그런데 서면 서술로 완성되는 교안의 특징이
교과별로, 그리고 국가별로 상이하다는 점에 주목해야 한다. '한국어 교
육' 전공에서 대학원 유학생은 '교육학 분야', 그 중에서도 '한국어 교
육' 분야에서 사용되는 교안을 완성해야 하는 '수사적 상황'에 놓이게
된다. 이를 위해서 본 연구는 '대학원'에 개설된 '한국어 실습 교과'를
중심으로 한국어 교육 분야에서 통용되는 교안의 특징과 완성을 중심

---

　1) 구민지·박소영(2020)과 박수연·이은경(2020)은 완성된 교안에 주목하지만 '유학생'
　　에 주목한 연구가 아니라 '한국인 예비 교원'들이 완성한 교안을 분석하고 이를 근거로
　　교육적 함의를 제안한 연구들이다.
　2) 교육통계서비스 '고등교육기관 외국인 유학생 현황' 참조.

으로 수업을 설계한다. 그리고 실제 대학원 유학생이 완성한 교안을 분석하고 '교안'이라는 '장르 쓰기'에 대한 대학원 유학생의 '장르 업테이크(genre uptake)' 정도를 확인하겠다.3) 본 연구는 실습의 가치를 훼손하지 않는 선에서 '교안 완성'을 중심으로 '실습 수업'을 설계하고 교안의 질적 향상을 통해서 '장르 업테이크'의 강화 정도를 확인하겠다.

2. 장르 업테이크 향상을 위한 실습 수업 설계 원리

2.1. 한국어 교육 전공에서 교안과 실습 교과의 특징

한국어 교육 전공에서 사용하는 교안은 기본적으로 '내용'이 정해져 있다. 구민지·박소연(2020), 박수연·이은경(2020), 김서형·박선희·장미라(2019), 민진영·최윤하(2018), 이윤진(2016), 기준성(2015), 김지혜(2015) 등의 한국어 교육 실습 교과목 관련 선행연구를 살펴보면, 교안의 핵심 내용이 동일한 것을 알 수 있다.

우선 교안에는 가장 먼저 해당 차시 수업과 관련된 정보들이 포함된다. 날짜와 시간, 학습 목표와 목표 문법, 그리고 학습자의 특징 등이 이에 해당된다. 그리고 '도입-제시-연습-활용-마무리' 단계별로 내용이 들어간다. 한국어 교육에서 교안이 5단계로 구성되는 이유는 수업 절차가 'PPP (Presentation-Practice-Production)'를 따르기 때문이다. '제시(Presentation)'는 교안에서 '도입'과 '제시'에 해당되고, '연습(Practice)'은 '연습', '산출(Production)'은 '활용'에 해당된다.4) Harmer(2007:66)은 PPP

---

3) uptake는 사전적 의미로 '활용/흡수' 등을 의미한다. 다만 쓰기 연구에서 업테이크는 글쓰기에 영향력을 행사하는 다양한 사건들의 간섭과 역사적 사건들의 복잡성, 그리고 그것들의 맥락화를 의미하기 때문에(Freadman(2015), 사전적 의미가 아닌 '업테이크'로 표기한다.

4) Ur(1988:7)은 '제시(Presentation)'가 문법의 '형태와 의미(form and meaning)'를 학습

가 영국뿐만 아니라 전세계 언어 교육 현장에서 가장 자주 언급되는 언어 교육의 '절차(procedure)'로 자리 잡았다고 지적했다.5) 이와 같은 이유로 한국어 교육 분야에서도 수업을 설계할 때는 일반적으로 PPP가 중심이 된다.

주목할 부분은 한국어 교육 실습 교과에서 PPP 중심의 '도입-제시-연습-활용-마무리' 각 단계를 다루는 방식이다. 구민지·박소연(2020), 민진영·최윤하(2018), 이윤진(2016), 기준성(2015), 김지혜(2015)와 같은 선행연구를 살펴보면, 학습자들이 직접 수행해야 하는 '모의수업'을 전제로 내용이 다뤄진다. 그러니까 수업에서 중심이 되는 각 단계별 내용에 주목하지, 그 단계별 내용을 어떻게 교안에 구현해야 하는지에 대해서는 주목하지 않는 것이다. 이런 경향은 '교안 완성'을 학습자들이 혼자 완성하는 것으로 전제했기 때문이고, 이러한 '전제'는 교안을 완성해야 하는 학습자에서 '유학생'이 누락되었기에 가능했을 것이다.

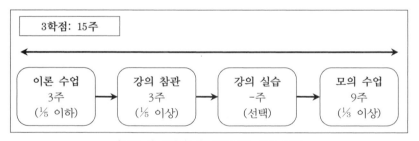

〈그림 1〉 대학원 한국어 교육 실습 모형

자의 '단기 기억'에 저장하도록 하는 절차라고 설명했다. 그런데 Harmer(2007:65)을 보면 '제시(Presentation)'에 형태와 의미를 본격적으로 제시하기에 앞서 그림을 보여주고 해당 차시 문법의 의미를 학습자들이 추측해서 발화하도록 하는 과정도 포함되는 것을 알 수 있다. 이러한 과정은 한국어 교육 교안에서 '도입'에 해당된다고 볼 수 있다.

5) PPP는 학습보다 반복을 통한 기술 습득을 강조한다는 점에서, 그리고 반복되는 연습을 곧 학습이라고 전제한다는 점에서, 마지막으로 수업의 중심을 '학생'이 아니라 '교사'로 해석한다는 비판을 받기도 했다(Lewis, 1993; Scrivener, 1994; Ellis, 2003).

대학원의 한국어 교육 실습 수업 모형은 이론 수업, 강의 참관, 모의
수업으로 구성된다(국립국어원, 2017:7-8). 이론 수업은 한국어 교사론, 수
업 설계 원리와 교실 운영 등을 다루고, 강의 참관은 실제 한국어교육
현장에 가서 강의를 참관하는 것이며, 모의 수업은 30분 내외로 학습자
들이 실제 수업을 해 보는 것이다. 강의 실습은 '강의 참관'을 ⅓이상
포함하면 필수가 아니기 때문에 교육 여건상 15주에 포함되지 않는다.
여기서 주목할 부분은 '모의 수업'인데, 예비 교사인 학습자들이 '교안'을
완벽하게 완성할 수 없기 때문에 모의 수업에는 필연적으로 '교안의 완
성도'를 높이기 위한 교육 내용이 일부 포함되기도 하는데, 이때 활용할
수 있는 교재들이 있다(최윤곤·최은경·박소연, 2019; 이은경·이윤진, 2019).

이러한 '한국어교육실습' 교재들을 살펴보면, 교안 작성에서 필요한
기초적인 지식과 모범 예시, 교안 완성을 위한 연습 등이 포함되어 있
다. Prior(2009)는 텍스트나 어떤 '담론적 결과물(discursive event)'이 단순
히 특정 장르의 '예시화(instantiation)'가 아니라고 지적했고, 특정 텍스트
를 모범적 예시로 다룰 경우 장르에 대해서 매우 일반적이고 사소한 설
명만을 할 위험이 있다고 지적했다. 실습을 위해 개발된 교재들은 '모
범적 예시'와 관련 '연습 활동'을 포함하지만, 교안의 '장르적 특징'을
학습자 스스로가 '포착'할 수 있는 능력 향상과는 무관하다. 결국 모의
수업의 단계별 내용과 구별되지 않는 일반적인 내용만을 다루고, 실질
적인 교안 쓰기를 위한 내용은 누락되어 있으며, 다양한 맥락을 학습자
가 스스로 발견해서 교안을 완성하도록 하는 교안 작성 전략 등은 포함
되어 있지 않다.

한국어 실습 교과에서 '교안 쓰기'는 모의 수업이나 수업 참관에 비
해서 주목받지 못하고 있으며, 대학원에 유입된 유학생의 학습자 특수
성을 고려한 '교안 쓰기' 중심의 수업 설계가 요구된다. 대학원 유학생
은 자신의 '학위논문'에서 '교안'을 완성해야 하는 '수사적 맥락'에 놓일

수도 있고, 무엇보다 기타 한국어 교육기관에 취업해서 '교안'을 완성해야 하는 '수사적 맥락'에 놓일 것이다. 일반적으로 텍스트는 '전체적 구조(a global structure)'와 '지엽적 구조(a local structure)'로 구성된다.6) 만약 대학원 유학생이 '교안'의 장르적 특징을 정확하게 학습한다면, 기관에 따라서 지엽적 구조는 다르더라도 전체적으로 동일한 내적 구조를 갖춘 교안을 각 교육 기관만의 특징과 맥락을 고려해서 성공적으로 완성할 수 있을 것이다.

2.2. 장르 업테이크의 개념과 실습 수업 설계 원리

장르 교육에서 가장 위험한 것은 학습자가 특정 장르를 하나의 공식처럼 외우는 것이다(Devitt, 2004). 이와 같은 위험성 때문에 Freadman(2015:445)는 담론적 결과물과 장르 사이에서 결정적 차이를 만드는 장르 '업테이크(uptake)'에 주목해야 한다고 지적했다. Bawarshi(2015:190)는 업테이크가 본래 '화행이론(speech act theory)'에서 시작된 것으로 '발화 행위(illocutionary act)'가 어떻게 '발화 매개 효과(perlocutionary effect)'를 일으키는지에 대한 '작인(agency)'들을 밝히는 것이 곧 '업테이크'라고 설명한다. Fread-man(1994)는 이 업테이크 개념을 글쓰기로 도입했는데, 그 후 Bastian(2015), Rounsaville(2012), Dryer(2008) 등은 업테이크를 글쓰기의 상호작용 순간에서 '맥락화된 장르 수행(contextualized performance of genres)'의 '결과'로 정리했다. 다시 말해서 필자가 텍스트를 완성할 때 수사적 맥락을 어떻게 인식하는지, 그래서 어떤 작인을 선택해서 텍스트를 완성하는지의 결과가 곧 업테이크라는 것이다. 간혹 장르 지식을 알고 있더라도 실제 글쓰기 상황에서 장르 수행이 어려운 경우가 있는데, 이는 필자의 장르 지식과

---

6) McNamara et al.(1996:4)은 텍스트의 구조가 내용과 수사적으로 연결된 '전체적 구조(a global structure)'와 단어나 구, 절 등으로 연결된 '지엽적 구조(a local structure)'로 나뉜다고 설명했다.

장르 글쓰기 경험이 생소한 글쓰기 맥락, 수사적 상황과 종합적으로 맥락화되어 업테이크되지 못했기 때문이다.

본 연구가 장르 글쓰기의 업테이크를 가지고 '교안 글쓰기'를 논의하는 이유는 같은 장르의 글쓰기더라도 사회적 맥락, 혹은 글쓰기 맥락에 따라서 결코 같을 글쓰기일 수 없다는 Russell(1997)의 주장 때문이다. Russell(1997:510-511)은 '주체(subjects)', '목표 대상(objects)/동기(motives)', '매개 도구(meditational means)' 등과 같은 '활동 체계(activity system)'의 구성 요인들이 '특정 결과(certain outcomes)'를 도출할 때 영향을 준다고 설명한다. 즉 다양한 한국어 교육기관에서 사용되는 교안은 같은 교안으로 보이지만 전혀 다른 활동 체계에 영향을 받는 '다른 장르 글쓰기'라는 것이다. 왜냐하면 주변 상황의 변화로 활동 체계가 바뀌었다는 것은 필자가 선택해야 하는 '작인'이 바뀌었다는 것이고, 이는 곧 업테이크도 달라져야 한다는 것을 의미한다. 대학원 유학생들은 교안을 졸업을 위한 '학위논문'이나 수업에서의 '리포트', '발표문' 등에서 완성해야 하고, 졸업 후에는 '한국어 교육기관'에 취업하거나 '다른 한국어 교육기관'으로 이직할 때도 완성해야 한다. 그러므로 수업 절차의 주요 부분이 중심이 되어 모범적 예시를 통해 글쓰기를 유도하는 현행 교육보다는, 바뀐 맥락을 필자가 적극적으로 인식하고, 맥락화된 업테이크를 활용해서 현 수사적 상황에서 요구하는 작인을 재맥락화하고, 이를 토대로 장르 쓰기를 하도록 하는 교육이 필요할 것이다.

Bawarshi(2015)와 Freadman(2002)는 업테이크가 '장르 행위(genre action)'를 가능하게 하는 인지적이고 사회적인 처리 과정이기 때문에 '장르 지식(genre knowledge)'은 필수적이라고 밝혔다. 그러므로 가장 먼저 한국어 교육 전공에서 사용하는 교안의 장르적 특징을 가르쳐야 한다. 기본적으로 교안의 5단계별로 포함되어야 하는 핵심 내용들을 명시적으로 제시해야 한다. 특히 대학원 유학생이라는 학습자 특수성을 고려했을 때, 이와 같은 명시적 교육은 효과적일 것이다(민정호, 2020). 하지만 Bawarshi(2015: 189)는 장르 행위는 장르 지식을 넘어서야만 한다고 설명했다. 장르 지식만으로 해당 장르 쓰기를 성공적으로 완성할 수 없기 때문이다. 그래서 Freadman(2015:445)는 이러한 '간극' 때문에 '쓰기 교육'의 문제로 돌아올 수밖에 없으며 장르의 '형식(form)'보다 장르 행위를 위한 '전략(strategy)'이 중요하다고 밝힌다. 특히 필자가 장르 지식을 가지고 장르 행위를 할 때 '현실적 실증(practical demonstration)'은 이론적 지식과 다를 수밖에 없다고 밝혔다. 이와 같은 '현실적 실증'을 고려해서 본 연구는 '장르 지식'을 모의수업에서 강조하는 5단계 내용이 아니라, 실제 학생들이 교안 쓰기를 한 후에 '동료 피드백'과 '교사 피드백'을 통해 도출된 내용으로 정리하려고 한다. 그리고 이 지식들은 마지막 모의수업을 위한 교안 완성에서 활용할 수 있는 '쓰기 전략'으로 정리해서 유학생들에게 제시할 것이다.[7]

Bawarshi & Reiff(2010:98-99)은 교실에서 동료가 검토한 '장르 세트 (genre set)'가 학습자의 장르 업테이크에 영향을 준다고 지적했고, 이는 교사가 피드백한 장르 세트와도 연결된다고 밝혔다.[8] 피드백의 '내용'들은 교안 완성이라는 수사적 상황에서 여러 장르 세트들이 어떻게 조직되고 포함되어야 하는지를 보여주기 때문에 '메타 장르(meta genre)'로써의 역할을 할 수 있다.[9] 또한 교안을 구성하는 교사와 학생 간의 '대

---

7) Bawarshi(2015:194)는 Russell(1997)의 활동 체계 내에서 발생하는 장르 충돌 네트워크가 현상학에 근거한 것으로 다양한 맥락에서 상호작용하는 장르 관계를 Deleuze & Guattari(1987)과 같이 '리좀형의(rhizomatic)' 방식으로 보여준다고 밝혔다.

8) Bazerman(2004:318)는 장르 세트를 형식적인 장르뿐만 아니라 학생들의 메모, 노트, 토론, 질문, 피드백 등과 같은 특정 역할을 맡은 누군가가 제작할 수 있는 텍스트 유형도 포함시킨다. 이러한 장르 세트는 글쓰기 맥락에서 주요하게 고려되어야 하는 게 무엇인지 학습자가 깨닫도록 해 주며, 동료와 교사가 진행한 피드백 메모 역시 이와 같은 역할을 할 것이다.

9) Carter(2007:393)은 '메타 장르'를 글쓰기 맥락에서 반복되는 상황과 관련된 전형적 대응과 사회적 행위로서 넓은 범위의 언어적 패턴이라고 정의했다.

화문', 그리고 필자가 이 교안을 읽을 독자를 예상하고 수업에서의 주안점을 서술하는 '유의점' 등은 교안을 구성하는 전형적인 메타 장르로써 그 역할을 할 것이다. 그래서 이와 같은 내용들을 중심으로 교안 쓰기에서의 쓰기 전략을 설명하고, 이를 직접 해보는 과제를 수업에서 제시해야 한다. 마지막으로 교안 쓰기와 참관 수업, 그리고 모의수업을 연결한다. 실습 교과 초반에 교안 쓰기와 관련된 장르 교육과 과제 활동을 진행하고, 이를 바탕으로 참관 수업의 과제도 참관 보고서와 별도로 참관할 수업의 교안을 미리 완성하고 탐색하도록 구성하는 것이다. 이와 같은 연결의 목적은 이전에 학습한 과제 지식과 교안 완성 경험이 적절히 업테이크되도록 하는 것이다. 마지막으로 그 교안을 기본으로 동료 토의와 교사 피드백을 통해 모의수업 교안을 완성하는 것이다.

　　Johns(2008:241)은 장르 교육에서 가장 중요한 것은 '장르 인식(genre awareness)'인데, 이는 장르가 '상황에 따라서(from situation to situation)' 급진적으로 바뀔 수 있다는 것을 학습자가 스스로 '인식'하도록 만드는 것이라고 설명했다. 이와 같은 맥락에서 Freadman(2015:445)는 장르 업테이크를 강조한다. 같은 장르 쓰기더라도 상황에 따라서 강조되는 작인이 급격하게 달라지기 때문에 필자가 스스로 수사적 상황과 맥락을 재인식하고 이를 전제로 새롭게 장르 업테이크를 해야 하기 때문이다. Devitt(2004:198)는 '장르 인식 교육'을 설명하면서 특정 장르를 둘러싼 맥락과 형식 사이의 복잡한 '연결'을 이해하고, 장르의 '이데올로기적인 결과(ideological effects)'를 수용하며, 장르가 가능해지는 '제약과 선택' 전반을 인식하게 만드는 것이라고 밝혔다. 이를 고려하면 장르 교육 입장에서 교안 쓰기란, 지금 요구되는 글쓰기 맥락을 고려해서 - 설령 이데올로기적인 결과이더라도 - 관습적으로 내려온 장르 형식과 연결시키고, 이때 발생하는 제약과 필자로서 선택해야 하는 것들을 정확하게 업테이크하도록 안내하는 것이 될 것이다.

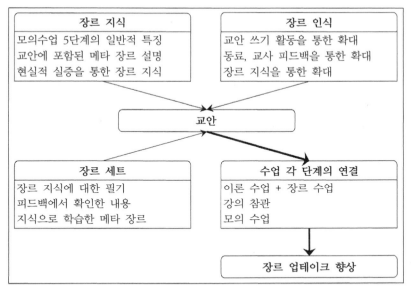

〈그림 2〉 교안 쓰기 중심의 '한국어 실습 교과' 수업 설계 원리

'장르 지식'은 일반적으로 모의수업 5단계에서 강조되는 내용과 교안에 포함되는 내용, 그리고 교안에 포함된 '대화문', '유의점' 등과 같은 '메타 장르'에 대한 설명, 그리고 피드백을 통해 도출·정리된 내용들이 포함된다. 이 '장르 지식'은 교안에 대한 '장르 인식'을 높이는데, 추가적으로 다양한 글쓰기 맥락을 전제로 교안 쓰기 활동을 확대하고, 동료와 피드백을 주고받을 수 있는 기회도 확대한다. 피드백을 주고받으면서 정리한 내용들과 메타 장르를 포함해서 교안의 장르적 특징 등을 메모한 내용들은 장르 세트가 되어 유학생이 실제 교안 글쓰기를 할 때 활용된다. 이러한 교안에 대한 장르 지식, 장르 인식, 장르 세트 등은 실습 강의 교안 중심으로 연결할 때 주요한 역할을 하게 되며, 교안 중심의 반복 활동은 유학생의 장르 업테이크 향상에 기여할 것이다.

3. 실습 수업의 특징과 교안 분석 결과

3.1. 실습 수업의 모형과 특징

Freadman(2002:48)는 장르 업테이크가 맥락화된 집합에서 적절한 표상들을 찾아 '선택(select)'하고, 정의하는 과정의 연속이지, 작인의 패턴화된 '인과 관계(causal form)'를 의미하지 않는다고 밝혔다. 본 연구도 인과 관계의 패턴화를 암기하는 것이 아니라 유학생 스스로 적절한 작인을 반복·선택하는데 집중해서 수업을 설계했다.

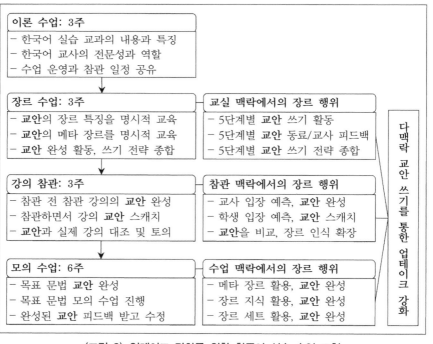

〈그림 3〉 업테이크 강화를 위한 한국어 실습 수업 모형

15주로 설계되는 대학원의 실습 수업은 ⅓을 각각 강의 참관과 이론 수업, 그리고 ⅙을 모의 수업으로 구성해야 하기 때문에 남는 3주를 교

안 쓰기를 위한 '장르 수업'으로 구성했다. 최초 3주 동안 진행되는 '이론 수업'은 '한국어 실습 교과'와 '한국어 교사론', '수업 운영의 특징' 등 실습 수업에서 기본적으로 다루는 이론을 설명한다. 그 다음에 '교안 쓰기'를 중심으로 진행되는데, 교실 맥락, 참관 맥락, 수업 맥락 등 다층적 맥락을 고려해서 '교안 쓰기'를 진행한다. 그래서 각각의 맥락은 대학원 유학생이 '예비 교사', '학생', '한국어 교사' 등 각각의 입장에서 요구되는 업테이크를 위한 요소들을 선택하고 맥락화해서 교안 쓰기를 하도록 한다.

장르 수업에서는 '도입-제시-연습-활용-마무리' 5단계에서 요구하는 교안의 '장르 지식'과 '메타 장르'를 설명한다. 이때 '도입-제시', '연습-활용', '마무리-교안 쓰기 전략 종합' 등으로 나눠서 설명하고, 각 단계별로 교안을 완성한다. 1주차에 '도입-제시'에 대한 장르 지식과 메타 장르를 배우고, 교안을 완성해서 교사에게 제출한다. 2주차에 교사는 '연습-활용'의 장르 지식을 설명하기 전에 '도입-제시' 교안에 대한 피드백을 학생들에게 제공한다. 그리고 그 중에서 부정적, 긍정적 차원에서 함께 살펴볼 교안을 선택해서 유학생들에게 제공한다. 유학생들은 그 교안을 함께 분석하며 피드백하고 교수자는 이를 정리한 후에 이와 같은 양상의 발생 이유를 설명한다. 마지막으로 3주차에는 '도입-제시-연습-활용'에서 발견된 문제와 문제 해결을 위한 '장르 지식'을 종합하는데, 이 '장르 지식'은 유학생이 참관과 모의수업을 앞두고 교안을 완성할 때 참고할 수 있는 '쓰기 전략'으로 활용된다.

<표 1> 교안 쓰기에서의 장르 지식

단계	전략 내용
도입	• 학습자 정보를 고려해서 도입한다. • 학습자가 목표 문법의 의미를 정확히 알고 흥미를 느끼도록 쓴다. • 학습 목표를 목표 문법과 어휘로만 제한한다. • 목표 문법과 어휘는 교사가 말하도록 대화문을 구성한다. • 불규칙이 아닌 규칙 예문을 중심으로 먼저 보여준다. • 목표 문법과 어휘가 전형적으로 나타나는 의사소통 상황을 나타낸다.
제시	• 대화문에서 의미 범주를 메타적으로 직접 제시하지 않는다. • 대화문에서 나타나는 설명은 매체 활용까지 고려해서 쓴다. • 형태를 제시할 때는 '표'로 제시하고 이형태와 불규칙을 모두 쓴다. • 형태를 제시할 때 문법 용어를 메타적으로 직접 제시하지 않는다. • 형태 제시에서도 대화문을 사용해서 교수-학습 활동을 나타낸다. • 도입과 의미에서 제시한 단어를 활용해서 형태 제시를 한다.
연습	• 기계적 연습은 형태에 주안점을 둔 연습 유형으로 쓴다. • 유의적 연습은 의미에 주안점을 둔 연습 유형으로 쓴다. • 사용할 어휘 목록과 교사와 학생의 대화까지 포함된 시나리오를 쓴다. • 기계적 연습은 활용 어휘를 별도로 제안하고 활용법을 쓴다. • 유의적 연습은 활동 유형을 어떻게 고려해야 하는지까지 쓴다. • 유의적 연습은 목표 문법이 들어간 온전한 문장을 완성하도록 한다.
활용	• 목표 문법의 의미 범주가 포함된 내용으로 구성한다. • 과제 유형을 선정하고 점진적 연습의 과정까지도 쓴다. • 과제 활동에서 필요한 활동지는 추가로 넣거나, 뒤에 별첨한다. • 해당 과제를 교사가 학생들에게 이해시키는 대화문을 쓴다. • 유의적 연습과 차별화가 되는 과제 활동을 포함시킨다. • 과제 활동 과정과 활동 후의 수업 운영 방법을 쓴다.
공통	• 유의점, 학습자료, 시간은 반드시 쓴다. • 대화문으로 교사와 학생의 교수-학습 활동을 반드시 보여준다. • 아직 배우지 않은 문법과 어휘를 검토하고 수정·삭제한다. • 목표 문법이 들어간 부분은 색깔을 다르게 표시한다. • 한국어 정서법에 유의하고 불필요한 설명은 삭제한다. • 학습 자료에서 특정 매체 활용에 대해서는 관련 설명을 반드시 쓴다.

〈표 1〉의 내용은 한국어 실습 참관 교재나 실습 관련 선행연구를 참고해서 만든 것이 아니라, 장르 수업에서 학생들이 실제로 '직접' 교안 쓰기를 하고, 그 후 진행된 동료 피드백, 교사 피드백의 내용들을 종합해서 도출한 것들이다. 이 도출된 내용들은 교사와 학생의 학습 활동을 묘사하는 '대화문', 다른 동료 교사를 독자로 상정하고 쓰는 '유의점 쓰기', 형태 제시에서 활용되는 '표'와 같은 메타 장르와 교안 쓰기에서 핵심이 되는 내용 등을 장르 지식으로 가르친 후에, 실제 교안 쓰기를 진행하고, 다시 그 교안을 가지고 동료, 교사 피드백을 거쳐 직접 종합됐다는 점에서 의미가 있을 것이다.

장르 수업 후에 유학생은 강의 참관을 하게 되는데, 이때 앞서 정리한 교안 '쓰기 전략'을 활용해서 참관에서 마주할 문법에 대한 교안을 미리 쓰게 한다. 그리고 참관에서 수업의 교안을 스케치하도록 하는데, 이는 교안 쓰기에 집중한 나머지 참관에서 '관찰 학습'의 기회를 박탈하는 것을 방지하기 위함이다. 그 후에 유학생들은 예상 교안과 실제 교안을 비교하면서 '참관 보고서'를 쓴다. 그리고 '참관 보고서'를 가지고 함께 수업 참관을 갔던 학생들끼리 토의를 하도록 한다. 이 토의에서 중요한 점은 예상 교안과 비교하면서 예상하지 못했던 수업 양상을 확인하는 것도 있지만, 교안을 스케치하면서 느꼈던 학생들 사이의 업테이크 차이를 확인하고 교안에 대한 장르 인식이 확장되도록 만드는 것이다.

마지막으로 모의 수업을 진행한다. 이때 교안의 문법은 강의 참관에서 들었던 문법 중에서 하나를 선택한다. 유학생은 장르 수업에서 들었던 장르 지식, 메타 장르, 그리고 동료들의 장르 세트와 참관 후 토의 내용 등으로 확장된 장르 인식을 가지고 교안 쓰기를 진행한다. 이때 교수자는 '중국대학교 한국어 전공 3, 4학년 학생들을 대상으로 한 한국어 수업'이나 '한국으로 유학을 온 교환 학생 3학년 학생들을 대상으로 한 한국어 수업' 등과 같은 새로운 쓰기 맥락을 제안하고 학생들의 답변을 유도할 수 있다. 이러한 질문은 같은 교안 쓰기더라도 맥락이 달라지면 업테이크도 달라질 수 있음을 보여주는 것이다. 교사는 완성된 교안에 피드백을 하고 유학생들은 수정된 교안을 기말 과제로 제출한다.

3.2. 기초 정보와 교안 분석 결과

3.2.1. 기초 정보

본 연구에서 분석 대상으로 삼은 교안은 D대학교 일반대학원 외국어로서의 한국어교육 전공 과정에 개설된 '한국어 교육 참관 및 실습'에서 대학원 유학생들이 완성한 것이다. 수업은 유학생들의 동의를 받아 2020년 2학기와 2021년 1학기에 걸쳐서 진행되었고, 수강한 유학생들의 기초 정보는 다음과 같다.

〈표 2〉 대학원 유학생의 기초 정보

필자	수강 학기	국적	학기	교안 문법	학습자
	2020-2	터키	3학기	-(으)ㄴ/는 대로	3급
		중국		안	1급
				-(으)ㄹ까요?	1급
				-고 싶다	1급
				-(으)ㄹ게요	2급
				-네요	2급
				-(으)ㄹ게요	2급
				-게	3급
				-(으)로 인해(서)	4급
				-(ㄴ/는)다고요?	4급
				-(ㄴ/는)다면서	4급
				-아/어 봤자	4급
				-되	5급

				웬걸요	5급
				-을 뿐더러	5급
2021-1	베트남			-는 바람에	4급
	중국			-(으)러 가다/오다	1급
				-(으)러 가다/오다	1급
				-고 싶다	1급
				-(으)ㄴ/는/(으)ㄹ 것 같다	2급
				-(으)ㄴ/는/(으)ㄹ 것 같다	2급
				-(으)ㄴ/는/(으)ㄹ 것 같다	2급
				-았다가/었다가	3급
				-(으)로 말미암아	5급

　　교안 분석 대상인 유학생은 모두 24명인데, 해당 '한국어 교육 참관 및 모의 수업'을 들었던 '한국인'은 없었다. 국적은 22명이 중국이었고, 1명이 터키, 나머지 1명은 베트남이었다. D대학교는 실습 교과를 3학기에 듣도록 교육과정이 편제되어 있기 때문에 모든 대학원 유학생은 3학기에 재학 중이었다. 분석 대상이 되는 교안은 4주와 5주차에 장르 수업을 들을 때 과제 활동을 하면서 제출한 교안과 10주부터 15주까지의 모의 수업을 위해서 제출된 교안이다. 다만 모의 수업을 위해 제출된 교안은 교수자의 피드백을 받아 기말 과제로 제출하기 전의 교안이다. 이렇게 분석 대상을 선정한 이유는 실제 대학원 유학생이 한국어 수업의 '교사'라 맥락화하고 완성한 교안을 분석하는 것이 유학생의 업테이크 강화 정도와 교안의 질적 향상을 판단하기에 적합하다고 판단했기 때문이다.

3.2.2. 교안 분석 결과

　　본 연구는 〈표 1〉에서 제시한 '교안 쓰기에서의 장르 지식'의 세부 내용을 기준으로 교안 분석을 진행한다. 가령 예를 들면 '도입'에서 '학습자 정보를 고려해서 도입한다.'의 경우 실제 학습자의 국적이나 학습자의 특수성 등을 고려한 내용이 도입에 포함되어 있다면 1점, 없다면 0점으로 처리한다. 그러므로 도입의 6개 기준을 모두 충족하면 6점이 되고 나머지 도입-제시-연습-활용도 마찬가지이다. 다만 마무리의 경우에는 분석 대상에서 제외하는데, 복습과 다음 차시 안내라는 비교적 제한적 맥락화만 다루기에 제외했다. 추가로 '공통'의 경우 '대화문 포함', '매체 활용 설명'은 다른 단계에 이미 포함되기 때문에 삭제하고, '정서법' 관련 내용도 '장르'와 직접적 연결이 부족하다고 판단하여 분석 기준에서 제외한다. 대학원 유학생이 쓴 교안 분석 결과는 다음과 같다.

〈표 3〉 교안의 분석 결과

단계	전략 내용	교실 교안	수업 교안
도입	−학습자 정보를 활용한 내용	0.17	0.42
	−도입 내용에서 학습자 흥미	0.71	0.92
	−학습 목표의 범위를 제한	0.88	0.92
	−목표 문법의 교사 발화	0.46	0.67
	−규칙 예문을 중심으로 도입	0.79	0.88
	−전형적 의사소통 상황을 제시	0.42	0.54
	도입 합계(6)	3.43	4.35
제시	−의미 제시에서 메타적 설명 안 함	0.29	0.85
	−매체(사진) 활용에 대한 설명	0.33	0.58
	−형태 제시에서 표 활용	0.92	1.00
	−형태 제시에서 메타적 설명 안 함	0.21	0.67
	−형태 제시에서 대화문 사용	0.42	0.71
	−형태 제시에서 어휘 재활용	0.29	0.67
	제시 합계(6)	2.46	4.48
연습	−기계적 연습에서 연습 유형	0.63	0.79
	−유의적 연습에서 연습 유형	0.46	0.75
	−교사와 학생 대화를 통한 예시	0.29	0.58

	−기계적 연습에서 어휘 목록 제시	0.46	0.83
	−유의적 연습에서 활용 유형 제시	0.42	0.71
	−기계/유의적 연습의 진행 시나리오	0.38	0.54
연습 합계(6)		11.57	20.120
활용	−목표 문법의 의미 범주만 포함	0.96	0.92
	−점진적 연습의 과정 기술	0.00	0.79
	−과제 활동에서 필요한 활동지 소개	0.46	0.71
	−과제 이해를 위한 대화문 제시	0.79	0.88
	−과제 활동과 유의적 연습과의 차별점	0.21	0.71
	−과제 활동 후의 수업 운영 방법	0.08	0.96
활용 합계(6)		00	0
공통	−유의점, 학습자료, 시간 등의 정보	0.33	0.71
	−미학습 문법과 어휘로 쓴 대화문	0.17	0.58
	−목표 문법, 어휘의 다른 색깔 표시	0.04	0.83
공통 합계(3)		0	0
합계(27)		11.57	20.12

　도입에서 대학원 유학생들은 학습자 정보를 활용해서 도입의 내용을 기술하는 것과 목표 문법을 대화문에서 교사가 발화하는 것, 마지막으로 대화문에 나타난 의사소통 상황이 해당 문법을 자주 사용하는 전형적 상황으로 구성하는 것 등에서 낮은 장르 인식을 보였다. 전체적으로 도입의 질은 0.92점이 향상되었지만, 모의 수업에서 제출된 교안에서도 여전히 학습자들의 학습자 개별성을 고려하지 않거나, 아직 배우지 않은 문법을 학습자에게 말하게 하는 대화문 구성도 있었다. 또한 전형적 의사소통 상황이 무엇인지 유의점에 명시하지 않거나 대화문의 내용이 지나치게 일상적인 대화라서 의사소통 상황 자체를 가늠하기 어려운 도입도 있었다.

　제시는 의미 제시와 형태 제시를 나눠서 살펴보면, 의미 제시에서 목표 문법의 의미를 메타적으로 설명하거나 의미 제시를 위해 활용된 매체에 대한 설명이 없는 경우가 많았다. 교안이 교수자, 동료 교사, 학습자 등을 위한 '로드맵'의 기능을 한다면, 사진의 출처나 내용 등을 적시해야 동료 교사가 교안을 적절하게 활용할 수 있고, 의미 제시를 의사소통 상황에서 실제 사용으로 설명해야 '이유', '대조'라고 메타적으로 말하는 것보다 학습자의 인지적 부담을 줄일 수 있다. 형태 제시에서는 '시제', '연결어미', '불규칙' 등과 같은 용어를 교안의 대화문에 넣어서 교사가 말하는 경우가 많았고, 무엇보다 형태 제시에서 제시된 어휘 예시가 앞에서 제시된 도입, 의미 제시의 어휘와 연결되지 않는 양상도 나타났다. 제시는 전반적으로 2.02점이 향상되어 유학생들이 교안을 완성할 때 주목하고 선택해서 업테이크 해야 하는 요소들에 대한 인식이 높아졌음을 확인했지만, 형태 제시와 매체 활용법은 상대적으로 개선 정도가 낮았다.

연습은 기계적 연습과 유의적 연습의 유형이 구분이 되지 않을 정도로 비슷한 경향이 있었고, 이런 경향은 유의적 연습에서 두드러지게 나타났다. 즉 기계적 연습이 2개만 나열된 경우가 상당히 많았다. 기계적 연습과 유의적 연습의 경우, 교사와 학생의 교수-학습 활동을 보여주는 대화문을 쓰지 않은 경우가 많았고, 무엇보다 기계적 연습부터 유의적 연습까지 연결되는 전체적인 수업 운영의 시나리오도 기술되지 않았다. 연습의 경우 1.56점이 상승했지만, 앞서 제시한 문제들은 모의수업에서 제출된 교안에서도 상대적으로 낮게 개선되었다. 교안 쓰기에서 대학원 유학생이 대화문을 통해 연습 활동을 학생들에게 설명하는 방법과 연습의 각 과정에서 생기는 우발적 상황 등을 고려해서 '연습 간 연결의 시나리오'를 명시하도록 강조할 필요가 있을 것이다.

활용은 2.47점이 향상되어서 가장 많이 개선된 단계였다. 최초 제출된 교안에서 발견된 가장 큰 문제는 높은 인지를 요구하는 '과제'만을 제시해 놓고 이 과제를 실제 어떻게 학생들이 참여해야 하는지에 대한 설명이나 점진적 연습 과정이 교안에 포함되지 않은 것이다. 한국어 수준이 높고 수업을 잘 따라온 학생이더라도 목표 문법을 활용하는 과제 활용에서는 어려움을 경험할 가능성이 높다. 그러므로 단계적으로 과제에 참여할 수 있도록 하는 점진적 연습 활동이나 이때 활용할 수 있는 활동지 활용법 등을 대화문을 기초로 반드시 기술해야 할 것이다. 또한 과제를 유의적 연습과 동일한 활동으로 교안을 완성한 경우도 많았다. 이와 같은 부분들은 모의 수업에서 제출된 교안에서는 상당히 개선된 것으로 나타났다.

마지막으로 '공통'의 경우에는 초급 교안의 경우 미학습 문법이나 정규 어휘 목록에 포함되지 않은 일상어를 그대로 교안에 사용한 사례가 많았다. 또한 교안에 포함되어야 하는 기본적 정보 등을 쓰지 않은 교안이 모의 수업에서 발견되었다. 모의 수업에서 제출된 교안을 살펴보면 특히 '지도상의 유의점'을 쓰지 않은 유학생들이 많았다. 이는 동료 교사가 독자가 되는 쓰기 맥락으로 유학생들이 해당 맥락을 업테이크하지 못한 결과로 판단된다.

4. 맺음말

Bawarshi(2015:188)는 우리가 반드시 주의해야 하는 것이 장르를 '존재론적인 차원(ontological)'으로 인식하는 것이라고 지적했다. Devitt(2004)의 지적처럼 이데올로기화된 특정 장르는 있을 수 있지만, 그렇다고 전세계에서 그 장르가 그와 동일한 방식과 특징으로 소비되지는 않는다. Freadman(1994)는 사회적 맥락에 따라서 달라지는 장르를 확보하고, 그 맥락에서 장르 쓰기를 하는 것을 장르 업테이크라고 했다. 즉 변화무쌍한 장르 속에서 필자가 맥락화를 통해 창안적으로 특정 장르 글쓰기를 할 수 있는 것이다.

본 연구는 대학원에 증가하고 있는 유학생을 고려해서 한국어 교육 전공의 '교안 쓰기'를 중심으로 수업을 설계해 보았다. 장르 수업과 강의 참관, 그리고 모의 수업을 '교안 쓰기'로 연결해서 수업을 설계했다. 장르 수업에서는 장르 지식과 장르 행위를 통해 장르 인식이 확대되도록 했고, 같은 교안 쓰기이지만 다른 맥락을 고려하도록 해서 장르 업테이크가 활성화되도록 했다. 무엇보다 교안이 낯선 장르인 것을 고려해서 학생 피드백과 동료 피드백을 통해 명시적으로 쓰기 내용과 전략을 도출·제시했고, 실제 완성된 교안 분석을 중심으로 대학원 유학생의 향상된 장르 업테이크를 확인했다.

본 연구는 한국어 실습 교과에서 유학생을 대상으로, 장르 중심 접근법을 통해, 업테이크 향상을 위한 수업을 설계했다는 점에서 의의가 있지만, 완성된 교안 분석으로만 장르 업테이크 향상을 점검했다는 한계가 있다. 실제 대학원 유학생이 교안에 대해 갖고 있는 장르 '인식'의 정도를 판단할 수 있는 연구가 추가로 진행될 필요가 있을 것이다. 대학원 유학생들이 향상된 업테이크로 다양한 맥락에서의 교안을 성공적으로 완성할 수 있기를 바란다.

• 참고문헌

구민지·박소연(2020). 한국어교육실습 교안 작성 지도를 위한 기초 연구, 한국언어문화학 17(2), 국제한국언어문화학회, 1-28.

국립국어원(2017), 한국어교육 실습 교과목 운영 지침, 국립국어원.

국립국어원(2018), 한국어교원 자격제도 길잡이, 국립국어원.

기준성(2015), 한국어교육실습 내용과 방법에 관한 학습자 인식 연구: 모의수업·강의실습을 중심으로, 한국언어문화학 12(2), 국제한국언어문화학회, 1-22.

김서형·박선희·장미라(2019), 한국어 수업 참관을 위한 수업 관찰 도구 개발 연구, 한국언어문화학 16(3), 국제언어문화학회, 51-85.

김지혜(2015), 예비 한국어 교사의 모의수업 연구: 온라인 과정생을 중심으로, 이중언어학 61, 이중언어학회, 45-66.

민정호(2020), 대학원 유학생을 위한 학위논문의 장르 교육 연구, 문화교류와 다문화교육 9(3), 한국국제문화교류학회, 109-132.

민진영·최유하(2018), 학점은행제 수강생들의 한국어교육실습분석연구: 모의수업을 중심으로, 외국어로서의 한국어교육 49, 연세대학교 언어연구교육원 한국어학당, 49-82.

박수연·이은경(2020), 예비한국어교원의 교안 분석을 통한 교안 작성 지도 방안 연구, 외국어로서의 한국어교육 59, 연세대학교 언어연구교육원 한국어학당, 145-179.

이윤진(2016), 한국어교육실습 〈모형1〉의 내용 구성과 운영에 대한 고찰: 교육대학원 한국어교육 전공 수업을 중심으로, 이중언어학 65, 이중언어학회, 183-221.

이은경·이윤진(2019), 한국어교육실습, 한국문화사.

최윤곤·최은경·박소연(2019), 한국어교육실습, 하우.

Bailey, K. M. & Nunan, D.(1996), *Voices from the language classroom*, Cambridge University Press.

Bastian, H.(2015), Capturing individual uptake, *Composition Forum*, 31, 1-18.

Bawarshi(2015), Accounting for Genre Performances: Why Uptake Matters, In Artemeva, N., & Freedman, N. A.(Eds.), *Genre studies around the globe: beyond the three*(186-206), Bloomington: Trafford.

Bawarshi, A. S. & Reiff, M. J.(2010), *Genre: An introduction to history, theory, research, and pedagogy*, West Lafayette, IN : Parlor Press.

Bazerman, C.(2004), Speech acts, genres, and activity systems: How texts organize activity and people. In Bazerman, C. & Prior, P.(Eds.), *What writing does and how it does it: An introduction to analyzing texts and textual practices*(83-96). Mahwah, NJ: Erlbaum.

Carter, M.(2007), Ways of Knowing, Doing, and Writing in the Disciplines, *College Composition and Communication*, 58(3), 385-418.

Deleuze, G. & Guattari, F.(1987), *A thousand plateaus: Capitalism and schizophrenia*, Trans, Massumi, B., Minneapolis, MN: University of Minnesota Press.

Devitt, A. J.(2004), *Writing Genres*, Carbondale, Ill: Southern Illinois University Press.

Dryer, D.(2008), Taking up space: Genre systems as geographies of the possible, JAC: Rhetoric, *Writing, Culture, Politics*, 28(3/4), 503-534.

Ellis, R.(2003), *Task-based language learning and teaching*, Oxford: Oxford University Press.

Farrell, T. S. C.(2002), "Lesson planning", In Richards, J. C. & Renandya, W. (Eds.), *Methodology in language teaching: An anthology of current practice*(30-39), Cambridge University Press.

Freadman, A.(1994), Anyone for tennis?, In Freadman, A. & Medway, P.(Eds.), *Genre and the new rhetoric*(43-66), Bristol: Taylor and Francis.

Freadman, A.(2015), The Traps and Trappings of Genre Theory, In Artemeva, N., & Freedman, N. A.(Eds.), *Genre studies around the globe: beyond the three*(425-452), Bloomington: Trafford.

Harmer, J.(2007), *The practice of English language teaching*, Harlow: Pearson Longman.

Johns, A. M.(2008), Genre awareness for the novice academic student: An ongoing quest, *Language Teaching*, 41(2), 237-252.

Lewis, M.(1993), *The Lexical Approach Language*, Teaching Publications.

McNamara, D. S., Kintsch, E., Songer, N. B., & Kintsch, W.(1996), Are Good Texts Always Better? Interactions of Text Coherence, Background Knowledge, and Levels of Understanding in Learning From Text, *Cognition and Instruction*, 14, 1-43.

Prior, P.(2009), From speech genres to mediate multimodel genre system: Bakhtin, Voloshinov, and the question of writing. In Bazerman, C., Bonini, A. & Figueiredo, D.(Eds.), *Genre in a changing world*(17-34), Fort Collins, CO: The WAC Clearinghouse and Parlor Press.

Rounsaville, A.(2012), Selecting genres for transfer: The role of uptake in students' antecedent genre knowledge, *Composition Forum*, 26.

Russell, D.(1997), Rethinking Genre in School and Society: An Activity Theory Analysis, *Written Communication,* 14(4), 504-544.

Scrivener, J.(1994), *PPP and after,* The Teacher TramcrH.

Ur, P.(1988), *Grammar practice activities: A practical guide for teacher,* Cambridge: Cambridge University Press.

III

ESP와 장르 글쓰기 교육

장르 분석을 활용한
학위논문 장르 교육 수업 설계 연구

1. 서론

Chang & Kuo(2011:222)은 Swales(1990)의 연구 성과를 '담화공동체'와 '장르', 그리고 '과제'에 대한 개념으로 정리하면서, 특히 Swales(1990)의 학술적 텍스트에 대한 정보 구조와 언어적 특징 등은 전세계 학계에 강력한 영향을 주었다고 밝혔다.[1] 특히 'CaRS 모형'에서 핵심적 이론인 '무브 분석(move analysis)'은 Swales 본인조차 예상하지 못할 정도로 작문 학계 뿐만 아니라 다양한 영역으로 확장됐다(Aull & Swales, 2015:6). 실제 학술적 텍스트의 서론(Swales, 1990)뿐만 아니라, 초록(Santos, 1996), 결론(Bunton, 2005), 감사의 글(Hyland & Tse, 2004), 연구방법(Chang & Cuo, 2011)처럼 학술적 텍스트 내에서의 '부분 장르(the part genres)'에 대해서도 장르 분석이 연구되었다.[2] Samraj(2002:3)는 이와 같은 'CaRS 모형'을 통한 텍스트 분석이 학술적 텍스트가 유사한 의사소통 목적을 공유하면서도 분야 및 전공, 필자의 문화권마다 다른 담화적 특징이 존재한다는 것을 입증했다

---

1) CaRS는 'Creating a Research Space'의 약자로 '연구 공간을 창조하는 것'을 의미한다. 몇몇 연구에서는 'CARS'라고 쓰이지만 일반적으로 관사 'a'는 그대로 소문자 처리해서 'CaRS'로 사용된다. 이와 같은 이유로 본 연구도 'CaRS'라고 사용한다.

2) 학술적 텍스트를 넘은 예로는 '대학원 지원서'에 'CaRS 모형'을 적용한 Samraj & Monk(2008)와 '회사 감사 보고서'를 무브 분석한 Flowerdew & Wan(2010), 그리고 '유서'를 장르 분석한 Samraj & Gawron(2015) 등이 있다.

고 밝혔다.

　국내 연구에서도 'CaRS 모형'을 적용한 텍스트 분석 연구들이 있다. 'CaRS 모형'이 '서론'을 기초로 만들어진 모형이기 때문에 박은선(2006), 손다정·정다운(2017)처럼 서론 중심의 장르 분석 연구가 있고, 선행연구(전미화·황설운, 2017), 결론(민정호, 2020a), 감사의 글(劉人博·김한근, 2021), 초록(박나리, 2018) 등처럼 '부분 장르'를 중심으로 진행된 것들도 있다. 이 연구들은 분석·정리된 CaRS 모형을 이론적 근거로 삼은 연구도 있고, 직접 텍스트를 분석한 연구들도 있는데, 이 연구들의 공통점은 모두 Swales(1990)의 '무브 분석'에서 출발한다는 것이다. 이러한 국내 연구들의 경향은 Swales(1990)의 '무브 분석'이 텍스트의 '서론'에서 출발해서 다양한 부분 장르로 확장·적용되어가고 있다는 점을 상기시킨다.[3]

　그런데 여기서 발견되는 국내 연구의 또 다른 경향은 무브 분석을 통한 '교육학적 관심'이 부족하다는 것이다.[4] Aull & Swales(2015:6)는 Swales(1990)이 텍스트의 장르적 특징을 원형화하는 것뿐만 아니라 '학문 목적 영어(EAP: English for Academic Purpose)'와의 '관계'도 강화했다고 밝혔다. 이 지적은 Swales(1990)의 무브 분석과 장르 이론이 텍스트를 분석하는 것뿐만 아니라 글쓰기에 어려움을 겪는 학습자들을 위한 교육적 방법으로도 활용되고 있다는 것을 의미한다. 이 '관계'를 고려한다면, 텍스트의 장르적 특징이나 무브 분석 방법 등을 학술적 글쓰기 맥락에 적용해서 유학생을 위한 쓰기 교육 방안을 도출하는 논의도 필요할 것이

---

3) 무브 분석은 장르 분석과 같은 의미로 사용되는데, 이는 무브 분석이 장르 분석을 위한 텍스트 분석 방법이기 때문이다. 즉 장르 분석을 위해서 무브 분석을 하는 것이다. 그래서 본 연구는 텍스트 분석 방법이라는 맥락에서만 '무브 분석'을 사용하고 기타 맥락에서는 '장르 분석'을 '무브 분석'과 같은 의미로 사용하겠다.
4) 관련 연구로는 민정호(2020b)가 있는데, 이 연구는 Swales(1990)의 '장르 분석'에 집중해서 '학위논문'의 장르 교육 방안에 주목한 연구가 아니라 Freedman(1987)의 암시적 교육 모형과 Murray(2011)에 정리된 학위논문의 명시적 교육 내용이 서로 상호작용하도록 수업을 설계하고 수업의 타당성을 평가한 것이다.

다. 이와 같은 이유로 Johns(2011:57)은 '장르 중심 접근 교육(GBWI: Genre Based Writing Instruction)'이 Swales(1990)의 'CaRS 모형'과 '장르 이론' 등에 대단한 빚을 지고 있다고 지적했다. 실제 Swales는 장르 분석을 기초로 학위논문을 써야 하는 '대학원 유학생들을 위한 글쓰기 교재(Swales & Feak, 2009)'를 만들었다. 또한 Cheng(2015), Johns(2015), Belcher(2012), Basturkmen(2010), Swales & Lindemann(2002) 등도 EAP 상황의 유학생을 위해서 장르 분석을 활용한 교육적 방법 모색에 집중한 연구들이다.

특히 직접적으로 '학위논문'을 완성해야 하는 대학원 유학생에게 이와 같은 장르 분석을 활용한 교육 방안의 개발·적용은 유의미한 작업이 될 것이다. 학문 목적 영어 교육에서 '유학생'을 전제로 진행된 Cheng(2015), Johns(2015), Swales & Lindemann(2002)는 모두 직접적으로 '대학원 유학생'을 학습자라고 밝히고 있다. 이와 같은 이유로 본 연구는 국내 '대학원'에서 학업 중인 '대학원 유학생'을 위한 '학위논문' 중심의 장르 교육을 Swales(1990)의 장르 분석을 중심으로 진행한다. Swales(1990:8-9)은 장르 분석이 '차세대 제2언어 학술적 영어(post-secondary academic English)'에 초점을 맞추고, 기존 EAP의 '교정 중심 접근법(remediation approach)'에서 벗어나기 위한 시도라고 밝혔으며, 장르 분석은 '학술적 담화(academic discourse)'를 유학생에게 미리 충분히 '이해'하도록 만들 수 있다고 밝혔다. 본 연구도 이와 같은 장르 분석의 역할과 시도에 맞춰서 대학원 유학생에 집중해서 '학위논문'을 중심으로 '장르 교육 방안'을 설계해 보려고 한다.

2. 장르 분석의 특징과 학위논문 장르 교육을 위한 원리

2.1. 장르의 개념과 CaRS 모형의 특징

Swales(1990)의 '장르 분석'을 설명하려면 '장르(genre)'에 대한 그의 입장과 무브(move)와 스텝(step)을 포함한 'CaRS 모형'의 설명이 우선되어야 한다. Swales(1990:58)은 '장르'가 의사소통 목적을 공유하는 구성원들의 의사소통 사건들로 구성되는데, 여기서 의사소통 목적은 '모계층의 공동체(parent course community)'에 소속된 전문가 구성원들이 만들어온 것이며, 장르는 도식적인 담화의 구조와 내용, 그리고 스타일 등에도 영향을 받는다고 밝혔다. 다만 한 장르의 '전형(exemplars)'은 구조, 내용, 스타일, 의도된 독자 차원에서 유사한 패턴을 보이는데, 이 전형이 '높은 확률(high probability)'로 반복해서 실현되면 모계 담화공동체에 의한 '원형(prototypical)'의 자리를 차지하게 된다. 여기서 주목할 부분은 '장르'란 결국 특정 담화공동체의 모계 세대에서 높은 개연성으로 공인받은 '유사한 패턴'을 가리키고, 해당 공동체에서 오랜 기간 누적·사용되어 왔으며, 하나의 '원형'으로 '관습화된 것'이라는 점이다.5)

바로 이 지점에서 '장르(genre)'와 'CaRS 모형'의 연결고리가 나온다. 결국 장르란 해당 담화공동체의 다양한 맥락들이 간섭하여 만들어지고 관습적으로 사용되어 온 '모범적 원형'을 가리키는데, 장르 분석을 통해서 그 원형을 '명시적으로 도식화'할 수 있기 때문이다. 즉 'CaRS 모형'은 무브 분석을 통해 도출한 특정 텍스트의 '장르 분석 결과'를 도식화한 것이다. 학술적 장르에서도 전공과 분야별로, 그리고 학술지와 학위논문별로 장르의 원형이 제각각일 것이다.6) Swales(1990)은 도식화, 원형이 암시하는 규범주의와 형식주의에 대한 우려를 밝히며, '전통(folklore)', '리터러시(literary)', '언어학(linguistics)', '수사학(rhetoric)' 분야에서 통용되

---

5) 이는 같은 장르로 인식되는 텍스트도 담화공동체의 관습과 관행에 따라서 장르적 특징이 다를 수 있다는 것으로, 장르가 사회적으로 구성된다는 점을 전제한다. Todorov(2000)의 지적처럼 전통적으로 장르가 주로 문학 분야에서 사용되면서 서정, 서사, 극처럼 오랜 시간 언중들에게 각인된 텍스트들을 가리켰던 것과는 차이가 있다.

6) Samraj(2002)는 '생태'와 관련된 학술지에 게재된 학술논문을 분석하고, 서론 부분의 구성과 특징이 다른 것을 확인하였다.

는 장르 개념과 주요 이론들을 개괄·분석했다. Swales(1990:45)은 그 분석 결과를 토대로 장르 이론이 '규범주의(prescriptivism)'나 '형식주의 (formalism)'에 억압되지 않고, 학습자에게 '언어적 선택'과 '수사적 선택' 을 위한 '성찰적 기회'를 부여한다고 정리한다. 본 연구도 Swales(1990)의 주요 이론들이 갖는 탈억압적 특징과 성찰적 기회에 주목하여 이를 중심 으로 논의를 전개한다.

그렇다면 '장르 분석'에서 'CaRS 모형' 도출을 위해 중요한 역할을 하는 무브와 스텝에 대해서 살펴봐야 한다. 'CaRS 모형'에서 '무브'는 '응집력 있는(coherent)' 의사소통 기능을 수행하기 위한 '수사적 단위 (rhetorical unit)'를 말한다(Swales, 2004:228). Santos(1996:485)은 무브를 실현 되어야 하는 작은 특정 의사소통 목적을 가진 '장르 단계(genre stage)'라고 설명했고, 이 작은 장르 단계들이 모여서 장르의 주요한 의사소통 목적을 제공한다고 밝혔다. 'move'의 사전적 의미가 '이동, 움직임'이라는 점을 고려하면 텍스트의 내용이 응집력을 갖추기 위해서 수사적 범위가 움직 이는 '지점'까지를 하나의 무브 단위로 볼 수 있을 것이다. '스텝'은 '무브' 보다 더 특정한 기능을 의미하는 것으로 Pérez-Llantada(2015:14)는 스텝 을 무브의 구조적 '하위 구성요소(sub-components)'라고 설명한다. 그래서 Alharbi(2021:12)은 스텝을 '하위 무브(sub-move)'라고 명명하면서 각 스텝 은 무브가 가지고 있는 의사소통 목적과 관련된 세부적이고 특별한 의사 소통 목적을 갖고 있다고 밝혔다. 무브에서 스텝은 그 종류가 다양하게 나뉘는데, 이에 대해서 Ruiying & Allison(2003:370)은 스텝이 무브의 의사 소통 목적을 구현하기 위한 '수사적 선택지'를 제안하기 때문이라고 밝혔 다. 이렇게 무브와 스텝으로 학술적 텍스트에 대한 '장르 분석'을 진행한 Swales(1990:141)의 'CaRS 모형'은 다음 표와 같다.

<표 1> Swales(1990)의 CaRS 모형

Move 1 Establishing a territory	Step 1	Claiming centrality and/or
	Step 2	Making topic generalization(s) and/or
	Step 3	Reviewing items of previous research
Move 2 Establishing a niche	Step 1A	Counter-claiming or
	Step 1B	Indicating a gap or
	Step 1C	Question-raising or
	Step 1D	Continuing a tradition or
Move 3 Occupying the niche	Step 1A	Outlining purposes or
	Step 1B	Announcing present research
	Step 2	Announcing principal findings
	Step 3	Indicating RA structure

　CaRS 모형이 서론(Introduction)에 대한 장르 분석임을 고려하면, 전반적으로 '연구의 필요성'을 읽는 독자에게 '납득시키기'위한 '의사소통 목적'이 고려되었음을 확인할 수 있다. 크게 3가지 무브로 구성되는데, 무브 1은 '영역을 구축하는 단계(Establishing a territory)'로 3가지 스텝이 포함된다. 스텝 1은 연구 영역의 '중요성(centrality)'을 주장하는 것, 스텝 2는 연구 주제를 '일반화하는 것(generalization)' 스텝 3은 선행연구를 '검토하는 것(Reviewing)'이다. 무브 1은 본격적인 논의에 앞서 필자가 다루는 내용이 중요한 영역임을 독자에게 알려주는 단계이다. 무브 2는 '정당성을 확보하는 단계(Establishing a niche)'로 1가지 스텝만이 포함된다. 다만 4가지 선택지가 있는데, 선행연구에 '반대 주장(Counter-claiming)'을 하거나 '격차를 드러내기(Indicating a gap)', 그리고 '문제를 제기(Question-raising)'하거나 '결과를 고수하기(Continuing a tradition)' 등이 그것이다. 무브 2는 필자가 논의의 영역에서 새로운 주장을 하기에 앞서 기존 논의의 빈틈을 발견하고 드러내는 단계이다. 무브 3은 '정당성을 차지하는 단계(Occupying the niche)'로 3가지 스텝이 포함된다. 스텝 1은 '목적을 개괄하

기(Outlining purposes)'와 '본 연구를 밝히기(Announcing present research)'로 나뉘고, 스텝 2는 '주요 발견점 밝히기(Announcing principal findings)', 스텝 3은 '학술논문의 구조 밝히기(Indicating RA structure)'이다. 무브 3은 기존 연구에서 발견한 빈틈을 해결하기 위한 본 연구의 특징과 방법을 밝히는 단계이다. Swales(1990)은 무브 1에서 스텝 3을 중요하게 고려했고, 무브 2에서는 스텝 1C를 전형적이라 판단했으며, 무브 3에서는 스텝 1A/B를 필수적으로 보았다.

Samraj & Gawron(2015:88)는 기능적 차원에서 무브와 스텝으로 장르를 설명하는 것이 Swales(1990)의 장점이라고 밝혔다. Swales(1990)도 실제 장르 인식을 확장하기 위한 과제 개발과 수업을 설계하면서 'CaRS 모형'의 교육적 응용 가치를 강조했다. 또한 Swales(1990)은 이와 같은 특징 때문에 학술적 글쓰기가 주요한 대학원 글쓰기에서 유학생을 대상으로 장르 분석을 활용한 명시적 교육이 점차적으로 확대될 것이라고 전망했고, 실제 Swales & Feak(2009), Cheng(2015), Johns(2015) 등에서 대학원 유학생을 위한 학술적 글쓰기, 학위논문 장르 글쓰기 교육으로 응용되고 있다. 그렇다면 이와 같은 장르, CaRS 모형, 장르 분석 등을 어떻게 활용해서 학위논문 장르 교육 수업을 설계해야 하는지를 중심으로 논의하도록 하겠다.

2.2. 학위논문 장르 교육을 위한 원리

Chang & Kuo(2011:223)은 'CaRS 모형'을 이론적으로 전제하고 EAP 분야에서 교육과정 설계, 수업 자료 개발, '사정(assessment)'을 포함한 교육학적, 방법론적 주제와 관련된 연구가 활발하다고 지적했다. 그러면서 이러한 연구들은 대부분 학술적 텍스트의 '정보 구조(information structures)'나 '수사적 기능(rhetorical functions)'에 초점을 맞추고 장르 분석 접근법을 택한다는 공통점이 있다고 밝혔다(Chang & Kuo, 2011:223).

본 연구도 이와 같은 'CaRS 모형'을 활용한 교육학 분야의 연구 경향을 이어 받아서 텍스트의 정보 구조와 수사적 기능에 주안점을 두고 교육학적, 방법론적 연구를 진행해 보려고 한다.[7)]

Cheng(2015:126)는 Swales(1990)의 장르 분석 틀이 학습자가 자신의 '목표 텍스트(target texts)'를 이해하기 위한 '교육 전 단계(pre-instructional stage)'에서의 강력한 역할을 인정하지만, 교육 전 단계에서 목표 텍스트에 대한 '안내(guide)' 역할을 하는 것 이외에 다른 역할에 대해서는 충분히 탐구되지 않았다고 비판한다. 그러면서 Cheng(2015)는 아래 그림과 같은 학술적 과제를 중심으로 수업을 설계하고 Swales(1990)이 제공할 수 있는 '다른 역할'에 대해서 탐구한다.

미국의 공립 종합대학교의 대학원: 유학생의 위한 EAP 교육과정
학술 작문 수업: 3학점   **유학생 15명(10개국):** 공학, 화학, 생물학, 축산학 등
수업 목표: 전공별 글쓰기를 위한 전략과 필수 기술을 안다.
수업 내용: 1. 유학생이 전공별로 가장 잘 알려진 학술지를 찾는다. 2. 찾은 학술지 최신호에서 5개의 논문을 모아서 읽는다. 3. 5개의 논문을 읽으면서 '장르 분석'을 진행한다. 4. 장르 분석 내용을 가지고 수업에서는 토론을 진행한다. 5. 교사는 유학생의 과제를 읽고 수정 과제를 제안한다.

〈그림 1〉 Cheng(2015)의 학술 작문 수업 개설

이 수업은 학위논문을 쓴 후에 이를 제본·출판하는 대학원의 특수성을 고려해서 대학원 유학생이 이와 같은 특수성에 적응하도록 돕기 위해

---

7) 물론 정보 구조나 수사적 기능뿐만 아니라 텍스트의 '언어적 특징(linguistic features)'에 주목해서 인칭대명사(personal pronouns) 등을 중심으로 진행된 Kuo(1999)와 같은 연구도 있다. 다만 본 연구는 EAP 분야에서 'CaRS 모형'이 주로 활용되는 수사적 기능과 정보 구조에 주목하므로 '언어적 특징'은 논의에서 제외했다.

기획된 EAP 과정의 수업이다. 이 수업에서 장르 분석은 Swales(1990),
학술논문을 찾아 모으는 것은 Swales & Feak(2009), 열린 형식의 토의는
Swales & Lindermann(2002) 등을 각각 참조·반영한 것이다. 이 수업에서
대학원 유학생은 자신의 전공에서 '저명한 학술지'를 먼저 찾고, 그 학술
지에 실린 논문 중에서 자신의 주제와 관련이 있는 논문 5개를 찾는다.
이는 대학원 유학생이 본격적으로 논문을 써 가면서 수사적 문제를 만났
을 때 참고할 수 있는 '작은 참조 모음집(small reference collection)'과 같은
성격을 갖는다고 밝혔다(Cheng, 2015:126). 그리고 학생들은 이 5개의 논문
들을 주차별로 하나씩 '장르 분석'해 나가는데, 이는 수업 외적으로 제공
된 과제이고, 수업 내적으로는 장르 분석을 하는 방법과 귀납적이며 열린
형식의 '토의(discussion)'를 진행한다. 이 수업에서 장르 분석은 대학원
유학생이 '필자'로서 중요한 것이 무엇인지를 스스로 발견하기 위한 것이
고, 필자들의 장르 지식과 자율성을 확보할 수 있는 '자기 주도적 학습
도구'로써의 성격을 갖는다(Cheng, 2015:127). 교사는 장르 분석 과제에
대해서 지속적으로 피드백을 제공하고, 의문점이 드는 부분은 수정 과제
를 다시 제시하거나, 수업 내 토의를 통해서 반복해서 해결한다.

이 수업은 대학원 유학생을 필자로 상정하고 기획된 수업이라는 것
과 Swales(1990)의 장르 분석을 수업 전 단계가 아니라 수업 단계의 토
의와 수업 외 과제로까지 확대 활용했다는 것, 그리고 전공별 장르 지
식의 습득에 주안점을 둔 것과 자기 주도적 리터러시 행위를 강조한 것
등에서 본 연구에 큰 시사점을 준다. 그렇지만 다음과 같은 이유 때문
에 일부 변형의 여지가 남는다. 첫째, 이 수업은 '이공 계열' 대학원 유
학생을 대상으로 했다는 것이다. 이는 Swales(1990)이 'Research'기반
학술적 텍스트를 기초로 했기 때문인데, 국내에는 인문·사회계열에 유
학생이 더 많다는 차이가 있다. 둘째, 국내 대학원에 유학생을 위한 별
도의 KAP 교육과정이 없다는 것이다. 이는 Cheng(2015)처럼 다양한 전

공 유학생들을 대상으로 계열별로 토의를 진행하는 수업 설계가 현실
적으로 불가능함을 의미한다. 셋째, 국내 대학원에 고급 학술적 글쓰기
수업이 없는 상황을 고려해야 한다. 그러므로 마치 교양과정의 FYC처
럼 전공별 '장르 학습'만을 위한 3학점짜리 수업 설계는 국내 대학원에
서는 불가능할 것이다. 이와 같은 국내 대학원의 현실을 고려해서 학위
논문 장르 교육을 위한 수업 설계 원리를 정리하면 다음과 같다.

첫째, '전공과 분야에 맞는 CaRS 모형'을 통해서 무브와 스텝을 활
용한 장르 분석에 집중해야 한다. 앞서 언급했지만 Swales(1990)은
'Research' 기반 이공계열 학술적 텍스트를 분석했기 때문에, 모든 전
공과 계열에서 사용되는 텍스트에 정확하게 부합하지 않을 수도 있다.
그래서 전공별로 장르 분석이 진행된 구체적인 CaRS 모형을 제시하고,
실제로 대학원 유학생이 무브와 스텝을 고려해서 학술논문을 분석해
보도록 수업을 설계해야 한다. 또한 대학원 유학생 본인이 찾은 학술논
문에 대한 장르 분석은 수업 외 과제로 제출하게 해야 할 것이다.

둘째, 전공별이나 세부 전공별로 수업을 설계해야 한다. 국내 대학
원에는 KAP 교육과정이 별도로 없기 때문에 계열별로 토의를 진행하
는 수업은 불가능할 것이다. 특정 전공 중심이나, 전공에서도 세부 전
공별로 수업을 설계하는 것이 현실적일 것이다. 이 경우 전공이 미시적
으로 파편화되기 때문에, 계열 속에서 다른 전공 학생들과의 토의를 통
해 '차이'를 발견하는 것보다 세부적으로 '같은 전공의 동료'와의 토의
를 통해 장르적 특징을 '발견'하도록 하는 데 초점을 맞춰야 할 것이다.

셋째, 국내 대학원에서 개설된 학위논문 관련 강의를 활용해야 한
다. 국내 대학원에는 학술적 글쓰기 수업이 별도로 없기 때문에 이미
운영되고 있는 수업의 현실성을 고려해서 학위논문의 장르 교육이 진
행되어야 할 것이다. 민정호(2020b:118)를 보면, 현재 대학원의 학위논문
수업은 유학생이 이미 완성한 텍스트를 강독하고 교사가 강평하는 형

태이다. 그러므로 강독과 강평에 앞서 유학생이 학위논문의 장르적 특징을 인식하고 자신의 텍스트를 수정한 후에 강독하도록 하는 것을 목표로 해야 한다.

학술적 글쓰기의 핵심은 '연구 공간을 창출하는 것(CaRS)'이다(Swales, 1990). 그래서 장르 분석 과제는 '서론'에 집중하지만 추가로 학위논문 과제 1개를 추가한다. 학술논문은 장르 분석을 하면서 CaRS 형성에 주안점을 두고, 학위논문 과제는 전공별 학위논문의 담화 배열에 집중해서 목차를 수정한다. 이는 Cheng(2015)가 신입생을 대상으로 EAP 과정에 수업을 설계한 것이지만, 본 연구에서 설계한 수업은 논문이 어느 정도 준비된 고학기 유학생이 듣는 수업임을 고려한 것이다.

3. 장르 분석을 활용한 학위논문 장르 교육 수업 설계

3.1. 장르 분석을 위한 CaRS 모형과 장르 분석의 설계

여기서는 2장에서 이론적으로 검토되고 원리로 도출된 내용을 바탕으로 실제 수업을 설계해 보려고 한다. 다만 이때 국내 대학원의 '한국어 교육 전공'을 중심으로 논의를 전개하려고 한다. 인문사회계열에 대학원 유학생이 가장 많고, 그 중에서 '한국어 교육 전공'에 유학생의 수가 높기 때문이다. 〈표 1〉에서 제시한 Swales(1990)의 CaRS 모형과 함께 '한국어 교육 학위논문'에 대한 장르 분석을 통해 정리된 손다정·정다운(2017:474)도 '교육 전 단계'에서 목표 장르에 대한 안내를 목적으로 제시한다. 이는 앞에서 정리한 수업 설계 원리 중에서 첫째 원리를 따른 것으로 '전공과 분야에 맞는 CaRS 모형'을 통해서 무브와 스텝을 활용한 장르 분석에 집중하도록 하기 위함이다.

<표 2> 손다정·정다운(2017)의 CaRS 모형

Move 1 연구에 대한 관심 환기하기	Step 1	연구 목적 제시하기
	Step 2A	연구의 배경이 되는 일반적 사실/상황 제시하기
	Step 2B	관련 연구 현황 제시하기
	Step 2C	관련 교육 현황 제시하기
Move 2 연구의 필요성 확인하기	Step 1	교육 상황에서 연구 결과가 가치 있음을 확인하기
	Step 2A	선행 연구가 별로 없음을 확인하기
	Step 2B	선행 연구에서 연구의 필요성을 언급한 것 확인하기
Move 3 본 연구 제시하기	Step 1	연구 목적 제시하기
	Step 2	연구의 주요 내용 제시하기
	Step 3	연구 방법 간략히 제시하기
	Step 4	연구 구성 제시하기
	Step 5	연구의 주요 결과물 제시하기
	Step 6	연구 의의 제시하기

<표 2>의 무브는 Swales(1990)과 비교하면 무브 1에서 '연구의 목적' 부터 시작할 수 있다는 점, 보다 더 일반적인 내용으로 스텝이 배열된 다는 점, 무브 3에서 '본 연구'에 대한 스텝이 더 다양하다는 점 등에서 차이점이 나타난다. 이 '차이점'은 두 가지 차원에서 의미가 있는데, 첫째는 장르 분석 과제를 해결하기 위해서 학술논문과 학위논문을 찾는데, 학위논문의 경우 손다정·정다운(2017)과 유사한 구조를 나타낼 가능성이 높다는 것이고, 둘째는 무브와 스텝의 구조가 계열과 전공별로 다르게 나타날 수 있다는 것을 대학원 유학생에게 명시적으로 전달할 수 있다는 것이다. 이 명시적 학습은 대학원 유학생이 논문을 찾을 때 보다 자신의 전공과 유사한 논문, 그 중에서도 자신의 논문 주제와 유사한 논문들을 찾으려고 노력하게 만들 것이다.

Cotos, Huffman & Link(2015:61)는 장르별로 사소한 차이만 있다면 담론 분석과 분리되는 이론 활동으로서의 '장르 분석'은 그 유용성이 사라

질 것이라고 밝혔다. 다시 말하면 국가, 사회, 계열, 전공 등과 같은 학술적 담화공동체에 따라서 장르별로 구분되는 특정 차이가 존재하기 때문에, 이러한 '차이'를 구체화하기에 기능적으로 용이한 '장르 분석'이 유용성을 갖는다는 말이다. 그렇다면 전공도 세부 전공에 따라서 장르적 특징이 다를 수 있다. 이와 같은 이유로 2장에서 대학원 유학생이 논문을 찾아서 직접 장르 분석을 하도록 과제를 제시해야 한다고 정리했다. 이와 같은 과제를 해결하려면 과제를 해결하는데 도움을 줄 수 있는 어휘-문법적 표지가 필요할 것이다. 대학원에 재학 중인 한국인이라면 교육 전 단계에서 제공된 CaRS 모형만 가지고서도 무브와 스텝을 찾고 이를 토대로 필자가 어떻게 '연구 공간을 창출'하고 있는지를 분석할 수 있겠지만, 유학생이라면 장르 분석에서 유용하게 활용할 수 있는 도구적 틀을 먼저 정리해 줄 필요가 있을 것이다. 박은선(2006:205)은 '한국어 교육 전공'의 학위논문 50편을 분석해서 무브와 스텝에서 나타나는 주요 표지들을 정리했는데, 해당 내용 중 무브 1만 제시하면 다음과 같다.

〈표 3〉 박은선(2006)의 무브와 스텝의 주요 표지

Move 1 : Step 1	-은/는 중요한 영역이다 -의 도입이 시급하다 최근 -이/가 강조되고 있다. 최근 -이/가 필요함이 제기되고 있다 최근 -이/가 모색되고 있다 -에 대한 연구의 필요성은 절실하다고 할 수 있다 -은/는 비중있게 다루어져야 한다 -이/가 연구될 필요가 있다 -에 대한 연구가 반드시 필요하다고 볼 수 있다 -은/는 중요하게 다루어져야 할 부분이다 -은/는 필수불가결한 것이다

〈표 3〉은 무브 1의 '영역을 구축하기' 중에서 스텝 1의 연구 영역의 '중요성'을 구축하기 위해서 사용된 표지들이다. 표지들을 보면 '중요한 영역', '도입', '강조', '필요함', '모색', '비중', '연구될 필요' 등과 같은 어휘들이 '-아/어야 한다', '-가 있다', '-을 것이다', '-되고 있다'와 같은 문법적 표현들과 결합되어 연구 영역의 중요성을 강조하는 의사소통 기능으로 사용되고 있음을 확인할 수 있다. 이와 같은 주요 표지들을 대학원 유학생들에게 미리 알려줬을 때의 장점은 무브에 담긴 주요 담론을 이해했더라도, 실제 논문을 읽으면서 직관적으로 스텝을 판정하기 어려울 경우에 도구적 틀로써 기능할 수 있다는 것이다. 〈표 3〉에 제시된 표지를 활용해서 수업에 사용할 수도 있지만, 교사가 주요한 학술논문의 서론을 먼저 장르 분석하고 해당 자료를 PPT로 만들어서 발견된 표지를 사용해도 효과적일 것이다.

정리하면 목표 장르에 대한 안내 역할을 하는 CaRS 모형은 Swales(1990)과 학생들의 전공에 해당하는 CaRS 모형을 함께 제시한다. 또한 과제 해결을 위해 제시하는 장르 분석을 위한 표지는 해당 전공에서 정리된 내용이나 교사가 직접 주요 학술지 논문과 학위논문을 장르 분석해서 정리한 목록을 제시하고, 직접 장르 분석을 연습해 보는 시간을 갖는다.

3.2. 학술논문과 학위논문 장르 분석 과제의 설계

그렇다면 구체적으로 '학술논문'과 '학위논문'의 과제 양상에 대해서 살펴봐야 할 것이다. 우선 학술논문 과제의 경우에는 해당 전공의 유력 학술지를 찾는 것부터 과제가 시작된다. 교사가 '한국학술지인용색인'이나 '학술연구정보서비스'를 안내하고 대학원 유학생이 핵심어로 원하는 '주제'의 학술지를 검색할 수 있도록 해야 한다.[8] 특히 대학원 유학생의 경우 '학술연구정보서비스'를 '논문'을 찾는 사이트로만 인식하고 있어서, 학술적 글쓰기를 쓰는데 필요한 정보를 다양하게 검색할 수 있음을 알려줘야 한다. Barton(2007:32)은 인터넷과 같은 대규모 의사소통은 리터러시에 대단한 변화를 일으키고 있다고 지적하면서, 이러한 기술 변화는 리터러시 연구에서 리터러시의 '생태적 변화(ecological change)'를 가속화시킨다고 밝혔다.[9] 이와 같은 생태적 변화를 고려한다면 학술지를 찾는 것과 관련된 리터러시 행위부터 교사가 학생들에게 명시적으로 알려줄 필요가 있을 것이다.

  그런데 본격적인 학술논문 장르 분석에 앞서 교실에서 대학원 유학생이 '장르 분석'을 연습할 과제부터 설명해 보겠다. 우선 장르 분석 대상이 되는 텍스트는 같은 학교, 같은 전공의 유사한 주제로 쓰인 학위논문이다. 사실 Swales(1990)에서 이와 같은 CaRS 모형과 장르 분석이 핵심적인 이론으로 위치하게 된 결정적인 이유는 '학술적 담화공동체' 구성원들이 하나 이상의 장르를 소유한다는 것과 이 장르로의 의사소통 행위가 구성원들의 '침묵적 관계(silential relations)'를 발전시킨다는 것 때문이다(Swales, 2016:14). 침묵적 관계란 언표만으로는 모두 함의할 수 없는 심층적 내용을 별도의 의사소통 없이도 이미 인지하고 있는 구성원 간의 관계 양상을 말한다. 즉 이와 같은 공동체에서 구성원으로 관계가 가능하려면, 같은 '대학원'이라는 담화공동체 차원에서 나온 유사 텍스트에 대한 장르 분석이 먼저 선행되어야 할 것이다.

---

8) '한국학술지인용색인'은 'www.kci.go.kr'이고, '학술연구정보서비스'는 'www.riss.kr' 이다.

9) 실제 민정호(2020c:1142)는 디지털 리터러시 차원에서 대학원 유학생들이 학술적 텍스트의 '서론'을 쓰는 양상과 그 원인을 분석했는데, 그 원인 중에 하나로 RISS와 같은 사이트를 기술적으로 활용할 수 있는 '리터러시 생태'를 적절하게 고려하지 못하기 때문이라고 밝혔다.

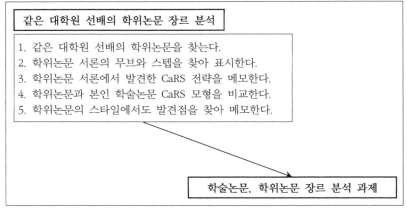

〈그림 2〉 교실에서 장르 분석 연습을 위한 과제

　다만 여기에서 논문의 '스타일(style)'에 주목하도록 한 이유가 있다. Swales(1990:58)은 장르를 '의도된 독자(intended audience)'를 고려한 구조와 내용뿐만 아니라 '스타일'에서 나타나는 유사한 패턴이라고 밝혔다. 이제 막 초안 수준의 학위논문을 발표하는 수업의 특성을 고려했을 때, 각주가 들어가는 형식이나 맥락, 통계자료가 들어가는 맥락과 형식 등에 주목해 본다면, '장르 분석'에 대한 연습뿐만 아니라 실제 '학위논문'의 질적 제고 차원에서도 도움이 될 것이기 때문이다.

　이어서 학술논문 장르 분석 과제에 대해서 논의를 진행한다. 우선 대학원 유학생은 선택한 학술지에서 자신의 학위논문 주제와 유사한 논문을 찾는다. 그리고 1장 서론을 분석하면서 1장 서론에 대해서 단락별로 무브와 스텝 분석을 진행하고, 그렇게 생각한 이유를 메모한다. 예를 들어서 '장르 글쓰기'로 학위논문을 쓰는 대학원 유학생이라면, 학술논문의 1단락에서 무브 1을 찾고, 필자가 연구 영역을 구축하기 위해서 어떻게 '장르 글쓰기의 중요성'을 스텝 1로 배열하는지를 찾아 메모하는 것이다. 이어서 대학원 유학생의 학위논문 서론도 이와 같은 방식으로 장르 분석을 진행한다. 장르 분석은 무브는 파란색, 스텝은 빨간색, 자신의 의견은 검은색으로 각각 메모하고, 스캔해서 PDF 파일로 제출한다. 마지막으로 대학원 유학생은 학술논문과 본인의 학위논문 CaRS 모형을 비교하고 '차이'를 정리해서 HWP 파일로 제출한다. 이 파일에는 '차이'뿐만 아니라 학술논문의 CaRS 모형과 자신의 학술논문 CaRS 모형의 유형을 정리하고, 학위논문의 '수정' 방향을 메모해서 최종적으로 '서론'을 수정한다. 이는 Swales(1990:45)이 장르 분석과 CaRS 모형이 규범주의나 형식주의를 넘어서 학습자에게 성찰적 선택의 기회를 제공한다는 지적을 수용한 것이다. 정리하면, 아래 그림과 같다.

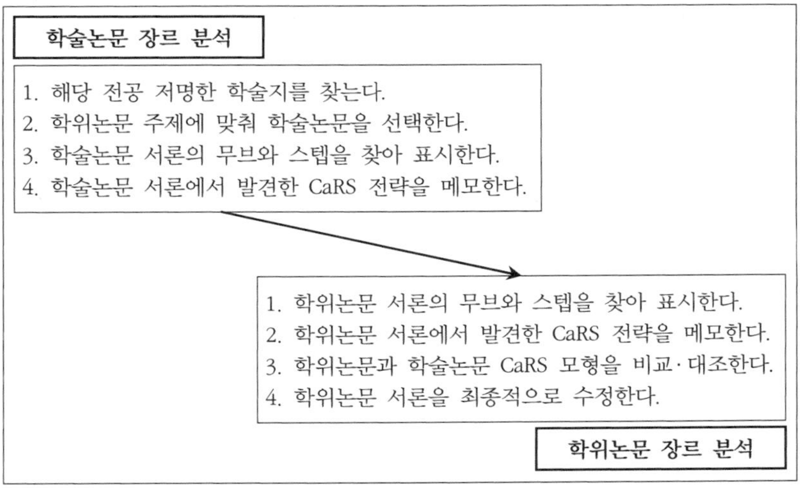

〈그림 3〉 학술논문, 학위논문 장르 분석 과제의 특징

3.3. 발견을 위한 토의와 수업 설계 내용

학습에서 '발견(Discovery)'이란 모르는 것을 알게 되는 '발견 학습(Discovery Learning)', 곧 구성주의 이론으로 연결된다(Bruner, 1961). Balim(2009:2)는 이 발견 학습에서 가장 중요한 것이 발견 학습 환경이 제공하

는 '새로운 정보와 자료'이고 학습자들은 이 정보와 자료를 통해서 지식을 구성한다고 밝혔다. 본 연구에서 교육학 일반에서 다뤄지는 발견 학습을 새삼 언급한 이유는 설계되는 수업에서 진행되는 토의가 바로 이 발견 학습을 위한 정보와 자료를 제공해 주도록 설계되어야 하기 때문이다. 토의는 CaRS 모형에 대한 안내와 장르 분석 연습, 그리고 실제 과제를 해결한 후에 진행되는데, 이때 대학원 유학생이 완성한 대학원 선배의 학위논문 장르 분석, 학술논문 장르 분석, 자신의 학위논문 장르 분석 등을 토대로 완성한 과제물로 진행된다. 교사는 논문 주제가 유사한 유학생들을 하나의 모둠으로 구성하고 각자가 과제를 해결하면서 발견한 점들을 발표하게 한다. 다른 모둠원들도 같은 방식으로 '발견한 점'들을 발표하는데, 이때 모둠원들은 발표자의 내용을 메모하는 게 아니라, 발표자의 발표 내용을 듣고 새롭게 '발견한 내용'을 메모하도록 한다. 이 메모에는 유학생이 미처 인지하지 못했던 부분이나, 자신의 논문을 수정할 때 적용이 가능한 전략 등이 포함된다. 그 후에 발견한 내용들을 종합해서 모둠별로 발표하게 하고 교사는 이를 정리해서 다시 대학원 유학생들에게 제공한다. 이런 과정을 거치는 이유는 모둠의 조직 기준이 논문의 주제와 관련되기 때문에 전체적으로 유사할 수는 있으나 세부적으로 다른 것이 무엇인지를 확인하기 위함이고, 이 내용을 기준으로 앞으로 발표할 자신의 학위논문을 자기 평가하도록 만들기 위함이다. 이와 같은 발견 학습을 목표로 모둠별 토의를 진행한 후에는 대학원 유학생들이 자신의 학위논문을 발표하게 된다. 이는 앞서 언급했듯이 현재 대학원 유학생을 위한 학위논문 수업의 실제성을 유지하면서 학위논문의 장르 교육을 위한 내용을 추가했기 때문이다. 지금까지 논의한 내용을 정리하면 다음과 그림과 같다.

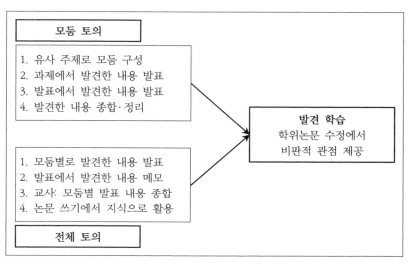

〈그림 4〉 발견 학습을 위한 토의 구성

Swales(1990:213)은 수사 구조에 대한 시야 확보가 글쓰기를 할 때뿐만 아니라 읽을 때에도 유용하다고 밝히며, 장르 분석이 학생들로 하여금 장르 텍스트에서 반복되는 수사적 구조와 수사적 효과에 민감해지도록 만든다고 지적했다. 특히 수사적 구조에 대해서 다루는 '토의'가 수사적 구조와 관련된 '메타 언어(meta-language)'에 대한 통제력을 향상시켜서 자신의 텍스트와 다른 필자의 텍스트를 비판하는 '관점'을 학습자에게 제공한다고 밝혔다(Swales, 1990:215). 토의를 통해 발견된 장르 지식들은 '학술적 글쓰기'가 강조되는 전체 학업 과정에서 대학원 유학생이 비판적 관점을 확보하고 리터러시 행위를 하도록 만드는 역할을 할 것이다. 지금까지 논의된 CaRS 모형, 장르 분석, 학술논문 과제와 학위논문 과제, 그리고 마지막으로 토의까지 반영하여 설계된 학위논문 장르 교육 수업은 다음 그림과 같다.

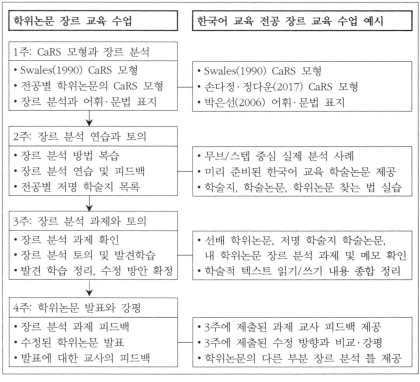

〈그림 5〉 장르 분석을 활용한 학위논문 장르 교육 수업 설계 내용

〈그림 5〉는 학위논문 장르 교육 수업 설계 내용과 한국어 전공을 중심으로 실제 수업 예시를 정리한 것이다. Feak는 Swales, Barton, Brown과의 대담회에서 '사람들이 끝까지 CaRS 모형으로 무언가를 하려고 한다는 사실에 놀랐다'고 밝히면서(Swales, Feak, Barton, & Brown, 2004:26), CaRS 모형이 주는 장르 분석의 피로감을 지적했다. Cheng(2015:135)는 이 피로를 줄이는 유일한 방법은 불필요한 맥락에서의 장르 분석은 배제하고 학습자의 '요구(needs)'에 맞춰서 장르 분석을 반복적으로 진행하고 이를 통해 특정 장르에 대한 이해를 확장시키는 것이라고 밝혔다. 본 연구에서 설계된 학위논문 장르 교육 수업 설계는 이와 같은 학습자의 요구에 집중

해서 장르 분석을 중심으로 설계되었다.

4. 결론

본 연구는 학업에서 학술적 글쓰기의 비중이 가장 높은 대학원 유학생을 대상으로 학위논문 장르 교육을 위한 수업을 설계해 보았다. 수업을 설계하기 위해서 Swales(1990)의 장르 개념, 무브와 스텝, 장르 분석, CaRS 모형 등을 이론적으로 검토하고, 국내 대학원의 교육적 상황을 고려해서 수업 설계 원리를 도출했다. 다만 수업을 설계할 때 Swales(1990)이 단순히 수업 전 단계에서 '안내서'로써의 역할로만 응용된다는 비판을 수용하여, 수업의 전과정에서 장르 분석, CaRS 모형 등이 적용되도록 설계하였다.

특히 본 연구는 장르 교육을 위한 수업의 전과정에서 장르 분석, CaRS 모형 등이 적용되도록 하기 위해서 '과제'를 활용하였다. 이 과제는 선배 학위논문의 장르 분석, 저명 학술지 학술논문의 장르 분석, 마지막으로 자신의 학위논문의 장르 분석 등을 포함하고, 발견학습을 위한 '토의'까지 포함한다. 이 장르 분석 과제를 통해서 학위논문에 대한 수사적 특징, 어휘·문법적 특징, 담화의 배열 등과 같은 특정 전공 글쓰기에서의 장르적 특징을 알도록 하였다. 또한 대학원 유학생이 많이 재학 중인 한국어 교육 전공을 통해서 구체적인 수업 설계 예시를 보였다.

본 연구는 글쓰기 연구가 FYC와 같은 교양 교육을 중심으로 진행되는 상황에서 대학원에 재학 중인 유학생을 고려했다는 점, Swales(1990)에 대한 이론적 검토와 국내 대학원의 교육적 여건을 고려해서 수업을 설계했다는 점, 대학원 유학생에게 가장 중요한 장르인 학위논문에 주목했다는 점 등에서 의의가 있을 것이다. 그렇지만 치밀하게 설계된 수업을 통해 텍스트의 질적 제고 양상과 유학생들의 장르 지식 및 인식의 향상을 확인하지 못했다는 점은 본 연구의 한계로, 후속 연구 주제로 남겨 놓는다. 앞으로도 대학원 유학생의 요구에 부합하는 글쓰기와 교육 관련 연구들이 활발히 진행되어 학위논문의 질적 제고에 도움이 되기를 바란다.

• 참고문헌

김미영(2018), 대학 글쓰기 수업을 위한 지도 사례 연구: 장르 분석을 통한 칼럼 쓰기를 중심으로, 학습자중심교과교육연구 18(1), 학습자중심교과교육학회, 973-995.

민정호(2020a), 대학원 유학생 학위논문 결론의 담화구조 분석과 교육적 함의, 인문사회21 11(3), 아시아문화학술원, 109-132.

민정호(2020b), 대학원 유학생을 위한 학위논문의 장르 교육 연구, 문화교류와 다문화교육 9(3), 한국국제문화교류학회, 1-12.

민정호(2020c), 대학원 유학생의 학술적 글쓰기에서 나타난 교육적 함의: 서론의 담화와 수사적 목적에 따른 검색어 분석을 중심으로, 학습자중심교과교육연구 20(11), 학습자중심교과교육학회. 1127-1148.

박나리(2018), 학술지 논문초록에 대한 장르 분석적 연구:『한국문예창작』의 논문 초록을 대상으로, 한국문예창작 17(2), 한국문예창작학회, 39-71.

박은선(2006), 한국어 학위논문 서론의 장르 분석적 연구: 한국어 모어화자와 한국어 학습자를 대상으로, 한국어 교육 17(1), 국제한국어교육학회, 191-210.

손다정·정다운(2017), 외국인 유학생의 한국어교육 박사 학위논문 서론 텍스트 구조 분석, 어문논집 70, 중앙어문학회, 445-479.

劉人博·김한근(2021), 학위논문 감사의 글 장르 분석 연구: 중국인과 한국인의 텍스트 비교를 중심으로, 텍스트 언어학 50, 한국텍스트언어학회, 973-995.

전미화·황설운(2017), 외국인 대학원생의 학위논문 내용 구조 분석 연구: 선행연구 검토 부분을 중심으로, 한국언어문화학 14(1), 국제한국언어문화학회, 197-221.

Alharbi, S. H.(2021), A Comparative Genre-Based Analysis of Move-Step Structure of RAIs in Two Different Publication Contexts, *English Language Teaching*, 14(3), 12-23.

Aull, L. & Swales, J.(2015), Genre analysis: Considering the initial reviews, *Journal of English for Academic Purposes*, 19, 6-9쪽.

Balim, A. G.(2009), The Effects of Discovery Learning on Students' Success and Inquiry Learning Skills, *Eurasian Journal of Educational Research*, 35, 1-20.

Basturkmen, H.(2010), *Developing courses in English for specific purposes*, London: Palgrave Macmillan.

Belcher, D. D.(2012), Considering what we know and need to know about second language writing, *Applied Linguistics Review,* 3, 131-150.

Bitchener, J.(2010), *Writing an applied linguistics thesis or dissertation: A guide to presenting empirical research,* NY: Palgrave Macmillan.

Bruner, J. S.(1961), The act of discovery, *Harvard Educational Review,* 31, 21-2.

Bunton, D.(2002), Generic moves in Ph.D. thesis Introductions, In J. Flowerdew (Ed.), *Academic Discourse*(57-75), Harlow, England: Longman.

Bunton, D.(2005), The structure of PhD conclusion chapters, *Journal of English for Academic Purposes,* 4, 207-224.

Barton, D.(2007), *Literacy: An Introduction to the Ecology of Written Language,* Wiley-Blackwell, Oxford.

Chang, C., & Kuo, C.(2011), A corpus-based approach to online materials development for writing research articles, *English for Specific Purposes,* 30, 222-234.

Cheng, A.(2015), Genre analysis as a pre-instructional, instructional, and teacher development framework, *Journal of English for Academic Purposes,* 19, 125-136.

Cotos, E., Huffman, S. & Link, S.(2015), Furthering and applying move/step constructs: Technology-driven marshalling of Swalesian genre theory for EAP pedagogy, *Journal of English for Academic Purposes,* 19, 52-72.

Flowerdew, J., & Wan, A.(2010), The linguistic and the contextual in applied genre analysis: the case of the company audit report, *English for Specific Purposes,* 29, 78-93.

Freedman, A.(1987), Learning to Write Again: Discipline-Specific Writing at University, *Carleton papers in applied language studies,* 4, 95-116.

Hyland, K.(2004), Graduates' gratitude: the generic structure of dissertation acknowledgements, *English for Specific Purposes,* 23(3), 303-324.

Hyland, K., & Tse, P.(2004), I would like to thank my supervisor: acknowledgements in graduate dissertations, *International Journal of Applied Linguistics,* 14, 259-275.

Johns, A. M.(2011), The future of genre in L2 writing: fundamental, but contested, instructional decisions, *Journal of Second Language Writing,* 20(1), 56-68.

Johns, A. M.(2015), Moving on from Genre Analysis: An update and tasks for the transitional student, *Journal of English for Academic Purposes*, 19, 113-124.

Kuo, C. H.(1999), The use of personal pronouns: Role relationships in scientific journal articles, *English for Specific Purposes* 18(2), 121-138.

Paltridge, B.(1996), Genre, text type, and the language learning classroom, *ELT Journal*, 50(3), 237-243.

Pérez-Llantada, C.(2015), Genres in the forefront, languages in the background: The scope of genre analysis in language-related scenarios, *Journal of English for Academic Purposes* 19, 10-21.

Ruiying, Y. & Allison, D.(2003), Research articles in applied linguistics: Moving from results to conclusions, *English for Specific Purposes*, 22, 365-385.

Samraj, B.(2002), Introductions in research articles: Variations across disciplines, *English for Specific Purposes*, 21(1), 1-17.

Samraj, B., & Gawron, J. M.(2008), The suicide note as a genre: Implications for genre theory, *Journal of English for Academic Purposes*, 19, 88-101.

Samraj, B., & Monk, L.(2008), The statement of purpose in graduate program applications: genre structure and disciplinary variation, *English for Specific Purposes*, 27, 193-211.

Santos, M. B. D.(1996), The textual organization of research paper abstracts in applied linguistics, *Text: Interdisciplinary Journal for the Study of Discourse*, 16, 481-499.

Swales, J. M.(1990), *Genre analysis: English in academic and research settings*, Cambridge: Cambridge University Press.

Swales, J. M.(2004), *Research Genres*, Cambridge: Cambridge University Press.

Swales, J. M., & Feak, C. B.(2009), *Abstracts and the writing of abstracts*, Ann Arbor, MI: University of Michigan Press.

Swales, J. M., & Lindermann, S.(2002), Teaching the literature review to international graduate students, In A. M. Johns(Ed.), *Genre in the classroom: Multiple perspectives*(105-119), Mahwah, NJ: Lawrence Erlbaum.

Swales, J. M., & Luebs, M. A.(2002), Genre analysis and the advanced second language writing, In E. Barton, & G. Stygall(Eds.), *Discourse studies in composition*(135-154), Cresskill, NJ: Hampton Press.

Swales, J. M., Feak, C. B., Barton, E., & Brown, R.(2004), Personal statements: a conversation with John Swales and Christine Feak, *Issues in Writing,* 15(1), 5-30.

Swales, J.(2016), Reflections on the concept of discourse community, *ASp. la revue du GERAS,* 69, 7-19.

Todorov, T.(2000), The Origin of Genres, In D. Duff(Ed.), *Modern Genre Theory*(193-209), London: Longman.

대학원 유학생을 위한 학위논문의 장르 교육 연구

1. 서론

　'장르(Genre)'란 사회에서 요구하는 기능에 따라 구성된 '언어 구조'로 정의할 수도 있고(Martin, 1997), 구성원 간의 '의사소통을 위해 사용되는 도구'로 정의할 수도 있다(Swales, 1990).[1] 장르를 사회적 요구와 상황 맥락에 따른 의미-기능, 즉 언어 구조로 보는 경우, 장르 학습은 곧 적절한 의미-기능을 선택해서 표현하는 것이 될 것이다. 반면 공통의 관심사를 가진 구성원 간의 의사소통으로 보는 경우, 장르 학습은 의사소통을 위한 공동체의 언어적, 수사적 '규약(convention)'을 배우고 실천하는 것이 될 것이다. 다만 Johns(2003:200)의 지적처럼 장르를 '언어 구조'로 보는 접근은 학습자의 연령이 낮아서 '전 장르(pre-genre)'가 중시되지만,[2] 장르를 의사소통 도구로 보는 접근은 학습자의 연령이 높고, 특정 공동체를 상정하기 때문에 특별한 규약이 중시된다.[3] 본 연

---

1) 학위논문을 하나의 '장르' 글쓰기로 보고 학위논문의 장르성을 분석한 연구들이 최근 활발하게 진행되었다(손다정·정다운, 2017; 강민경, 2015; 박수연, 2015). 본 연구도 학위논문이 특징적 장르성을 갖고 있다고 전제하고 이 장르성을 대학원 유학생에게 가르치기 위한 '장르 교육 방안'을 모색하는 데 초점을 둔다.

2) '전 장르(pre-genre)'에 대해서 Martin(1993)은 '교육용 장르("instructional genres)'라고 했고, Grabe(2002)는 '거시적 장르(macro genres)'라고 했다. 이는 특정 쓰기 맥락에 상관없이 보편적으로 교육되는 설명, 묘사, 상술 등을 말한다.

3) 이는 Swales가 처음으로 '담화공동체(discourse communities)'라는 용어를 사용했다

구는 새롭게 '대학원'이라는 학술적 담화공동체에 편입되어서 새로운 장르를 학습해야 하는 '성인' 학습자, 그 중에서도 '유학생'을 중심으로 논의를 전개하기 때문에 장르에 대한 후자의 개념, 즉 '의사소통의 도구'에 주목한다.

한국교육개발원(KEDI)에서 발표한 자료에 따르면, 2019년을 기준으로 유학생의 수는 160,165명으로 16만 명을 넘어섰다. 세부적으로는 학부 과정이 65,828명으로 제일 많았고, 어학 연수가 44,756명, 대학원 과정이 34,387명, 그리고 기타 연수가 15,194명 순이었다. 이중에서 대학원 유학생은 전체 유학생 중에서 21%를 차지할 만큼 큰 비중을 차지하고 있다. 문제는 학부 과정과 어학 연수 과정의 유학생과 달리 대학원 유학생은 학업 적응에서 요구되는 다양한 문제들을 스스로 극복해야 하는 상황에 놓여있다는 것이다. 다시 말해서 어학 연수 과정에서 유학생은 '언어교육원'의 관리를 받으며 1급부터 6급까지 체계적인 교육과정을 제공 받는다. 또한 학부 과정도 교양, 전공 기초, 전공 심화와 같은 체계적 교육과정을 제공 받고, '유학생 전용강의'와 같은 학습자 개별성을 고려한 교육적 혜택도 누린다. 반면에 대학원 유학생들은 학업 적응을 위한 최소한의 교육을 받지 못하고, 학술 보고서, 학술 발표, 학위논문 등 대학원 학업 적응에서 요구되는 학술적 담화공동체의 다양한 활동에 참여해야만 한다. 그렇지만 대학원 유학생들은 대학원에서 요구하는 새로운 학술적 리터러시를 갖추고 있지 못하기 때문에, 대학원에서 요구하는 여러 글쓰기 과제에서 어려움을 나타낸다(민정호, 2020). 이에 본 연구는 대학원 유학생의 학술적 글쓰기에서의 어려움을 해결할 수 있는 장르 교육 방법을 대학원 강의에서 구성해 보려고 한다.

대학원 유학생은 다양한 학술적 글쓰기를 하게 되지만, 본 연구는

는 것에서도 알 수 있다(Bawarshi & Reiff, 2010:44). 이 공동체가 특별한 규칙을 갖고 의사소통하는 특정 공동체를 말하기 때문이다.

학술적 담화공동체의 장르 중에서 '학위논문'을 중심으로 논의를 전개한다.4) 왜냐하면 학위논문을 쓰지 못하면 유학생은 대학원을 졸업할 수 없기 때문이다. 대학원 유학생 관련 선행연구를 살펴보면, 학위논문의 어려움을 해소하기 위한 교수요목 설계(홍윤혜·신영지, 2019), 학위논문 강의를 통한 유학생의 요구 분석(정다운, 2014), 학위논문 강의에서 다룬 논문의 양상과 교육적 함의(민정호, 2020) 등이 있다. 이와 같은 연구들은 연구 목적, 그리고 성격과 상관없이 대학원마다 교육과정에 학위논문을 다루는 '강의'가 개설되어 있음을 전제한다. 특히 대학원 유학생은 학위논문만 쓰는 것이 아니라, 학위논문을 쓰면서 초록 발표와 같은 학술적 발표도 하고, 지도교수와 상담도 하기 때문에 '학위논문'을 매개로 다른 구성원들과 '의사소통'을 해야만 한다. 이와 같은 상황을 고려하면 질 높은 학위논문의 완성은 곧 학술적 담화공동체의 구성원들과 장르 글쓰기로 수준 높은 의사소통을 할 수 있다는 것을 의미할 것이다. 그런데 선행연구들은 학위논문과 관련된 강의가 필요하다는 점에서 본 연구와 공통점을 갖지만, 학위논문의 '장르성'을 학습하기 위한 교육적 방법 모색을 직접적으로 다루지 않았다는 점에서 차별점을 갖는다.

본 연구는 '장르'를 '의사소통 도구'로 전제하고, '학습자'를 '대학원 유학생'으로 삼는다. 그리고 학술적 담화공동체의 대표적인 장르 글쓰기인 '학위논문'을 중심으로 '장르 학습'을 위한 강의를 구성하고, 이를 실제 '학위논문을 다루는 강의(이하, 학위논문 강의)'에 적용한다. 그리고 학위논문 강의의 효과성을 대학원 유학생의 인식 조사를 통해 확인하고, 인식 조사에서 발견되는 교육적 함의들을 제언한다. 이 교육적 함

---

4) 학술적 글쓰기에는 학위논문, 학술 보고서, 시험 답안, 발표문 등이 있다. Berkenkotter & Huckin(1993:476)은 회계감사 조서, 논평 등도 포함시키는데, 본 연구는 유학생이 졸업을 위해 반드시 써야 하는 학위논문을 중심으로 논의를 전개한다.

의는 대학원에 학위논문 강의를 새롭게 만들거나, 이미 있는 학위논문 강의를 재구성할 때 유의미한 시사점을 제공할 수 있을 것이다. 본 연구에서 제언하는 장르 교육 방안과 교육적 함의는 대학원 유학생이 많이 있는 대학원에서 학위논문에 대한 장르 학습이 가능한 수업을 설계하는 데 도움을 줄 것이다. 또한 대학원 유학생이 학위논문에 대한 장르 인식을 높이고, 이를 통해서 학위논문을 성공적으로 완성하는 데도 도움을 줄 것이다.

2. 학위논문 장르 교육을 위한 원리

Ivanič(1998)은 '성인 학습자'를 대상으로 '학술적 담화공동체'에서 필자 정체성이 어떻게 구성되는지를 살핀 연구이다. Ivanič(1998)이 필자 정체성의 양상과 형성 원인을 살펴보는 연구를 진행한 이유는 실제로 교육기관에 들어온 신입생은 그 교육기관에서 요구하는 규칙에 익숙해지는 것이 어렵기 때문에 이질적 담론들이 정체성 형성에 영향을 준다고 전제했기 때문이다(Ivanič, 1998:7). 이렇게 특정 장르 글쓰기에서의 부적응은 구성원들과 의사소통을 제한하고, 신입생의 학업 적응을 방해하는 원인이 된다. 그래서 이들을 의사소통에 참여시키기 위해서 장르 학습이 진행되어야 하는데, 이때 학습자에게 장르를 가르치기 위해 고려될 수 있는 두 가지 큰 경향이 있다. 하나는 암시적 접근법이고 (Freedman, 1987), 다른 하나는 명시적 접근법이다(Swales, 1990). 암시적 접근법은 학습자가 성찰적으로 쓰기 행위를 해 나가면서 갖는 텍스트에 대한 배경지식을 바탕으로 장르에 대한 '직감(felt sense)'을 얻고,[5]

---

5) Freedman(1987:101)은 학습자가 새로운 장르를 만날 때 '과거'에 경험했던 장르 지식과 미세하지만 새로운 장르에 대한 장르 지식이 종합되면서 발생하는 앎을 '직감'으로

천천히 장르에 대해서 알아가는 것을 말한다. 반면에 명시적 접근법은 장르에 대한 특징을 모형이나 설명 등으로 분명하게 알려주고, 학습자들이 이 자료와 내용을 토대로 담화공동체에서 요구하는 장르 글쓰기를 한다는 특징이 있다. 본 연구는 암시적 접근법과 명시적 접근법 각각의 특징을 정리하고, 각각의 특징을 선택적으로 수용할 것이다. 무엇보다 이 두 접근법을 종합해서 대학원 유학생을 위한 '학위논문 강의'를 재구성하는 방향으로 논의를 전개하려고 한다. 이는 암시적 접근법과 명시적 접근법이 갖는 한계점을 보완하는 방향으로 장르 교육을 진행하기 위해서이다.

2.1. 암시적 접근법을 통한 학위논문의 직감 형성

Freedman(1987)은 '새로운 장르 습득(Acquiring New Genre)'을 위한 모형을 제시하면서 장르 학습에서 암시적 접근법의 중요성과 특징을 강조했다. 이 모형을 자세하게 나타내면 다음 〈표 1〉과 같다.

〈표 1〉 새로운 장르 습득을 위한 모형(Freedman, 1987:102)

1	학습자들은 그들이 해야만 하는 새로운 장르에 대한 '어둑한 직감(dimly felt sense)'을 가지고 과제에 다가간다.
2	학습자들은 이 장르에서 구현되어야 하는 '구체적인 내용(specific content)'에 초점을 두고 글쓰기를 시작한다.
3	글쓰기를 하면서, 이 장르의 '어둑한 직감'은 (a) '이 감각(this sense)', (b) '글쓰기 과정', (c) '공개된 텍스트' 등이 상호 연관되고 수정되면서 재구성되고, 형식을 갖춘다.
4	'타인의 피드백(external feedback)'에 기초해서 학습자는 '그 장르에 대한 설계도(map of the genre)'를 수정하기도 하고 확정하기도 한다.

정의했다. 그래서 특정 장르에 직감이 형성되었다는 것은 그 장르 글쓰기에서 요구하는 내용과 형식 등을 분명하게 알고 글쓰기 과제를 해결할 수 있다는 것을 의미한다.

Freedman(1987)은 장르 학습에서 새로운 장르를 가르칠 때 '명시적 교수법(explicit teaching)'이나 '텍스트 모형화(modeling of texts)'와 같은 방법은 필요 없다고 지적한다. 결국 장르 학습이란 학습자가 가지고 있는 스키마를 기초로 '창의력(creative powers)'에 의존해서 수정하고 완성해 가는 것이기 때문이다(Freedman, 1987:104). 그래서 처음에 새로운 장르를 만나게 되면, 이전까지 가지고 있던 글쓰기와 관련된 스키마를 통해서 '어둑한 직감'을 형성하고, '내용'을 중심으로 글쓰기를 시작한다. 이렇게 '내용'에만 집중하는 이유는 '어떻게' 내용을 재구성하는지, '어떤 형식'으로 써야 하는지에 대한 스키마는 부재하기 때문에 '내용'에만 초점을 맞추고 글쓰기를 하게 된다. 필자는 희미한 직감을 근거로 글을 쓰면서 여러 글쓰기 하위과정과 만나게 된다. 이때 공개된 텍스트를 읽고 분석하면서 글쓰기 하위과정에서 발생하는 문제들을 해결·완성하게 되는데, 여기서 필자의 직감이 구체화된다. 이에 대해서 Freedman(1987:102)은 글쓰기의 제일 중요한 기술을 '수행'으로 지적하는데, 그 이유로 실수를 하기도 하고 수정하기도 하는 등 수행을 통해서 장르가 '암시적'으로 습득되기 때문이다. 그러니까 장르는 '수행(performing)', '실패(failing)', 그리고 '재조정(readjusting)'되는 글쓰기의 '하위 과정'을 창의적으로 해결하는 필자에게만 천천히, 암시적으로 습득되는 것이다.

여기서 주목할 부분은 희미했던 학습자의 직감이 구체화될 때, '수행-실패'를 통해 재조정되는 일련의 글쓰기 과정이다. 대학원 유학생은 학술적 담화공동체에서 다양한 학술 활동과 강의를 들으면서 '학술적 글쓰기', 그리고 '학위논문'에 대한 나름의 스키마가 누적되었을 것이다. 그리고 이 스키마는 학위논문을 처음 쓰기 시작할 때 어렴풋한 직감으로 작용할 것이다.6) 그렇다면 이러한 어둑한 직감이 학위논문의

---

6) 보통 대학원에서 진행되는 예비발표나 초록발표와 같은 다양한 학위논문 활동에 대학원 유학생의 참여를 독려하는데, 이는 학위논문에 대한 장르 지식, 그리고 발표하는

장르와 부합하는 방향으로 분명해지도록 어떤 '교육적 처치'가 필요할
것이다. Freedman(1987)이 '공개된 텍스트'를 읽고 해석할 것을 제안한
것처럼 실제 같은 전공의 대표 학위논문을 읽고, 이를 분석하면서 본인
의 학위논문 글쓰기를 할 수 있다면 직감은 더 분명해지고, 암시적으로
장르 학습이 진행될 수 있을 것이다. 이 학위논문을 읽으면서 수사적
문제를 해결했던 경험은 대학원 유학생이 학위논문의 장르 지식을 수
용하고, 학위논문의 직감을 구체화하는 데 도움이 될 것이다.

2.2. 명시적 접근법을 통한 학위논문의 이해

앞에서 Freedman(1987)의 암시적 접근법을 중심으로 '직감' 형성을
위한 글쓰기 하위과정을 살펴보았다. 그리고 장르 교육 방안으로 해당
분야의 유사한 글쓰기 하위과정을 갖는 학위논문을 제공하고, 이 논문
을 읽고, 분석하면서 학위논문을 쓰게 할 것을 제안했다. 그런데 직감
형성을 위한 암시적 접근법을 주창하던 Freedman(1987)이 후에 '명시
적 교수법(explicit teaching)'을 부분적으로 인정하게 되는 일이 발생한다.
Freedman(1993:241)에서 명시적 교수법이 '특정 조건'에서는 장르 학습
을 강화한다고 밝힌 것이다. Freedman(1993)이 밝힌 특정 조건은 두 가
지인데, 첫째는 해당 장르 양식이 들어간 텍스트를 '읽어 보는 것'이고,
둘째는 담화공동체에서 요구하는 장르 글쓰기 과제를 직접 '써 보는
것'이다. 학위논문의 주제를 정한 대학원 유학생이 보통 예비발표를 앞
두고 학위논문을 쓰기 시작하는데, 이때 '암시적 교수법'을 전제로 배
경지식을 넓히고, 참고할만한 학위논문을 제공해 주는 것뿐만 아니라
'명시적 교수법'을 전제로 학위논문에 대한 장르 지식을 명시적으로 전
달할 수 있다면 이는 학위논문의 질적 향상에 도움을 줄 것이다.

방법에 대한 지식 등을 알려주기 위한 목적이다.

'장르'를 의사소통 도구로 보는 Swales(1990:9)은 '담화공동체'를 '사회 수사학적 네트워크(sociorhetorical networks)'로 정의한다. 담화공동체에 '사회'가 들어간 이유는 사회마다 수사적 전통과 관습이 다르기 때문이다. 그렇기 때문에 Swales(1990)은 장르를 주어진 '수사적 상황(rhetorical situations)'이 공동체의 '규약(conventions)'에 의해서 충족된 텍스트의 유형이라고 본다. 즉 장르 글쓰기란 담화공동체에서 관습적으로 써 온 규약을 지키면서 쓰는 글쓰기를 말한다. 그래서 Swales(1990: 49)은 장르가 담화공동체 내에서 '전형성(prototypicality)'을 갖고 있는데, 이 전형성의 범위 안에서 세부적인 예들은 조금씩 다를 수 있다고 지적했다. 그렇지만 장르는 정형성의 범주에서 담화의 '도식적 구조(schematic structure)', 내용, 스타일 등을 구속하는 역할을 한다고 지적한다(Swales, 1990:58). Swales(1990:141)이 '무브 분석(move analysis)'을 통해서 '연구 논문(research articles)'의 수사학적 구조와 내용 등을 도식화한 CARS모형은 이와 같은 장르 인식에 근거한다.[7] 실제 이 내용은 학생들에게 논문 작성법을 명시적으로 가르치기 위해서 만들어진 것이고, 실제로 이와 같은 목적으로도 활용되었다(Sutton, 2000).

〈표 2〉 학위논문 1장, 2장의 일반적 구조(Murray, 2011:123)

1장: 서론(Introduction)/연구의 배경(Background)/문헌 검토(Review of literature)
관련 논문과 저서들을 평가하면서 요약한다. 선행연구와의 차별점(gap)을 분명하게 밝힌다. 연구의 필요성과 정당성을 밝힌다.
2장: 이론(Theory)/접근법(Approach)/방법(Method)/자료(Materials)/대상(Subjects)
연구방법과 이론적 접근법, 그리고 실험 자료 등을 확정한다. 설문을 위한 조사 방법도 확정한다. 다른 연구방법과 비교해 보고 연구방법의 정당성을 확보한다.

---

7) CARS 모형은 'Creating a Research Space Model'의 약자이다.

　Swales(1990)에 근거한다면 학술적 담화공동체에서의 '학위논문'도 도식화가 가능할 정도로 수사적 구조와 반드시 들어가야 하는 내용들, 그리고 반복되는 표현과 같은 스타일이 존재할 것이다. 그러므로 대학원 유학생이 학위논문을 쓰기 시작할 때 '학위논문 강의'에서 '수사적 구조', '필수 내용', '표현' 등을 알려줄 수 있다면, 이는 대학원 유학생의 장르 학습에 도움이 될 것이다. 〈표 2〉는 Murray(2011)의 '일반적 학위논문의 구조(Generic thesis structure)' 중에서 1장, 2장의 내용만 가져온 것이다. Swales(1990)의 CARS모형은 '무브 분석(move analysis)'을 중심으로 연구 논문 1장의 장르성을 설명했다. 그렇지만 무브의 개념 등을 대학원 유학생에게 이해시키는 것이 어렵고, 무엇보다 '연구 논문(research articles)'이라는 특수성이 있어서 모든 전공의 일반화된 모형으로 적용하기는 어려울 것이다. 다만 장르 지식을 모형화해서 명시적으로 가르쳐야 한다는 Swales(1990)의 핵심 주장은 수용해야 한다. 그래서 일반적인 학위논문의 구조와 내용 등을 분석하고 종합한 Murray(2011)은 Swales(1990)의 명시적 접근법을 통해서 대학원 '유학생'에게 학위논문의 장르 지식을 전달하기에 효과적일 것이다. 대학원 유학생들에게 학위논문의 각 장별로 들어가는 내용과 그 내용들의 수사적 구조 등을 '학위논문 강의'에서 명시적으로 다룰 수만 있다면 대학원 유학생의 학위논문 이해에 대한 확장과 학위논문의 질적 제고에 큰 도움이 될 것이기 때문이다.

2.3. 상호작용적 접근을 통한 '발견학습'의 적용

　본 연구는 '학위논문 강의'에서 학위논문의 장르 학습이 가능하도록 하기 위해서 암시적 접근법, 그리고 명시적 접근법을 중심으로 고려할 수 있는 원리들을 살펴보았다. 암시적 접근법에서는 '공개된 텍스트'로써 스키마의 확장에 기여할 수 있는 '학위논문'을 읽고, 학위논문에 대한 직감이 명확해지도록 할 것, 그리고 명시적 접근법에서는 학위논문의 수사적 구조, 핵심 내용 등을 도식화해서 그 특징을 명시적으로 분명하게 가르칠 것 등이 그것이다.

Soliday(2005)는 대학에서 장르 글쓰기를 해결하는 학생들의 글쓰기 과정을 분석했다. 어떤 학생들은 교사의 지시보다 자신들의 배경지식만을 활용해서 암시적으로 글쓰기를 해결하려고 하는 반면에 또 다른 학생들은 배경지식을 활용하지 않고 교사의 설명과 지도에 따라서만 글쓰기를 해결하려고 하는 경향을 발견했다. Soliday(2005:64)는 Bakhtin(1986)의 관점을 통해서, 장르 습득이 '개인의 이해(personal understandings)'와 '조직의 서식(collective forms)' 사이의 투쟁을 통해서 습득될 수 있다고 결론을 내린다. 즉 이것은 필자가 새로운 장르를 만났을 때 쓰기와 관련된 지식을 통해서 글쓰기를 하고, 이때 경험한 실수를 수정해가면서 직감을 완성해 가는 것도 장르 학습이지만, 공동체의 장르적 유형을 분명하게 인지하고 이 틀 안에서 글쓰기를 시도하는 것도 장르 학습이라는 의미이다. Devitt(2009)의 지적처럼 명시적 교수법으로 장르 지식을 최대한 자세하게 설명하더라도, 학습자가 암시적으로 깨달아야만 직감이 형성되는 장르 지식이 분명히 존재한다는 것도 이와 관련된다. 이처럼 명시적 접근법과 암시적 접근법이 효과적인 글쓰기 맥락이 다르다는 전제에서, 본 연구는 장르 교육을 위한 '학위논문 강의'를 재구성할 때 암시적 접근법과 명시적 접근법이 상호작용할 수 있는 방향으로 재구성하려고 한다.

특히 본 연구는 글쓰기 과제를 활용해서 암시적 접근법과 명시적 접근법을 종합하려고 하는데, 이때 '발견학습(heuristic)'을 활용한 '쓰기 과제'를 제시한다. 구체적으로 '쓰기 과제'를 제시해야 하는 이유는 학습자가 대학원 '유학생'이라는 점을 고려했기 때문이다. 한국 학생이라면 관련 학위논문을 제시만 해도, 이를 스스로 읽고 쓰며, 실패와 조정을 반복하면서 다시 쓰는 일련의 글쓰기 하위과정을 해낼 수 있을 것이다. 그렇지만 유학생은 '대학원'에 입학할 정도로 높은 한국어 능력을 갖췄더라도, 한국의 대학원에서 요구하는 학술적 리터러시를 충분히 확보하고 있지 못하다(민정호, 2019). 이와 같은 이유로 학위논문의 전형성을 명시적으로 제시하고, 특정 분야의 학위논문을 읽고 자신의 학위논문을 읽으며 수정할 때 '발견학습'을 위한 '체크리스트'가 필요할 것이다. Bawarshi & Reiff(2010:182)은 글쓰기 교육에서 Swales(1990)의 효과성을 언급하면서 결과 지향의 '복사'가 아니라 '발견' 지향의 '장르 학습'의 가능성을 지적했다. 즉 학습자가 장르의 모형과 자신의 텍스트를 비교·대조하면서 수사적, 내용적, 표현적 차이를 발견하고 이 '차이'를 해결하는 방향으로 글쓰기 교육을 설계해야 한다는 지적이다. 실제 Swales(1990)의 CARS 모형은 미국 대학의 신입생 글쓰기 교육에서 체크리스트로 활용된다(Sutton, 2000:451).

이와 같은 점을 고려해서 본 연구도 대학원 유학생들에게 '학위논문'의 장르 교육을 진행할 때. 대학원 유학생이 학위논문에 대한 '직감'을 강화시키고, 명시적 장르 학습에 도움을 줄 수 있는 '체크리스트'를 제시할 것이다. 이 '체크리스트'를 활용해서 대학원 유학생은 자신의 분야에서 학술적 가치를 인정받는 학위논문을 찾아 읽고, 이를 분석하는 '과제'를 해결한다. 이는 대학원 유학생이 학위논문에 대한 명시적 설명에서 학습한 '학위논문'의 전형적 특징을 확인하는 데 긍정적인 효과가 있을 것이다. 또한 대학원 유학생은 '체크리스트'를 활용해서 본인의 완성된 학위논문을 분석하는데, 이 과정은 학위논문의 전형성과 자신의 학위논문이 얼마나 부합하는 지를 확인하는 데에도 도움이 될 것이다.

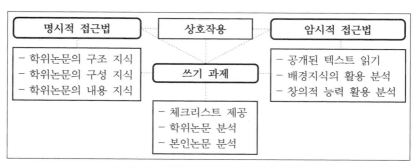

<그림 1> '학위논문 강의' 재구성의 원리8)

　　본 연구는 명시적 접근법과 암시적 접근법이 역동적으로 작용하도
록 유도하기 위해서 쓰기 과제를 넣었고, 대학원 '유학생'이라는 학습
자 특수성을 고려해서 쓰기 과제에 대한 '체크리스트'를 제공했다. 우
선 명시적 접근법에서는 학위논문의 구조와 구성, 그리고 핵심 담화,
내용 등을 중심으로 도식화를 하고 이를 명시적으로 설명한다. 암시적
접근법을 통해서는 전공 분야의 주요 학위논문을 공개된 텍스트로 제
공하고, 이 논문을 대학원 유학생이 읽으면서 자신의 학위논문을 수정
하도록 했다. 공개된 텍스트의 특징과 이를 기준으로 자신의 학위논문
을 수정하는 것이 곧 쓰기 과제이다. 이 과제에서는 학습자가 갖는 배
경지식과 학위논문의 핵심 내용 등을 비교·대조하면서 특징들을 도출
한다. 그리고 도출한 내용을 창의적으로 활용해서 자신의 학위논문에
적용하는데, 학습자가 '유학생'인 것을 고려해서 과제에서 요구하는 요
구사항을 구체적으로 정리한 '체크리스트'를 제공한다.

---

8) 본 연구에서 도출한 '과제'는 특정 분야의 학위논문을 '읽고', 다시 본인의 학위논문을
'읽고' 이를 비판적으로 분석하는 것이지만, '읽기 과제'가 아니라 '쓰기 과제'라고 명했
다. 그 이유는 학술적 글쓰기가 읽기와 쓰기가 결합된 융합적 글쓰기이기 때문이다
(Flower et al., 1990). 학위논문을 비롯한 학술적 글쓰기를 쓸 때 논문을 읽고 이를
해석해서 쓰기를 하는 것을 고려한다면 장르 교육을 위한 과제는 읽기가 목적이 아니라
쓰기가 목적인 '쓰기 과제'가 될 것이다.

3. 학위논문 강의의 특징과 함의

본 연구는 2장에서 제안한 내용을 종합해서 강의를 재구성하고, D대학교 대학원 국어국문학과에 개설된 '학위논문 강의'에 실제 적용했다.[9]

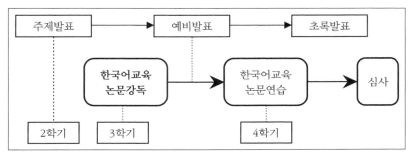

〈그림 2〉 D대학교 '학위논문 강의'와 특징

D대학교에는 〈한국어교육논문강독〉, 〈한국어교육논문연습〉 이렇게 2개의 '학위논문 강의'가 있다. 〈한국어교육논문강독〉은 전 학기에 '주제'를 정한 3학기 유학생이 듣는 강의이고, 이 강의를 듣고 나서 '학위논문 예비발표'를 하게 된다.[10] 〈한국어교육논문연습〉은 전 학기에 예비발표를 마친 4학기 유학생이 듣는 강의이고, 이 강의를 듣고 나서 '초록 발표'를 하고, '학위논문 심사'를 받게 된다. 두 강의 모두 '예비발표'와 '초록발표'를 대비한다는 '분명한 목표'가 있기 때문에 강의는 주로 대학원 유학생이 학위논문을 발표하고, 이에 대해서 교수자가 평가하는 '발표-평가'로 구성된다. 본 연구는 교육과정에서 '학위논문'과 관련

---

9) 본 연구가 D대학교 대학원의 국어국문학과에 주목한 이유는 D대학교에서 국어국문학과에 유학생이 제일 많기 때문이다. 이는 학위논문을 써야 하는 학습자가 제일 많다는 것을 의미하기 때문에 '학위논문 강의'를 살펴보기에 적절하다고 판단했다.

10) 〈한국어교육논문강독〉은 '대조 언어학'과 '한국어 교육학'으로 나뉘어 개설된다. 본 연구는 '한국어 교육학' 〈한국어교육논문강독〉임을 밝힌다.

해서 처음으로 개설되는 〈한국어교육논문강독〉을 재구성해 보았다. 왜냐하면 학위논문의 주제를 정한 대학원 유학생이 '학위논문 형식'에 맞춰서 텍스트를 완성하고, 발표하는 '첫 강의'이기 때문에 '학위논문'의 장르 교육을 진행하기에 가장 적절한 시기로 판단했다.

3.1. 재구성된 학위논문 강의의 특징

〈한국어교육논문강독〉은 3학점짜리 강의이고, 앞에서 밝혔듯이 대학원 유학생의 학위논문 발표와 교수자의 평가로 구성된다.[11] 또한 〈그림 2〉에서 확인할 수 있듯이 이 발표는 학위논문 예비발표를 대비할 목적으로 진행되는데, 주로 학위논문 1장과 2장을 완성한 대학원 유학생을 중심으로 수업이 진행된다. 그래서 이 강의의 전반부 목표는 대학원 유학생의 학위논문 1장과 2장의 질적 수준을 높이는 것이다. 이 강의를 들은 대학원 유학생들은 학위논문 3장과 4장을 구체화해서 다음 학기에 〈한국어교육논문연습〉을 듣는다.

본 연구에서 재구성한 강의에는 모두 30명의 대학원 유학생이 수강 신청을 했고, 주차 별로 5명에서 6명의 대학원 유학생이 발표했다. 발표 후에는 다른 유학생들과 토론이 진행되고, 교수자는 발표자에게 피드백을 제공했다. 재구성한 학위논문 강의의 특징과 세부 내용을 제시하면 다음 표와 같다.

---

11) 본 연구에서 재구성해서 운영한 〈한국어교육논문강독〉은 2020년 3월 18일부터 6월 24일까지 진행되었고, 인식 조사를 위한 대학원 유학생의 평가는 2020년 4월 8일에 진행되었다.

<표 3> 주차별 강의 내용과 특징

1주차	
Murray(2011)을 참고한 학위논문 1, 2장의 구조, 내용, 구성	
2주차	
학위논문 분석 과제, 체크리스트 제시(학위논문 분석을 위한 틀)	
3주차	
자신의 학위논문 분석·수정 과제, 체크리스트 제시(학위논문 분석·수정을 위한 틀)	
4주차 - 8주차 :	
학위논문 1장과 2장 발표, 지정 질의자의 질의, 교수자의 평가와 피드백	
9주차	
Murray(2011)을 참고한 학위논문 3장의 구조, 내용, 구성	
10주차 - 14주차	
학위논문 1장부터 3장까지 발표, 지정 질의자의 질의, 교수자의 평가와 피드백	
15주차	
강평, 과제 제출(1장-3장의 수정 대조표 작성, 1장-3장 완성 논문)	

이 강의는 1주차에는 명시적 접근법을 중심으로 학위논문의 1장과 2장의 구성과 구조, 그리고 핵심 담화를 중심으로 포함되어야 하는 내용과 연결 등을 '명시적'으로 가르친다. 이와 같은 강의 내용은 2주차 이후에 진행되는 쓰기 과제에서 대학원 유학생이 활용할 수 있는 학위논문에 대한 '배경지식'을 제공해 주기 위함이다. 2주차에는 장르 교육의 암시적 접근법을 적용해서, 쓰기 과제에 대한 구체적인 체크리스트를 제시하고, 이를 기준으로 해당 분야의 공개된 학위논문을 찾아 읽고 분석하도록 한다. 3주차에는 학위논문 분석과 형성된 장르 인식을 중심으로 자신의 학위논문 1장과 2장의 문제점을 찾도록 한다. 그리고 이 문제를 해결하는 방향으로 학위논문을 수정하도록 하는 쓰기 과제를 진행한다.

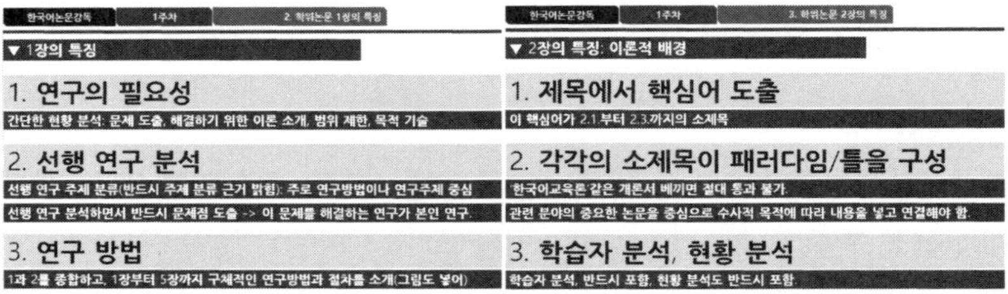

<그림 3> '학위논문 강의' 1주차 강의자료 예시

〈그림 3〉은 1주차 강의에서 사용된 실제 강의 자료이다. 학위논문의 1장과 2장이 형식적으로 어떤 구성을 나타내고, 각 장에 반드시 들어가야 하는 핵심 담화가 무엇인지를 설명한다. 또한 학위논문의 주요 담화들이 어떤 방식으로 연결되어야 하는지를 '지식' 차원에서 명시적으로 제시하는 데도 그 목적이 있다.[12] 이어서 2주차와 3주차에는 대학원 유학생이 학위논문의 장르적 특징을 스스로 알아가면서 직감을 강화하기 위한 '쓰기 과제'를 제시하는데, 쓰기 과제를 해결하는데 필요한 체크리스트의 내용은 다음과 같다.

<표 4> 2주차, 3주차 쓰기 과제 내용과 체크리스트

2주차	3주차
−특정 분야의 권위 있는 학위논문을 읽는다. −학위논문 1장을 분석한다. • 이 연구가 필요한 이유는 무엇인가? • 연구 범위는 어디까지 제한하고, 그 이유는 무엇인가? • 연구 목적은 무엇이고, 그 이유가 타당한가? • 진술에 대한 적절한 근거나 이유가 있는가? • 선행연구의 주제 분류 기준은 타당한가?	−본인 학위논문을 찾아 읽는다. −학위논문 1장을 분석한다. • 이 연구가 필요한 이유는 무엇인가? • 연구 범위는 어디까지 제한하고, 그 이유는 무엇인가? • 연구 목적은 무엇이고, 그 이유가 타당한가? • 진술에 대한 적절한 근거나 이유가 있는가? • 선행연구의 주제 분류 기준은 타당한가?

---

12) 실제로 이때 각 장, 절, 항 등의 소제목을 쓰는 방법, 1장의 선행연구 분석과 2장의 선행연구 분석의 차이점 등, 대학원 유학생의 학위논문에 대한 '배경지식'을 확장시킬 수 있는 다양한 장르 지식을 명시적으로 설명하고 보여주었다.

- 선행연구에서 도출된 한계를 이 연구가 극복하는가?
- 연구 방법에서 선행연구와의 차이를 나타내는가?
- **학위논문 2장을 분석한다.**
- 2장의 각 절의 제목은 논문 제목과 상관성이 있는가?
- 각 절은 2장을 향해서 패러다임화 되어 있는가?
- 각 절의 각 항은 절을 향해서 패러다임화 되어 있는가?
- 정리된 연구사를 통해서 개념의 범위를 특정화하는가?
- 논문의 핵심 분야 논문이 적절하게 탐색되는가?
- 해당 분야 현황 분석을 통해서 문제점을 드러내는가?
- 학습자 특수성 분석을 통해서 논제가 부각되는가?
- **분량 A4 2장 이상, 10point, 연장 제출 없음.**

이 쓰기 과제는 암시적 접근법과 명시적 접근법의 연결점 역할을 한다. 장르 모형을 명시적으로 학습한 대학원 유학생들이 실제 희미한 직감을 가지고, 개방된 텍스트, 즉 특정 분야의 대표 학위논문을 읽고 분석하며 장르적 특성을 확인하는 과제가 2주차 과제이다. 그리고 이 경험과 배경지식을 바탕으로 발표하기 전에 학위논문을 다시 수정하게 되는데, 그때 Freedman(1987)의 지적처럼 '수행', '실패', 그리고 '조절'이라는 글쓰기 하위과정을 경험하도록 의도된 과제가 3주차 과제이다. 즉 이 과제에서 제시된 체크리스트를 따라서 관련 전공의 대표적 학위논문을 비판적으로 분석해 보고, 이 체크리스트를 따라서 다시 본인의 학위논문을 비판적으로 분석하며 수정함으로써 학위논문에 대한 장르 학습이 가능하도록 구성한다. 그 후에 4주차부터는 학위논문의 1장과

2장을 중심으로 발표가 진행되는데, 이때 교수자는 발표자의 논문 원문을 대상으로 피드백을 제공한다. 이 피드백은 1주차에 명시적으로 다뤘던 학위논문의 장르적 특징과 2, 3주차에 제공된 과제에 대한 체크리스트를 참고해서 진행된다. 이 피드백 예시는 다음 그림과 같다.

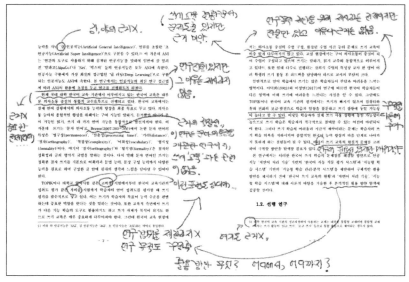

〈그림 4〉 4주차 교수자의 피드백 예시

이 피드백은 단순히 맞춤법 교정의 차원에서 제공되는 피드백이 아니다. 대학원 유학생이 학술적 담화공동체의 필자로서 학위논문을 쓸 때, 학위논문의 수사적 구조와 내용 등을 인지하고 썼는지를 확인하고 수정해 주는 피드백이다. 또한 1-3주차는 학위논문의 특징과 구조를 중심으로 진행되는 강의라서 '스타일' 즉 학위논문의 표현과 관련된 교육내용이 반영되지 못했는데, 이 피드백이 학위논문의 표현을 비교적 자세하게 알려주는 역할을 하게 된다. 이 피드백은 4-8주차, 10-14주차에 각각 1회씩, 총 2회 제공된다. 교수자가 직접 대학원 유학생의 학위논문을 읽고 제공하는 피드백도 학위논문의 구조, 형식, 내용 등 대학원 유학생의 장르 학습에 유용한 도움이 될 것이다. 대학원 유학생은 이 피드백을 참고해서 과제로 제출하는데, 이때 피드백을 정확하고 적절하게 반영했느냐가 평가 요소가 된다.

3.2. 대학원 유학생의 평가와 교육적 함의

본 연구는 학위논문 수업을 한 후에 30명의 유학생에게 글쓰기에 대한 인식 양상과 만족도 조사를 위한 평가를 진행했다. 이 중 2명은 한국인 대학원생이라서 본 연구에서는 제외했다. 평가에 참여한 대학원 유학생은 대만 학생 1명을 포함해서 모두 중국어권 학생이고, 학기는 3학기 학생이 10명, 4학기 학생이 10명, 수료한 학생이 8명이었다. 본 연구에서 평가를 위해 사용한 평가지의 내용 구성은 다음과 같다.

〈표 5〉 강의 평가지 내용 구성

문항	내용 구성
1	대학원에서 제일 중요한 언어 기능(선택)
	그렇게 생각하는 이유(자유 기술)
2	1-4주차까지 수업과 과제에 만족(선택/5점 리커트 척도)
	그렇게 생각하는 이유(자유 기술)
3	1(아주 만족)/2(만족): 학위논문 쓸 때 도움이 된 점.(복수 선택/2개)
	① 학위논문 각 장의 구조와 배열 ⑤ 학위논문에서 필수적으로 들어가야 하는 표현 ② 학위논문 각 장의 핵심 담화/핵심 내용 ⑥ 학위논문의 문맥에서 요구되는 단어와 문법 ③ 학위논문에서 각 장의 패러다임 구성 ⑦ 학위논문 각 장의 '주장-논거' 등의 내용 보충 ④ 학위논문에서 제목/소제목 쓰기 ⑧ 기타(자유기술)
4	3(보통)/4(불만족)/5(아주 불만족): 학위논문 쓸 때 도움이 안 된 이유(선택)
	3번과 동일
5	대학원 교육과정에서 '학위논문' 관련 받고 싶은 과제나 활동(자유 기술)

　　문항 1은 대학원에서 제일 중요한 언어 기능이 무엇이라고 생각하는지를 선택하게 했다. 이는 대학원 유학생이 학술적 담화공동체에서 학업 적응을 위해서 기본적으로 갖는 인식의 양상을 살펴보기 위함이다. 문항 2는 리커트 5점 척도로 이 강의에 대한 만족도를 평가하도록 했다. 그리고 그 이유를 자유롭게 쓰도록 했다. 문항 3은 만족도가 높은 유학생을 대상으로 '구조, 내용, 표현'을 기준으로 7개의 항목을 만들고 실제 1주차부터 3주차까지 강의를 듣고 나서 학위논문을 수정하고 다시 쓸 때, 어떤 점에서 도움이 되었는지 선택하도록 했다. 문항 4는 만족도가 낮은 유학생을 대상으로 문항 3과 동일한 항목으로 평가를 하도록 했다. 문항 5는 대학원에서 학위논문과 관련해서 필요한 과제나 활동이 있다면 자유롭게 쓰도록 했다. 이는 암시적 접근법과 명시적 접근법을 고려한 만족도와 별개로 학위논문의 장르 교육에 적용할 수 있고, 상호작용을 역동적으로 일으키는 과제나 활동이 있는지를 살펴보기 위함이다. 이 설문지는 '무기명'으로 진행되었고, 개인정보 사용에 대한 동의를 얻어 진행되었다. 제일 먼저 살펴볼 결과는 언어 기능과 만족도에 대한 대학원 유학생의 평가이다.

〈표 6〉 언어 기능과 만족도 결과

	항목	N	%
언어 기능	말하기	2	07.1
	쓰기	22	78.6
	듣기	2	07.1
	읽기	1	03.6
	문법	1	03.6
	합계	28	100.0
강의 만족도	아주 만족한다	15	53.6
	만족한다	12	42.9

보통이다	1	03.6
불만족한다	0	00.0
아주 불만족한다	0	00.0
합계	28	100.0

대학원 유학생들은 대학원에서 제일 중요한 언어 기능을 '쓰기'로 인식하고 있었다. 실제로 쓰기가 제일 중요하다고 판단하는 이유를 살펴보면, 응답자 중에서 22명은 학위논문이나 과제, 보고서 등 학술적 담화공동체에서 요구하는 장르 글쓰기의 중요성과, 학업 적응 등을 이유로 언급했고, 이 중 일부는 글쓰기 능력이 졸업과 성적에 결정적인 영향을 주기 때문이라고 밝혔다. 이 결과는 본 연구가 학술적 담화공동체의 학술적 글쓰기에 주목하고, 학술적 글쓰기 중에서 학위논문에 집중해서 강의를 구성하며, 그 효과를 인식 조사를 통해 확인하는 본 연구의 목적에 정당성을 부여한다. 왜냐하면 학습자가 가장 중요하게 인식하고 있는 언어 기능에 주목해서 이를 중심으로 장르 학습을 위한 강의를 재구성했기 때문이다.

재구성된 강의에 대한 만족도는 96.5%가 '아주 만족한다'와 '만족한다'를 선택했다. 만족한다고 응답한 이유를 대학원 유학생에게 자유롭게 쓰도록 했는데, 3학기와 4학기, 그리고 수료생의 대표 응답자를 중심으로 살펴보면 다음과 같다.

〈표 7〉 강의 만족의 이유(기술)

3학기 대학원 유학생

예전에 논문 패러다임과 비슷한 기말 과제를 제출해 본 적이 있지만 사실은 논문을 작성하는 건 기말 과제와 차이가 정말 커 보입니다. 이번 과제를 통하여 예전에 아는 것 같으면서도 실상은 모르는 논문의 구조도 알게 되고 선행연구를 어떻게 작성하고 분석 하는 것도 알게 되었습니다. 저에게 정말 큰 도움이 됩니다.

4학기 대학원 유학생

수업에서 교수님께 이론 지식을 가르치고 논문 어떻게 분석하는지 대충 알고 과제로 한 논문을 분석할 수 있어서 이론 지식을 잘 복습할 수 있습니다. 내용이 실제적으로 파악할 수 있다. 그 다음에는 자기 논문을 분석할 때 어떤 문제점이 있는지 잘 알 수 있습니다.

수료한 대학원 유학생

교수님은 1주차 수업에서 먼저 논문 1, 2장은 어떻게 쓰는지를 가르쳐 주시고, 처음에 논문의 구조, 배열 방식, 쓰는 방법을 배웠다. 2주차 과제를 통해서 교수님의 논문 1, 2장 내용을 분석하고 1주차 수업에서 배운 내용은 논문에서 어떻게 활용하는지를 알아볼 수 있다. 3주차에 자신의 논문을 분석하고 문제점을 밝힐 수 있다.

본 연구에서 학생들의 학기별로 만족의 이유를 대표적으로 뽑아 제시한 이유는 학기와 상관없이 학생들의 자유 응답이 보여주는 '공통적인 내용' 때문이다. 3학기 학생은 학위논문이 무엇인지 안다고 생각했는데, 실상 이 직감이 매우 미약했음을 인정하고, 이 강의를 들으면서 명시적으로 학위논문을 알 수 있어서 좋았으며, 무엇보다 실제 논문을 읽으면서 분석하는 방법을 알게 되고, 자신의 논문도 비판적으로 검토할 수 있어서 좋았다고 밝혔다. 이런 응답은 학위논문에 대한 미약했던 직감이 이 강의를 통해서 분명해졌음을 나타낸다. 4학기 학생과 수료한 학생은 학위논문에 대한 지식을 먼저 학습한 후에 이를 가지고 한국어교육 전공 논문을 분석하고, 다시 자신의 논문을 분석하면서 부족한 부분을 발견할 수 있어서 좋았다고 응답했다. 대학원 유학생에게 텍스트의 부족한 점은 한국인 동료의 피드백을 통해서만 발견할 수 있다고 생각했는데, 실제로 본인이 직접 발견할 수 있도록 방법을 알려주고, 학위논문에 대한 경험을 쌓을 수 있도록 한 것을 만족의 이유로 본 것이다. 그런데 흥미로운 점은 이미 〈한국어교육논문강독〉을 지난 학기에 들었던 4학기 학생들과 〈한국어교육논문강독〉과 〈한국어교육논문연

습〉을 들었던 수료생들도 〈한국어교육논문강독〉을 처음 듣는 3학기 학생과 동일한 반응을 보였다는 점이다. 이는 대학원 유학생들이 학위논문의 장르적 특징 등에 대해서 명시적으로 알고 싶었고, 또한 이를 배경지식으로 삼아서 본인의 논문도 학위논문의 장르성에 부합하는 방향으로 수정하고 싶었지만, 이와 같은 장르 교육이 분명하게 제공되지 못했음을 암시한다. 민정호(2019:323)는 '완성된 텍스트'만을 평가하는 대학원의 '학위논문 강의'를 비판하면서 학술적 글쓰기에 대한 '지식'을 보다 '명시적'으로 전달할 것을 제언했었다. 학기와 상관없이 대학원 유학생들이 보인 응답 양상은 이 강의가 기존의 학위논문 강의가 갖는 한계점을 보완하는 방향으로 재구성되었음을 입증하는 것이라고 볼 수 있겠다.

〈표 8〉 강의 만족의 이유(복수 선택)

항목	N	%
① 학위논문 각 장의 구조와 배열	18	32.1
② 학위논문 각 장의 핵심 담화/핵심 내용	14	25.0
③ 학위논문에서 각 장의 패러다임 구성	14	25.0
④ 학위논문에서 제목/소제목 쓰기	2	03.6
⑤ 학위논문에서 필수적으로 들어가야 하는 표현	1	01.8
⑥ 학위논문의 문맥에서 요구되는 단어와 문법	0	00.0
⑦ 학위논문 각 장의 '주장-논거' 등의 내용 보충	7	12.5
합계	56	100.0

대학원 유학생들 중에서 82%가 학위논문의 구조와 배열, 각 장과 절에 들어가야 하는 담화와 내용, 마지막으로 그 내용들을 어떻게 패러다임으로 연결할 수 있는지에 대해서 도움을 받았다고 밝혔다.[13] 반면

---

13) 민정호(2020:688)은 '패러다임(paradigm)'이 '틀(frame)'보다 넓은 의미라고 지적하

에 상대적으로 '표현', '단어', '문법' 등 문체를 이루는 스타일을 선택한 유학생은 거의 없었다. 이는 대학원 교육과정에서 들었던 다른 강의, 혹은 그 강의에서 해결했던 학술적 과제 등을 통해서 이미 이와 관련된 단어와 문법 등에 익숙해졌기 때문으로 보인다. 그리고 '⑦ 학위논문 각 장의 주장-논거 등의 내용 보충'을 선택한 유학생도 12.5%나 있었는데, 이는 4주차에 진행된 피드백의 영향으로 보인다. 피드백의 예를 제시한 〈그림 4〉를 보면, 텍스트에 진술만 있고, 이에 대한 이유와 근거, 즉 뒷받침할 수 있는 연구를 함께 내각주로 제시하지 않은 경우에는 교수자가 비판적 피드백을 제공했기 때문이다. 〈표 8〉의 결과는 앞서 자유롭게 기술하도록 한 〈표 7〉의 결과와도 일치한다. 그리고 이는 본 연구가 학위논문에 대한 장르 교육을 진행하면서 기존 대학원에 존재하는 학위논문 강의를 재구성하려고 했던 최초의 목적, 즉 '장르 학습'이라는 차원에서도 일치하는 결과이다.

- 논문 목차를 어떻게 만들어 준 활동이 있으면 좋겠다.
- 학위논문에서 자주 쓴 표현(문법, 단어)
- 목차를 만들기, 각주의 범위와 입력하는 방법, 참고문헌을 어떻게 하기, 한글 파일을 사용
- 논문 자료를 수집과 정리하는 방법, 논문에 필수적으로 들어가는 표현
- 3-4명씩 조가 되어 내 논문에 대한 의견 4가지씩 제출
- 비슷한 주제로 학위논문을 쓰고 졸업한 선배와 만나기
- 주제 선정 가이드를 위한 조별 활동이 있으면 좋겠습니다.
- 학위논문의 주제선정을 위한 수월한 활동이 있으면 좋겠습니다.
- 비슷한 주제로 학위논문을 쓰는 선배의 문장 패턴 따라하기
- 자기 논문에 대한 요약

〈그림 5〉 학위논문 관련 원하는 과제나 활동

며, 좁은 '틀'로 구성된 담들이 다시 큰 범위의 '패러다임'을 이루고, 이 '패러다임'이 학위논문의 목차나 제목을 통해서 나타나야 한다고 지적했다.

〈그림 5〉는 대학원 유학생 28명 중에서 아무것도 적지 않은 8명과 지금과 같은 강의 구성이면 학위논문을 이해하는데 적절한 과제라고 밝힌 10명을 제외한 나머지 10명이 추가로 원하는 '과제나 활동'을 적은 내용이다. 학위논문의 '목차'를 쓰는 방법, 학위논문에 자주 등장하는 '표현', 참고문헌과 인용의 방법, 논문 자료를 수집하고 정리하는 방법, 조별 활동을 통한 토론, 논문 주제가 같은 선배와의 만남, 주제 선정을 위한 과제나 활동, 내 논문에 대한 요약 등이 제시되었다. Barton(1994)는 '리터러시 생태(the ecology of literacy)'에 대해서 언급한다. 리터러시란 공동체에 만연된 의사소통 행위와 사건, 그리고 관행과 규약 등과 같은 생태 조성을 통해서 구성된다. 그런데 대학원 유학생들이 적어낸 글쓰기 방법과 전략, 토론과 만남, 주제 선정을 위한 활동 등은 바로 학술적 담화공동체의 의사소통 행위, 사건, 관행 등 리터러시 생태를 조성해야 충족될 수 있는 것들이다. 이 내용들과 비교해서 정리하자면 대학원 유학생들의 경우 학술적 담화공동체에 '리터러시 생태'가 적절하게 구성되어 있지 않다는 것을 의미하고, 이는 단순히 학위논문에 대한 장르 학습뿐만 아니라 학술적 리터러시의 전반적 능력을 향상시키기 위한 리터러시 생태 조성과 학술적 활동 등이 교육과정에 추가되어야 함을 의미한다.

대학원 유학생들은 학위논문의 장르 학습을 중심으로, 그리고 대학원 '유학생'이라는 학습자 특수성을 고려해서 구성된 강의에 대해서 매우 긍정적인 평가를 내렸다. 이를 통해서 학위논문의 구조와 내용, 그리고 배열 등에 대해서 알 수 있었고, 이와 같은 전형성을 갖는 학위논문을 비판적으로 읽은 경험과 장르 지식을 바탕으로 직감을 분명하게 형성하고, 이를 통해서 자신의 학위논문을 분석·수정할 수 있어서 좋았다고 밝혔다. 이는 명시적 접근법과 암시적 접근법이 상호작용할 수 있도록 설계된 장르 교육 내용이 대학원 학위논문 강의에 포함되어야 대학원 유학생의 '장르 학습'에 유용할 것임을 함의하는 것이다. 또한 학위논문뿐만 아니라 전반적인 대학원 유학생의 학술적 리터러시를 향상시키기 위한 강의와 학술적 활동 등이 개발될 필요성도 함의한다. 특히 주제 선정이나 자료 수집 및 정리 등은 학술적 담화공동체에서 요구하는 기본적인 '학술적 리터러시'이기 때문에 대학원에 입학한 초기부터 이와 같은 활동과 과제의 접촉이 빈번하도록 리터러시 생태를 조성해야 할 것이다.

4. 결론

본 연구는 대학원 유학생의 비중이 증가하고 있음에도 불구하고, 대학원 유학생의 학업에서 큰 비중을 차지하는 '학위논문'에 대한 교육적 방법 모색이 부족하다고 진단했다. 이 문제를 해결하기 위해서 장르 학습의 명시적 접근법과 암시적 접근법을 분석하고, 이 두 전근법의 역동적 상호작용을 촉진할 수 있는 쓰기 과제를 만들어서 학위논문 강의로 재구성해 보았다. 이를 위해서 학위논문의 장르적 특징을 명시적으로 가르치고, 특정 전공의 주요 학위논문을 읽고 분석하도록 했다. 그리고 다시 자신의 학위논문을 읽고 분석하는 쓰기 과제를 통해서 명시적·암시적 장르 학습이 역동적으로 작용하는 장르 교육이 진행되도록 했다. 특히 이때 필자가 '유학생'인 것을 고려해서 학위논문 분석에 사용할 수 있는 구체적인 체크리스트를 쓰기 과제와 함께 제시하고, 이를 통해서 학위논문의 장르성에 대한 발견학습이 가능하도록 했다.

이 재구성한 강의를 실제 유학생이 많이 재학 중인 대학원에 적용하고, 대학원 유학생들의 인식 조사와 만족도 평가를 진행했다. 만족도에 대한 결과는 매우 긍정적이었는데, 세부적으로 대학원 유학생들은 이 강의를 통해서 학위논문의 수사적 구조와 핵심 내용, 그리고 패러다임 구성 등에서 도움을 받았다고 밝혔다. 전반적으로 명시적으로 진행된 학위논문의 장르적 특징에 대한 강의와 직감 형성을 위해 고안된 학위논문 읽기 등이 학위논문의 질적 제고에 긍정적이었다고 응답했다. 또한 명시적 접근법과 암시적 접근법을 연결하는 쓰기 과제도 구체적인 체크리스트가 제시되어서 학위논문의 장르성을 학습하는데 유용했다고 응답했다.

다만 본 연구는 발표와 강의라는 대학원 학위논문 강의의 일반적인 틀을 유지했기 때문에 장르 교육을 강의 초반부에 집중시켰다는 한계를 갖는다. 또한 명시적 접근법과 암시적 접근법이 연결된 장르 교육을 받은 후 텍스트의 수준이 어떻게 달라졌고, 텍스트의 양상이 구체적으로 어떤 모습인지에 대한 분석이 부족했다. 후속 연구를 통해서 명시적 접근법과 암시적 접근법이 융합된 학위논문의 장르 교육을 위한 교수요목 등도 구체화되고, 무엇보다 유학생의 인식과 만족도뿐만 아니라 텍스트 분석을 통해 질적 제고 양상까지 확인할 수 있어야 할 것이다. 그래서 대학원 유학생이 '학위논문'의 장르적 특징을 정확하게 이해하고, 학위논문에 대한 명확한 직감을 바탕으로 학위논문을 성공적으로 완성할 수 있기를 바란다.

• 참고문헌

강민경(2015), 학위논문 초록의 move관련 연구, 언어과학 22(1), 한국언어과학학
　　회, 23-48.

민정호(2019), 학술적 글쓰기에서 대학원 유학생의 저자성 개념과 교육원리의 방
　　향 탐색, 리터러시연구 10(1), 한국리터러시학회, 313-341.

민정호(2020), 대학원 유학생 석사학위논문의 '이론적 배경' 구성에 관한 일고찰
　　: 한국어교육 전공 수업에서 발표된 '예비 논문'을 중심으로, 학습자중심교과교
　　육연구 20(6), 학습자중심교과교육학회, 683-701.

박수연(2015), "선행연구 검토(Literature Review)" 장르의 내용 구조에 관한 연구:
　　한국어교육 박사학위논문을 중심으로, 외국어로서의 한국어교육 43, 연세대학
　　교 언어연구교육원 한국어학당, 59-95.

손다정·정다운(2017), 외국인 유학생의 한국어교육 박사 학위논문 서론 텍스트
　　구조 분석, 어문론집 70, 중앙어문학회, 445-479.

정다운(2014), 외국인 대학원생을 위한 논문 쓰기 수업 사례 연구, 어문론집 58,
　　중앙어문학회, 487-516.

홍윤혜·신영지(2019), 예술분야 외국인 대학원생을 위한 학술적 글쓰기 교수요목
　　설계: 미술계열 학습자 수업을 중심으로, 리터러시연구 10(1), 한국리터러시학
　　회, 343-373.

Bakhtin, M.(1986), The Problem of speech genres, In C. Emerson & Holquist(Eds.),
　　Speech Genres and Other Late Essays(60-102), University of Texas Press,
　　Austin.

Barton, D.(1994). *Literacy: an introduction to the ecology of written language*,
　　Oxford: Blackwell.

Bawarshi, A. & Reiff, M. J.(2010). *Genre: An Introduction to History, Theory,
　　Research, and Pedagogy*, West Lafayette, Ind: Parlor Press.

Berkenkotter, C. & Huckin, T. N.(1993). Rethinking Genre from a Sociocognitive
　　Perspective, *Written Communication*, 10, 475-509.

Devitt, A.(2009). Teaching Critical Genre Awareness, In Bazerman, C., Bonini,
　　A. & Figueiredo, D.(Eds). *Genre in a Changing World*(342-355), Fort Collins,
　　Colorado: Parlor Press.

Flower, L., Stein, V., Ackerman, J., Kantz, M. J., McCormick, K., & Peck, W.

C.(1990). *Reading to write: Exploring a cognitive and social process*, New York: Oxford University Press.

Freedman, A.(1987). Learning to Write Again: Discipline-Specific Writing at University, *Carleton Papers in Applied Language Studies*, 4, 95-116.

Freedman, A.(1993). Show and Tell? The Role of Explicit Teaching in the Learning of New Genres, *Research in the Teaching of English*, 27(3), 222-251.

Grabe, W.(2002). Narrative and Expository Macro-Genres, In Johns, A. M.(Ed). *Genre in the Classroom: Multiple Perspectives*(249-267), Mahwah, NJ: Lawrence Erlbaum.

Ivanič, R, (1998). *Writing and identity: The discoursal construction of identity in academic writing*, Amsterdam: John Benjamins.

Johns, A. M.(2003). Genre and ESL/EFL Composition Instruction, In Kroll, B.(Ed). *Exploring the Dynamics of Second Language Writing*(195-217), Cambridge: Cambridge University Press.

Kwan, B. S. C.(2006). The schematic structure of literature reviews in doctoral thesis of applied linguistics, *English for Specific Purpose*, 25, 30-55.

Martin, J. R.(1993). A Contextual Theory of Language, In Cope, B. & Kalantzis, M.(Eds). *The Powers of Literacy: A Genre Approach to Teaching Writing*(116-136), Pittsburgh: University of Pittsburgh Press.

Martin, J. R.(1997). Analysing Genre: Functional Parameters, In Christie, F. & Martin, J. R.(Eds). *Genre and Institutions: Social Processes in the Workplace and School*(3-39), London: Cassell.

Murray, R.(2011). *How to write a thesis*, Open university press.

Soliday, M.(2005). Mapping Classroom Genres in a Science in Society Course, In Anne, H. & Charles, M.(Eds). *Genre across the Curriculum*(65-82), Logan: Utah State University Press.

Sutton, B.(2000). Swales's 'Moves' and the Research Paper Assignment, *Teaching English in the Two-Year College*, 27(4), 446-451.

Swales, J. M.(1990). *Genre Analysis: English in Academic and Research Settings*, Cambridge: Cambridge University Press.

Swales, J. M.(1998). Textography: Toward a Contextualization of Written Academic Discourse, *Research on Language & Social Interaction*, 31(1), 109-121.

대학원 유학생 석사학위논문의 '이론적 배경' 구성에 관한 일고찰

한국어교육 전공 수업에서 발표된 '예비 논문'을 중심으로

1. 서론

McComb & Whisler(1997)은 '학습자 중심 관점(learner-centered perspective)'을 설명하면서 학교에서 학습자들에게 가장 유용한 '학습 기능(function of learning)'을 맞춰주고, 이를 중심으로 학습자의 '요구(needs)'를 충족시킬 수 있는 '교육과정'과 '교육내용'을 제공해 주어야 한다고 지적했다. 교육부에서 발표한 2019년 '국내 고등교육기관 외국인 유학생 통계'를 보면 대학원에 재학 중인 유학생은 34,387명이었고, 이 중에 '인문사회'에 재학 중인 유학생은 20,487명으로 제일 많았다. 전체 유학생 대비 20%가 넘는 대학원 유학생은 이제 '한국어 교육' 학습자 중에서 주요한 역할을 차지하는 학습자가 되었고, 이들의 '학습자 요구'는 반드시 교육내용에서 고려되어야 하는 상황이 되었다.

Ivanič(1998:7)은 '신입생'이 '학술적 기관(academic institutions)'에 입학하면 '낯선 세계의 규칙(the rules of an unfamiliar world)' 때문에 적응에 어려움을 보인다고 지적했다. 특히 학술적 기관, '대학원'의 학위논문은 학술적 글쓰기의 장르적 특징에 맞춰서 텍스트를 완성하지 못하면 학위를 취득하지 못할 수도 있기 때문에 '학술적 규약'이 매우 중요시 된다. 학술적 규약은 '철자법(Spelling)', '문법(grammar)', 그리고 '그 밖의

의사소통을 위한 규칙(other rules of good communication)' 등이 있다 (Hayes, 2012:375-376). 여기서 '그 밖의 의사소통을 위한 규칙'이란 '사회적 관점(Social view)'에서 글쓰기 과정을 이해하고(Faigley, 1986:528), 필자가 속한 사회에서 관습적으로 사용되는 장르적 특징들을 고려해야 하는 것을 의미한다. 그런데 여기서 고려해야 하는 것은 대학원 유학생들이 학술적 규약을 지키면서 '학위논문'을 쓰는 것을 어려워한다는 점이다(정다운, 2014). 대학별로 비교적 정형화되어 학위논문 틀(frame)이 있지만, 이는 어디까지나 대략적인 틀이고, 각 '장(section)'별로 요구되는 '담화(discourse)'를 정확하게 인지하고 해당 '담화'를 내용 삼아 '수사적(rhetoric)'으로 배열하지 못하면 결국 성공적으로 학위논문을 완성하지 못하게 된다. 나은미(2012:115)는 이를 '불이익'으로 설명하는데, 학위논문을 성공적으로 완성하지 못할 경우, 가깝게는 경제적 비용부터 취업에 이르기까지 유학생은 상당한 불이익을 감수해야 한다.

　이렇듯 학위논문은 대학원 유학생에게 학위 취득과 직결되는 요건이자 경제적 손실과 연결되기 때문에 제일 중요한 장르 글쓰기로 고려된다. 이와 같은 이유로 대학원 유학생 대상 많은 선행연구들이 '학위논문'을 중심으로 진행됐다(박미영·이미혜, 2018; 박은선, 2006; 손다정·정다운, 2017; 전미화·황설운, 2017; 최주희, 2017). 여기서 박미영·이미혜(2018)은 석사학위논문에 나타난 '고빈도 헤지 표현' 양상을 살핀 연구이고, 전미화·황설운(2017)은 석사학위논문에서 '선행연구 분석'을 중심으로 내용 구조를 살핀 연구이다. 손다정·정다운(2017)은 박사학위논문에서 '서론'의 구조를 Swales(1990)의 CARS 모형을 적용해서 '무브(move)' 분석을 시도한 연구이고, 박은선(2006)은 석사학위논문에서 '서론'의 구조를 같은 방식으로 살핀 연구이다. 최주희(2017)은 대학원 유학생이 석·박사학위논문을 쓰는 전반적인 과정을 살핀 연구이다. 전체적인 논문의 구조를 살핀 연구들은 특정 '표현'을 중심으로 양상을 살피거나, 논문 완성 '과정'

에 집중한다. 반면 논문의 특정 부분을 살핀 연구의 경우 논문의 다른 부분보다 '서론'을 중심으로 논의가 전개된다. 이는 Swales(1990)의 학위 논문 장르 분석 방법이 '서론'을 중심으로 진행된 것과 무관하지 않을 것이다.

본 연구는 '표현 중심', '과정 중심', '서론 중심'이라는 대학원 유학 생의 학위논문 선행연구의 흐름에서 1장, '서론 중심'에 비판적으로 주 목한다. 왜냐하면 학위논문은 성공적인 서론의 완성뿐만 아니라 2장부 터 5장까지의 완성도 역시 중요하기 때문이다. Flower(1989:150)는 '논 문(thesis)'이 '화제'를 중심으로 여러 장들이 '통일되는(unified)'는 구조를 갖는다고 지적했는데, 학위논문의 성공은 곧 이 여러 장들의 유기적 통 일성이 결정한다. 그렇지만 현행 연구는 학위논문의 '서론'을 중심으로 만 연구가 진행되었기 때문에 학위논문에서 다른 장들의 구조나 특징 을 파악하기 어렵다는 문제가 있다. 그리고 이는 대학원 유학생이 학위 논문 쓰기에서 어려움을 경험할 가능성을 높인다. 이와 같은 이유로 본 연구는 '1장 서론'에서 벗어나 학위논문의 '2장'을 중심으로 연구를 진 행한다. 보통 학위논문에서 '2장'은 '이론적 배경'으로써 학위논문의 주 장을 설득력 있게 제공하기 위한 '핵심 담화'들을 '선별'하고 유기적으 로 '연결'해서 전달하는 장이고, 전체 학위논문의 구성의 '방향'과 '정당 성'을 보여주는 역할을 한다.

이와 같은 이유로 본 연구는 학위논문 2장 '이론적 배경'의 일반적 인 특징과 구성되어야 하는 핵심 '담화'들을 정리하고, 이를 바탕으로 대학원 유학생이 완성 중인 학위논문 '2장'에 포함된 담화들과 비교·분 석한다. 이와 같은 '비교'의 목적은 대학원 유학생들이 '2장 이론적 배 경'에 어떤 담화를 포함시켰는지, 그리고 문제는 무엇인지 확인하고, 이 를 통해서 2장에 대한 대학원 유학생의 '인식 양상'을 분석하기 위함이 다. 또한 학위논문 2장의 질적 제고를 위해 교육과정에 편성된 학술적 글쓰기 수업에서 고려·반영해 볼 수 있는 교육적 함의들을 제안하기 위함이다. 다만 본 연구는 학위를 받은 학위논문을 분석하지 않고, 예비발표나 초록발표를 앞두고 완성 중에 있는 학위논문을 분석한다. 그 이유는 완성된 학위논문은 학술적 담화공동체 선배와 동료의 도움이 이미 들어갔기 때문에 대학원 유학생의 인식을 온전하게 확인하기 어렵기 때문이고, 일반적으로 2장에 포함되어야 하는 담화와 실제 유학생 학위논문의 2장 사이의 실제적 '차이'를 근거로 유용한 교육적 함의를 이끌어 낼 수 없기 때문이다.

2. 학위논문 '이론적 배경'의 구조와 핵심 담화

Horn(2012:218-220)는 경영학, 경제학 분야 등의 학위논문의 구조에서 나타나는 차이점을 설명했는데, Williams et al.(2011)에서는 경영학, 경제학뿐만 아니라 '사회과학(Social Sciences)', '교육학(Education)', '예술학(Arts/Dance)', '자연과학(Science)' 등 세부 전공분야별 학위논문의 핵심 담화와 구조가 다름을 보여준다. Murray(2011:17)도 '인문학(Humanities)'과 '사회과학' 분야의 학위논문과, '자연과학'과 '공학(Engineering)' 분야의 학위논문의 '틀(frameworks)'이 다를 수 있음을 인정한다. 그렇지만 Murray(2011:18)은 '논문의 형태(different types of thesis)'는 다를 수 있지만 논문의 '심층구조(deep structure)'는 다르지 않음을 지적한다. 즉 대학교별로 정형화된 논문의 '스타일(style)'은 다를 수 있지만 학위논문 '2장 이론적 배경'에서 반드시 다뤄야 하는 핵심 내용, 즉 담화는 그 장르적 특징이 명확하다는 지적이다. 이는 학위논문 등을 아우르는 '학술적 글쓰기(Academic writing)'를 '담화종합(Discourse Synthesis)'이라고 하는 이유와도 연결된다. 즉 텍스트의 '틀(frame)'은 전공별로 다를 수 있지만, 필자가 주장을 강화하고, 실험 결과의 정당성을 확보하기 위해서 다양한 텍스트를 찾아 이를 '담화종합'하고 학위논문에 맞게 배열했다면, 이는 전공과 상관없이 '학술적 글쓰기'이기 때문이다. Wardle(2004)는 세부 전공별로 글쓰기 맥락이 모두 다르기 때문에 전공별 학술적 글쓰기의 '공통적 요소'에 부정적이지만, Hines(2004)는 전공별 학술적 글쓰기의 '공통적 요소'에 긍정적이다. 본 연구는 Hines(2004)의 입장에서 Murray(2011)의 학위논문의 '심층 구조(deep structure)'를 '여러 담화들이 종합'되어 '구조적으로 배열된 것'으로 전제하고 논의를 전개한다.

그렇다면 학위논문의 담화 배열을 중심으로 학위논문의 구조를 분석해야 하는 이론적 근거를 먼저 논의할 필요가 있겠다. McNamara et al.(1996:4)은 텍스트가 '전체적 구조(a global structure)'와 '지엽적 구조(a local structure)'로 구성된다고 밝혔다. 이때 '전체적 구조'는 텍스트의 의미론적, 수사적 구조를 말하고, '지엽적 구조'는 '단어나 구, 그리고 절' 사이의 언어적 연결과의 관계를 의미한다(Kintsch, 1994:294). 본 연구는 학위논문의 '2장 이론적 배경'이 갖는 구성과 배열을 분석하기 위해서 텍스트의 전체적 구조가 어떤 담화를 내용으로 삼아 어떤 수사적 구조로 연결·구성되어 있는가를 살피는 것이 타당하다고 판단했다. 그래서 본 연구는 학위논문의 '일반적인 담화 구조'를 Murray(2011)을 통해서 살피고, Paltridge & Starfield(2007)을 통해서 학위논문 '2장 이론적 배경'의 담화 구조와 특징을 도출해 보도록 하겠다.

〈표 1〉 학위논문의 일반적인 구조(Murray, 2011:123)

1장: 서론(Introduction)/연구의 배경(Background)/문헌 검토(Review of literature)
다양한 논문과 저서들을 평가하고 요약한다.
선행연구와의 차별점(gap)을 분명히 한다.
연구의 필요성과 정당성을 분명히 한다.

2장: 이론(Theory)/접근법(Approach)/방법(Method)/자료(Materials)/대상(Subjects)
연구방법, 이론적 접근법, 실험 자료 등을 확정한다. 설문 조사 방법도 확정한다. 다른 연구방법과의 비교를 통해서 연구방법의 정당성을 확보한다.
3장: 분석(Analysis)/결과(Results)
연구 상황을 종합하고, 이어지는 단계를 나열한다. 수행 방법을 보여주면서 분석을 문서화한다. 분석하면서 발견한 것들을 보고한다. 논문이나 부록에서 중요한 것들을 지정한다.
4장: 해석(Interpretation)/논의(Discussion)
발견한 것들을 해석한다. 그림, 표, 그래프 등을 통해서 결과로 종합하고, 해석의 정당성을 확보한다.
5장: 결론(Conclusions)/시사점(Implications)/제언(Recommendations)
향후 연구를 위한 시사점을 제안한다. 향후 수행을 위한 시사점을 제안한다. 연구의 한계점을 보고한다.

〈표 1〉은 '학위논문(thesis)'에서 나타나는 '일반적인 구조(Generic thesis structure)'를 종합한 것이다. '2장'을 중심으로 특징을 설명해 보면 우선 '이론적 접근(theoretical approach)'을 통해서 핵심 '이론'을 확정해야 한다. 특히 이 핵심 이론과 이 이론에 대한 담화들은 학위논문의 제목을 통해 표현된다. 또한 결과 도출을 위한 '접근법'을 검토한 후에 '방법' 등을 확정해야 한다. 그리고 마지막으로 이를 통해서 연구에서 사용될 '자료'와 '대상'의 범위를 정해야 한다. 종합하면 '이론적 접근(theoretical approach)'을 통해서 연구의 핵심 이론을 정리하고, '방법적 접근(methodology approach)'을 통해서 구체적인 연구 방법과 대상을 확정해야 한다. 이렇게 확정된 '이론'과 '방법'은 연구 주제와 이론적 틀로 '연결(links)'되어야 한다. 그리고 3장에서는 2장에서 확정된 자료와 방법을 토대로 실제 실험을 진행하고, 이에 대한 '분석'을 진행하며, '결

과'를 도출해야 한다. 4장에서는 3장의 결과를 토대로 '해석'과 구체적인 '논의'가 진행된다. 마지막 5장에서는 '결론'을 내리고 본 연구의 '시사점'과 '제언'이 추가된다.

Murray(2011)을 보면 학위논문 '2장 이론적 배경'은 일반적으로 '이론'과 '방법'의 검토를 통해서 학위논문에서 주목하는 '이론'과 '방법'의 정당성을 입증해야 한다(Hart, 1998). 이를 위해서 '2장 이론적 배경'에서는 선택한 이론이나 방법 등을 통시적으로 분석하기도 한다. 왜냐하면 1장 선행연구에서는 주제와 동일한 연구를 진행한 동시대 논문이나 연구방법에 대한 한계를 찾아서 학위논문의 학문적 위치와 연구의 필요성을 강조해야 한다면, 2장의 이론적 배경에서는 해당 이론과 연구방법을 통시적으로 분석하고 특징을 정리해서 개념화를 시도하고, 이를 이해하는 데 요구되는 매개 담화를 가져다가 정당성을 강화해야 하기 때문이다. 이는 Swales & Feak(2000)의 지적처럼, 이론과 방법을 검토하는 도중에 연구와 직접적인 관련이 없더라도 매개해서 이해할 수 있는 다양한 이론과 방법들을 다루게 되는 이유가 된다. 다만 본 연구는 '한국어교육' 분야, 그 중에서도 말하기, 듣기, 읽기, 쓰기 등 기능 중심의 '교수법' 관련 논문을 대상으로 하기 때문에 '연구방법', 즉 '실험설계'에는 주목하지 않는다. 오히려 실험 설계를 위한 연구방법의 검토보다 선택한 교수법이나 교육방법에 대한 이론적 검토, 이를 강조하기 위한 매개담화의 선택 등이 더 중요하기 때문이다. 또한 한국어교육뿐만 아니라 인문계 학위논문의 경우 3장에서 연구방법을 따로 설명하기도 하기 때문에 본 연구는 '방법적 접근'은 제외하고 '이론적 접근'을 중심으로 논의를 전개하려고 한다.

Paltridge & Starfield(2007:99-100)은 일반적으로 '이론적 배경(the background chapters)'에서는 연구 주제와 관련된 '최신 연구에 대한 검토(a state-of-the-art review)'가 포함되어야 한다고 지적한다. 여기에는 '선행연

구(previous research)' 분석, 연구 주제와 매개해서 다뤄지는 '배경 이론 (relevant background theory)' 분석, 연구 주제의 '한계점과 해결책 (controversies and breakthroughs)' 분석, 마지막으로 연구 주제에 대한 '현황 분석(current developments)' 등이 포함되어야 한다. 다만 '2장 이론적 배경' 의 '선행연구(previous research)'와 '최신 연구에 대한 검토(a state-of-the-art review), 그리고 '한계점과 해결책(controversies and breakthroughs)' 분석을 '1장 서론'과 동일시하면 안 된다. 예를 들어서 'A'라는 교수법을 중심으로 교육방법을 구성하는 논문을 쓴다고 했을 때, 국내 학계에서 'A'의 어떤 측면에 집중해서 연구가 주로 진행되었는지, 그리고 다른 측면 중에서 외면된 것은 없는지는 '서론'에서 분석한다. 이는 이 외면된 측면을 중심으로 연구의 필요성과 공간을 창조하기 위함이다. 그렇지만 '이론적 배경'에서는 'A'의 출현 이유, 그리고 'A'의 개념의 변화와 현재 교육 상황이나 핵심 가치들과 매개했을 때 재개념화해야 하는 이유와 적용되어야 하는 이유 등을 이론적으로 '선택'하게 된다. 이는 연구의 필요성을 강조하기 위함이 아니라, 이론의 풍부한 이해를 도모하고, '이론 선택'의 정당성을 확보하기 위함이다. 영어식 표현으로는 두 개 모두 선행연구 분석이지만 그 의미가 다름을 밝힌다. 그러면 학위논문 '2장 이론적 배경'에서는 주요한 이론들을 선별해서 학위논문을 이해하는데 도움을 줄 목적으로 '배경 이론'을 분석하고, 각 이론들을 연결해야 한다. 그리고 연구 주제와 관련된 분야를 선택하고 이에 대한 '현황 분석'도 해야 한다. 문제는 이와 같은 요소들이 평면적으로 나열되는 것이 아니라 하나의 '패러다임(paradigm)'으로 연결되어야 한다는 것이다(Paltridge & Starfield, 2007:123). 보통 '틀(frame)'이 좁은 의미를 함의하지만, '패러다임(paradigm)'은 넓은 의미에서의 '틀'을 의미한다. 즉 여러 담화들이 '패러다임(paradigm)'을 이뤄야 한다는 것은 좁은 범위의 'frame'이 모여서 '종합적이고 큰 틀'인 'paradigm'을 구성해야 한다는 것이고, 이 'paradigm'을 구성하는 핵심

담화와 이론 등은 학위논문의 목차나 제목을 통해서 확인할 수 있어야
한다는 것이다.

　Jamali & Nikzad(2011:659)은 학술적 글쓰기에서 제목의 특징을 설명
하면서 '연구의 핵심 결과'와 '핵심 개념' 등이 모두 포함되어 있다고
지적했다. 즉 '2장 이론적 배경'에서 다뤄야 하는 핵심 이론과 담화들이
제목을 통해서 종합되는 것이다. 제목을 이렇게 정리하면 대표적 학술적
글쓰기인 학위논문 역시 제목에서부터 학위논문에서 중심적으로 다루는
이론과 결과 등이 포함되어야 할 것이다. 이를 다시 말하면 최소한 제목
에서 언급한 개념들과 용어들은 2장 이론적 배경에서 자세하게 다룰 필
요가 있다는 것이다. 본 연구에서는 대학원 유학생이 학위논문의 '제목'
에서 언급한 내용을 '이론적 배경'에서 적절한 내용으로 구성·배열했는
지를 확인하려고 한다. 다시 설명하면, 목차를 통해 정리된 '2장 이론적
배경'의 소제목들이 해당 절의 내용과 얼마나 관련되어 있는지를 확인하
는 것이다. 또한 선택된 담화와 이론들이 유기적인 패러다임을 형성해서
적절하게 배열되어 있는지를 확인하는 것도 이 연구의 목표가 될 것이다.
지금까지의 내용을 요약해서 정리하면 다음 〈표 2〉와 같다.

〈표 2〉 학위논문 '2장 이론적 배경'과 분석 내용

학위논문 2장	분석 내용
배경 이론 (relevant background theory)	− 논문 이해에 도움이 되는 주제(어)를 선택했는가? − 이 주제(어)들은 패러다임으로 구성되어 있는가?
현황 분석 (current developments)	− 실제 해당 분야에 대한 현황 분석이 있는가? − 학습자 특수성에 대한 분석이 있는가?

　앞 장에서 전체 대학원 유학생 34,387명 중에서 '인문사회'에 재학
중인 유학생이 20,487명으로 제일 많았다고 지적했다. 본 연구는 이와
같은 이유로 인문사회 전공, 그 중에서도 국어국문학과 '한국어교육' 전공

학생들을 대상으로 학위논문 '2장 이론적 배경'을 분석해 보려고 한다. 〈표 2〉를 보면 '배경 이론'은 논문을 이해하기 위해서 반드시 알아야 하는 주제를 필자가 선택하고, 이를 유기적으로 연결하는지를 확인하기 위한 것이다. 그리고 '현황 분석'은 필자가 주시하는 주제와 직접적으로 관련된 분야의 상황을 조사하고, 적용 대상이 되는 학습자의 특징 등을 이론적으로 검토하느냐를 묻는 것이다. '한국어교육학' 학위논문은 말하기, 듣기, 읽기, 쓰기, 문법, 어휘, 문화 등 연구자가 쓰고자하는 주제의 특정 분야가 존재한다. 이 분야의 현황을 분석하는 것은 이 분야의 최신 연구를 분석하는 것만큼 중요할 것이다. 왜냐하면 실제 교육 현장에 대한 현황 분석을 통해서 '문제점'을 발견하고, 연구의 '필요성'과 '의의'를 강조할 수 있기 때문이다. 이는 '학습자'의 현황 분석과도 연결된다. 이는 '학습자 중심 교육(Student Centered Approach to Teaching: SCAT)'을 지향하는 흐름과 연결해서 '학습자의 특수성'을 도출하기 위함이다. 이를 통해서 학위논문에서 다루는 내용이 실제 교육 현장에서 적용이 가능하며, 무엇보다 학습자의 학업 부적응을 해결할 수 있다는 점을 강조할 수 있을 것이다.

3. 대학원 유학생 학위논문 2장의 특징과 교육적 함의

본 연구는 2019년 2학기 D대학교 '한국어논문강독' 수업에서 12명의 대학원 유학생들이 작성한 '학위논문' 2장을 중심으로 분석을 진행한다. 이 수업은 한국어 교육 전공 3학기 이상에 재학 중인 대학원 유학생이 듣는 필수 수업으로써, 예비발표나 초록발표를 대비해서 학위논문의 질적 완성도를 높이기 위해서 듣는 수업이다. 실제 '한국어논문강독' 수업에서는 대학원 유학생 15명이 수업을 들었지만 지도 교수와의 상담을 통해 논문 주제를 바꾼 3명은 분석 대상에서 제외했다. 3명을 제외하고 12명의 개인정보와 텍스트 사용에 관한 동의를 받아 연구를 진행했다.

'한국어논문강독' 수업을 수강한 대학원 유학생의 특징을 살펴보면, 12명의 필자 중에서 W10만 베트남 유학생이고, 나머지 11명은 모두 중국 유학생이다. 해당 학생 전부 토픽 5급 이상을 갖고 있고, 모두 교육 방법, 교수·학습법, 교수요목 설계 등 한국어 기능 중심의 한국어교육학 논문을 쓰는 중이다. 이 수업에는 과제가 2회(중간, 기말) 있는데, '중간 과제'는 완성된 논문의 1, 2장을 제출하는 것이고, '기말 과제'는 3, 4장을 제출하는 것이다. 본 연구는 조력자의 영향을 받아 완성된 학위논문보다 혼자 완성하고 있는 학위논문을 분석하는 것이 본 연구의 성격과 부합한다고 판단했다. 왜냐하면 실제 혼자서 작성 중인 학위논문을 분석해야 유학생이 2장 '이론적 배경'에 대해서 갖고 있는 실제 '인식 양상'과 '문제점'을 구체적으로 찾을 수 있기 때문이다. 또한 이와 같은 특징과 양상을 해결하기 위한 '교육적 함의'를 도출하기에도 실제 작성 중인 논문을 분석 대상으로 사용하는 것이 더 타당하다고 판단했다. 그래서 대학원 유학생이 제출한 중간 과제에서 '2장'을 중심으로 분석했으며, 학위논문 2장의 문제점과 교육적 함의를 도출하면서 추가적으로 확인이 필요한 경우에는 수업 전후에 직접 인터뷰를 실시했음을 밝힌다.

3.1. 이론적 배경의 주제어와 패러다임

대학원 유학생의 학위논문에서 제일 먼저 분석할 내용은 학위논문의 이론적 배경에서 다뤄야 하는 담화들이 적절하게 선택되어 제목으로 표현되었냐는 것이다. 이와 같은 이유로 학위논문의 '제목'에 나타난 2, 3가지의 핵심 키워드를 선택하고, 이 키워드를 중심으로 '2장' 목차의 소제목을 구성했는지를 비교·분석해보려고 한다.

주제어 도출을 위한 방법을 설명하면 다음 예와 같다. W1의 논문 제목은 '**발음 교육**에서 **모바일 가상현실 애플리케이션** 개발 연구: **중국 초급 학습자**를 중심으로'이다. 이 제목에서 조사 등을 제외하고 밑줄 친 명사(구)를 중심으로 키워드를 도출하면 '발음 교육', '모바일 가상현실 애플리케이션 개발', '중국 초급 학습자' 이렇게 3개의 주제어가 도출된다. 그렇다면 이 3가지 주제어를 가지고 대학원 유학생들은 2장의 소제목을 구성해야 하고, 이 주제와 관련된 이론들을 가져다가 논의를 전개해야 한다. '2장 이론적 배경'의 '주제어'는 실제 목차 2장의 소제 목을 제목에서 주제어를 도출하는 것과 똑같은 방법으로 도출한 것이다. 이와 같은 방법으로 목록화한 대학원 유학생 12명의 학위논문의 주제어와 2장 이론적 배경의 주제어는 다음 〈표 3〉과 같다.

〈표 3〉 '학위논문 제목'과 '2장 이론적 배경'의 주제어

필자 (세부분야)	제목의 주제어	2장의 주제어
W1 (발음교육)	발음 교육, 모바일 가상현실 애플리케이션 개발 중국 초급 학습자	가상현실 가상현실과 언어교육
W2 (쓰기교육)	딕토글로스 토픽(TOPIK) 쓰기 교육 51번과 52번 문장 완성	한국어능력시험 딕토글로스
W3 (발음교육)	중국인 학습자 발음 오류 분석과 교육 방안 비음화 오류 중심	한국어 음운 변동 규칙과 유형 비음화 한국어와 중국어의 음절구조
W4 (말하기교육)	중국인 학습자 비즈니스 한국어 말하기 교육 방안 과업 중심 교수법	비즈니스 언어교육 비즈니스 한국어 교육 한국어 말하기
W5 (말하기교육)	스마트 폰 애플리케이션 활용 말하기 교육 방안 중국 내 학습자	말하기 교육 스마트 교육

W6 (말하기교육)	KFL 환경 특수 목적 한국어 교수요목 관광 가이드 중심	관광한국어 교육 교수요목 설계
W7 (말하기교육)	스마트러닝 말하기 학습용 애플리케이션 개발 중국 내 학습자	스마트러닝 학습용 애플리케이션
W8 (문화교육)	중국인 학습자 플립드 러닝 언어문화 교육 예능 프로그램 활용	한국 언어문화 교육 플립드 러닝 한국 언어문화 교육 자료로서의 예능
W9 (발음교육)	뉴미디어 발음 학습용 모바일 애플리케이션 초급 학습자	뉴미디어와 교육 모바일러닝 학습이론
W10 (발음교육)	베트남어 성조 어두 평폐쇄음 자음 발음 교육 방안 KFL 환경 북부 초급 학습자	한국어의 자음 체계 베트남어의 자음 체계 자음 체계 대조 한국어와 베트남어의 운율
W11 (읽기교육)	TOPIK II 읽기 유형별 전략 분석과 교육 방안 중국인 학습자	한국어능력시험 TOPIK II 읽기 문제 유형 읽기 전략
W12 (말하기교육)	중국 자기주도 학습자 스마트 러닝 말하기 애플리케이션 한국어 회화 여보세요, 신개념 한국어	스마트러닝 말하기 학습과 자기주도 학습 드라마를 활용한 말하기 교육 말하기 학습용 애플리케이션

〈표 3〉은 '한국어논문강독' 수업에서 말하기, 듣기, 읽기, 쓰기, 문화 등에 대한 교육방법을 학위논문으로 쓰고 발표하는 대학원 유학생이 제출한 논문을 대상으로 '학위논문 제목의 주제어'와 '2장 이론적 배경의 소제목'의 주제어를 비교한 것이다. 2장의 주제어를 분석해 보면 크게 4가지로 그 양상을 분류할 수 있다.

첫째는 제목의 주제어를 2장에서 부분적으로만 다룬 것이다. W1은 '발음 교육', '모바일 가상현실 애플리케이션 개발', '중국 초급 학습자'

등을 연결해서 제목을 구성했지만, 실제 2장에서는 '가상현실'과 '언어 교육'만을 다루고 있다. W1이 왜 '발음 교육'에 주목하게 되었는지, 현재 일반 목적 한국어 교육에서 '발음 교육'의 내용이 무엇이고, 누적된 연구 현황이 어떻게 되는지, 그리고 왜 '중국 초급 학습자'를 학습자로 설정했는지에 대한 이론적 검토는 나타나지 않는다. 이와 같은 양상은 대학원 유학생 W1, W4, W5, W6, W7, W8, W11 등 7명에서 동일하게 나타난다.

둘째는 2장에서 제목의 주제어와 '다른 용어'를 사용한 것이다. W12는 '중국 자기주도 학습자', '스마트러닝', '말하기 애플리케이션 내용 구성', '한국어 회화 여보세요'와 '신개념 한국어'로 제목을 구성했는데, '2장'에서는 '드라마'라는 용어로 바뀐다. W12와 인터뷰를 진행한 결과, 제목의 '한국어 회화 여보세요'와 '신개념 한국어'라는 애플리케이션이 한국 드라마의 특정 장면을 중심으로 개발된 애플리케이션이기 때문에 '드라마'라는 용어를 사용했다고 밝혔다. 실제 2장의 내용을 고려하면 W12는 제목에서도 '드라마'라는 용어를 넣어야 했지만 제목에는 실제 애플리케이션 이름 '한국어 회화 여보세요'와 '신개념 한국어'를 넣었다. 이런 경향은 W9에서도 발견된다.

셋째는 제목의 키워드를 2장에서 어느 정도 반영했지만 해당 내용이 '숨어있는 경우'이다. W2는 제목을 '딕토글로스', '토픽 쓰기 교육', '51번과 52번 문장 완성'으로 구성했는데, 2장에서는 '한국어능력시험'과 '딕토글로스'만 다룬다. 하지만 실제 W2의 2장을 보면 '한국어능력시험'과 '한국어능력시험에서 읽기', 그리고 '한국어능력시험 읽기에서 51번과 52번'의 특징을 균등한 비중으로 '연결'해서 설명한다. W2는 '한국어능력시험' 분석을 통해 자신의 연구가 왜 '읽기'에 집중하는지, '한국어능력시험에서 읽기' 분석을 통해 '51번과 52번'에 왜 집중하는지, 그리고 '51번과 52번' 해결을 위해 왜 '딕토글로스'가 필요한지를 이론적 검토를 통해 밝히고 있었다.

넷째는 제목과 전혀 상관없는 내용을 2장에서 다룬 경우를 말한다. W3은 제목을 '중국인 학습자', '발음 오류 분석', '교육방안', '비음화 오류' 등으로 구성했는데, 2장에서는 '한국어 음운 변동 규칙의 개념과 유형', '비음화', '한국어와 중국어의 음절구조 대조'를 검토한다. 제목만 봤을 때는 중국인 학습자가 비음화 오류가 심각해서, 해당 문제를 해결해 줄 수 있는 '교육방안'을 모색하는 논문으로 보이지만 실제 2장에서는 이와 같은 내용을 다루지 않는 것이다. 이런 양상은 W10의 2장에서도 나타나는데, '베트남어 성조', '어두 평폐쇄음', '자음 발음 교육 방안', 'KFL 환경 북부 초급 학습자'로 제목을 구성했지만 2장에서는 한국어와 베트남어 자음 체계를 설명하고 대조할 뿐 '성조'나 '어두 평폐쇄음'을 선택한 이론적 근거, 교육방안에 대한 이론적 검토나, 학습자 특수성에 대한 내용이나 소제목은 발견되지 않는다. 이와 같은 유형의 유학생들은 학위논문 2장의 장르적 특징을 전혀 인식하지 못하는 것으로 보인다.

앞서 2장에서 다루는 여러 담화들이 패러다임화되어야 한다고 지적했다. 패러다임을 예를 들어 설명하면, '현황 분석'을 통해 특정 분야(말하기, 듣기, 읽기, 쓰기 등)의 문제를 도출하고 이를 해결하기 위한 이론을 찾은 후에, 이를 구체적으로 실현할 수 있는 교육방법을 검토하는 식의 '현황 분석-이론 검토-교육방법 검토 및 확정'의 구조를 갖춘 것을 말한다. 이런 패러다임을 갖춘 논문은 12명 중에서 W2가 유일했다. 물론 2장의 목차와 소제목에서는 이 연결의 양상이 드러나지 않았지만 내용들이 유기적으로 연결된 2장은 W2의 학위논문뿐이었다. 여기서 알 수 있는 것은 대학원 유학생 학위논문 2장의 내용들은 이론적 틀로서 패러다임화되지 못했고, 소제목도 논문의 내용을 모두 함의하지 못하고 나열되는 양상이라는 점이다. 특히 이 '개론서 수준의 내용 나열'로 규정할 수 있는 내용은 거의 모든 유학생의 학위논문에서 발견되는데, W1의 '가상현실', W3의 '비음화', W4의 '한국어 말하기', W5의 '말하기 교육', W6의 '관광한국어 교육', W7의 '스마트러닝', W8의 '플립드 러닝', W9의 '학습이론', W10의 '한국어의 자음 체계, 베트남어의 자음 체계, 한국어와 베트남어의 운율', W11의 '읽기 전략', W12의 '스마트러닝, 자기주도 학습' 등이 내용 나열의 예에 해당한다. 해당 '절'의 내용들은 특정 상황과 문제를 해결하기 위해 '선택된 내용'으로 응집되지 못하고, 개론서 수준의 내용을 '수사적 목적(rhetoric purpose)' 없이 열거한 양상이었다.

3.2. 현황 분석과 학습자 특수성

이어서 '현황 분석'과 '학습자 특수성'에 대해서 논의해 보겠다. 본 연구는 한국어 '교육학' 분야의 학위논문을 대상으로 하고, 그 중에서도 세부적으로 말하기, 듣기, 읽기, 쓰기, 문화에 대한 교육방안, 교수법, 교육방법 등을 다루는 논문을 대상으로 한다. 이와 같이 분석되는 논문의 특징 때문에 해당 분야, 즉 '초급 말하기 교육의 현황'이나 '중국 고급 학습자 대상의 쓰기 교육 현황'과 같은 '현황' 분석이 매우 중요하다. 또한 특정 학습자를 대상으로 삼는 학위논문의 경우, 해당 학습자의 '특징'과 '선택의 이유'가 2장에서 반드시 고려되어야 한다. 즉 '초급 학습자'에게 새로운 '말하기 교육방법'이 필요하다면, 새로운 방법이 필요한 이유나 정당성을 '초급 학습자'의 학습자 특수성을 통해서 제시해야 한다. 이와 같은 '현황 분석'과 '학습자 특수성'에 대한 논의가 2장 이론적 배경에서 다뤄지고 있는지 분석하기 위해서 학위논문의 제목과 함께 제시하면 다음 〈표 4〉와 같다.

<표 4> 학위논문 2장의 현황 분석과 학습자 특수성 분석 양상

필자	논문 제목	현황 분석	학습자 분석
	현황 분석 내용		
W1	한국어 발음 교육을 위한 모바일 기반 가상현실 애플리케이션 내용 구성 방안 연구: 중국 초급 학습자 중심으로	X	X
	애플리케이션, 발음 교육		
W2	딕토글로스(Dictogloss)를 활용한 토픽(TOPIK) 쓰기 교육 방안 연구: 51번과 52번 문장을 완성하기를 중심으로	X	△
	토픽(TOPIK) 쓰기 교육		
W3	중국인 학습자의 한국어 발음 오류 분석 및 교육 방안 연구: 비음화 오류를 중심으로	X	X
	발음 교육, 비음화 오류 중심		
W4	중국인 학습자를 위한 비즈니스 한국어 말하기 교육 방안 연구: 과업 중심 교수법(TBLT) 활용을 중심으로	X	X
	말하기 교육 방안, 과업 중심 교수법		
W5	스마트 폰 애플리케이션을 활용한 한 한국어 말하기 교육 방안연구: 중국내 한국어 학습자를 중심으로-	X	X
	애플리케이션, 말하기 교육		
W6	KFL 환경에서의 특수 목적 한국어 교수요목 설계: 관광 가이드를 중심으로	X	△
	특수 목적 한국어 교수요목: 관광 가이드		
W7	스마트러닝 활용한 말하기 학습용 애플리케이션 개발 기초 연구: 중국내 한국어 학습자 중심으로	X	X
	애플리케이션, 말하기 교육		
W8	중국인 한국어 학습자를 위해 플립드 러닝(Flipped Learning)을 활용한 한국 언어문화 교육 방안 연구: 예능 프로그램 〈대국민 토크쇼 안녕하세요〉를 중심으로	X	X
	플립드 러닝, 언어문화 교육, 예능 프로그램		
W9	뉴미디어를 활용한 한국어 발음 학습용 모바일 애플리케이션 구성 방안 연구: 초급 한국어 학습자 중심으로	X	X
	발음 교육, 애플리케이션		
W10	베트남어 성조를 활용한 한국어 어두 폐쇄음 자음 발음 교육 방	X	X

	안 연구: KFL환경에서 북부 출신 초급 학습자를 중심으로		
	발음교육, 베트남어 성조, 어두 평폐쇄음		
W11	TOPIK II 읽기 문제 유형별 전략 분석 및 교육 방안 연구: 중국인 한국어 학습자를 대상으로	X	X
	읽기 교육, TOPIK II 읽기		
W12	중국 자기주도적 학습자를 위한 스마트 러닝 말하기 앱 내용 구성 연구 '한국어 회화 여보세요'와 '신개념 한국어'의 중심으로	O	X
	말하기 교육, 애플리케이션		

W1은 '중급 초급 학습자'를 위한 '발음교육' 내용을 '애플리케이션'
에 구현·구성할 목적으로 진행되는 연구이지만 현재 진행되고 있는 한
국어 발음교육의 특징과 문제점이 무엇인지, 혹은 발음 교육에서 애플
리케이션 활용의 특징은 무엇인지에 대한 검토는 누락되어 있다. 그러
니까 일반 목적 한국어 교육의 '발음 교육 현황'을 논문의 내용에서 찾
을 수가 없는 것이다. 이와 같은 양상은 W12를 제외하고 11명의 대학
원 유학생의 학위논문에서 나타나는 공통된 경향이다. 11명의 대학원
유학생들은 말하기, 듣기, 읽기, 쓰기, 발음 등에서 교육과정, 교육방법,
교육방안 등을 개발할 목적으로 학위논문을 집필했지만, 실제 해당 기
능과 관련된 교육현황을 비판적으로 고찰하지는 않았다. 이렇게 '교육
과정', '교재' 등을 분석하지 않은 상태로 2장이 구성되면, 대학원 유학
생이 제안하는 다양한 교육방법과 이론 등이 현재 한국어 교육계에서
필요한 이유 또한 삭제되어 논문의 질적 수준을 저해하게 된다. 반면에
W12는 중국에서 혼자 학습하는 학습자들이 제일 많이 사용하는 애플
리케이션을 통계 자료를 통해서 나타냈지만, 실제 어떤 이유로 해당 애
플리케이션을 사용하는지, 문제는 무엇인지에 대해서는 별다른 언급을
하지 않는다. 단순히 필자가 선택한 애플리케이션 '한국어 회화 여보세
요'와 '신개념 한국어'의 선택 이유를 밝히기 위한 정도로만 현황 분석
을 하는 모습이었다. '한국어 회화 여보세요'와 '신개념 한국어'를 사용

하는 학습자가 많음에도 불구하고 새로운 애플리케이션이 필요하다는 주장을 하려면 통계적 현황 분석이 아니라 비판적으로 '독학 한국어 현황 분석'을 포함시켰어야 한다.

'학습자 특수성'에서도 특이점이 발견된다. 대학원 유학생 중에서 W1, W3, W4, W5, W7, W8, W9, W10, W11, W12 등 10명은 모두 특정 학습자를 선택해서 학위논문 제목이나 부제목에 명시했다. 그렇지만 2장에서 학위논문에서 개발·제안하는 교육방법이 그 학습자에게 필요한 이유를 구체적으로 밝힌 학위논문은 없었다. 예를 들어서 W10은 제목에 'KFL 환경 북부 초급 학습자'라고 특정 학습자를 명시했지만, 2장에서 '북부 초급 학습자'의 학습자 특수성, 혹은 북부 초급 학습자의 '어두 평폐쇄음의 높은 오류 빈도' 등을 근거로 해당 학위논문의 학습자군의 정당성을 확보하려 들지 않는다. 그래서 중국인 유학생이 쓴 논문은 '중국 학습자 중심'으로, 베트남 유학생이 쓴 논문은 '베트남 학습자 중심'으로 쓴 것으로 해석될 뿐 그 학습자를 선택한 학술적인 이유나 교육 현장으로부터의 요구는 학위논문에서 발견되지 않는다. 이와 같은 경향은 독자에게 학위논문에서 다룬 교육방법이 논문에서 명시한 학습자에게 왜 필요한 것인지를 납득시키지 못하게 된다. 반면에 제목에 명시하지 않았지만 W2는 토픽을 준비하는 학습자들에게 '쓰기'가 제일 어렵고, 특히 51번과 52번에서 어려움을 보인다는 근거를 2장에 포함시켰고, W6도 관광 가이드를 준비하는 한국어 학습자들의 특징을 중심으로 새로운 '교수요목'의 필요성을 언급했다. 다만 '한 단락'도 되지 않는 적은 양이고, 무엇보다 패러다임화되어 다른 매개 담화들과 연결되지 못했다는 점은 한계로 남는다.

3.3. 학위논문 2장의 질적 제고를 위한 교육적 함의

지금까지 '배경 이론의 주제어와 패러다임', 그리고 '현황 분석과 학

습자 특수성' 차원에서 나타난 대학원 유학생의 학위논문 2장의 특징
은 다음과 같다.

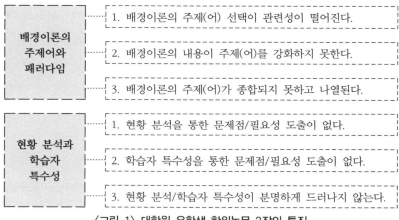

배경이론의 주제어와 패러다임	1. 배경이론의 주제(어) 선택이 관련성이 떨어진다.
	2. 배경이론의 내용이 주제(어)를 강화하지 못한다.
	3. 배경이론의 주제(어)가 종합되지 못하고 나열된다.
현황 분석과 학습자 특수성	1. 현황 분석을 통한 문제점/필요성 도출이 없다.
	2. 학습자 특수성을 통한 문제점/필요성 도출이 없다.
	3. 현황 분석/학습자 특수성이 분명하게 드러나지 않는다.

〈그림 1〉 대학원 유학생 학위논문 2장의 특징

대학원 유학생 학위논문 2장의 특징은 학위논문의 제목과 비교했을
때, 주제(어)를 잘못 선택하는 것, 그리고 내용이 주제(어)를 지지하지 못
한다는 것, 마지막으로 주제들이 종합되지 못해서 이론적 탐색, 배경이
론으로써 그 역할을 다하지 못한다는 점이다. 또한 학위논문에서 주제
로 다루는 분야에 대한 현황 분석, 적용 대상이 되는 학습자에 대한 분
석도 거의 검토되지 않는 모습이었고, 검토하는 논문의 경우에도 명시
적으로 드러내지 못해서 해당 교수법의 정당성을 확보하지 못하는 양
상이었다. 이와 같은 특징의 원인은 대학원 유학생이 학위논문 '2장 이
론적 배경'의 장르적 특징, 혹은 2장에 반드시 들어가야 하는 핵심 담화
들을 정확하게 인식하지 못하기 때문이다.

민정호(2019a)는 대학원 유학생에게 학술적 글쓰기에 대한 '명시적
교육'의 필요성을 주장했다. 이는 글쓰기를 하는 필자가 '유학생'이기
때문이다. Bartholomae(1986)은 새로운 담화공동체의 학문적 담화와 관

행이 유학생이 갖고 있는 것과 매우 다르다고 지적하는데, 이는 유학생이 글쓰기를 할 때 수사적으로 불리하게 만들기도 하며, 독자로 하여금 필자의 글쓰기에 대한 '헌신(commitments)'과 '진실성(integrity)'을 왜곡하게 만드는 원인이 되기도 한다(Hyland, 2002:1093). 그러므로 성인의 인지력을 갖춘 유학생들에게 학위논문에 대해서 명시적 교육을 진행하는 것은 제일 효과적인 글쓰기 교육방법이 될 것이다. 다만 대학원 유학생의 학위논문 2장의 특징을 고려하면 '2장의 질적 향상'을 위해서, '대학원 교육과정의 학술적 글쓰기 교과'에서는 다음과 같은 점이 고려되어야 할 것이다.

우선 대학원 유학생 학위논문의 질적 향상을 위해서는 주제(어)를 적절하게 선정하는 방법에 대한 교육과 연습이 필요할 것이다. 학위논문의 핵심 주제는 대학원 입학 초기인 1, 2학기에 이미 결정이 될 수도 있지만, 계속 수정하면서 완성도를 높이는 것이 '학위논문' 글쓰기의 특징임을 고려했을 때, 핵심적인 내용으로 주제(어)를 선정하도록 교육하는 것은 매우 중요할 것이다. 특히 주제어 선정은 학위논문의 제목이나, 2장의 소제목과도 연결되기 때문에 '제목'이나 '소제목'을 짓는 교육과 연결해서 교육해야 할 것이다. 민정호(2019b)는 Bakhtin의 '응답성(answerability)'을 설명한 이재기(2017)을 근거로 독자를 고려하는 글쓰기를 강조하는데, 이때 독자를 고려해서 효과적인 '제목'을 쓰는 교육이 대학원 유학생에게 필요함을 주장했다. 제목에는 2장 이론적 배경에서 다룰 중요한 주제들이 모두 포함되어야 하기 때문에 제목 글쓰기와 관련된 교육도 고려되어야 할 것이다. 또한 '목차'에 대한 고려도 필요하다. 배경이론에서 선택된 주제(어)들이 종합되지 못하고 나열되는 학위논문의 목차를 보면 서술어는 없고 명사(구)로만 소제목이 구성되는 경우가 대부분이었다. 본 연구의 초점이 학위논문의 이론적 배경에 해당하는 2장이었기 때문에 '목차 쓰기'와 관련해서는 다루지 않았지만, 실제 대학원 유학생 12명은 선택한 주제어, 즉 명사(구)를 중심으로 2장의 목차를 구성하는 양상이었다. 이런 특징은 2장의 각 절이 연결되지 못하고 나열된다는 본 연구의 주장과도 관련된다. 그러므로 주제(어)가 어떤 수사적 방향으로 진행될지를 서술어가 결정한다고 보면 명사와 서술어가 연결되도록 목차를 구성하고 다시 이것들이 패러다임화할 수 있는 글쓰기 교육이 필요할 것이다.

대학원 유학생들은 현황 분석과 학습자 특수성을 학위논문에서 거의 다루지 않았다. 물론 대학원 유학생이 현직에 있는 한국어 교사가 아니기 때문에 '현황 분석'을 실제적으로 진행하는 데 어려울 수 있다는 비판이 있을 수 있다. 그렇지만 현직에 있지 않은 한국인 대학원생들은 '현황 분석'을 논문에 포함시킨다. 이는 학위논문에 '현황 분석'이 들어가야 한다는 것을 인지하고 있느냐, 그렇지 않느냐의 문제이지 필자의 직업적 상황과는 무관한 것이다. 이처럼 현황 분석과 학습자 특수성을 다루지 않았기 때문에 대학원 유학생이 논문에서 주요 이론으로 선택한 교수법, 교수-학습 지도안, 교수요목 등이 설득력을 갖지 못하게 된다. 이 문제를 해결하기 위해서는 두 가지가 고려되어야 한다. 첫째는 한국어 교육학 학위논문이더라도 교수법, 교수-학습 지도안, 교수요목 등과 관련된 논문만을 찾는 것이 아니라 유학생의 학업 부적응을 다룬 논문이나, 특정 국가 출신의 유학생의 특징을 중심으로 전개된 논문들도 찾도록 교육해야 한다는 점이다. 실제로 W5를 인터뷰한 결과, 논문을 찾기 위해서 RISS에서 주로 무엇을 검색했냐는 질문에 '말하기 교육', '한국어 교육'이라고만 대답했다. 그밖에 다른 연구들은 이전 수업 시간에 교재로 사용했던 개론서 등을 참고했다고만 밝혔다. 이와 같은 검색 범주에서는 '현황 분석'이나 '학습자 개별성'과 관련된 내용들을 발견하기 어려울 것이다. 둘째는 '현상'과 '문제 도출'이라는 '도식 (schema)'으로 글쓰기를 연습할 필요가 있다는 것이다. 여기서 '문제 도출'은 학위논문에서 강조하는 '주제(어)'를 강조하기 위한 것으로, 유학생이 직접 특정 '현상'의 특징을 찾고, 이를 비판적으로 고찰하는 글쓰기 연습이 필요하다. 이때 주로 쓰이는 수사적 표현 등을 함께 제시하는 것도 중요할 것이다. '문제 도출'은 곧 주제(어)의 출발점, 혹은 필요성 역할을 하기 때문에, '현상 + 문제 도출'처럼 학위논문의 질적 제고에 도움이 되는 담화의 연결들을 도식화하고 이에 대한 반복적인 글쓰기 교육이 필요할 것이다. 민정호(2019a)는 한국으로 유학을 오는 대학원 유학생의 경우 대학교도 외국에서 졸업한 유학생이 많다고 지적했다. 그래서 이들은 학술적 글쓰기에서 요구되는 수사적 전략, 수사적 표현 등, 기본적인 글쓰기 지식을 갖추지 못한 상태라고 밝혔다. 이는 대학원에서도 학위논문의 질적 제고를 위해서 특정 담화 간의 연결을 '도식화'하고, 이를 중심으로 반복적인 글쓰기 연습이 필요한 충분한 근거가 될 것이다.

4. 맺음말

본 연구는 대학원 유학생에게 학위논문의 완성이 중요함을 전제로, 실제 미국에서 사용되고 있는 학위논문 작성과 관련된 이론서와 교재에서 학위논문의 일반적 구조를 분석했다. 그리고 이 일반적인 학위논문의 구조와 대학원 유학생이 쓴 학위논문 2장을 대조·분석하였다. 대학원 유학생의 학위논문 2장의 특징을 토대로 대학원 유학생이 학위논문 2장의 수준을 높이는 데 필요한 교육적 함의들도 제안하였다.

대학원 유학생들의 학위논문 2장은 일반적인 학위논문 2장의 구조와 비교할 때, 주제어의 사용이 미숙했고, 주제도 종합되지 못하고 '나열'되는 모습이었다. 현황 분석과 학습자 특수성도 거의 검토되지 않는 모습이었다. 이는 대학원 유학생이 학위논문 2장의 장르성을 정확하게 인지하지 못하기 때문에 나타나는 학위논문 완성에서의 양상으로 정리했고, 이와 같은 이유로 대학원에서 운영되는 학술적 글쓰기 교과에서 교육적 처치가 필요함을 밝혔다.

다만 본 연구는 텍스트에 나타난 표현이나 문법을 통해서 논문의 내용 전개를 '지엽적 구조' 차원에서 분석하지 못했다는 한계가 있고, 분야 역시 '한국어 교육'에 치중되었다는 한계가 있다. 그렇지만 '전체적 구조' 차원에서, 일반적인 학위논문에 들어가는 필수 담화와 이 담화들의 구조를 실제 대학원 유학생의 학위논문과 비교하고, 필자가 어떤 담화를 선택해서, 어떻게 연결하고 있는지를 2장에서 확인·분석했으며, 이를 중심으로 대학원 유학생의 학위논문 질적 향상을 위한 교육적 함의를 제안했다는 점에서는 의의가 있다고 판단된다. 앞으로 학위논문의 '2장'뿐만 아니라 학위논문 전반에 대한 구조와 특징에 대한 실질적 연구들이 계속 진행되어서 대학원 유학생의 학업 적응과 학위논문 완성에 도움을 줄 수 있기를 바란다.

• 참고문헌

나은미(2012), 장르의 전형성과 대학 글쓰기 교육의 한 방향, 작문연구 14, 한국작문학회, 109-136.

민정호(2019a), 학술적 글쓰기에서 대학원 유학생의 저자성 개념과 교육원리의 방향 탐색, 리터러시연구 10(1), 한국리터러시학회, 313-341.

민정호(2019b), 학술적 글쓰기에서 대학원 유학생의 독자 고려 양상 분석: 사회인지주의 관점에서 독자 인식과 제목을 중심으로, 리터러시연구 10(4), 한국리터러시학회, 63-88.

박미영·이미혜(2018), 학문 목적 한국어 교육을 위한 학위논문의 고빈도 헤지 표현 연구, 외국어교육 25(3), 한국외국어교육학회, 225-246.

박은선(2006), 한국어 학위논문 서론의 장르분석적 연구: 한국어 모어화자와 한국어 학습자를 대상으로, 한국어교육 17(1), 국제한국어교육학회, 191-220.

손다정·정다운(2017), 외국인 유학생의 한국어교육 박사 학위논문 서론 텍스트 구조 분석, 어문논집 70, 중앙어문학회, 445-480.

이재기(2017), 응답성과 대화적 글쓰기, 국어교육 156, 한국어교육학회, 1-26.

전미화·황설운(2017), 외국인 대학원생의 학위논문 내용 구조 분석 연구: 선행연구 검토 부분을 중심으로, 한국언어문화학 14(1), 국제한국언어문화학회, 197-221.

정다운(2014), 외국인 대학원생을 위한 논문 쓰기 수업 사례 연구, 어문론집 58, 중앙어문학회, 487-516.

최주희(2017), 외국인 유학생의 한국어 학위논문 작성 과정 연구: 참조 모델 활용과 조력자와의 상호작용을 중심으로, 서울대학교 대학원 박사학위논문.

Bartholomae, D.(1986), Inventing the university, *Journal of Basic Writing*, 5, 4-23.

Faigley, L.(1986), Competing Theories of Process: A Critique and a Proposal, *College English*, 48(6), 527-542.

Flower. L.(1989), *Problem-Solving Strategies for Writing*, London: Harcourt Brace Jovanovich.

Hart, C.(1998), *Doing a Literature Review*, London: Sage.

Hayes J. R.(2012), Modeling and Remodeling Writing, *Written Communication*, 29(3), 369-388.

Hines, E.(2004), High quality and low quality college-level academic writing,

Doctoral dissertation, University of Illinois at Urbana-Champaign.

Horn, R.(2012), *Researching and Writing Dissertations: A Complete Guide for Business and Management Students*, CRC Press.

Hyland, K.(2002), Authority and invisibility: authorial identity in academic writing, *Journal of Pragmatics,* 34(8), 1091-1112.

Ivanič, R.(1998), *Writing and identity: The discoursal construction of identity in academic writing*, Amsterdam: John Benjamins

Jamali, H. R. & Nikzad, M.(2011), Article title type and its relation with the number of downloads and citations, *Scientometrics,* 88(2), 653-661.

McCombs, B. & Whistler, J.(1997), *The learner-centered classroom and school: Strategies for increasing student motivation and achievement*, San Francisco, CA: Jossey-Bass.

McNamara, Kintsch, E., Songer & Kintsch, W.(1996), Are Good Texts Always Better? Interactions of Text Coherence, Background Knowledge, and Levels of Understanding in Learning From Text, *Cognition and Instruction,* 14, 1-43.

Murray, R.(2011), *How to write a thesis*(2nd), Open university press.

Paltridge, B. & Starfield, S.(2007), *Thesis and Dissertation Writing in a Second Language*, New York: Routledge.

Swales, J. M. & Feak, C. A.(2000), *English in Today's Research World: a writing guide*, Ann Arbor: University of Michigan Press.

Swales, J. M.(1990), *Genre Analysis*, Cambridge: Cambridge University Press.

Wardle, E. A.(2004), Can Cross-Disciplinary Links Help Us Teach 'Academic Discourse' in FYC, *Across the Disciplines,* 1, 1-17.

Williams, K., Bethell, E., Lawton, J., Parfitt-Brown, C., Richardson & Rowe(2011), *Completing your PhD*, Red Globe Press.

대학원 유학생 학위논문 결론의
담화구조 분석과 교육적 함의

1. 서론

대학원에 재학 중인 유학생에게 학업 적응을 위해서 제일 중요한 언어 기능은 쓰기이다(민정호, 2019). 학술적 글쓰기로 대표되는 학술적 담화공동체에서의 글쓰기는 대학원에서의 학업 적응, 그리고 성적 등과 연결되기 때문이다. 그런데 학술적 글쓰기 중에서도 '학위논문'은 대학원 유학생에게 가장 중요하다. 학위논문은 4학기 동안 유학생이 대학원에서 집중적으로 연구한 것을 판단 받는 텍스트로, 유학생의 졸업 여부와 직결되기 때문이다(김희진, 2019).

실제로 대학원 유학생을 학습자로 정하고 진행되는 글쓰기 연구들을 살펴보면 학위논문을 다루는 연구들이 주를 이룬다(민정호, 2020a; 강수진·이미혜, 2019; 김희진, 2019; 손다정·정다운, 2017). 강수진·이미혜(2019)는 한국어교육 전공 학위논문을 대상으로 '헤지(hedges)' 표현 사용 양상을 살핀 연구이고, 김희진(2019)는 학위논문의 '서론'을 중심으로 '종결 표현 문형'을 분석한 연구이다. 강수진·이미혜(2019)와 김희진(2019)가 학위논문에 나타난 '표현'에 중점을 둔다면, 민정호(2020a)는 Murray(2011)을 기준으로 유학생의 학위논문 2장의 '담화 구조'를 분석하고, 여기서 나타나는 특징을 중심으로 교육적 함의를 제안한다. 손다정·정다운(2017)은 Swales(2004)의 CARS 모형과 박은선(2006)을 기준으로 학위논문 서론의 구조를 분석하고 한국어교육 박사학위논문의 텍스트 구조를 유형화한다. 텍스트 분석은 주로 표현에 주목하거나, 텍스트에서 담화의 구조에 주목한다는 경향성이 나타나는데, 학위논문에서 결론의 구조를 살핀 연구는 없었다. 학위논문에서 결론은 '1장 서론'과 '2장 이론적 배경'만큼 중요하다. 연구의 주요 내용을 요약하고 시사점 등을 안내한다는 점에서 담화 관습과 필자 정체성 등을 확인하는 중요한 위치에 있기 때문이다.

본 연구는 한국어교육 전공 유학생들이 작성한 학위논문 결론의 담화 구조가 어떤 구조로 연결되어 있는지를 살펴보고, 교육적 함의를 제안하려고 한다. 다만 완성된 학위논문이 아니라 대학원 유학생이 완성 중인 학위논문을 대상으로 논의를 진행한다. 이 연구는 한국어교육 학위논문 결론의 장르성을 유형화하는 연구가 아니라, 실제 유학생들이 학위논문의 '결론'을 어떻게 '인식'하고 '텍스트'에 어떻게 표현하는 지를 확인해서 '교육적 함의'를 도출하는 연구이기 때문이다. 완성된 학위논문의 경우 '표현'과 '담화의 배열'에서 '조력자'의 도움이 들어갈 확률이 높기 때문에 실질적인 교육적 함의를 도출하기 위해서 과정 중의 학위논문을 분석 대상으로 선정했다.

2. 학위논문 결론의 담화 구조와 특징

2.1. 학위논문 결론의 담화 구조

학위논문의 장르 모형은 '특수 목적 영어 교육(EAP)' 분야에서 Swales (1990)의 CARS 모형이 대표적이다. CARS 모형은 'Creating a Research-ing Space'의 약자로 학위논문의 서론에서 연구 공간을 창출할 목적으로 진행되는 '무브(move)'의 진행을 의미한다(Swales, 1990). 실제 이 모형은 학위논문의 서론의 담화 구조를 명시적으로 보여주기 때문에 쓰기 교육

에서도 활용된다(Sutton, 2000). 이처럼 장르를 모형화하고 이를 장르 교육
으로 활용했다는 것은 각 전공마다 관습적으로 학위논문을 써 왔던 '수
사적 규약(rhetorical convention)'이 존재한다는 것을 의미한다. Swales
(1990)은 장르를 학술적 담화공동체에서의 '의사소통 도구'로 정의하는
데, 구성원이 이 의사소통에 참여하기 위해서는 관습적으로 사용해 온
'전형성(prototypicality)'을 지켜야 한다고 주장한다. 이와 같은 이유로
Swales(1990)은 학위논문의 장르성을 규명하고, 이를 담화의 '도식적 구
조(schematic structure)'로 모형화하게 된다.

　　Swales(1990)은 학위논문 '서론'의 장르 도식화를 밝혔다면 '결론'의
장르 도식을 밝힌 연구는 Bunton(2005)가 있다. Bunton(2005:214-215)는
학위논문 결론의 전형적 구조를 크게 두 가지로 분석하는데, '논지 중
심의 결론(thesis-oriented Conclusion)'과 '현장 중심의 결론(field-oriented
Conclusion)'이 그것이다. 일반적으로는 학위논문에서 다뤘던 논지를 중
심으로 요약하는 것이 일반적이지만 그 논지가 현장에서 어떤 문제를
어떻게 해결할 수 있는지를 더 자세하게 다루는 '현장 중심의 결론'도
간혹 발견된다고 했다. 그렇지만 이렇게 결론의 형식이 다를 수는 있지
만 논문이 담고 있는 '담화의 구조', 즉 '심층 구조(deep structure)'는 전
공과 상관없이 동일하다(Murray, 2011:18). Swales(1990:49)도 전공별 담화
관습에 따라서 세부적으로 조금씩 다를 수 있다고 밝혔지만 담화공동
체의 '전형성'에 의해서 영향을 받는다고 지적했다. Weissberg &
Buker(1990)은 결론의 미세한 차이에도 불구하고 결론에는 '필자가 한
일(what I have done)'뿐만 아니라 '필자의 이러한 작업이 중요한 이유
(why what I have done matters)'가 강조되어야 한다고 지적했다.

〈표 1〉 학위논문 결론의 담화 구조(Bunton, 2005:219)

진행	핵심 담화
Move 1	서론 재진술(introductory restatement)
Move 2	연구의 통합적 정리(consolidation of research)
Move 3	실질적인 함의와 권고(practical implications and recommendations)
Move 4	후속 연구(future research)
Move 5	결론 재진술(concluding restatement)

위 학위논문 결론의 담화 구조는 Bunton(2005)가 '인문사회 계열' 박사학위논문 11개를 분석해서 얻은 결과이다. 처음에는 연구의 목적이나 연구 주제 등을 재진술하고, 연구 방법과 연구 결과, 연구를 통해 발견한 내용들을 통합적으로 정리한다. 그리고 이러한 연구 결과가 의미하는 바와 의의를 제시하고, 후속 연구 주제 등을 권고한다. 마지막으로 전반적인 주장과 주제, 발견한 것 등을 정리하고 마무리하는데, 이와 같은 양상은 학위논문의 무브 분석을 진행한 Thompson(2005), 유학생을 위한 학위논문의 구조를 제시한 Murray(2011) 등에서도 유사하게 발견된다. 본 연구는 이 담화 구조를 기준으로 대학원 유학생의 학위논문 결론의 담화 구조와 비교해 보려고 한다. 특히 대학원이라는 학술적 담화공동체에서는 학계의 구성원으로서 필자 정체성이 중요하다고 판단했다(Ivanič, 1998). 그래서 'Move 5'의 '결론 재진술'은 필수 요소로 보지 않고, 학위논문에서 연구의 '한계'를 밝히는지를 필수 요소로 보았다. 왜냐하면 Weissberg & Buker(1990)이 지적한 것처럼 전공, 즉 공동체에서 학위논문에서 다룬 연구가 갖는 '의의'와 '한계'를 분명히 밝히고, 이를 공동체의 다른 연구자들이 해결하도록 '권고'하는 내용이 포함되어야 '결론'의 성격에 부합하기 때문이다. 본 연구는 이를 위해서 '담화 구조'뿐만 아니라 '의의'와 '한계'의 양상, 그리고 '후속 연구'에 대한 구체적인 안내가 있는지를 실제 학위논문 결론에서 확인해 볼 것이다.

2.2. 대학원 유학생 학위논문 결론의 특징

본 연구의 분석 대상이 되는 학위논문 결론은 2019년 2학기 D대학교 일반대학원 국어국문학과에서 진행된 〈한국어논문강독〉 수업에서 대학원 유학생들이 작성한 것이다. 이 수업은 3학기 이상의 대학원 유학생이 예비발표나 초록발표를 대비해서 듣는 수업으로 '한국어교육학'을 주제로 쓴 학위논문의 질적 제고를 위한 수업이다. 이 수업에서는 대학원 유학생 15명이 완성한 학위논문의 5장 '결론'을 분석한다. 이를 위해서 본 연구는 개인정보와 텍스트 사용에 관한 동의를 받아 연구를 진행했다.

〈표 2〉 대학원 유학생의 학위논문 결론의 담화 구조[1)]

필자	목적	요약	의의	한계	권고
W1	**목적**	1장/2장/3장/4장	의의+한계		X
W2	**목적**+필요성	1장+2장/3장/4장	목적+의의	한계	X
W3	**목적**+결과	1장+2장/3장/4장	의의+한계+필요성		X
W4	X	1장/2장/3장/4장	의의	한계	X
W5	**목적**	1장+2장/3장/4장	의의	한계	O
W6	**목적**	2장/3장/4장	의의	한계	X
W7	**목적**+1,2장 요약	3장/4장	의의	한계	X
W8	필요성+결과	1장/2장/3장/4장	바람	한계	X
W9	문제	1장+2장+3장+4장	의의	한계	X
W10	필요성+결과	1장+2장/3장/4장	의의	한계	O
W11	**목적**+결과	1장+2장/3장/4장	의의	한계	X
W12	결과	1장/2장/3장/4장	의의	한계	X
W13	예상문제	1장/2장/3장/4장	의의	한계	X
W14	**목적**	1장/2장/3장/4장	문제+의의	한계	X
W15	현황설명	X	의의	한계	X

1) 표에서 '+'는 한 단락에 같이 포함된 것이고, '/'는 단락을 나눠서 구성된 것을 말한다.

대학원 유학생의 학위논문 결론의 특징을 보면 우선 '목적'은 8명만 결론에서 밝혔고, 나머지 7명은 연구 목적을 쓰지 않거나, 연구의 필요성, 예상되는 문제 등을 썼다. W15는 연구 목적과 연구 내용에 대한 요약은 쓰지 않고, 현황 분석만을 장황하게 쓰기도 했다. '요약'은 W9만 한 단락으로 연구방법, 연구결과 등을 요약해서 구성했고, 나머지 필자들은 학위논문 서론의 '연구방법'에서 쓰는 것처럼, 단락 구분을 해서 1장부터 4장까지 상세하게 정리하는 양상이 발견되었다. '의의'와 '한계'는 전반적으로 논문에 포함되었지만, 그 내용이 앞의 '목적'과 '요약'에 비하면 매우 소략했다. W8은 연구 의의를 쓰지 않았고, W1과 W3은 단 한 문장만으로 한계점을 밝혔다. 이렇게 소략하게 의의와 한계를 정리했기 때문에 '한계'를 극복하는 방향으로 후속 연구에 대해서 '권고'한 필자는 W5와 W10뿐이었다. 정리하면 대학원 유학생은 연구 목적은 절반 정도만 결론에 포함시켰고, 결론에서 요약은 큰 비중을 차지했지만 학위논문 1장의 형식으로 구성되어 연구 목적을 기초로 연구 방법과 연구 결과 등을 요약하지 못했다. 의의와 한계는 결론의 담화구조에 포함되었지만 매우 소략하게 다뤄지는 모습이었고, 후속 연구에 대한 권고는 거의 언급되지 않는 양상이었다. 이렇게 본인 논문의 내용만을 장황하게 요약하고, 의의, 함의, 시사점, 한계, 권고 등을 소략하게 쓰는 결론의 양상은 이 논문을 읽게 될 담화공동체의 구성원을 고려하지 않는다는 것을 의미한다.

대학원 유학생 학위논문 '의의'의 특징은 결론의 앞부분과 서론에서 밝힌 '연구 목적'이 곧 그 연구의 의의가 된다는 것이다. 예를 들면 W2의 경우 연구의 목적으로 '높임법을 학습자들이 어려워하기 때문에 수업 설계'를 한다고 밝혔는데, 연구의 의의로도 '높임법을 학습자들이 어려워하는데 이를 해결하기 위한 수업을 설계'한다는 점을 제시한다. 연구 목적이 연구 의의가 되는 이러한 경향은 '바람'을 쓴 W8을 제외하고 나머지 14명에게서 공통적으로 나타나는 특징이다. 이러한 집단적인 경향은 '한계'에서도 나타난다. 15명의 학생들이 쓴 학위논문은 모두 '한국어교육학' 논문들이다. 그래서 말하기, 듣기, 읽기, 쓰기 등 언어 기능을 중심으로 수업을 설계하거나 교수요목을 만드는 연구가 대부분이다. 이 학위논문의 '한계'를 살펴보면 간략하게 2-3문장으로 밝히는데, 모두 '실제적인 효과의 미검증'을 제시했다. 심지어 W4는 수업을 설계하고 검증까지 마쳤지만 '반복적인' 효과성 검증이 미비하다는 한계를 적었다. 마치 알고 있는 '한계'가 이것밖에 없다는 것처럼 별다른 논증 없이 짧은 문장으로 '실제적인 효과의 미검증'만을 한계로 제시하는 집단적 경향이 나타난 것이다.

　후속 연구에 대한 권고를 쓴 유학생은 2명인데, W5는 '후속 연구'로 '실제적인 효과까지 검증'이 된 연구가 진행될 필요가 있다고 지적했고, W10은 여기에 '대규모 단위 연구'가 진행될 필요가 있다는 내용을 추가로 덧붙였다. 이 2명이 후속 연구로 제안한 논제의 타당성은 차치하더라도, 학술적 담화공동체의 누군가가 이 학위논문을 읽고 연구 주제를 모색할 수도 있다는 점에서 학위논문의 장르 특성에 부합하는 양상이다. 나머지 13명은 짧은 문장으로 단순하게 한계만을 명시했을 뿐, 이를 해결하는 방향으로 후속 연구가 진행되기를 기대한다는 권고를 담화로 구성해서 결론에 넣지 않았다. 보통 후속 연구를 쓰게 되면 그 후속 연구가 진행됨으로 인해서 발생하는 '바람', '기대'도 함께 담화로 구성되는데, 여기까지 쓴 필자는 단 한 명도 없었다. 결과적으로 대학원 유학생의 학위논문 결론은 '연구 목적'과 학위논문 서론 형식으로 '내용 요약'을 종합하는 담화 구조를 갖고, 나머지 담화들은 축소되거나 배제된다는 특징이 매우 분명하게 드러난다.

3. 대학원 유학생 학위논문 결론의 교육적 함의

3.1. 담화 관습에 대한 이해

학위논문 결론에서 나타나는 특징은 대학원 유학생이 사용하는 담화 구조가 학위논문의 일반적인 담화 구조와 차이가 크다는 것이다. 담화 구조와 비중을 비교해서 나타내면 다음과 같다.

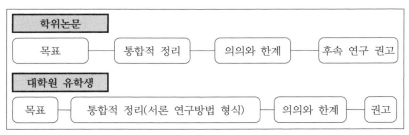

〈그림 1〉 학위논문 결론의 담화 구조 비교

서론의 핵심 내용을 요약하는 '목표', 연구방법과 연구내용, 발견한 내용 등을 통합해서 제시하는 '통합적 정리', 연구의 의의와 함의, 한계를 밝히는 '의의와 한계', 마지막으로 '후속 연구 권고' 등이 비교적 균등한 비중으로 구조화되는 일반적인 학위논문과 달리, 대학원 유학생의 학위논문 결론은 발견한 내용을 중심으로 요약하는 것이 아니라 서론의 연구방법 형식으로 1장부터 5장까지의 내용을 병렬적으로 나열하는 '통합적 정리'만 큰 비중을 차지하고, '의의와 한계', '후속 연구 권고' 등은 매우 소략하게 포함되거나 배제되었다. 이는 학위논문의 담화 구조에 부정확한 인식이 원인이기 때문에 이를 해결하기 위해서는 명시적 장르 교육이 필요할 것이다(Swales, 1990). 특히 장르적 특징이 분명한 학위논문 각 장의 특징을 도식화, 유형화해서 명시적으로 교육할 수 있다면, 대학원 유학생 학위논문 결론의 담화 구조는 많이 개선될

것으로 보인다. 민정호(2019)는 학술적 글쓰기를 명시적 교육으로 다루
자고 제안했고, 민정호(2020a)는 학위논문 '이론적 배경'의 특징을 중심
으로 명시적 교육의 필요성을 제안했다. 담화가 어떻게 패러다임으로
종합되어야 하는지를 대학원 유학생에게만 맡기는 것이 아니라 교육으
로 제공해 줄 수 있다면, 학위논문 결론의 수준을 높일 수 있을 것이다.

3.2. 수사적 목적에 따른 단락 글쓰기

학위논문 결론에서 나타난 의의와 한계, 후속 연구 권고에 대한 배
제는 대학원 유학생이 한 단락을 수사적 목적으로 치밀하게 완성하지
못한다는 것과 연결된다. 곽수범(2019)는 다섯 문단 글쓰기의 유래를 밝
히면서, 문장을 유기적으로 연결하면 단락이 되고, 다시 단락이 연결되
어서 텍스트를 구성한다는 위계를 근거로 단락 글쓰기가 주요한 교육
대상이 된다고 지적했다. 민정호(2020a:688)는 '틀(frame)'과 '패러다임
(paradigm)'을 구분하면서 '틀(frame)'은 좁은 의미, '패러다임(paradigm)'은
넓은 의미로 정리한다. 본 연구에서 분석한 담화 구조는 넓은 의미에서
여러 담화들 간의 '패러다임'을 분석한 것이라면, '의의와 한계', 그리고
'후속 연구 권고' 등은 하나의 담화를 중심으로 주제문, 상술문, 정리문
등이 적절하게 연결되어 하나의 '틀(frame)'을 이루고 있느냐를 분석한
것이다. 대학원 유학생의 결론에서 '의의와 한계', '후속 연구 권고'가
배제되거나 소략한 것도 문제지만, 논문의 내용을 서론의 '연구 방법'
소개와 같이 단락을 나눠서 요약한 것도 단락 글쓰기와 연결된다. 연구
방법과 연구 결과 등 핵심 정보를 중심으로 요약할 수 있지만, 그렇게
하지 못하고, 1장부터 5장까지의 내용을 병렬적으로 나열하는 양상이
나타났기 때문이다.

그렇다면 대학원 유학생은 한 단락 글쓰기를 어떤 주제로 연습해야
할지에 대해서 논의할 필요가 있겠다. 첫째는 연구의 의의와 연구 결과

가 함의하는 내용을 한 단락으로 설명하는 것이다. 둘째는 연구가 갖는 한계와 이를 극복하고 연구 주제의 외연을 확대하기 위한 후속 연구 권고를 한 단락으로 써 보는 것이다. 셋째는 연구의 내용을 보고의 형식으로 나열하는 것이 아니라, 연구 방법과 결과, 발견한 핵심 정보 등을 한 단락으로 요약하는 것이다. 이와 같은 한 단락 글쓰기 연습은 '요약', '설명'과 같은 수사적 목적이 요구되는 글쓰기 맥락에서 유용하기 때문에 학위논문 결론뿐만 아니라 다른 장의 질적 향상에도 도움이 될 것이다. 민정호(2019)는 대학원 유학생의 학술적 리터러시를 향상시키기 위한 방안으로 대학원 교육과정에서 학기별로 핵심 강의를 선정하고, 이 강의에서 제시하는 학술적 과제를 학술적 리터러시 향상을 위한 경계 학습으로 활용하자고 제안했다. 본 연구에서 제안하는 3종류의 한 단락 글쓰기는 이와 같은 강의에서 학술적 과제로 다뤄질 수 있다. 이를 통해서 대학원 유학생의 학술적 리터러시는 향상되고, 학위논문도 질적으로 향상될 수 있을 것이다.

3.3. 필자 정체성의 강화

McNamara et al.(1996:4)은 텍스트의 구조를 설명하면서 '전체적 구조(a global structure)'와 '지엽적 구조(a local structure)'로 나눠서 설명했다. 여기서 전체적 구조는 텍스트의 의미적, 수사적 구조를 가리키고, '지엽적 구조'는 구와 절, 그리고 단락과 같은 언어적 연결을 의미한다. 앞서 담화 구조가 텍스트의 전체적 구조 차원에서 분석한 것이고, 단락 글쓰기가 텍스트의 지엽적 구조 차원에서 분석한 것이라면, 텍스트 이외에 '필자' 차원에서도 함의하는 바가 있을 것이다. 대학원 유학생의 학위논문 결론이 전체적 구조나, 지엽적 구조 모두에서 담화 관습과 차이가 있는 것은 필자 스스로를 학술적 담화공동체의 구성원으로 인식하지 못한다는 것과 연결된다. Borg(2003)은 담화공동체를 같은 장르를 의사소통 도구로 삼아, 의사소통하는 사람들의 집합으로 본다. 여기서 중요한 부분은 '같은 장르'이다. 여기서 논의를 확장하면 같은 장르로 의사소통을 하지 않는 사람은 담화공동체의 구성원이 될 수 없다는 것이다. 여기서 의사소통은 Hymes(1974)가 지적한 '발화 공동체(speech community)'와는 구별된다. 직접 말하는 것이 아니라 장르 텍스트를 통해서 의사소통하는 것이기 때문이다. 그러므로 연구의 의의와 한계, 그리고 후속 연구 권고 등을 담화 구조에 넣지 않는 행위는 학위논문을 읽을 예상 독자를 고려하지 않는다는 것, 다시 말해서 그들과의 의사소통을 거부하는 것으로 해석될 수 있다.

대학원 유학생이 담화공동체의 구성원으로 스스로를 인식하고 다른 구성원들과 다양한 학술적 텍스트를 통해서 의사소통할 수 있도록 할 수 있는 방법에는 필자 정체성 강화가 있을 것이다. 민정호(2020b)는 대학원 유학생의 필자 정체성 강화를 위한 방안으로 학술적 담화공동체의 구성원을 직접 만날 수 있고, 이들의 언어적 자극을 반복적으로 받을 수 있는 활동을 지속적으로 할 것을 제안했다. 학술대회, 한국인의 피드백, 장르 글쓰기에 대한 교육 등이 여기에 포함된다. 대학원 유학생이 스스로를 학술적 담화공동체의 전문 필자라고 인식하는 '필자 정체성'을 확보하고 있어야, 학위논문뿐만 아니라 학술 보고서 등과 같은 학술적 글쓰기에서도 적극적으로 담화 관습을 수용·고려할 수 있을 것이기 때문이다. 특히 학위논문에서는 학위논문의 장르적 특징을 고려하고, 학술적 담화공동체의 구성원들을 예상 독자로 설정해서 이들이 참고할 수 있는 의의와 한계, 후속 연구 권고 등을 필수적으로 포함시키게 될 것이다.

4. 결론

본 연구는 대학원 유학생에게 학위논문이 가장 중요한 학술적 글쓰기임을 전제로 학위논문 결론에 나타난 담화 구조의 특징을 밝히고, 여기서 발견되는 교육적 함의를 중심으로 논의를 전개했다. 이를 위해서 조력자의 도움 없이 완성한 유학생의 학위논문을 분석 대상으로 삼았고, Bunton(2005)를 기준으로 담화 구조의 특징과 '의의와 한계', '후속 연구 권고'와 같은 담화의 특징 등을 살펴보았다.

대학원 유학생 학위논문 결론의 담화 구조는 지나치게 '요약'만이 병렬적으로 강조되는 양상이었고, 학술적 담화공동체와의 의사소통적 역할을 하는 다른 담화들은 없거나 매우 소략했다. 이는 일반적인 학위논문 결론의 담화 구조와는 차이가 있는 것으로 '담화 관습'을 고려하지 않는 양상이 확인된 것이다. 특히 '의의와 한계', 그리고 '후속 연구 권고' 등과 같은 담화는 배제되거나 소략하게 다뤄지는 특징적 경향성도 확인할 수 있었다. 이와 같은 학위논문 결론의 양상은 담화 관습에 대한 부정확한 인식, 한 단락을 수사적 목적에 따라 표현할 쓰기 능력 미달, 낮은 필자 정체성 등을 함의하는 결과라고 결론을 내렸다. 그래서 이 문제들을 해결하기 위해서 학위논문의 각 장에 대한 명시적 교육을 진행할 것, 대학원 교육과정에서 요약, 설명 등을 아우르는 한 단락 글쓰기를 학술적 과제로 포함시킬 것, 마지막으로 학술대회 참석과 한국인 동료의 피드백을 통해서 대학원 유학생의 낮은 필자 정체성을 강화시킬 것을 교육적 함의로 제안했다.

다만 본 연구는 Swales(1990), Bunton(2005), Thompson(2005) 등 특수 목적 영어 교육의 장르 모형을 가지고 분석을 위한 이론적 틀을 삼았지만, 본격적인 무브 분석을 진행하지는 못했다. 그러므로 무브 분석을 통한 대학원 유학생 학위논문 결론의 장르 모형을 도출하지는 못했다는 한계를 갖는다. 그렇지만 학위논문 결론의 텍스트 분석을 통해서 대학원 유학생이 갖고 있는 학위논문 결론에 대한 인식을 확인할 수 있었고, 텍스트에서 반복적으로 발견되는 집단적 경향을 확인할 수 있었다는 점에서는 의의가 있을 것이다. 앞으로 이와 같은 인문사회 분야 학위논문 결론의 장르성도 후속 연구를 통해 구체적으로 밝혀지기를 기대해 본다. 그래서 대학원 유학생이 학술적 담화공동체에서 제일 중요한 학위논문을 쓸 때, 글쓰기 어려움을 극복하고, 학위논문이 질적으로 향상되는 데, 도움을 줄 수 있기를 바란다.

• 참고문헌

김희진(2019), 외국인 유학생의 학위논문 〈서론〉의 종결 표현 문형 연구, 한국어와
  문화 26. 숙명여자대학교 한국어문화연구소, 167-207.

곽수범(2019), 다섯 문단 글쓰기 교육의 실제: 선행연구 검토와 향후 연구방향 제
  안, 작문연구 42. 한국작문학회, 7-29.

민정호(2019), 학술적 글쓰기에서 대학원 유학생의 저자성 개념과 교육원리의 방
  향 탐색, 리터러시연구 10(1), 한국리터러시학회, 313-341.

민정호(2020a), 대학원 유학생 석사학위논문의 '이론적 배경' 구성에 관한 일고찰
  : 한국어교육 전공 수업에서 발표된 '예비 논문'을 중심으로, 학습자중심교과교
  육연구 20(6), 학습자중심교과교육학회, 683-701.

민정호(2020b), 대학원 유학생의 필자 정체성 강화를 위한 제언, 인문사회21 11(2),
  아시아학술문화원, 199-210.

손다정·정다운(2017), 외국인 유학생의 한국어교육 박사 학위논문 서론 텍스트
  구조 분석, 어문논집 70, 중앙어문학회, 445-480.

강수진·이미혜(2019), 유학생 학위논문에서의 헤지 표현 사용 연구 : 한국어 교육
  전공을 중심으로, 교과교육학연구 23(5), 이화여자대학교 교과교육연구소, 478-
  486.

박은선(2006), 한국어 학위논문 서론의 장르분석적 연구: 한국어 모어화자와 한국
  어 학습자를 대상으로, 한국어교육 17(1), 국제한국어교육학회, 191-220.

Murray, R.(2011), *How to write a thesis(3th)*, Maidenhead: Open university
  press.

Swales, J. M.(1990), *Genre Analysis*, Cambridge: Cambridge University Press.

Swales, J. M.(2004), *Research Genres*, Cambridge: Cambridge University Press.

Sutton, B.(2000), "Swales's 'Moves' and the Research Paper Assignment",
  Teaching English in the Two-Year College, 27(4), 446-451.

Bunton, D.(2005), The structure of PhD conclusions chapters, *Journal of English
  for Academic Purposes*, 4, 207-224.

Weissberg, R. C. & Buker, S.(1990), *Writing up Research: Experimental Research
  Report Writing for Students of English*, Englewood Cliffs, NJ: Prentice Hall
  Regents.

Ivanič, R,(1998), *Writing and identity: The discoursal construction of identity in academic writing*, Amsterdam: John Benjamins.

Thompson, P.(2005), Points of focus and position: intertextual reference in PhD theses, *Journal of English for Academic Purposes*, 4, 307-323.

McNamara, Kintsch, E., Songer & Kintsch, W.(1996), Are Good Texts Always Better? Interactions of Text Coherence, Background Knowledge, and Levels of Understanding in Learning From Text, *Cognition and Instruction*, 14, 1-43.

Borg, E.(2003), Discourse community, *ELT Journal*, 57(4), 398-400.

Hymes, D. H.(1972), On communicative competence, In Pride, J. B. & Holmes J.(Eds), *Sociolinguistics*(269-293), Harmondsworth, England: Penguin Books.

IV

시드니학파와
장르 글쓰기 교육

시드니 학파의 장르 교육법과
유학생 글쓰기 교육에서의 함의

1. 서론

1992년 캐나다 오타와에 있는 칼턴대학교(Carleton University)에서는 'Rethinking Genre'라는 주제로 학술대회가 열렸다.[1] 그리고 여기서 다뤄진 발표문들은 2년 후에 Freedman & Medway(1994a)와 Freedman & Medway(1994b)로 각각 출판된다. 이 두 권의 책이 중요한 이유는 현재 '장르' 연구에서 중요한 위치를 차지하는 '시드니 학파(the Sydney School)'에 대한 최초 언급이 등장하기 때문이다. Freedman & Medway (1994a)에 포함된 Green & Lee(1994)에는 '시드니 학파'라는 명칭이 최초로 등장하고, 이 학파를 Halliday의 체계 기능 언어학(Systemic Functional Linuistic: 이하 SFL)이 개입된 호주의 글쓰기 교육법이라고 소개한다. 또한 같은 권의 Richardson(1994)에서는 시드니 학파의 글쓰기 교육법과 교육과정에 대한 상세한 설명과 소개가 담겨 있다. Hyon(1996)이 처음으로 장르 연구의 세 가지 흐름을 신수사학, ESP, 시드니 학파

---

[1] 'Rethinking Genre'라는 주제로 개최된 학술대회는 비문학(Non-Literary) 텍스트에 대한 장르 연구를 조명한 최초의 국제 학술대회였다. 20년 후에 'Rethinking Genre 20 Years Later'라는 주제로 칼턴대학교(Carleton University)에서 다시 개최되는데, 여기서는 북미 신수사학(North American/New Rhetorical Studies), 특수 목적 영어 (English for Specific Purposes: 이하 ESP), 시드니 학파(Australian Systemic Functional Linguistics: the Sydney School)를 가장 주요한 장르 연구의 전통으로 전제하고 각 연구들의 발전 현황과 교류에 주목해서 진행된다(Martin, 2014:308).

로 분류했다면, 처음으로 '시드니 학파'를 소개한 것은 Green & Lee(1994)가 된다.

국내에서 유학생을 대상으로 진행된 '장르 글쓰기'나 '장르 교육' 연구를 살펴보면 민정호(2022a; 2022b), 유나(2021), 유인박·김한근(2021), 민정호(2021a; 2021b), 손다정·정다운(2017), 채윤미(2017), 박나리(2014) 등이 있다. 가장 먼저 민정호(2022a; 2022b)는 '북미 신수사학파'의 장르 이론을 분석하고 유학생 대상의 학술적 글쓰기 맥락에서 활용할 수 있는 글쓰기 교육법을 설계한 연구이다. 유나(2021), 유인박·김한근(2021), 민정호(2021a; 2021b), 손다정·정다운(2017)은 ESP의 무브(move) 분석을 활용한 연구로 유나(2021)은 학위논문의 '선행연구', 유인박·김한근(2021)은 학위논문의 '감사의 글', 손다정·정다운(2017)은 박사학위논문의 '선행연구'를 각각 분석했고, 민정호(2021a; 2021b)는 ESP의 장르 이론과 CaRS 모형 등을 활용해서 장르 교육 방안을 설계하고, 학술적 담화공동체의 개념을 Swales(1990)과 Swales(2016)의 비교 분석을 통해 정리하였다. 채윤미(2017), 박나리(2014)는 글쓰기를 위한 문법 교육을 주창한 Knapp & Watkins(2007)의 이론을 근거로, 채윤미(2017)은 건의문, 박나리(2014)는 설득적 텍스트를 각각 분석했다.2) 연구의 경향을 종합하면, 시드니 학파와 달리 신수사학파나 ESP의 장르 이론을 근거로 진행된 연구들이 대부분이고 실제 교육법보다는 텍스트 분석 관련 연구가 지배적이다.

이처럼 유학생 대상 쓰기 교육에서 신수사학파나 ESP가 주가 되는 이유는 유학생을 위한 쓰기 교육이 '신입생 글쓰기'나 '학위논문'을 중

---

2) 물론 Knapp & Watkins(2007)의 저자들이 '호주' 웨스턴시드니대학교(University of Western Sydney)와 뉴사우스웨일스대학교(The University of New South Wales)의 교수라는 점을 고려하면, 채윤미(2017), 박나리(2014)를 호주 시드니 학파와 연결시킬 수 있을 것이다. 하지만 Halliday와 시드니 학파의 장르 개념, 장르 교육법 등을 다루지 않기 때문에 이 연구들도 시드니 학파와는 관련이 없는 것으로 판단했다.

심으로 진행되기 때문이다.3) 신수사학파는 실제 대학교 '1학년 신입생 글쓰기'를 전제로 발전한 장르 이론으로 필자의 '비판적 인식'이 중요하며, ESP는 '학위논문'을 중심으로 발전한 장르 이론으로 '수사적 구조'가 중요하다. 이와 같은 장르 교육은 유학생의 '비판적 인식'을 높이고 '수사적 구조'를 명확하게 교육시킬 수 있지만, 시드니 학파가 강조하는 '맥락'에 따른 '표현' 수준에서의 장르 교육은 불가능하게 된다. 실제 표현 단위에서 발견되는 국내 유학생의 낯선 문장과 오류문 등은 '비판적 인식' 향상과 '수사적 구조' 학습만으로는 개선되기 어려울 것이다. 그렇다면 어휘문법을 통한 문장 수준에서 이점을 갖는 '시드니 학파'가 국내에서 적용되지 않는 이유를 살펴볼 필요가 있겠다. 첫째는 시드니 학파의 장르 교육이 초등학생이나 중학생이 대상이고(Johns, 2003:205), 둘째는 시드니 학파가 SFL에 기초한 언어적 접근이기 때문이다(Flowerdew, 2002:92). 국내 유학생은 성인 대학생이며, 글쓰기 교육은 언어적 접근보다는 1학년 신입생 글쓰기나 장르 글쓰기에서 수사적 접근에 주목하기 때문이다.

그럼에도 불구하고 본 연구에서 유학생을 대상으로 한 장르 개념과 장르 글쓰기 교육법을 다루면서 시드니 학파를 선택한 이유는 시드니 학파의 장르 이론과 장르 교육법이 성인 이민자(Adult Migrant Second Language Learner)에게도 활발히 적용되며(Johns, 2003:200), 80년대를 지난 후에는 SFL과 분리되어 시드니 학파의 장르 교육법이 적용하기에 용이해졌기 때문이다(Rothery, 1996). 이에 본 연구는 비판적 인식과 수사적 구조 이외에 시드니 학파가 어휘문법 차원에서 유학생 글쓰기에

---

3) 학부에서의 글쓰기 교육 연구는 유현정(2019)가 있고, 학위논문 글쓰기 교육 연구는 민정호(2020)이 있다. 이처럼 '신입생 글쓰기', '학위논문' 등으로 장르가 고착화되면 '비판적 인식'이나 '수사적 구조'에 주목해서 장르 글쓰기 교육이 진행되기 때문에 '학술적 맥락'에서 상대적으로 언어학 중심의 글쓰기 지도는 배제된다.

공헌할 수 있다는 것을 전제로 2장에서 호주 시드니 학파의 장르 개념
과 장르 교육법을 이론적으로 검토한다. 또한 3장에서는 시드니 학파
와 다른 장르 이론들과의 비교·대조를 통해 이론적으로 차이점을 도
출하고 시드니 학파의 학술적 위치를 정립하겠다. 마지막으로 시드니
학파가 유학생 글쓰기 교육에서 공헌할 수 있는 내용을 구체적으로
정리하겠다. 본 연구는 시드니 학파의 장르 이론과 장르 교육법을 정
리하여 유학생 글쓰기 교육에서의 함의 도출하는 시론적 성격의 논의
임을 밝힌다.

2. 시드니 학파의 장르와 장르 교육법

2.1. 시드니 학파의 장르 개념

기본적으로 시드니 학파의 장르 이론을 다룰 때, 시드니 학파를
SFL과 동일시하거나 Halliday의 이론인 것처럼 소개하는 경향이 있다.
이러한 경향은 시드니 학파를 본격적으로 소개한 Freedman &
Medway(1994a; 1994b)와 Hyon(1996)의 영향 때문이다.[4] 이 연구들에서
SFL과 Halliday를 시드니 학파와 연결해서 자세하게 설명한 결과, 마
치 시드니 학파의 장르 이론이 Halliday의 이론인 것처럼 오해하게 만
들었다. 그렇지만 사실 시드니 학파의 장르 이론은 Halliday의 이론이

---

4) 시드니 학파라고 호명되고, 이 학파의 핵심 이론을 본격적으로 소개, 정리한 연구는
Freedman & Medway(1994a), Freedman & Medway(1994b), Hyon(1996)이 맞지만,
호주에서 진행되는 장르 연구나 글쓰기 교수법을 영미 학계에 최초로 소개한 연구는
Swales(1990)이다. Hyon은 Swales의 지도 학생이었는데, 1994년 Swales의 권유로 호
주를 탐방하게 된다. 이 탐방을 계기로 Hyon(1996)에 시드니 학파가 포함되게 되는데,
문제는 이 탐방에서 시드니 학파의 Martin과 Martin의 제자들과 만나거나 교류하지
않았던 것이다. 이와 같은 이유로 Hyon(1996)에 시드니 학파의 장르 이론이 정확하게
소개되지 않았다는 비판이 있다(Martin, 2015a:34-35).

아니며, Halliday의 이론으로 장르 이론을 응용, 설계한 Martin(1984)에
서 출발하고, 그 후에 Martin의 지도 학생들을 통해서 계승, 발전하게
된다.

그렇다면 시드니 학파가 글쓰기 이론을 전개하면서 SFL과 같은 언어
학과 연대하게 된 이유부터 살펴볼 필요가 있다. 1980년대 호주에서는
'언어에 대한 지식(knowledge about language: 이하, KAL)'이 학생들의 읽기와
쓰기에 전혀 도움이 되지 않으며, 무엇보다 학생들이 KAL의 학습을 불편
해하기 때문에 학습자 중심 교육의 차원에서 필요가 없다고 판단되어
교육과정에서 체계적으로 삭제가 되었다(Martin, 2015a:37). 이와 같은 이유
로 Martin과 같은 SFL 연구자들은 KAL의 '재도약(re-introducing)'이라는
목표를 가지고, 학생들이 불편해 하는 문법의 영역이 아니라 그 당시
학습의 필수적인 방법으로 여겨지던 글쓰기의 영역에서 KAL의 활용,
도약 방안을 모색하게 된다. 실제로 Martin의 지도 학생들은 언어학 기반
의 SFL이 아니라 장르 이론에 기반한 글쓰기 교육 분야로 후속 연구를
진행하게 되는데,5) 그 이유가 바로 이 KAL의 '재도약'과 관련되어 있다.
이 재도약을 위해 글쓰기에서 주창된 시드니 학파의 장르 이론은 다음
그림을 통해서 설명한다.

---

5) Christie(2012), Rose & Martin(2012), Macken-Horarik(2002), Rothery(1996) 등의
　연구들은 Martin의 지도 학생들이 진행한 연구로, 호주에서 초등학교, 중학교 글쓰기
　프로그램 설계에 SFL을 접목한 연구로, 이러한 과정을 통해서 과목별 지식 체계를 글쓰
　기를 통해서 정리하려는 시도로 평가된다.

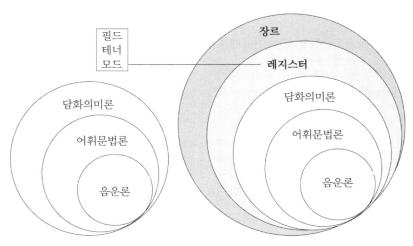

〈그림 1〉 시드니 학파의 장르 개념(Martin & Mathiessen, 1991:355-361)

〈그림 1〉에서 왼쪽 그림(Martin & Mathiessen, 1991:355)은 의미를 결정하는 계층적 단계를 보여주고, 오른쪽 그림(Martin & Mathiessen, 1991:361)은 계층적 의미에서 '맥락'에 해당하는 '레지스터(register)'와 '장르(genre)'의 계층적 위치를 나타낸다.6) 〈그림 1〉을 보면 '음운론(phonology)'7)은 표현이 절 수준에서의 의미인 '어휘문법론(lexicogrammar)'과 담화 수준에서의 의미인 '담화의미론(discourse semantics)'으로 연결되는 것을 확인할 수 있다. 어휘와 문법이 만드는 의미가 절(clauses) 단위에서의 의미라면, 담화에서의 의미는 절 단위를 넘어서는 텍스트(text) 단위에서의 의미인데(Martin, 2015a:35), Martin(2009:11)는 "의미 형성의 자원"을 "어휘문법"으로 단언하면서 어휘와 문법의 선택이 세 가지 '의미'를 만든다고 밝혔다. 첫 번째

---

6) 레지스터는 어떤 상황 요인이 어떻게 언어적 특징을 결정하는지를 이해하기 위해 Halliday가 차용한 개념으로 '상황 맥락'에 따른 의미론적 특징의 '군집화'를 의미한다 (Lukin et al., 2011:190).

7) 여기서 '음운론(phonology)'은 Martin & Mathiessen(1991)에 따르면 '표현 형식'으로 문어에서의 '필적학(graphology)'까지 포함하는 기호이다.

의미는 '관념적 의미(ideational meaning)'인데 이 의미는 선택된 어휘가 갖고 있는 경험적으로 누적된 의미, 절과 절을 논리적으로 연결하는 의미를 말한다.[8] 두 번째 의미는 '대인관계적 의미(interpersonal meaning)'인데 이 의미는 화자(필자)와 청자(독자) 사이의 태도와 역할 등을 발생시키는 서법을 통해 발생한다.[9] 마지막으로 '텍스트적 의미(textual meaning)'는 선택된 어휘와 문법이 만드는 내용으로 보통 테마(theme)와 레마(rheme)를 통해 확인할 수 있다.[10] 그리고 이 어휘문법이 관습적 패턴화를 통해 형성된 의미가 담화의미가 된다.[11]

그런데 이 '음운론/필적학', '어휘문법론', '담화의미론'과 같은 메타기능을 담당하는 언어의 3층위(tristratal)는 반드시 '맥락'을 수반하게 된다. Martin(2015a:36)에서는 '음운론/필적학', '어휘문법론', '담화의미론'을 지시적 기호(denotative semiotic), '맥락'을 '함축적 기호(connotative semiotic)'라고 설명하면서 Hallidayan의 관점에 따라 의미화에서 맥락을 더 높은 층위로 놓았다고 밝혔다. 이 맥락에는 테너(tenor), 필드

---

8) 관념적 의미는 일반적으로 타동성(transitivity) 선택을 통해서 발현되는데(Martin, 2014:313), 이영준(2020:148)은 주체와 객체의 역학 관계와 정도를 나타내는 것으로 타동성을 정리하고, 자동사와 타동사, 목적격 조사와 같은 문법적 표지 등 여러 선택지를 제공한다고 밝혔다. 이와 같은 절의 타동성을 Martin(2009:11)는 메타기능이라고 밝혔다.

9) 민경모(2010:418)은 서법을 종결어미, 문장종결법과 관련된 논의와 양태적 의미를 나타내는 우연적 형식으로 나누는데, 시드니 학파에서 서법은 주로 문장종결법과 관련된다.

10) SFL에서 테마는 '친숙한 정보'를 의미하는 '주제'이고 레마는 '새로운 정보'를 의미하는 '테마' 이외의 모든 것을 말한다(Eggins, 2021:662-664). '그 드라마는 아시아에서 가장 인기가 많다.'라는 문장이 있다면 한정사를 포함해서 '그 드라마'가 테마이고, 그 테마에 대한 새로운 정보를 담고 있는 '아시아에서 가장 인기가 많다.'는 레마가 된다.

11) Eggins(2021:305)의 예문을 보면 'John eats poached eggs'라는 예문이 나오는데, 여기서 'John', 'eats', 'poached eggs'는 각 문장 의미 형성에 기여하는 관념적 의미가 되고, 사용된 평서문과 서술어 'eats'를 보충해 주는 'poached eggs'는 단순히 청자에게 '구체적 정보를 제공'하는 역할을 한다는 서법의 관점에서 대인관계적 의미가 되며, 테마 'John'은 이 문장의 핵심 정보인 테마를 알려준다는 점에서 텍스트적 의미가 된다.

(field), 모드(mode)라는 '레지스터 변수(register variable)'가 작용하는데, Martin(2014:313)는 테너가 대인관계적 의미로, 필드는 관념적 의미로, 모드는 텍스트적 의미로 각각의 '상황 맥락'에 따라 투영된다고 밝힌다.12) 이처럼 맥락의 레지스터 변수가 어휘문법의 선택을 수반하는 이유는 테너가 '사회적 상황(social reality)'에서 의사소통 참여자들 사이의 역할 관계, 그리고 필드는 '관습화된 상황(naturalized reality)'에서의 내용이나 활동, 마지막으로 모드는 '기호적 상황(semiotic reality)'에서의 의사소통의 방법이나 종류와 연결되기 때문이다(Martin, 2014:313-314). 그러니까 특정 상황이냐, 일상적 상황이냐에 따른 어휘의 선택은 필드와 관련된 것으로 관념적 의미로, 비격식적, 격식적 상황에서의 어휘문법은 테너와 관련되어 대인관계적 의미로, 구어, 문어와 같은 의사소통 방법과 관련된 상황은 모드와 관련되어 맥락이 어휘문법적 선택과 수반적 의미에 관여하게 되는 것이다.

본 연구에서 언어에서 시작해서 맥락과 레지스터까지 Mratin의 연구를 중심으로 검토한 이유는 시드니 학파의 '장르' 개념을 설명하기 위해서이다.13) Martin(2015a:36-37)는 1980년대 초부터 SFL이 '맥락'을 '장르'와 '레지스터'로 구분했다고 밝히고, '레지스터'가 담화의미를 만드는 패턴의 관습화인 것처럼, '장르'는 레지스터가 작동하는 관습적 패턴을 의미한다고 밝혔다. 다시 말하면 장르란 테너, 필드, 모드와 같은 레지스터 변수에 따라서 유의미한 담화를 만들기 위해서 레지스터

12) 상황 '맥락'에서 '테너'는 '사회적 상황'에서의 '관계', '필드'는 '관습화된 상황'에서의 '경험과 내용', '모드'는 '기호적 상황'에서 '매체나 정보' 등을 말한다(Martin, 2015b:71).
13) 본 연구에서 Holliday의 이론이 아니라 Martin의 이론을 가지고 언어와 맥락을 검토한 이유는 본 연구가 SFL 연구가 아니라 시드니 학파의 장르 연구임을 의도적으로 드러내기 위함임을 밝힌다. 앞서 언급했지만 Freedman & Medway(1994a; 1994b), Hyon(1996) 등의 연구가 SFL과 시드니 학파를 등치시키는 결과를 만들었지만, 글쓰기 분야에서의 시드니 학파는 Holliday와 구별되는 Martin에서 출발하는 학문 영역이기 때문이다.

변수들을 단계적으로(staging) 사용하면서 구성되는 '반복되는 배열 (recurrent configuration)', 그리고 이 배열이 나타내는 '의미'로 정의할 수 있을 것이다. 〈그림 1〉에서 장르가 가장 외곽에 존재하는 이유는 음운론, 필적학에서 출발한 의미가 확장되면서 가장 '추상적인 의미화'가 발생하는 충위, '장르'까지 확장하기 때문이다. 여기서 '추상(abstraction)' 이라고 언급한 이유는 사회문화적 맥락에 따라서 고려되는 레지스터 변수가 달라지기 때문에 고정되어 있지 않다는 의미이다. 이와 같은 맥락의 차이로 인해서, 담화에서 '결속성(cohesion)'을 만드는 의미 구성의 단계와 패턴이 달라진다. 실제로 Martin(1984:24)는 장르를 '문화의 일원'으로서 화자들이 관여하는 기능적으로 '단계화'된, 목표 지향적 '의미 있는 활동'으로 정리하는데, 여기서 '문화의 일원'에 주목한다면 장르를 구성하는 단계와 그 장르의 목표가 문화에 따라서 달라질 수 있다는 것을 확인할 수 있다.

Martin(2009:13-14)에는 설명(exposition) 장르에 대한 예시가 나온다. 텍스트는 '극장 설립을 요구하고 그 이유를 설명'하는 내용인데, 이 텍스트의 단계 구조(staging structure)를 '주장(입장-간단한 소개)-논의(입장-정교화)-반복(권고)' 단계로 진행되는 기능적 단계 구조로 도식화한다. 이 단계 구조에서 각 단계는 '극장 설립'이라는 목표를 이루기 위해 선택된 어휘문법적 자질들과 이 어휘문법 자질들을 선택하게 만든 맥락 분석을 통해서 도출, 정리된 것이다. 뒤에서 다시 언급하겠지만 시드니 학파의 장르 교육은 문화적으로 상황 맥락에 따라서 선택되는 어휘문법 자질, 그리고 이 어휘문법 자질이 기능적으로 작동하는 단계를 먼저 분석하고 교육을 받은 후에 장르 글쓰기를 한다는 특징이 있다. Martin(2009)는 교사가 각 단락의 핵심 내용이 연결될 수 있도록 학생들과 함께 논의를 거친다고 밝혔는데, 이는 텍스트에서 문장 수준의 개선뿐만 아니라 문장과 문장이 연결되는 문단, 그리고 문단과 문단이 연결되는 텍스트 수준에서도 유학생이 맥락을 고려해서 어휘와 문법을 선택하도록 만들 수 있다는 점에서 교육적 효과가 클 것이다. 실제 다른 문화권에서 '극장 설립'을 '요구하는 설명적 글쓰기'를 한다면, 이 단계 구조와는 다른 양상이 나타날 것이다. 여기서 말하는 '문화'란, 반드시 언어권을 말하는 것이 아니라 독자와 같은 테너의 문제, 내용어와 같은 필드의 문제, 마지막으로 다른 테마를 강조해야 하는 모드의 문제 등을 아우르는 다른 상황 맥락이 작동하는 공동체나 그 문화를 말할 것이다.

2.2. 시드니 학파의 장르 교육법 특징

Feez(2002:44)는 '시드니 학파'라는 지역적 명칭이 '교육학적 작업'을 시드니에서만 발생하는 사건으로 축소시킬 위험이 있다고 밝혔다. 이 우려에는 현재 호주의 다양한 글쓰기 맥락에서 시드니 학파의 장르 교육법이 활발히 활용되는 상황이 반영되어 있다. 다만 1980년대에 호주는 개인의 자유를 강조하는 Freire(1972)와 같은 급진적 진보주의 교육자들의 영향으로 언어 학습에서 정확성보다는 유창성을 강조하는 분위기로 돌아서고, 무엇보다 문법보다는 "언어 기술이 강조되는 '총체적 언어학습(whole language)'과 개인의 인지를 강조하는 '과정 중심 글쓰기(process writing)'가 강조"되고 있었다(Feez, 2002:49).[14] SFL 연구자들은 말하기, 듣기, 읽기, 쓰기와 같은 언어 기술이 강조되는 상황과 특히 그 중에서 '과정 중심 글쓰기'가 강조되는 교육적 경향을 포착하고, 글쓰기 교육 분야로 선회한다. 이러한 결정은 Rothery(1996)과 같은 장르 교육법 개발 및 적용으로 이어졌고, 학교에서 SFL이 강조하는 언어와 맥

---

14) 한 개인의 인지력을 존중하는 과정 중심 글쓰기는 Freire(1972)와 같은 진보주의 교육학의 영향으로 볼 수 있지만, 문법보다 총체적 언어학습을 강조하며 유창성을 강조하는 분위기는 당시 호주 이민자의 증가와 연관되어 있다(Bottomley, 1994). Bottomley(1994)는 호주의 영어 교육 프로그램은 호주에 도착 시에 최대한 빨리 실제 영어를 사용할 수 있도록 만드는 상황 중심 영어 교육에 초점을 맞추고 있다고 밝혔다.

락을 가르치는 것이 의사소통 능력의 향상, 즉 '총체적 언어학습'과도 연관되어 있음을 입증하는 계기가 되었다.

그렇다면 SFL은 글쓰기에서 왜 장르 교육에 주목했고, 그 교육에서 SFL의 역할이 무엇인지를 살펴볼 필요가 있겠다. Martin과 Rothery는 '언어 중심의 교수학습 접근법(language-based approach to teaching and learning)'을 개발하기 위해서 초등학교 샘플 텍스트 수백 개를 분류했다 (Rothery, 1996). 이를 위해서 어휘적, 문법적, 결속적 선택(cohesive choices) 등에서 나타나는 뚜렷한 차이를 구분하고 정리하는데, 높은 가치를 확보한 장르에 모든 학생들이 접근할 수 있는 것이 아니라는 점을 발견한다 (Rothery, 1996:93). 즉 특정 문화의 특정 맥락에 따라 기능적으로 구성된 장르를 전혀 다른 문화에서 자란 학습자가 쓰는 경우 적절한 레지스터를 고려해서 텍스트를 구성할 수 없었다는 것이다. 이와 같은 이유로 시드니 학파는 '모델링(modelling)'을 위한 장르의 명시적 교육(explicit teaching)을 지향한다.[15] 그리고 이 명시적 교육의 장점은 수업에서 교사가 명확하게 교수할 수 있는 텍스트 자료와 교육적 지침을 제공한다는 것이다. 아래 〈그림 2〉는 시드니 학파의 장르 교육법 모형이다.

보통 시드니 학파의 장르 교육법은 연구자와 상관없이(Rothery, 1996; Feez & Joyce, 1998; Rose, 2015), 기본적으로 원(circle) 모양으로 만들어진다. 이에 대해서 Rothery(1996:102)은 "원은 학습자들이 학습과 리터러시 발달 정도가 다르기 때문에 학습자에 따라서 진입해야 하는 지점 (point)을 다르게 나타내려고 고안되었다."라고 밝혔다. 장르 교육법 모형에서 핵심이 되는 Rothery(1996)을 중심으로 설명하면, 우선 교사가 모형 텍스트를 제시하고,[16] '해체하기(deconstruction)', '공동으로 구성하

---

15) 이에 대해서 Feez(2002:55)는 이러한 명시적 교육이 "호주 사회에서 무언가를 하기를 기대 받고 있지만, 실제로 어떻게 하는지를 본 적이 없는 원주민 학생들, 유학생들, 이주 노동자들에게 큰 도움이 된다."라고 밝혔다.

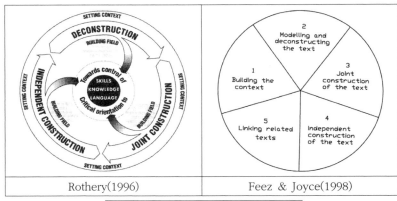

| Rothery(1996) | Feez & Joyce(1998) |

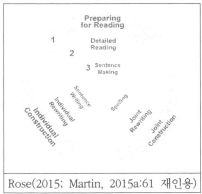

Rose(2015; Martin, 2015a:61 재인용)

〈그림 2〉 시드니 학파의 장르 교육법 모형17)

기(joint construction)', '독립적으로 구성하기(independent construction)'와
같이 3개의 주요 단계가 순환(cycle)한다. 이 모형은 순환하지만 일방향
이 아니고, 학습자들의 장르 수준에 따라서 다른 단계로 들어갈 수 있

16) 다른 모형과 달리 Roze(2015)가 '읽기를 준비하기(preparing for reading)'라고 명시한
이유는 장르 교육법이 교사가 학생들이 해체하고 수정할 텍스트를 먼저 제시하면 그
텍스트를 읽으면서 순환 단계에 따른 활동을 하는 것이기 때문이다.
17) 이 교육법이 초등학교 리터러시 프로그램에서 출발한 것은 맞지만, 현재는 중고등학생
(Martin & Rose, 2008), ESL 성인학습자(Martin & Dreyfus, 2016), 학술적 맥락
(Humphrey, 2016) 등에서 활발하게 적용되고 있다.

다. 각 단계에는 맥락 설정(setting the context)과 필드 구축하기(building field)와 같은 활동이 포함되는데, 이 활동은 순환 전체에서 작동하며, 필자/독자 사이의 관계를 찾는 테너, 내용어를 활용한 필드 이해, 매체에 해당하는 모드 등을 자유롭게 탐색한다. 이처럼 텍스트를 읽으면서 텍스트에 드러난 구체적인 맥락을 분석한다는 이유로 Martin(2015a:66)는 이를 '시각적인 교육법(visible pedagogy)'이라고 했다.

주요 단계별로 설명하면, '해체하기(deconstruction)'에서는 어휘문법적 단서를 통해 수사적 단계를 구분한다. 이 단계에서는 특정 어휘나 문법을 통해서 각 문장의 결속적 연결을 판단하고 이를 근거로 텍스트의 단계적 구조를 파악한다. 이를 통해 어떤 문법과 어휘가 텍스트의 단계를 어떻게 구획할 수 있는지를 파악한다.[18] 이 과정을 통해서 중요한 문법 패턴이나 주요 어휘 등을 종합하는 활동이 가능하다. '공동으로 구성하기(joint construction)'는 실제 글쓰기가 발생하는 단계로 '해체하기' 단계에서 획득한 '메타 언어' 자료를 가지고 '짝 활동(pair work)'을 하면서 유사한 장르를 새롭게 만드는 단계이다. 특히 이때 교사의 중재와 조정(mediation)이 주요한 역할을 하게 된다.[19] 마지막으로 '독립적으로 구성하기(independent construction)'는 대상이 되는 장르에 관한 독립적인 '조직(textual)'을 학습자 스스로 만드는 단계이다. 다만 이 과정에서도 교사의 비계 역할은 함께 수정하기, 문법적, 어휘적 연결에 대한 피드백 제공하기 등과 같은 방식으로 유지된다. 이러한 순환은 명시적으로 제공된 텍스트를 공동 작업과 단독 작업을 통해 해체하고 생성하는 과정으로 연결된다.

---

18) 이에 대해서 Rivera(2012:113)는 이 단계에서 '직접적인 언어 교육'이 발생할 가능성이 가장 높다고 밝혔다.

19) Feez(2002:56)는 SFL의 장르 교육법이 기본적으로 교사와 학습자 사이의 대화를 강조하며 이때 교사가 비계의 역할을 한다고 밝히며, 이를 Vygotsky(1978)과 Bruner(1986)의 영향으로 정리했다.

Martin(2009:16-18)를 보면, "A small child asked her father, 'Why **aren't** you with us?' And her father **said**: 'There are other children like you, a great many of them...' and then his voice trailed off."라는 예를 통해서 '해체하기(deconstruction)'와 '재구성하기(reconstruction)'의 예를 보여준다.[20] 'aren't'를 양태(modality)를 나타내는 조동사 'can'으로 바꾸는데 그 순간, 텍스트의 관념적 의미가 '시간'에서 '가능'으로 바뀌고, 그러면서 장르, 즉 기능적 단계 구조도 변경된다고 밝혔다. 그리고 'said'를 'had to'로 바꾸는 경우에도 맥락에서 필드가 변경되면서 관념적 의미가 바쁜 아빠의 희생과 헌신을 나타내는 것으로 변경된다고 밝혔다. Martin(2009:17)는 어휘 하나, 문법 하나의 변경이 작지만 각 문장의 의미와 전체 텍스트의 의미, 나아가 전체 텍스트의 기능적 단계 구조를 모두 바꾼다고 지적한다. 시드니 학파의 장르 교육법은 이와 같은 맥락을 고려한 어휘문법의 변형을 동료, 교사와 함께 하면서 그 단어와 문법을 선택될 시에 소환되는 필드, 테너, 모드 등을 고려하게 만들고, 나아가 장르에서 기능적 단계가 변화되는 것을 학습할 수 있게 된다.

3. 시드니 학파의 위치와 유학생 글쓰기 교육에서의 함의

3장에서는 시드니 학파와 현재 주요 장르 연구로 알려진 ESP, 신수사학의 장르 개념과 장르 교육법을 중심으로 그 차이를 정리하고, 유학생 글쓰기 교육에서의 함의를 도출해 보려고 한다.

---

20) 아이가 아빠에게 묻는다. "왜 아빠는 우리와 함께 있지 않아요?", 그러자 아빠가 답한다. "우리 딸같은 아이들이 있어, 대다수가 그래..." 아빠는 말하면서 목소리가 작아졌다.

3.1. ESP, 신수사학파와 시드니 학파의 위치

Swales(1990)은 ESP의 장르 이론을 정리하면서 '담화공동체'와 '발화공동체'를 구별한다. 다시 말하면 구어와 문어를 구분하고, 담화공동체를 구어 중심의 발화공동체와 구별되는 사회수사적인 '문어' 사용 집단으로 정리하기 위해서이다. 이러한 경향은 신수사학파에서도 발견되는데 (Freedman, 1993), 신수사학파의 주요 연구들은 글쓰기를 전제로 텍스트를 연구하고 교육법을 모색하지만 구어에 대해서는 다루지 않는다. 반면에 시드니 학파는 모드에서 '구어/문어'로 분류할 뿐, 장르를 정의하면서는 구어와 문어를 모두 포함시킨다. 이는 각 이론의 태생적 차이 때문인데, 시드니 학파가 SFL이라는 언어학적 출발이 분명한 데 반해서 ESP와 신수사학파는 수사학이나 담화 이론을 중심으로 출발하기 때문이다. SFL에는 단계(stage)와 국면(phase)이 있다면(Martin & Rose, 2008), ESP에는 무브 (move)와 스텝(step)이 있다(Swales, 1990). 그렇지만 ESP의 무브와 스텝이 철저하게 '응집성(coherence)'에 따른 '수사적 단위(rhetorical unit)'인데 반해서(Swales, 2004:228), SFL은 철저하게 양태(modalities)와 같은 '언어'적 기능에 기반한 '의미적 배열(configurations of meaning)'을 말한다(Martin, 2014:309).

시드니 학파의 장르 이론은 언어학에 기초하며 구어와 문어를 구별하지 않는다고 정리했는데, 이와 같은 '출발점'에 따른 시드니 학파의 장르적 특징은 더 있다. 그 특징은 '맥락'에 관한 것이다. ESP에서 Swales(2016)은 '학문적 맥락(academic contexts)'과 같은 용어로 맥락을 설명하는데, '영국 응용 언어학자 협회(British Association of Applied Linguists: BALL)'와 '남동지역 미시간 주의 새 관찰 모임(Southeast Michigan Birders)'처럼 전문성이나 취미성을 확보한 '공동체'를 예로 든다. ESP가 공동체의 구성원으로서 알아야 하는 것, 확보해야 하는 것, 소속되어야 하는 것 등을 맥락으로 정의한다면 신수사학파는 그 공동체에서 실제 글쓰기를 하는 '수사적 상황'만으로 맥락을 더 좁힌다. 그래서 Devitt(2015)는 학습자가 알고 있는 언어적 형식이나 수사적 형식이 실제 수사적 맥락에서 작용할 수 있도록 하는 방법에 집중한다. 반면에 시드니 학파에서 맥락은 텍스트를 벗어나지 않는다. 그러니까 맥락은 언어적 자질들에서 도출해낸 결과이지 '언어 외적인 것(extra-linguistic)'으로 고려되지 않는다는 것이다(Martin, 2014:312). 시드니 학파에서 강조하는 맥락과 언어의 관계를 상황 맥락에 따른 언어의 '수반됨(supervenient)'으로 보는 이유가 바로 여기에 있다(Martin, 2015a:37-38).[21)]

ESP의 장르 교육법과 신수사학의 장르 교육법은 일반적으로 대칭점에 서 있다. Hyon(1996:701)은 ESP의 장르 교육을 설명하면서 '명시적 교육(explicit teaching)'으로 정리하는데, 실제 Swales(1990)의 CaRS 모형을 활용해서 글쓰기 교육에 활용하는 사례 연구들이 많다(민정호, 2021a; Cheng, 2015; Sutton, 2000). 이 연구들은 텍스트를 구성하는 수사적 구조를 무브와 스텝으로 나눠서 학습자에게 명시적으로 제시하고, 그 명시적 지식을 활용해서 학습자가 직접 텍스트를 완성하거나, 같은 담화공동체에서 완성된 이상적 논문을 분석하도록 한다. 반면에 신수사학의 장르 교육법은 '도제식 교육법(apprenticeship-based genre approach)'을 따른다(Freedman, 1994:53). 여기서 도제식이라는 것은 장르가 학습되는 것이 아니라 습득된다는 것을 전제로, 학습자의 장르 참여가 장르 습득을 추동해서 장르 교육이 가능하게 만든다는 것이다. Dvitt(2009:337)가 장르 인식을 강조하는 이유도 다양한 수사적 맥락에서 장르의 명시적 특징을 모두 알 수 없기 때문에 장르의 특징을 판단할 수 있는 장르 인식

---

21) '수반(supervenience)'은 정신적 속성이 물질적 속성에 '수반'한다는 것처럼 철학적인 개념으로, 일반적으로 약수반, 강수반, 총체적 수반으로 나뉜다(선우환, 2002:64). Martin이 여러 논문에서 맥락과 언어 사이의 관계를 수반적이라고 표현한 이유는 '상황 맥락'이 언어에 투영되며 언어로 투영된 맥락을 텍스트 분석을 통해 도출할 수 있는 명제를 강조하기 위한 것이다.

을 강조하는 것이다.

이와 같이 'ESP=명시적 교육', '신수사학=암시적 교육' 식의 이항 배열을 하게 되면, 시드니 학파의 장르 교육법도 명시적 교육으로 기울게 된다. 실제 Martin(2015a:66)는 시드니 학파의 장르 교육법을 장르에서 나타나는 단계를 도식화하는 '시각적인 교육법(visible pedagogy)'이라고 밝혔다. 그렇지만 ESP와는 그 성격이 다르다. 명시적으로 보여주는 것까지는 동일하지만 그 후에 진행되는 활동이나 그 활동의 방법과 목적은 완전히 다르기 때문이다. 예를 들어 ESP는 CaRS 모형을 명시적으로 학습하고, 실제 모범이 되는 텍스트에 CaRS 모형을 활용해서 장르 분석을 한다. 그리고 이를 기초로 장르 글쓰기를 하게 되는데, 장르 분석은 철저하게 '수사적 분석'으로만 국한된다. 시드니 학파가 어휘, 문법이 발생시키는 관념적 의미, 대인관계적 의미, 텍스트적 의미를 각각 찾고, 이런 선택이 가능하게 한 필드, 테너, 모드와 같은 맥락을 고려해서 각 어휘문법의 기능을 알아가는 활동을 하는 것과 대비된다. 이 활동에는 어휘문법을 다르게 선택할 경우 변화하는 텍스트의 기능적 의미 단계까지 경험하게 하는데, 이런 식의 장르 교육은 ESP에서 발견되지 않는 것이다.

Martin(2015a:38)는 일반적으로 맥락을 언어 외적으로 보는 '화용론(pragmatics)'이나 '담화 분석(discourse analysis)'의 맥락 개념에 대해서 회의적인 입장이다. 그러면서 Martin(2014:315)는 "전통 언어학자나 학교 문법 언어학자들은 우리가 알아야 할 것을 말하지 않는다."라고 비판하며, 이와 같은 이유 때문에 호주 교육계에서 KAL이 배제될 수밖에 없었다고 지적한다. 즉 "수동태는 피하라, 절대 접속사로 첫 문장을 시작하지 마라."와 같은 내용만으로는 KAL의 유용성을 되살릴 수 없다는 지적이다. 실제로 Martin(2014)는 신수사학파는 맥락을 화용론과 동일시한다고 비판했다. 실제 맥락의 선택, 즉 장르 업테이크를 강조한 Freadman(2015)는 실제 이 개념이 '화용론'에서 온 개념임을 밝혔다. 이렇게 되면 텍스트 내부에 존재하는, 즉 그렇게 쓰여질 수밖에 없었던 '언어에 수반된 맥락'에 주목하는 연구는 시드니 학파가 유일하게 된다. 즉 상황 맥락에 따라 단계화된 언어적 구성물을 학습자가 고려할 수 있을 때에만 사회문화별로 차이가 발생하는 장르의 추상적 의미를 발견할 수 있는데, 이 역할은 시드니 학파만 가능한 것이다.

3.2. 유학생 글쓰기 교육에서의 함의

　시드니 학파는 모델링을 위한 모범 텍스트를 학생들에게 제시하는데, 그 이유는 그 텍스트의 단계를 모방하고 암기하기 위해서가 아니다. 왜냐하면 이와 같은 장르 교육은 규범주의로 변질될 가능성이 높기 때문이다. 시드니 학파의 모델링은 텍스트의 각 기능적 단계를 만드는 맥락과 그 맥락에 따른 어휘문법을 분석하면서 텍스트가 특정 단계를 구성하도록 추동하는 어휘와 문법의 기능을 정확하게 이해하고, 이를 변형하면서 장르 글쓰기를 하기 위해서이다. 이와 같은 시드니 학파의 장르 교육법은 학습자가 스스로 장르를 분석하고 인식하며 사용할 수 있도록 하는 '도구(toolkits)'를 제공한다는 차원에서 장르의 암시적 교육과도 연결된다. 민정호(2020:116-117)은 명시적 교육과 암시적 교육을 상호작용적으로 접근하는 장르 교육법을 발견학습을 적용해서 설계했는데, 여기서 '발견'이 맥락에서의 레지스터 변인과 이 변인이 만드는 어휘문법적 의미라고 전제한다면 시드니 학파가 이 상호작용적 장르 교육법의 대안이 될 수 있을 것이다. 이 절에서는 현재 학술적 글쓰기에서 유학생의 문제를 먼저 진단하고 이 문제를 시드니 학파가 어떻게 해결할 수 있는지를 중심으로 논의를 전개하겠다.

　유학생 글쓰기 교육에서 '세 문장 쓰기'와 관련된 연구가 있다(송지언·조형일, 2017) 이것은 텍스트가 응집력 있게 구성되려면 최소 세 문장이 필요하다는 것을 의미함과 동시에 최소한의 응집력 있는 세 문장조차 유학생이 '스스로 쓸 수 없다는 것'을 의미한다. 이와 같은 변증법이 가능한 이유는 학술적 글쓰기의 경우 유학생들은 번역기를 사용하기 때문이다. 민정호(2018)이 적은 표본이지만 유학생을 대상으로 학술적 텍스트를 완성할 때 번역기를 사용하는 정도와 이유를 검토하였다. 분석 결과 82.5%가 학술적 텍스트를 완성하면서 번역기를 사용한다고 응답했고, 이 중에 75.8%가 생각한 내용을 한국어로 바꾸기, 모국어로 쓴 내용을 한국어로 바꾸기, 완성한 문장을 한국어로 검토하기 등처럼 '글쓰기'와 관련해서 사용한다고 밝혔다.22) 여기서 발생하는 문제는 번역기가 특정 어휘문법의 선택에서 고려해야 하는 '특정 맥락'까지 고려하지 않는다는 것이다. 즉 번역기가 만든 문장이 그 자체로 오류문일 수도 있고, 정확한 문장이라고 하더라도 학습자의 텍스트로 넣을 때에는 특정 기능을 고려해서 맥락에 맞춰야 한다는 것이다. 그렇지만 유학생이 완성한 보고서, 리포트, 학위논문 등에서 나타나는 여러 오류문들은 유학생이 이와 같은 맥락을 전혀 고려하지 않는다는 것을 의미한다.23) 유학생들이 글쓰기를 할 때 번역기를 사용하는 것이 일반적이라면, 그 상황을 전제로, 번역된 문장을 자신의 텍스트로 옮겨올 때 여러 어휘문법 선택지를 고려해서 직접 변형해 보고, '모드, 테너, 필드'와 같은 맥락을 고려해서 최선의 선택지를 텍스트에 포함시키도록 해야 할 것이다. 즉 시드니 학파의 장르 교육법은 '맥락을 고려한 변형'에서 유학생 글쓰기에 이점이 있을 것이다.

학술적 맥락에서 완성된 모든 글쓰기는 기본적으로 읽기 자료를 먼저 찾고, 이를 기초로 글쓰기를 하는 '자료로부터의 글쓰기(Writing from

---

22) 나머지 24.2%는 학술적 텍스트를 완성하기 위해 찾은 자료의 내용을 이해하기 위해서 번역기를 사용한다고 밝혔다.
23) 실제로 번역기 사용 때문이건 작문 실력의 부족 때문이건 유학생의 학술적 텍스트에서 발견되는 오류는 그 종류와 양이 상당히 많다(이금희, 2016; 서수백, 2014).

Sources)'이다(Segev-Miller, 2004:5). 이와 같은 글쓰기를 할 때는 적절한 자료를 찾아서 그 자료를 분석하고, 필요한 정보를 획득해서, 이 정보를 다시 학습자의 텍스트 맥락에 맞춰서 구성해야 한다. 여기서 발생하는 문제는 학습자의 텍스트에 맞춰서 구성해야 하지만, 유학생들은 어떻게 맞추는지에 대한 '감각(sense)'이 부족하다는 것이다. 실제로 유학생 자료 활용과 관련된 교육은 대부분 인용 형식에 초점을 두고 진행되는데, 여기서 발생하는 문제는 형식에 지나치게 치중하면 형식이 맞음에도 표절인 텍스트가 구성된다는 것이다(손달임, 2021:269). 그렇다면 시드니 학파의 장르 교육법처럼 전체적인 텍스트의 기능적 단계를 먼저 분석해 보고 필요한 경우 모델링하도록 전체 단계를 명시적으로 제시할 수 있을 것이다. 또한 이와 같은 기능적 단계로 유학생이 텍스트를 구성하기 위한 정보를 찾고, 각각의 정보를 연결하기 위해 필요한 '어휘문법'이 무엇인지를 고민해 보도록 할 수도 있을 것이다. 물론 앞에서 언급한 것처럼 번역기 사용이 일반적이라고 가정하더라도 최소한의 응집성 있는 문장을 유학생이 직접 쓰도록 하는 교육은 필수적일 것이다. 시드니 학파의 장르 교육법은 대학교(원)에서 많은 자료를 읽고 적절한 자료를 발견해서 자신의 텍스트로 옮겨 올 때 활용할 수 있는 텍스트의 기능적 단계와 어휘문법의 선택지를 직접 써 보고, 확보하도록 하는 데 중요한 역할을 할 것이다.

유학생 글쓰기 교육에서 번역기가 발생시키는 오류문의 산출, 인용과 관련된 표절 등도 중요한 문제이지만, 수사적 맥락에서 자신의 목소리를 내지 못하는 것도 문제이다. 학술적 맥락에서 장르 글쓰기를 하는 경우 수사적으로 주장을 하거나 논증을 하면서 자신의 목소리를 적시해야 하는 수사적 상황이 존재한다. Ivanič(1998:7)은 필자 정체성이 기본적으로 담론적 구성물임을 전제로, 새로운 공동체에는 이질적인 담론이 있어서 새로운 필자 정체성을 구성하는 데 어려움을 겪는다고 밝혔다. 즉, 필자 정체성이 적절하게 구성·발현되지 못하면 자신의 목소리를 텍스트에서 드러낼 수 없게 된다. Martin(2014:313)는 '테너'의 중요성을 특정 필드에서 작용하는 '지배적 아이덴티티(master identity)'와 협상하고 선택하는 것이라고 밝혔다. 학술적 맥락에서 유학생이 학술적 텍스트를 완성할 때 특정 필드, 즉 내용에서의 테너, 즉 주요한 아이덴티티를 확보하는 데 도움이 되는 텍스트 단계와 어휘문법적 내용을 유학생에게 명시적으로 제시할 수 있다. 또한 이를 바탕으로 유학생이 텍스트에 조직화(texture)를 실현할 수 있다면, 유학생 텍스트의 질적 제고와 학업 적응 모두에 도움이 될 것이다.

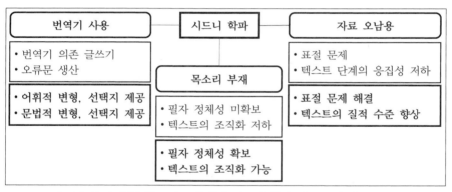

〈그림 3〉 유학생 글쓰기 교육에서 시드니 학파 장르 교육법의 의미

〈그림 3〉은 시드니 학파의 장르 이론과 장르 교육법이 학술적 맥락에 있는 유학생에게 제공할 수 있는 교육적 이익을 정리한 것이다. 유학생 글쓰기 교육에서 발생하고 있는 번역기 의존과 대량의 오류 문장, 표절의 문제와 텍스트의 질적 저하, 그리고 목소리의 부재 등과 같은 문제는 시드니 학파의 장르 교육법의 적용을 통해서 해결될 수 있을 것이다. 언어학 관련 내용 때문에 유학생에게 어려울 수 있다는 반론이 있을 수 있지만 시드니 학파의 장르 교육법이 호주의 유학생, 이민자들

에게 성공적으로 이미 적용된 교육법이라는 점을 고려하면 국내에서도
중요한 교육적 역할을 담당할 것으로 판단된다.

4. 결론

　본 연구는 국내 유학생 대상 글쓰기 연구 현황을 분석하고 ESP와
신수사학파 중심의 연구 경향을 밝혔다. 또한 대부분의 연구가 텍스트
분석을 중심으로 진행되어 실제 교육학적 방법을 모색한 연구도 적음
을 발견했다. 이러한 현황에서 시드니 학파의 장르 개념과 장르 교육법
이 최소한 문장 수준에서 유학생의 글쓰기 어려움을 해결할 수 있다고
밝히고 논의를 전개했다. 이를 위해서 시드니 학파의 장르 개념과 장르
교육법을 이론적으로 검토했다. 또한 ESP와 신수사학파와의 비교 분석
을 통해 시드니 학파 장르 이론의 위치와 위상을 점검하였다. 마지막으
로 학술적 맥락에 있는 유학생에게 시드니 학파의 장르 교육법이 줄 수
있는 장점을 중심으로 교육적 함의를 분석·정리하였다.

　본 연구는 시드니 학파의 장르 이론이나 교육법 연구가 거의 진행되
지 않는 국내 상황에서 시드니 학파의 장르 이론과 장르 교육법을 이론
적으로 검토하고, 다른 장르 이론과의 비교 분석을 통해서 유학생 장르
교육에 제공할 수 있는 교육적 함의를 도출했다는 점에서 의의가 있을
것이다. 실제 영어 교육으로 설계된 시드니 학파의 장르 교육법을 한국
어 교육의 실정에 맞춰서 수정·설계를 하거나, 이 수정·설계된 장르
교육법을 실제 교육 현장에 적용해 보는 작업은 본 연구에는 포함되지
않았다. 다만 이 시론적 연구를 기점으로 시드니 학파의 장르 이론이
국내 글쓰기 교육 현장에 활발하게 적용되어 유학생의 장르 학습과 텍
스트 질 향상에 도움을 줄 수 있기를 바란다.

• 참고문헌

민경모(2010), 서법(Mood) 구현 형식에 대한 일고찰: 서법 범주의 수용과 전개를 중심으로, 한국학논집 40, 계명대학교 한국학연구원, 417-452.

민정호(2018), 학문 목적 한국어 쓰기에서의 담화종합 수준별 저자성 분석-대학원 유학생의 계획하기와 수정하기를 중심으로, 동국대학교 대학원 박사학위논문.

민정호(2020), 대학원 유학생을 위한 학위논문의 장르 교육 연구, 문화교류와 다문화교육 9(3), 한국국제문화교류학회, 109-132.

민정호(2021a), 장르 분석을 활용한 학위논문 장르 교육 수업 설계 연구, 외국어로서의 한국어교육 63, 연세대학교 언어연구교육원 한국어학당, 27-50.

민정호(2021b), 학술적 담화공동체의 개념과 학술적 글쓰기 교육에서의 의미, 리터러시연구 12(2), 한국리터러시학회, 13-40.

민정호(2022a), 신수사학파의 장르 인식 개념과 유학생 글쓰기 교육에서의 함의, 동악어문학 86, 동악어문학회, 171-192.

민정호(2022b), 장르 인식 향상을 위한 텍스트 유형과 장르 인식 활동 방안 연구, 리터러시연구 13(2), 한국리터러시학회, 393-415.

박나리(2014), 외국인 유학생이 생산한 설득적 텍스트 분석: 장르 기반 문법 모델을 바탕으로, 한국어교육 25(3), 국제한국어교육학회, 143-183.

서수백(2014), 외국인 유학생의 한국어 쓰기 오류 분석-학부 재학 유학생 백일장 작문을 대상으로, 우리말글 62, 우리말글학회, 127-157.

선우환(2002), 총체적 수반 개념의 철학적 적합성, 철학과분석 5, 한국분석철학회, 63-89.

손다정·정다운(2017), 외국인 유학생의 한국어교육 박사 학위 논문 서론 텍스트 구조 분석, 어문론집 70, 중앙어문학회, 445-479.

손달임(2021), 외국인 유학생의 자료 사용 능력 향상을 위한 인용 교육 방법 연구: 학문 목적 글쓰기 교재 분석을 중심으로, 이화어문논집 53, 이화어문학회, 267-294.

송지언·조형일(2017), 한국어 쓰기 교육을 위한 '세 문장 쓰기' 과제 개발 연구: 한국어 교재 분석을 바탕으로, 국어국문학 180, 국어국문학회, 221-255.

유나(2021), 학위논문 〈선행연구〉의 내용 구조 분석 연구: 중국인 대학원생과 한국어 모어화자의 비교를 중심으로, 국어교육연구 47, 서울대학교 국어교육연구소, 203-243.

유인박·김한근(2021), 학위논문 감사의 글 장르 분석 연구: 중국인과 한국인의 텍스트 비교를 중심으로, 텍스트 언어학 50, 한국텍스트언어학회, 189-218.

유현정(2019), 학부 유학생을 위한 글쓰기 교육의 목표와 내용에 관한 고찰, 한성어문학 40, 한성어문학회, 179-205.

이금희(2016), 중국인 유학생 글쓰기 과제에 나타난 어휘 오류 양상과 교육 방안, 텍스트언어학 40, 한국텍스트언어학회, 161-198.

이영준(2020), 한국어의 타동성 발현 양상 분석, 돈암어문학 37, 돈암어문학회, 147-169.

채윤미(2017), 외국인 유학생의 설득적 텍스트에 대한 장르 기반적 분석: 건의문을 중심으로, 작문연구 32, 한국작문학회, 157-183.

Bottomley, Y.(1994), From proficiencies to competencies: A collaborative approach to curriculum innovation, Sydney: National Center for English Language Teaching and Research.

Bruner, J. S.(1986), *Actual minds, possible worlds*, Cambridge, MA: Harvard University Press.

Cheng, A.(2015), Genre analysis as a pre-instructional, instructional, and teacher development framework, *Journal of English for Academic Purposes*, 19, 125-136.

Christie, F.(2012), *Language education throughout the school years: A functional perspective,* Malden, MA: Wiley-Blackwell.

Devitt, A. J.(2009), Teaching Critical Genre Awareness, In C. Bazerman, A. Bonini, & D. Figueiredo(Eds.), *Genre in a Changing World*(337-351), West Lafayette, IN: Parlor Press.

Devitt, A. J.(2015), Genre performances: John Swales' Genre Analysis and rhetorical linguistic genre studies, *Journal of English for Academic Purposes*, 19, 44-51.

Eggins, S.(2021), 체계 기능 언어학의 이해, 김서형·유혜원·이동혁·이유진·정연구 공역, 역락(원서출판 2004).

Feez, S. & Joyce, H.(1998), *Text-based syllabus design*, Sydney: National Center for English Language Teaching and Research.

Feez, S.(2002), Heritage and innovation in second language education, In A. Johns (Ed.), *Genre in the classroom: Multiple perspectives*(43-69), Mahwah,

NJ: Lawrence Erlbaum.

Freadman, A.(2015), The Traps and Trappings of Genre Theory, In N. Artemeva & N. A. Freedman(Eds.), *Genre studies around the globe: beyond the three*(425-452), Bloomington: Trafford.

Freedman, A. & Medway, P.(Eds.)(1994a), *Learning and Teaching Genre*, Portsmouth, NH: Boynton/Cook.

Freedman, A. & Medway, P.(Eds.)(1994b), *Genre and the New Rhetoric*, London: Taylor & Francis.

Freedman, A. (1994), Anyone for Tennis?, In N. Artemeva & N. A. Freedman (Eds.), *Genre and the New Rhetoric*(37-56), London: Taylor & Francis.

Freire, P.(1972), *Pedagogy of the oppressed*, London: Penguin.

Green, B. and Lee, A.(1994), Writing geography lessons: Literacy, identity and schooling, In A. Freedman & P. Medway(Eds.). *Learning and Teaching Genre*(207-224), Portsmouth, NH: Boynton/Cook.

Hyon, S.(1996), Genre in three traditions: Implications for ESL, *TESOL Quarterly*, 30, 693-722.

Ivanič, R.(1998), *Writing and identity: The discoursal construction of identity in academic writing*, Amsterdam: John Benjamins.

Johns, A. M.(2003), Genre and ESL/EFL composition instruction, In B. Kroll (Ed.), *Exploring the dynamics of second language writing*(195-217), New York: Cambridge University Press.

Knapp, P. & Watkins, M.(2007), 장르·텍스트·문법-쓰기 교육을 위한 문법, 주세영·김은성·남가영 공역, 사회평론아카데미(원서출판 2005).

Lukin, A., Moore, A., Herke, M., Wegener, R. & Wu, C.(2008), Halliday's model of register revisited and explored, *Linguistics and Human Sciences*, 4(2), 187-243.

Macken-Horarik, M.(2002), "Something to shoot for": A systemic functional approach to teaching genre in secondary school science, In A. Johns (Ed.), *Genre in the classroom. Multiple perspectives*(17-42), Mahwah, NJ: Lawrence Erlbaum.

Martin, J. R.(1984), Language, register and genre. In F. Christie(Ed.), *Deakin university children course reader*(21-30), Geelong: Deakin University Press.

Martin, J. R.(2006), Metadiscourse: Designing interaction in genre-based literacy programs, In R. Whittaker, M. O'onnell, & A. McCabe(Eds.), *Language and literacy: Functional approaches*(95-22), London: Continuum.

Martin, J. R.(2009), Genre and language learning: A social semiotic perspective, *Linguistics and Education*, 20, 10-1.

Martin, J. R.(2014), Looking out: Functional linguistics and genre, *Linguistics and the Human Sciences*, 9(3), 307-321.

Martin, J. R.(2015a), One of three traditions: genre, functional linguistics and the 'Sydney School', In N. Artemeva & N. A. Freedman(Eds.). *Genre studies around the globe: Beyond the three traditions*(31-77), Bloomington: Trafford.

Martin, J. R.(2015b), Cohesion and texture, In D. Schiffrin, D. Tannen, & H. E. Hamilton(Eds.), *The handbook of discourse analysis*(61-81), Australia: Blackwell: Melbourne.

Martin, J. R., & Matthiessen, C.(1991), Systemic typology and topology, In F. Christie(Ed.), *Literacy in social processes: Papers from the inaugural Australian systemic linguistics conference, held at Deakin University, January 1990*(345-383), Darwin: Centre for Studies in Language in Education, Northern Territory University.

Richardson, P.(1994), Language as personal resource and as social construct: competing views of literacy pedagogy in Australia, In A. Freedman and P. Medway(Eds.), *Learning and Teaching Genre*(117-142), Portsmouth, NH: Boynton/Cook.

Rivera, J. D. H.(2012), Using a genre-based approach to promote oral communication in the Colombian english classroom, *Colombian Applied Linguistics Journal*, 14(2), 109-126.

Rose, D. & Martin, J. R.(2012), *Learning to write, reading to learn: Genre, knowledge and pedagogy in the Sydney School*, London: Equinox.

Rothery, J.(1996), Making changes: Developing an educational linguistics. In R. Hasan & G. Williams(Eds.), *Literacy in society*(86-123), London: Longman.

Segev-Miller, R.(2004), Writing from Sources: The Effect of Explicit Instruction on College Students' Processes and Products, *L1-Educational Studies in Language & Literature*, 4(1), 5-33.

Sutton, B.(2000), Swales's 'Moves' and the Research Paper Assignment, *Teaching English in the Two-Year College, 27*(4), 446-451.

Swales, J.(1990), *Genre Analysis: English in Academic and Research Settings,* Cambridge: Cambridge University Press.

Swales, J.(2016), Reflections on the concept of discourse community, *ASp. la revue du GERAS,* 69, 7-19.

Swales, J. M.(2004), *Research Genres,* Cambridge: Cambridge University Press.

Vygotsky, L.(1978), *Mind in society: The development of higher psychological processes,* M. Cole, V. J. Steiner, S. Scribner, & E. Souberman(Eds & Trans.), Cambridge, MA: Cambridge University Press(original work published 1934).

V

학습자 특수성과
장르 글쓰기 교육

박사 과정에서 WAW를 활용한
쓰기 교육 방안 탐색

박사 유학생의 '학술논문' 완성을 위한 수업 설계를 중심으로

1. 머리말

미국 작문교육에서 Dawns & Wardle(2007)의 등장은 신입생에게 '글쓰기에 대해서 가르친다는 점(teaching about writing)'에서 획기적인 사건이었다. 2000년 3월 '글쓰기교육행정 위원회'에서 채택한 성과 성명서에 따르면, '쓰기 교수(writing instruction)'에서 주요한 내용을 수사적 지식, 비판적 리터러시, 글쓰기의 과정, 규약 지식 등으로 발표했는데, Dawns & Wardle(2007:555)은 '신입생 글쓰기 교육(First-Year Composition: 이하 FYC)'이 이러한 기대를 충족시키지 못한다고 지적한 것이다. Dawns와 Wardle은 『Writing About Writing』이라는 교재를 2011년에 출간했는데,[1] 현재 4번째 개정판이 나왔을 정도로 '글쓰기에 관한 글쓰기(Writing about Writing: 이하 WAW)'는 미국 작문 교육계에서 그 성과를 인정받고 있다. WAW란, 글쓰기를 '글쓰기로 가르치는 것(teaching about writing)'을 말한다. '앞의 글쓰기'는 텍스트를 포함한 글쓰기 행위를 말하고, '뒤의 글쓰기'는 글쓰기에 대한 이론이나 지식을 연구한 논문들을 가리킨다. 그러니까 글쓰기에 대한 논문으로 글쓰기 교육을 하자는 것이다. 이렇게

---

1) Wardle, E. & Downs, D.(2020), 『Writing About Writing: A College Reader』, 4th edition, Bedford/St. Martin's.

글쓰기 교육이 진행되어야 하는 이유를 살펴보려면 Russell(1995:51)를 먼저 살펴봐야 하는데, Russell은 FYC와 같은 '보편적 쓰기 교육(general writing skills instruction)'을 학생들의 사용 맥락을 무시하고, 글쓰기를 '만능의 방식(all-purpose form)'으로 가르칠 수 있다는 잘못된 믿음에서 출발한다고 설명한다.

Russell(1995)와 같이 Wardle(2009:770)도 FYC가 학습 전이를 일으킨다는 주장에 회의적이다. 즉 FYC의 성공적인 교육이 각 계열, 전공에서의 성공적인 글쓰기로 전이되지 않는다는 지적이다. 그래서 FYC처럼 실제 수사적 맥락과 동떨어진 '잡종 장르(nuts genre)'로의 글쓰기 교육을 부정하고(Wardle, 2009:777), 전공과 계열별 수사적 상황에서 필자가 자신의 능력으로 글쓰기를 하도록 '글쓰기 자체'를 가르치자고 주장한 것이다(Dawns & Wardle, 2007:553).2) 실제로 FYC를 비판한 대가로 엄청난 비판에 직면했지만, Wardle과 Dawns는 Wardle & Dawns(2013)에서 WAW를 더 강화하는 방향으로 연구를 진행한다. Wardle과 Dawns는 Dawns & Wardle(2007)을 발표한 이후에 많은 지지자들로부터 WAW에 대한 환호와 응원을 받았다고 밝히고, '글쓰기 지식(our field's knowledge)'을 가르쳐야 한다는 주장을 고수한다. 몇몇 연구자들이 WAW가 학생들에게 글쓰기의 '지루함(boredom)'을 가르쳤다고 비판했지만, Wardle & Dawns(2013)은 WAW를 적용한 수업 보고를 근거로 WAW가 마주한 수사적 상황에서 필자가 나아갈 방향을 알려주었기 때문에, 오히려 학생들에게 글쓰기에 대한 큰 '열정(enthusiasm)'과 '흥분(excitement)'을 제공했다고 반박했다. 그리고 그 후에 Wardle은 계열별 '범교과적 글쓰기(Writing Across the Curriculum: WAC)로3)

---

2) 여기서 Downs & Wardle(2007:553)이 주장하는 '글쓰기 자체'는 필자가 마주한 수사적 현실을 직시하고, 글쓰기에 대한 이해를 도모하기 위해서 학술적 탐구 중심의 글쓰기, 수사학, 언어, 리터러시 등을 중심으로 가르치는 것을 말한다.

3) 'WID(Writing in the disciplines)'가 전공에서의 글쓰기를 가리킨다면 'WAC(Writing Across the Curriculum)'는 교양과 전공을 가로지는 글쓰기를 말한다(안상희, 2015).

연구의 영역을 확대해 나간다.[4]

본 연구가 Wardle의 연구를 중심으로 WAW의 역사와 특징을 살펴본 이유는 WAW가 '박사 과정의 유학생(이하, 박사 유학생)'에게 타당한 접근법이라 판단했기 때문이다.[5] 교육부에서 발표한 유학생 현황에 따르면 '박사 유학생'은 2019년을 기준으로 1만 명을 넘어섰다. 이렇게 그 수가 증가한 '박사 유학생'은 '학위논문'과 같은 학술적 글쓰기가 강조된다는 학습자 특수성을 갖는다. 그런데 '석사 유학생'만을 대상으로 학술적 글쓰기 교육법을 모색한 연구들은 있지만(민정호, 2020a; 홍윤혜·신영지, 2019; 정다운, 2014), 박사 유학생을 대상으로 진행된 연구는 없다. 손다정·정다운(2017)이 박사 유학생의 박사 논문을 분석했는데, 학위논문의 서론에만 집중하고, 구체적인 교육법은 다루지 않는다. 이처럼 박사 유학생의 글쓰기 교육법 연구가 없는 이유는 이들이 '외국인'이지만, 한국 대학원생과 동일하게 학술적 리터러시에 능숙한 필자로 인식되기 때문이다(민정호, 2020a).

그렇지만 유창한 한국어로 의사소통할 수 있고, 어려운 텍스트를 읽을 수 있는 것과, 처음 접하는 장르 글쓰기를 잘하는 것과는 별개의 문제이다. 그런데 모든 장르 글쓰기의 특징, 그리고 각 장르에서 마주하게 되는 수사적 맥락별 해결 전략 등을 전부 가르치는 것은 한계가 있다. WAW는 FYC가 갖고 있는 교양 글쓰기와 계열·전공별 글쓰기의 괴리를

Wardle은 FYC와 WID 사이에서 학습 전이 역할을 할 수 있는 WAC에 관심을 쏟고 있다.

4) 2016년 이후에 Wardle은 마이애미 대학교의 글쓰기 센터로 가게 되면서 '문턱 개념(threshold concepts)', '응용 언어학', 그리고 '글쓰기 연구' 등을 종합해서 'WAC 글쓰기 모형' 개발에 집중한다. '문턱 개념'에 관한 연구는 Wardle & Adler-Kassner(2019), WAC의 교수 세미나에 관한 연구는 Wardle, Updike & Glotfelter(2020)을 참고 바란다.

5) 최근 학부 과정의 유학생을 학습자로 다루는 연구를 보면, 이들을 '학부 유학생'이라고 부르고 경향이 확인된다(민정호, 2020; 유현정, 2019; 김민영, 2018). 이는 '학부 과정'이라는 학술적 담화공동체에 소속된 학습자를 지칭하는 것인데, 본 연구도 박사 과정이라는 학술적 담화공동체에 소속된 학습자라는 의미에서 '박사 유학생'이라고 지칭하겠다.

해결하기 위해서 필자가 글쓰기와 관련된 지식을 갖고 있어야 한다고 전제하고 글쓰기에 대한 '논문 읽기'를 통해 글쓰기 수업을 진행한다. 결국 스스로 마주한 수사적 문제를 해결하기 위한 힘을 길러주자는 것인데, 박사 유학생의 경우에도 '논문 읽기'를 통한 글쓰기 교육이 효과적일 것이다. 왜냐하면 박사 유학생은 학부·석사 유학생보다 한국어 능력이 높고, 무엇보다 석사 학위논문을 쓴 경험이 있기 때문이다. 이와 같은 이유로 본 연구는 논문 읽기가 중심이 되는 WAW를 활용해서 박사 유학생을 대상으로 '학술논문' 완성을 위한 수업을 설계하려고 한다. 특히 박사 학위를 받기 위해서 의무적으로 '학술논문'을 써야만 하는 박사 유학생에게 이 수업은 예측할 수 없는 수사적 문제를 만났을 때 스스로 극복할 수 있는 리터러시 능력을 확보하게 해 줄 것이다.

2. WAW의 개념과 박사 유학생의 특징

2.1. WAW 접근법의 개념

국내 연구에서 FYC의 문제와 WAW 교육의 등장을 제일 먼저 소개한 연구는 정희모(2014)와 이윤빈(2014)이다. 이 연구들은 미국 작문 교육에서 일어났던 논쟁을 정리하고, WAW의 특징과 한계를 제시한 후에 '학습 전이'를 유발할 수 있는 교육 방법을 모색했다. 이후에 정희모(2015)와 이윤빈(2015)에서는 WAW 교재 『Writing About Writing: A College Reader』를 분석하고, 교육법 차원에서 그 특징과 대안적 방법, 시사점 등을 정리했다. 그 후 김록희·정형근(2017), 한상철(2018), 이원지(2020) 등의 연구가 진행된다. 김록희·정형근(2017)은 장르 리터러시 제고 방안을 제안하면서 부분적으로 WAW를 활용했고, 한상철(2018)은 FYC 강의에서 학습 전이가 가능하게 하는 전략 선정의 이론적 근거로

WAW를 활용했다. 가장 최근에 나온 이원지(2020)은 FYC 글쓰기 강의를 전제로 수업을 설계한 연구인데, 김록희·정형근(2017)과 한상철(2018)이 WAW를 '교육법'으로 보는 것과 달리, '접근법' 차원에서 수업을 설계했다는 특징이 있다. WAW를 다룬 연구들은 이론적 소개를 거쳐서 부분적으로 수업 설계에 반영되기 시작했고, 최근에는 접근법의 입장에서 WAW의 특징을 충실히 담은 수업까지 설계되었다. 그런데 여기서 본 연구에서 주목한 것은 전반적인 연구가 FYC에만 한정되어 있다는 것이다.

　Wardle & Dawns(2013:5)은 Dawns & Wardle(2007)을 회고하면서 여전히 글쓰기 지식을 가르쳐야 한다는 주장을 고수하지만, 글쓰기 전공자뿐만 아니라 '다른 전공의 교수자'도 글쓰기 교육을 담당할 수 있다는 논지로 본래 주장을 유연하게 수정한다. 이 주장은 전문 지식을 가지고 있는 전공 교수들에게 글쓰기 지식을 가르치는 세미나를 만들고 이 세미나를 통해서 전공 교수자를 활용한 WAC 모형을 모색하는 후속 연구로 이어진다(Wardle, Updike & Glotfelter, 2020). 그러면서 Wardle & Dawns(2013:5)은 WAW에 기반한 다양한 글쓰기 '접근법(approach)'이 긍정적 효과를 가져다 줄 것이라는 점을 인정한다.[6] Wardle이 FYC뿐만 아니라 WAC 등으로 WAW의 접근 범위를 확장한 것도 이와 같은 다른 방향으로의 '접근'이 주는 긍정적인 효과 때문일 것이다. 이는 '새로운 접근'을 통해 기존의 WAW '교육법(pedagogy)'을 다양하게 변주하고 있는 연구들에서도 발견된다(Bommarito & Chappelow, 2017).

　본 연구도 이와 같은 흐름에 따라서 FYC만을 위한 교육법이 아니라, WAW '접근법'의 입장에서 새로운 '학습자', 그리고 새로운 '교육과

---

6) WAC 교육에서 다뤄지는 '리터러시 내용'들은 전문 분야로 들어가기 전에 중간 단계 역할을 하는 '문턱 개념(Threshold concept)'에 근거한다(Wardle & Adler-Kassner, 2019).

정'에 적용해 보려고 한다. Bommarito & Chappelow(2017)은 WAW에서 '과정'과 '성찰'에만 주목해서 글쓰기 교수요목을 새로 만들었다. '과정'과 '성찰'을 중심으로 글쓰기 교수요목을 설계한 것처럼 WAW 접근법의 특징을 중심으로 글쓰기 수업을 설계하는 것은 효과적인 접근법이 될 것이다. 앞의 1장에서 이미 밝혔듯이 본 연구는 대학원에 재학 중인 박사 유학생을 대상으로 논의를 전개한다. 그렇다면 대학원 유학생의 특징을 설명하고, WAW의 특징 중에서 어떤 특징을 중심으로 글쓰기 수업을 설계해야 하는지를 밝혀야 할 것이다.

2.2. 학습자 특수성을 고려한 WAW 접근법

Swales(1990:24)은 '담화공동체'를 '사회수사학적 네트워크(sociorh-etorical networks)'로 정의한다. 이는 '담화공동체'마다 의사소통을 위한 수사적 담화들이 있는데, 장르가 되어 구성원들을 결속시킨다는 의미이다. Swales(1990)에서 담화공동체를 강조한 이유는 이 연구가 '특수 목적 영어(English for Academic Purpose: EAP)' 분야의 연구로, '유학생'들의 글쓰기 어려움에 주목했기 때문이다. Swales(1990:32)은 '담화공동체'의 개념화를 시도했지만, 이 개념화가 지나치게 '이상적이라는 점'도 부인하지 않는다. 그러면서 담화공동체라는 표현이 글쓰기를 하면서 경험하는 '긴장'과 '중단', 그리고 '갈등'을 완화하는 데 도움을 줄 수 있다고 소개한다.

신입생은 새로운 담화공동체에 소속될 때 반드시 긴장과 갈등을 경험한다(Ivanič, 1998). 그런데 이때 '모범 답안'과 같은 공통의 담화 관습이 있다는 주장은 유학생들에게 안정감을 줄 수 있다. 그런데 담화공동체 공통의 장르성이 환상에 불과하다는 비판도 있다(Harris, 1989:14). 이러한 비판은 앞서 Russell(1995:51)가 지적한 FYC가 갖는 학습 전이의 '신화'와도 연결된다. FYC가 만능이 아니라면 EAP의 장르도 만능이 아닌 것이다. 즉 담화공동체 공통의 장르성이 지나치게 추상적이고 관념

적이라서 이것이 곧장 학술적 글쓰기에서 실질적인 학습 전이로 연결
되지 않는다는 지적이다.

이 지점에서 박사 유학생을 위한 WAW 교육의 필요성이 드러난다.
결국 학술적 담화공동체에서 장르 글쓰기의 관행을 따라가는 것도 중요
하지만, 장르 글쓰기에서 마주하는 수사적 문제를 해결하는 것도 중요하
기 때문이다. WAW 교재『Writing About Writing: A College Reader』를
보면 '리터러시', '담화공동체', '쓰기 맥락', '글쓰기 과정', '다중모드 글쓰
기' 등을 '논문 읽기'로 가르친다. 이렇게 논문 읽기를 통해 글쓰기를
가르치는 이유는 필자가 어떤 문제를 마주할지 예측할 수 없기 때문에
스스로 해결할 수 있는 글쓰기 능력을 향상시키기 위함이다(Wardle &
Dawns 2013:6). 글쓰기를 하다 보면 해결할 수 없는 문제와 만나게 되는데,
이 문제는 글쓰기를 어렵게 만든다. 그래서 이때 스스로 그 문제를 해석
하고 해결할 수 있는 지식을 '논문 읽기'를 통해 제공해 주자는 것이다.
박사 유학생도 '학술논문'을 쓰면서 다양한 수사적 상황에 놓이게 되는
데, 이때 마주한 상황을 스스로 해결할 수 있어야 '학술논문'을 완성하고,
이를 기초로 '학위논문'도 완성할 수 있을 것이다. 즉 WAW는 박사 유학
생이 학술적 글쓰기에서 마주하는 다양한 수사적 상황을 적극적으로 해
결해 나가는 데 유용한 글쓰기 지식을 제공해 줄 것이다.

박사 교육과정에는 기초적 '글쓰기 교육'이 존재하지 않는다. 바로
이 부분이 석사 유학생과 차별화되는 박사 유학생의 학습자 특수성이
다. 실제 석사 과정에는 석사 유학생들을 위한 학술적 글쓰기, 학위논
문과 관련된 강의들이 존재한다(민정호, 2020b). 그렇지만 석사 유학생이
학술적 글쓰기에서 경험하는 어려움과 담화공동체에서의 부적응은 박
사 유학생에게도 동일하게 나타난다(민진영, 2013). WAW 교육에는 논문
을 읽기 '전과 후(before and after)'에 '반성적 과제(Reflective assignment)'
가 포함된다. 이 '반성'은 읽기 자료에서 배운 리터러시를 자신의 리터

〈표 1〉 박사과정 학위논문의 제출 자격

학과	학위논문 심사 자격
국어국문 학과	KCI 등재 학술지 이상 주저자 1건을 반드시 포함한 연구실적 200% 이상 또는 창작실적 200% 이상 보유(외국인 유학생의 경우 KCI 등재 학술지 이상의 발표논문은 한국어로 작성된 논문이어야 함) 및 예비 발표 4주전 지도교수 승인
경영학과	박사과정의 경우, 초록발표 후 다음 학기에 본심사를 진행한다. 다만, 일반대학원 논문제출자격(제45조) 연구업적 기준의 2배 이상(즉, KCI 등재지 주저자 또는 교신저자로 2건 이상)을 충족할 경우 초록을 발표한 당해 학기에 본심사를 진행할 수 있다.
반도체 과학과	전공 관련 학회에서 제1저자로 3회 이상의 논문을 발표하고, SCI학술지에 주(교신)자 논문 1건을 포함한 정규 학술지 200% 이상의 논문 발표 실적이 있어야 박사학위논문 제출 자격을 부여한다.
미술 학과	논문발표자격은 불교미술전공의 경우 입학 이후 KCI 등재학술지에 주(교신)저자로 논문 1편 이상을 수록하여야만 주어지며, 한국화·서양화·조소전공의 경우는 입학 이후 30-100평 이상 미술관에서 개인 전시회를 1회 이상 하였을 때 주어진다.

러시 관행이나 텍스트에서 반성적으로 적용해 보고 새롭게 시도해 보기 위함이다. 박사 유학생은 석사 과정에서 '학위논문' 쓰기 경험이 있고, 석사 유학생보다 상대적이지만 한국어 실력도 더 높다. 그렇지만 모국에서 형성된 다른 리터러시 관행이 있고, 무엇보다 석사 학위논문 경험만으로는 해결할 수 없는 새로운 수사적 상황과 이로 인해 경험하게 되는 수사적 상황이 존재한다. 그러므로 WAW의 '반성적 과제(Reflective assignment)'를 통해서 부족한 리터러시를 발견하고 학술적 리터러시와 학술적 담화공동체에 대한 이해를 강화해야 할 것이다.[7] 박사 유학생의 대학원 교육과정에서 '학위논문'과 관련해서 요구하는 사항을 인문, 사회, 공학, 예술 계열을 중심으로 살펴보면 위의 표와 같다.

---

7) Bommarito & Chappelow(2017)이 WAW 교육을 기초로 글쓰기 교수요목을 새롭게 구성하면서 '성찰'을 강조한 이유는 바로 여기에 있다.

위 표를 보면 인문, 사회, 자연, 예술 계열에서 모두 학위논문 심사를 받으려면 모두 KCI등재지에 '학술논문'을 1-2개를 게재해야 한다. 공학계열인 '반도체과학과'는 SCI학술지를 요구하지만 그 전에 국내 학회에서 논문을 발표해야 한다. 이는 박사 유학생을 위한 학술적 글쓰기 강의는 대학교나 석사 과정과는 달라야 함을 의미한다. 즉 기초적인 학술적 리터러시도 다뤄야겠지만 가장 중요한 것은 박사 유학생이 학술논문을 쓰고, 이를 통해 학위논문을 완성하도록 도와주는 수업이 필요하다는 것이다. WAW는 필자의 장르 인식력과 수사적 상황에서의 문제 해결 능력을 높이기 위해서 글쓰기의 주요 이론을 다룬 학술논문을 읽는데, 이때 박사 유학생은 논문을 읽으면서 글쓰기에 대한 배경지식 등을 성찰적으로 수정한다. 그런데 여기서 중요한 점은 박사 유학생이 수업에서 완성하는 텍스트의 내용이 전공 내용과도 연결되고, 무엇보다 자신의 학위논문과도 연계할 수 있는 '실제 내용'이라는 점이다.

기본적으로 '박사 유학생의 학술논문 완성을 위한 강의(이하, 학술논문 강의)'에서 학생들이 작성하는 학술논문은 수업을 듣는 필자가 모두 다른 내용으로 쓸 것이다. 예를 들어서, 국어국문학 전공으로 학술논문을 쓰더라도, '고전 문학', '현대 문학', '국어학', '한국어 교육'의 수사적 맥락이 모두 다를 것이고, '한국어 교육'이더라도 '문법 교육', '쓰기 교육', '문화 교육', '대조 언어학' 등에서의 수사적 맥락도 모두 다를 것이다. 이 '학술논문 강의'는 박사 유학생의 학위논문 심사를 위해서 반드시 거쳐야 하는 학술논문 완성을 도울 목적으로 만들어졌다. 그러므로 학술논문 강의는 논문을 읽은 후에 반성적 교육, 이를 종합적으로 고려해서 '자기 분야'의 학술논문을 완성하는 것으로 설계된다. 즉 FYC처럼 '학습을 위한 글쓰기(write to learn)', 과제 제출을 위한 과제로서의 글쓰기가 아니고, 실제 대학원 유학생이 학위논문을 쓰면서 마주하게 될 내용이면서, 수업의 여러 활동에 참여하는 데 필요한 내용을 쓰는 것이

중심이 된다. 이렇게 완성된 텍스트는 수업에서 발표하고, 학회지에 투고도 하며, 모둠의 구성원들과 의사소통할 때도 사용되는 '실제 의사소통과 연결된 장르 글쓰기'라는 것이다.8)

3. WAW를 활용한 학술논문 교육 방안과 내용

앞에서 WAW 교육의 특징을 설명하고, 박사 유학생에게 WAW를 적용해야 하는 이유를 살펴보았다. 그 이유를 박사 유학생의 학습자 특수성을 통해 설명하면서 이때 적용이 가능한 WAW의 원리도 함께 종합했다. 이를 종합하여 제시하면 다음 그림과 같다.

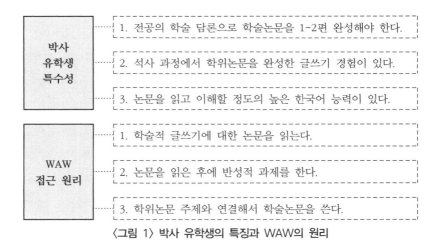

〈그림 1〉 박사 유학생의 특징과 WAW의 원리

---

8) 여기서 '실제'라는 단어를 사용하는 이유는 학습을 위한 글쓰기가 아니라, 구체적인 독자, 분명한 수사적 목적, 의사소통의 도구로써의 장르 등, 박사 유학생의 의사소통 맥락에서 실제 통용되는 텍스트를 완성한다는 점을 강조하기 위함임을 밝힌다.

　박사 유학생은 전공에서 주요하게 다루는 학술 담론을 사용해서 의무적으로 학술논문을 완성해야 한다. 그렇지만 박사 유학생은 수사적 구조의 복잡성이나 연구 주제의 참신성 차원에서 박사 학위논문과는 차이가 있을 지라도 석사 학위논문을 완성한 경험을 갖고 있다. 이는 학술적 담화공동체의 담화 관습을 미리 경험했다는 점에서 의미가 있다. 또한 박사 유학생은 석사 학위논문의 경험뿐만 아니라 전공 분야의 논문을 읽고 이해할 정도의 한국어 수준도 갖고 있다. 박사 유학생의 학습자 특수성을 고려했을 때 WAW 접근법은 학습자 특수성을 고려한 가장 적합한 교육 방안이 될 것이다.

3.1. 학술논문 수업의 모형

　학술논문 수업의 1주차에는 교수자가 이 강의의 성격을 분명히 설명하기 위해서 WAW 교육을 자세하게 소개하는 논문으로 수업을 진행한다. 주차별 핵심 내용을 중심으로 정리한 수업 모형은 아래 그림과 같다.

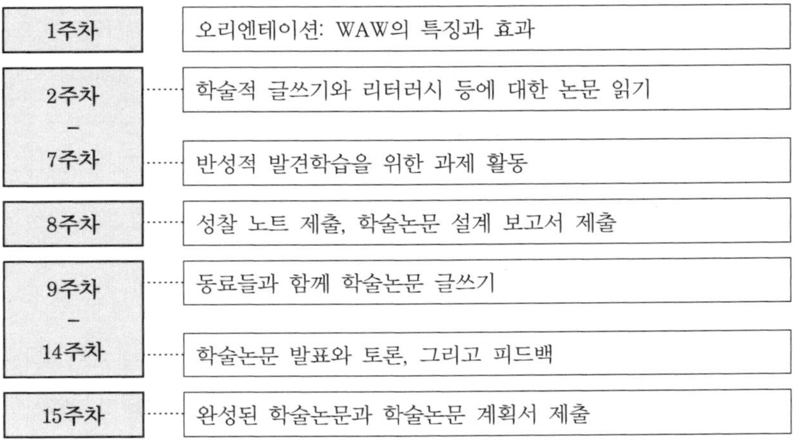

1주차	오리엔테이션: WAW의 특징과 효과
2주차 - 7주차	학술적 글쓰기와 리터러시 등에 대한 논문 읽기
	반성적 발견학습을 위한 과제 활동
8주차	성찰 노트 제출, 학술논문 설계 보고서 제출
9주차 - 14주차	동료들과 함께 학술논문 글쓰기
	학술논문 발표와 토론, 그리고 피드백
15주차	완성된 학술논문과 학술논문 계획서 제출

〈그림 2〉 학술논문 수업 모형

일반적으로 『Writing About Writing: A College Reader』의 읽기 자료들은 어떤 글쓰기 상황과 맥락에서도 필자가 문제를 해결하도록 학술적 글쓰기에 대한 이해와 기초 리터러시의 내용들로 구성되어 있다. 이 논문 내용에 대해서 정희모(2015:163)는 큰 환경으로부터 작은 환경으로 내려가는 구성이라고 지적했다. 그렇지만 본 연구는 조금 더 특정 맥락적으로 논문들을 정리하려고 한다. Wardle(2009:767)는 '장르'를 수사적 상황에 따른 '긴급함(exigencies)'이 만드는 것으로 보고, '맥락에 따라 분명해지는 것(context-specific)'으로 정리했다. 그래서 '큰 환경'을 다룬 논문보다 '작은 환경'을 다룬 논문들로 구성된다. 여기서 작은 환경이란 곧 '학술적 글쓰기'라는 장르 글쓰기를 의미한다. 그래서 학술논문을 쓸 때 실제적으로 요구되는 글쓰기 지식을 먼저 '논문'으로 학습하고, 이를 활용해서 필자가 실제로 동료들과 '학술논문'을 완성한다. 특히 필자가 글쓰기를 할 때 구성되는 '리터러시 생태'를 특정 맥락으로 고려해서 '글쓰기 지식'의 주제를 구체화했다.

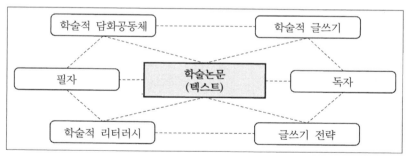

〈그림 3〉 '리터러시 생태'를 고려한 논문 주제 선정

Barton(1994)는 '리터러시 생태(the ecology of literacy)'라는 비유적 표현으로 관습적으로 정형화되어 온 글쓰기 상황과 관습, 그리고 맥락 등이 구성됨을 밝혔다. Ivanič(1998:63)은 이 리터러시 생태에 구성된 다양

한 사건들이 어떻게 '별자리'처럼 연결되는지를 배우는 것이 학술적 글
쓰기에서 중요하다고 지적했다. '학술적 담화공동체'에 소속된 '필자'가
학술논문을 쓸 때, '학술적 리터러시'를 활용하고, '독자'를 고려해서 다
양한 '글쓰기 전략'을 활용하며, 이를 '학술적 글쓰기'라는 글쓰기 과정
을 통해 구현해야 한다. 이처럼 별자리처럼 얽힌 것들이 '리터러시 생
태'라고 한다면, 필자가 반드시 알아야 하는 '글쓰기 지식'이란 이와 같
은 '리터러시 생태' 속에서 특징적으로 구체화될 것이다. 이 구체화된
지식은 박사 유학생이 학술논문을 쓰면서 마주하게 되는 수사적 상황
에서 자신감을 확보하도록 할 것이고, 수사적 상황별로 요구되는 다양
한 글쓰기 기능들을 발휘하도록 할 것이다.

'학술적 글쓰기'에 대한 인식이나 배경지식은 박사 유학생별로 다르
게 표상될 것이다. 조인옥(2017:17)은 중국에서의 학술적 텍스트가 논증
적 형식에서 비교적 자유롭다고 지적했다. 이와 같은 문제를 해결하기
위해서 본 연구는 '반성적 과제'를 구성하는데, 이 과제는 박사 유학생
이 갖는 글쓰기에 대한 지식과 인식을 성찰적으로 바라보게 하고, 이를
한국의 학술적 담화공동체의 방향을 지향하도록 할 것이다. 또한 이 지
식들을 학위논문으로 쓰고 싶은 주제를 향하도록 '발견학습(heuristics)'
으로 진행한다. 김미란(2019:397)는 발견학습을 다양한 차원의 질문들에
자답하는 탐구 활동이라고 설명했다. 이는 박사 유학생이 논문을 읽고,
학술적 글쓰기에 대한 지식뿐만 아니라 논문 작성에서 필요한 지식들
을 선별·발견하는 탐구의 기회를 제공해 줄 것이다. 그리고 이 탐구의
자료들은 '성찰 노트'로 완성되어 중간 과제로 제출하는데, 이때 학술
논문 설계 보고서를 함께 제출한다.9) 이 성찰 노트의 내용이 반성적으

---

9) 이윤진(2014)는 연구계획서의 특징과 지도방안을 고찰하였다. 본 연구는 '설계 보고서'
라고 했지만 이는 '연구계획서'의 성격을 갖는 것으로, 1-8주까지의 강의를 통해 확보된
배경지식과 학술적 리터러시를 바탕으로 설계 보고서를 작성한다.

로 글쓰기 지식과 리터러시 관행을 살펴보는 것이기도 하지만 계획하고 있는 학술논문에 대한 글쓰기 내용과 전략 등의 '발견'도 동반하기 때문이다.

후반부 강의는 글쓰기와 토론, 그리고 피드백으로 구성된다. 이는 '협력적 글쓰기(Collaborative Writing)'의 성격을 갖는다. Wardle(2004:101)는 '동료 피드백(peer critiques)'이 글쓰기 교육에서 중요한 역할을 한다고 밝혔다. 동일한 관심사를 가진 동료와 협력적으로 글쓰기를 하게 되면, 논문을 읽고 이해하는 데에도 도움이 되고, 학술논문의 질적 제고에도 도움이 될 것이다. 물론 WAW는 스스로 탐구하고 스스로 문제를 해결하는 것을 강조하지만, 필자가 '유학생'이라는 점을 고려하면 '협력적 글쓰기'가 학습자 특수성을 고려한 글쓰기 교육법이 될 수 있을 것이다. 특히 박사 유학생이 학술논문을 강의실에서 동료들과 함께 쓰는 것은 궁극적으로 학위논문으로 가기 위한 '경계학습(boundary practice)'으로서의 역할을 할 것이다.10) 즉 강의 초반부에 학습한 글쓰기 이론을 지식으로 삼아 이를 동료들과 기능적으로 적용하며 수사적 문제를 해결하고, 학술논문을 완성하면, 이 리터러시 경험이 학위논문으로도 전이되어 학위논문의 질적 제고와 필자의 자신감 형성에 긍정적인 영향을 줄 것이다. 학술논문을 완성한 후에는 기말 과제로 '완성된 학술논문'과 '학술논문 계획서'를 제출한다. 학술논문 계획서에는 학술논문의 문제점과 해결방안 등을 명시하고, 어떤 학회에 제출하는지, 그 이유는 무엇인지 등을 쓰도록 한다. 학회 선정 이유는 박사 유학생이 완성한 학술논문이 긍정적으로 평가받을 수 있는 학회를 적절하게 선정했는지

---

10) Russell(1997:526)은 장르를 '활동 체계(activity system)'로 설명하는데, Wardle(2009)는 유사한 활동 체계, 즉 활동 체계 간의 연결점이 존재하는 장르로 경계학습을 해야 장르 학습에 효과적이라고 지적했다. 본 연구는 학술논문이 학위논문과 유사한 활동 체계를 갖고, 연결점이 존재하는 장르로 보고, 학술논문 쓰기를 성공적인 학위논문의 완성을 위한 경계학습으로 정리했다.

를 판단하기 위해서이다.

3.2. 학술논문 수업의 내용과 특징

3.2.1. 논문 주제와 내용

'학술논문 수업'의 1주차는 Downs & Wardle(2007)과 정희모(2015)를 읽는 것으로 대신한다. 그 이유는 1주차가 수업의 진행방법이나 목표 등을 설명하는 오리엔테이션의 성격을 갖기 때문이다. 이 논문을 읽으면서 WAW가 무엇인지, 그리고 그 효과에 대해서 소개한다. 2주차부터 7주차까지는 '담화공동체', '독자', '필자', '학술적 글쓰기', '글쓰기 전략', '학술적 리터러시' 등 6가지 주제로 선택된 논문을 읽고 반성적 과제를 수행한다. 이 논문의 주제는 학술적 담화공동체에서 학술적 글쓰기가 진행되는 '리터러시 생태'를 고려해서 선정된 것들이다. 자세한 목록은 다음과 같다.

〈표 2〉 논문 목록

주	주제	논문
1	WAW	Downs & Wardle(2007), Teaching about Writing, Righting Misconceptions: (Re)Envisioning "First-Year Composition" as "Introduction to Writing Studies"
		정희모(2015), 미국 대학 글쓰기 교육에서 'Writing About Writing'의 특성과 몇 가지 교훈
2	담화 공동체	Borg, E.(2003), Discourse community
		김성숙(2015), 정보 기반 학술 담론 공동체의 전문 저자성 습득 양상에 대한 고찰
3	독자	정희모(2008), 글쓰기에서 독자의 의미와 기능
		이재기(2017), 응답성과 대화적 글쓰기
4	필자	민정호(2020), 박사 유학생의 필자 정체성 강화를 위한 제언: 학술적 글쓰기에서 담론적 정체성을 중심으로
		민정호(2019), 학술적 글쓰기에서 대학원 유학생의 저자성 개

		념과 교육원리의 방향 탐색
5	학술적 리터러시	정희모(2017), 비판적 담화 분석의 문제점과 국어교육에의 적용: 페어클러프와 푸코의 방법 비교를 중심으로
		백은철(2016), 논증적 글쓰기 교육의 분기와 그 의미
6	학술적 글쓰기	민정호(2019), 학술적 글쓰기에서 대학원 유학생의 발견 능력 향상을 위한 교육 내용 제안
		정희모(2008), 글쓰기에서 수정(Revision)의 절차와 방법에 관한 연구: 인지적 관점을 중심으로
7	글쓰기 전략	김미란(2019), 대학생들의 학문 탐구 능력 신장을 위한 글쓰기 교재 개발 방법론 모색: 발견 학습(heuristics)을 적용한 개요 짜기를 중심으로
		이윤빈(2017), 대학생의 학술적 글쓰기를 위한 전략 교육 방안, 쓰기 과정별 전략의 연계를 중심으로

'담화공동체'에서는 Borg(2003)을 읽는데, 이 논문이 비교적 짧고 쉽게 담화공동체의 연구들을 소개하며, 그 특징을 정리해서 담화공동체의 통시적 변화 과정을 알려주기 때문이다. 김성숙(2015)는 현재의 저자성에서 발견되는 과거 담화공동체의 흔적을 확인하는 연구인데, 이 논문들을 통해서 박사 유학생은 담화공동체의 특징과 저자성을 이해할 수 있을 것이다. '독자'에서는 정희모(2008), 이재기(2017)을 읽는다. 정희모(2008)은 글쓰기에서 독자의 의미와 기능을 이론적으로 설명하고, 이재기(2017)은 Bakhtin의 '응답성(answerability)'을 중심으로 선행 필자와 후행 독자에 응답하는 '응답적 글쓰기'를 강조한다. 이를 통해 박사 유학생은 학술적 글쓰기에서 담화공동체의 독자를 강조할 것과 논문 주제와 내용이 응답적이어야 함을 알게 된다. '필자'는 민정호(2019a)와 민정호(2020a)를 읽는다. 민정호(2019a)는 학술적 글쓰기에서 리터러시 관행을 중심으로 종합한 저자성을 설명하고, 민정호(2020a)는 필자 정체성의 개념과 형성 과정, 그리고 담론적 정체성의 강화 방안에 대해서 다룬다. 이를 통해서 박사 유학생은 학술적 글쓰기에서의 저자성과 필

자 정체성에 대해서 이해하고, 전문 저자로서 자신이 갖고 있는 저자성과 필자 정체성의 수준을 비판적으로 점검해 본다.

'학술적 리터러시'에서는 정희모(2018)과 백은철(2016)을 읽는다. 김혜연(2016:31)은 학술적 글쓰기를 자료를 찾아 '읽고' 이를 해석해서 '쓰는 것', 즉 '담화종합'이라고 했다. 정희모(2018)은 CDA의 문제와 특징을 설명하고, 백은철(2016)은 학술적 글쓰기에서 주요하게 사용되는 논증적 글쓰기를 다뤘다. 이를 통해 박사 유학생은 학술적 리터러시 관련 논문을 읽으면서 '담화종합'에서 요구되는 읽고 쓰는 리터러시 관행을 '전략'적으로 사용할 수 있을 것이다. '학술적 글쓰기'에서는 민정호(2019b)와 정희모(2008)을 읽는다. Hayes(2012:375-376)는 학술적 글쓰기를 계획하기와 수정하기가 작성하기와 통합된 글쓰기로 정의한다. 그래서 계획하기에서 내용을 발견하고 이해력과 개요쓰기를 설명하는 민정호(2019b)와 수정하기에서 수정하기의 전략과 방법 등을 소개하는 정희모(2008)을 읽는다. 이를 통해서 박사 유학생은 학술적 글쓰기 각 과정에서 활용 가능한 주요한 방법들을 알 수 있게 된다. '글쓰기 전략'에서는 김미란(2019)와 이윤빈(2017)을 읽는다. 김미란(2019)는 발견학습과 개요짜기를 강조하고, 이윤빈(2017)은 학술적 글쓰기에서 쓰기 과정별 전략들을 소개한다. 이 논문들을 읽으면서 박사 유학생들은 글쓰기 전략을 이해하고 실제 수사적 맥락에서 활용 가능한 전략의 목록을 확보하게 된다.

2주차부터 7주차까지는 '학술적 담화공동체의 특징과 담화 관습', '독자의 기능과 역할', '필자 정체성과 전문 저자성', '논증과 CDA', '계획하기와 수정하기', '글쓰기 전략' 등 논문을 읽을 때 중점적으로 고려해야 하는 수업 목표가 있다. 이 수업 목표에 따라서 박사 유학생은 논문을 먼저 읽고 해당 주에 이를 중심으로 논문을 요약해서 발표문을 완성한다. 그렇게 발표를 한 후에는 반성적 과제를 해결하는데, 이 과제

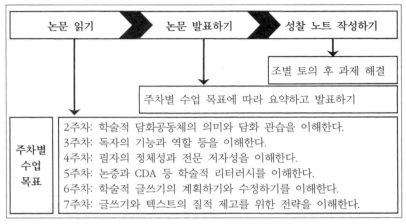

〈그림 4〉 학위논문 수업에서 논문 읽기의 과정

는 논문을 읽으면서 발견한 내용들이 박사 유학생의 배경지식으로 축적되도록 하기 위한 '성찰 노트'를 완성하는 것이다. 다음 항에서는 이 과제에 대해서 자세하게 논의를 해 보도록 하겠다.

3.2.2. 학술논문 수업에서의 반성적 과제

학술논문 수업에서는 논문을 읽고 수업 시간에 이를 발표한 후에 발견학습 역할을 할 수 있는 반성적 과제를 박사 유학생에게 제시한다. 이 과제 예시를 정리하면 다음 표와 같다.

〈표 3〉 반성적 과제의 예시

주	주제	과제
2	담화 공동체	-담화공동체(석사)에서 자신의 리터러시 관행은 어땠나요? -담화공동체(박사)는 어떤 특징이 있는 것 같나요?
3	독자	-독자의 기능을 알고, 독자를 고려하는 글쓰기를 했나요? -어떤 논문, 어떤 독자를 예상하며 글쓰기를 할 계획인가요?
4	필자	-담화 관습을 기준으로 본인 저자성은 어느 정도 수준인가요? -필자 정체성을 강화하기 위한 주된 계획은 무엇인가요?

5	학술적 리터러시	−텍스트 이면의 지배 담론을 인식하면서 읽은 적이 있나요? −논증 모형 등을 어떻게 자신의 논문에 적용할 수 있을까요?
6	학술적 글쓰기	−그동안 계획하기, 수정하기에서 글쓰기 방법은 어땠나요? −학술논문 완성을 위한 자료를 찾고 발견한 내용은 무엇인가요?
7	글쓰기 전략	−학술적 글쓰기를 하면서 개요짜기를 한 적이 있나요? −학술논문의 개요를 직접 구성한다면 어떻게 완성될까요?

위 과제는 '반성적 질문'과 '발견적 질문'을 하나씩 예를 들어 제시한 것이다. '담화공동체'에서는 박사 유학생의 리터러시 관행을 비판적으로 성찰하고, 지금 소속된 담화공동체의 특징을 발견해 보는 과제를 해 본다. '독자'에서는 독자를 고려하며 학술적 글쓰기를 하는지를 생각해 보고, 내가 속한 담화공동체의 요구를 반영한 응답적 글쓰기를 계획·생각해 보는 과제를 한다. '필자'에서는 '저자성'과 '필자 정체성'에 대해 어느 정도 인식하고 있는지를 비판적으로 돌아보고 이를 강화할 수 있는 방안을 모색해 보는 과제를 한다. '학술적 리터러시'에서는 스스로의 리터러시 관행을 비판적으로 성찰하고, 학술논문 쓰기에 적용할 수 있는 리터러시 전략 등을 찾아서 적어본다. '학술적 글쓰기'에서는 계획하기와 수정하기에서의 과정과 방법을 비판적으로 돌아보고, 실제 계획하기나 수정하기에서 발견한 방법을 적용해 보는 과제를 해본다. 마지막으로 '글쓰기 전략'에서는 '개요쓰기'를 중심으로 글쓰기 관행을 성찰하고, 실제로 학술논문 개요를 직접 써 본다. 반성적 발견학습을 위한 질문들은 각 수업에서 또 다른 글쓰기 활동으로 연결될 수 있는데, 이러한 과제들은 논문 읽기와 학술논문 글쓰기 사이를 연결하는 '문턱 역할'을 할 것이다.[11]

---

11) Clark & Hemandez(2011:66)은 '문턱(threshold)' 개념이 최초 경제학의 '임계점'에서 출발한 것으로 최근에는 다양한 학문 분야에서 비유적으로 활용된다고 지적했다. Meyers & Land(2005:373)는 이전에는 쉽게 접근하지 못했던 무언가에 입장하도록 도와주는 '관문(gateway)'이 '문턱 개념'이라고 지적했다. 본 연구에서 설계한 WAW

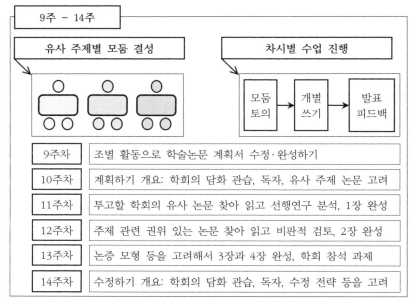

<그림 5> 학술논문 완성을 위한 수업 모형

3.3. 논문 완성과 학술논문 수업의 의의

이 수업의 9주부터 14주까지는 실제 박사 유학생들이 글쓰기를 진행한다. 박사 유학생이 직접 노트북을 들고 강의실에 오고 중간 과제로 제출한 학술논문의 설계 보고서를 보면서 학술논문의 세부 개요를 작성한다. 예를 들어 9주차에는 논문 주제나 연구 방법이 유사한 박사 유학생이 한 모둠이 되어서 토의를 통해 자신들의 설계 보고서를 수정하고 완성한다. 이는 교수자, 그리고 동료들이 자유롭게 토의하면서 사회 구성적 글쓰기, 즉 '협력적 글쓰기(Collaborative Writing)'가 진행되도록 하기 위함이다.[12] 9주차에는 완성된 설계 보고서를 발표하고, 이에 대

중심의 수업은 경험한 적이 없는 학술논문을 박사 유학생이 수용하도록 하는 문턱 역할을 할 것이다.

12) 협력적 글쓰기를 다룬 연구들을 보면, 협력적 글쓰기를 '초고쓰기-피드백-고쳐쓰기'

한 토론과 피드백이 진행된다. 피드백은 동료 피드백과 교수자의 피드백이 모두 포함된다.

　10주에는 '계획하기', 즉 초고 글쓰기를 전제로 개요를 작성하는데, 이때 논문을 투고할 학회의 담화 관습, 예상 독자와 글쓰기 전략 등을 고려한다. 11주에는 투고할 학회의 담화 관습과 선배 연구자들의 연구들에 대한 비판적 읽기를 통해 선행연구를 분석하고 학술논문 1장을 완성한다. 12주에는 논문 주제의 핵심 이론들을 다룬 논문들을 찾아 읽고 이를 비판적으로 읽어가면서 2장을 완성한다. 13주에는 논증 모형이나 논증적 글쓰기, 글쓰기 전략을 활용해서 3장과 4장을 완성한다. 그리고 학술논문을 투고할 학회에서 개최하는 학술대회에 참석해서 주요 연구자들의 학술 발표를 듣는다. 이는 향후 학술논문과 유사 주제로 학위논문을 쓸 때, '담화적 레퍼토리'를 얻게 하기 위함이고,13) 무엇보다 박사 유학생의 필자 정체성과 학술적 리터러시를 강화하기 위함이다. 14주에는 수정하기 개요를 모둠 토의를 통해 구성하고, 논문을 완성한다. 완성된 학술논문은 15주에 과제로 제출한다.

4. 맺음말

　본 연구는 박사 유학생이 '학술논문'을 써야 하는 상황에 주목해서

로 정리한다(김주환, 2016:162). 그렇지만 본 연구는 실제 물리적으로 글쓰기를 함께 했다는 의미보다는 글쓰기 과정에서 적극적인 '공동 협력자(Collaborators)', 그리고 '비평자(Critics)'의 개입이 있었냐는 Hayes(2012)에 가까운 개념임을 밝힌다. 본 연구가 유사 주제로 학술논문에 대한 설계 보고서를 쓴 학생들로 모둠을 구성한 것도 이와 같은 이유 때문이다.

13) 민정호(2020a:311)는 담화적 레퍼토리의 확보가 필자 정체성의 강화에 효과적임을 밝혔다. 본 연구에서 박사 유학생이 쓰려고 하는 논문 주제가 지배적인 학술대회, 해당 분야에서 영향력 있는 저자의 논문 발표 등을 경험하도록 한 이유는 바로 여기에 있다.

이를 학습자 특수성으로 전제하고 WAW 접근법으로 학술논문 수업을 설계했다. 이때 WAW 접근법의 관점에서 '논문 읽기'와 '반성적 과제'가 학술논문 쓰기에서 '문턱' 역할로 적용하도록 수업을 설계했다. 강의 초반부에는 글쓰기 이론을 다룬 논문을 읽고, 반성적 과제와 발견학습을 진행한다. 중간 과제는 반성적 과제를 해결하면서 작성한 성찰 노트와 학술논문 설계 보고서를 제출하는 것이다. 후반부에는 '협력적 글쓰기'를 적용해서 박사 유학생이 유사 주제로 학술논문을 쓰는 동료들과 함께 학술논문을 완성하도록 했다. 1장부터 4장까지 학술논문을 완성하면서 발표와 토론을 병행하고, 교수자는 피드백을 제공한다. 대학원 유학생은 완성한 학술논문을 학회에 투고한다.

이 수업은 박사 유학생의 졸업 요건을 고려해서 학술논문 수업을 설계하고 완성된 학술논문을 실제로 학회에 투고하며, WAW 접근법을 적용해서 글쓰기 수업을 설계했다는 점에서 의미가 있을 것이다. 그렇지만 시론적 성격을 감안하더라도, 박사 유학생이 읽어야 하는 논문 목록의 정교함, 반성적 과제에서 교수자가 활용할 수 있는 교수·학습 전략, 그리고 동료들과 함께 진행되는 협력적 글쓰기의 실제 등이 구체적으로 제시되지 못했다는 점은 한계로 남는다. 이와 같은 한계들을 해결하는 방향으로 후속 연구가 진행되어서 박사 유학생이 학술논문을 성공적으로 완성하고, 다시 이 경험이 학위논문으로 학습 전이될 수 있기를 바란다.

◆ 참고문헌

강란숙(2018), 외국인 유학생들을 위한 한국 언어·문화 수업 캡스톤 디자인 수업
　　설계 방안, 문화와융합 40(4), 한국문화융합학회, 435-466.

김록희·정형근(2017), 대학 글쓰기 교육에서의 장르 문식성 제고 방안 연구, 학습
　　자중심교과교육연구 17, 학습자중심교과교육학회, 353-374.

김미란(2019), 대학생들의 학문 탐구 능력 신장을 위한 글쓰기 교재 개발 방법론
　　모색: 발견 학습(heuristics)을 적용한 개요 짜기를 중심으로, 반교어문연구 52,
　　반교어문학회, 377-408.

김민영(2018), 인터넷 시대의 학부 유학생 읽기 교육에 대한 소고: LESC 인터넷
　　모형을 제안하며, 교육문화연구 24(1), 인하대학교 교육연구소, 443-461.

김성숙(2015), 정보 기반 학술 담론 공동체의 전문 저자성 습득 양상에 대한 고찰,
　　현대문학의연구 55, 한국문학연구학회, 629-656,

김주환(2016), 작가의식을 기르는 글쓰기 워크숍, 리터러시연구 18, 한국리터러시
　　학회, 151-188.

민정호(2019a), 학술적 글쓰기에서 대학원 유학생의 저자성 개념과 교육원리의 방
　　향 탐색, 리터러시연구 10(1), 한국리터러시학회, 313-341.

민정호(2019b), 학술적 글쓰기에서 대학원 유학생의 발견 능력 향상을 위한 교육
　　내용 제안, 리터러시연구 10(4), 한국리터러시학회, 227-252.

민정호(2020a), 박사 유학생의 필자 정체성 강화를 위한 제언: 학술적 글쓰기에서
　　담론적 정체성을 중심으로, 철학사상문화 33, 동국대학교 동서사상연구소,
　　298-321.

민정호(2020b), 대학원 유학생 석사학위논문의 '이론적 배경' 구성에 관한 일고찰:
　　한국어교육 전공 수업에서 발표된 '예비 논문'을 중심으로, 학습자중심교과교
　　육연구 20(6), 학습자중심교과교육학회, 683-701.

민정호(2020c), 학부 유학생의 비판적 리터러시 향상을 위한 강의 설계 방안 연구,
　　동악어문학 81, 동악어문학회, 105-133.

백은철(2016), 논증적 글쓰기 교육의 분기와 그 의미, 국어문학 62, 국어문학회,
　　317-341,

손다정·정다운(2017), 외국인 유학생의 한국어교육 박사 학위논문 서론 텍스트
　　구조 분석, 어문논집 70, 중앙어문학회, 445-480.

안상희(2015), 범교과적 글쓰기(WAC)를 통한 대학 글쓰기 교육, 작문연구 24, 한

국작문학회, 113-134.

유현정(2019), 학부 유학생을 위한 글쓰기 교육의 목표와 내용에 관한 고찰, 한성어문학 40, 한성대학교 한성어문학회, 179-205.

이원지(2020), 쓰기 지식의 과목 간 전이를 위한 과제 유형 및 수업 모형: '글쓰기에 대한 글쓰기(Writing About Writing)' 접근법을 기반으로, 글쓰기 교육과 교수 방법, 경진출판, 240-273.

이윤빈(2014), 미국 대학 신입생 글쓰기(FYC) 교육의 새로운 방안 모색, 국어교육학연구 49(2), 국어교육학회, 445-479.

이윤빈(2015), 대학 글쓰기 교육에 대한 비판적 논의 및 대안적 교육 방안 검토, 작문연구 24, 한국작문학회, 177-219.

이윤빈(2017), 대학생의 학술적 글쓰기를 위한 전략 교육 방안: 쓰기 과정별 전략의 연계를 중심으로, 작문연구 33, 한국작문학회, 117-153.

이윤진(2014), 외국인 대학원생을 위한 연구계획서 쓰기 지도 방안, 리터러시연구 8, 한국리터러시학회, 177-205.

이재기(2017), 응답성과 대화적 글쓰기, 국어교육 156, 한국어교육학회, 1-26.

정희모(2008), 글쓰기에서 독자의 의미와 기능, 새국어교육 79, 한국국어교육학회, 393-418.

정희모(2008), 글쓰기에서 수정(Revision)의 절차와 방법에 관한 연구: 인지적 관점을 중심으로, 현대문학의연구 34, 한국문학연구학회, 333-360.

정희모(2014), 대학 글쓰기 교육에서 학습 전이의 문제와 교수 전략, 국어교육 146, 한국어교육학회, 199-223.

정희모(2015), 미국 대학에서 '글쓰기에 관한 글쓰기' 교육의 특성과 몇 가지 교훈, 리터러시연구 10, 한국리터러시학회, 151-178.

정희모(2017), 비판적 담화 분석의 문제점과 국어교육에의 적용: 페어클러프와 푸코의 방법 비교를 중심으로, 작문연구 35, 한국작문학회, 161-194,

조인옥(2017),학문 목적 한국어 작문 교육을 위한 한·중 논설 텍스트의 전형성 고찰, 리터러시연구 20, 한국리터러시학회, 11-47.

한상철(2018), 대학 신입생 글쓰기 교육과 '학습 전이'의 문제, 어문연구 97, 어문연구학회, 379-400.

홍윤혜·신영지(2019), 예술분야 외국인 대학원생을 위한 학술적 글쓰기 교수요목 설계: 미술계열 학습자 수업을 중심으로, 리터러시연구 10(1), 한국리터러시학회, 343-373.

Barton, D.(1994), Literacy: An Introduction to the Ecology of Written Language, Blackwell, Oxford.

Bommarito, D. V. & Chappelow, B.(2017), A Writing-about-Writing Approach to First-Year Composition, *Syllabus,* 6(2), 1-14.

Borg, E.(2003), Discourse community, *ELT Journal,* 57(4), 398-400.

Clark, I. & Hernandez, A.(2011), Genre awareness, academic argument, and transferability, *The WAC Journal,* 22, 65-78.

Downs D./Wardle E.(2007), Teaching about Writing, Righting Misconceptions: (Re)Envisioning First-Year Composition as Introduction to Writing Studies, *CCC,* 58(4), 552-584.

Glotfeter, A., Updike, A. & Wardle, E.(2020), Somthing Invisible... Has Been Made Visible for me: An Eexpertise-Based WAC Seminar Model Grounded In Theory And(Cross) Disciplinary Dialogue, In Bartlett, L. E., Tarabochia, S. L., Olinger, A. R. & Marshall, M. J.(Eds.), *Diverse Approaches to teaching, learning, and writing across the curriculum: IWAC at 25*(167-192), The WAC Clearinghouse, Colorado.

Harris, J.(1989), The idea of community in the study of writing, *College Composition and Communication,* 40(1), 11-22.

Hayes, J. R.(2012), Modeling and Remodeling Writing, *Written Communication,* 29(3), 369-388.

Ivanič, R.(1998), *Writing and identity: The discoursal construction of identity in academic writing,* John Benjamins, Amsterdam.

Meyer, J. H. F. & Land, R.(2005), Threshold concepts and troublesome knowledge(2): Epistemological considerations and a conceptual framework for teaching and learning, *Higher Education,* 49, 373-388.

Read, S. & Michaud, M. J.(2015), Writing about writing and the multimajor professional writing course, *College Composition and Communication,* 66(3), 427-457.

Russell, D. R.(1995), Activity theory and its implications for writing instruction, In J. Petraglia(ed.), *Reconceiving writing, rethinking writing instruction*(51-77), Lawrence Erlbaum Associates, Inc.

Swales, J. M.(1990), *Genre Analysis: English in Academic and Research Settings,*

Cambridge University Press, Cambridge.

Wardle, E.(2004), Can Cross-Disciplinary Links Help us Teach Academic Discourse in FYC?, *Across the Discipline*, 2, 1-17.

Wardle, E.(2009), 'Mutt Genres' and Goal of FYC: Can We Help Students Write the Genres of the University?, *CCC*, 60(4), 765-789.

Wardle, E. & Adler-Kassner, L.(2019), Threshold Concepts as a Foundation for Writing About Writing Pedagogies, In Bird, B., Downs, D., McCracken, I. M. & Rieman, J.(Eds), *Next steps: new directions for/in writing about writing*(23-34), Utah State University Press, Logan.

Wardle, E. & Downs, D.(2013), Reflecting Back and Looking Forward: Revisiting 'Teaching about Writing, Righting Misconceptions' Five Years On, *Composition Forum*, 27, 1-7.

Wardle, E. & Downs, D.(2014), *Writing About Writing: A College Reader*, 2nd edition, Bedford/St.Martin.

Wardle, E. & Downs, D.(2020), *Writing About Writing: A College Reader*, 4th edition, Bedford/St. Martin.

캡스톤 디자인을 활용한 박사 유학생의 학술논문 수업 설계 연구

협력 활동과 선배 동료의 미니 강의를 중심으로

1. 서론

Norman & Spohrer(1996:25)은 학습자 중심 교육을 특정 주제에 몰두하면서 당면한 문제들을 해결하기 위한 지식과 '기술(skills)'을 가르치는 것이라고 설명했다. 또한 학습자 중심 교육에서 주제는 학습자에게 가장 '현실적'이어야 하고, 본질적으로 학습자의 '동기부여'가 가능한 문제들을 종합한 것이어야 한다고 정리했다. 학습자 중심 교육을 이렇게 정의하면, 결국 학습자 중심 교육은 학습자가 배우기 원하는 교육이 아니라, 학습자에게 가장 필요한 교육을 제공하는 것이다. 학습자에게 가장 필요한 지식과 기술이 무엇인지를 살피려면 실제적 '맥락(context)'을 고려해야 한다. Hymes(1968:105)은 '맥락(context)'이 언어의 '형식(form)'이 함의하는 다양한 의미들을 '제거(eliminate)'하는 역할을 한다고 지적했다. 즉 텍스트를 해석할 때, 맥락을 고려해야 해석의 명료함이 확보될 수 있다는 말이다. 비유적이지만 언어의 형식을 '학습자'로 치환할 경우, 맥락을 고려해야 그 학습자가 놓인 상황을 가장 정확하게 해석할 수 있고, 무엇보다 이를 근거로 실제적인 교육 방안을 모색할 수 있을 것이다. 학습자가 처한 상황 맥락을 고려해서 가장 시급한 문제를 해결하는 것이 교육 방안의 목적이기 때문이고, 이게 곧 학습자

중심의 교육이기 때문이다.

최근 '박사과정에 재학 중인 유학생(이하 박사 유학생)'은 지속적으로 증가해서 작년에 처음으로 만 명을 넘어섰다. 교육부에서 공개한 자료에 따르면, 2019년에 박사 유학생은 10,782명이었고 이는 전년 대비 약 2천 명이 증가한 것이다. 본 연구는 박사 유학생을 대상으로 논의를 전개하는데, 그 이유는 늘어나는 박사 유학생의 상황 맥락을 고려한 교육 방안 연구가 부족하기 때문이다. 우선 박사 유학생의 다양한 맥락을 정리하면, 박사 유학생은 일반적으로 고급 한국어 학습자로 분류된다. 그렇지만 한국에서의 리터러시 경험을 전제하면 박사 유학생도 새로운 담화공동체에 편입된 '신입생'에 불과하다. 또한 박사 유학생은 졸업을 위해서 반드시 학술논문이나 학위논문을 완성해야 한다. 석사과정은 졸업 시험으로 대체되는 경우도 있지만 박사과정은 반드시 학술논문과 학위논문을 완성해야 졸업을 할 수 있다. 이렇게 박사 유학생은 의무적으로 학술적 글쓰기를 완성해야 하지만, 이에 대한 별도의 교육 방안은 학술적으로 논의되고 있지 않다.

실제 '박사 유학생'을 대상으로 진행된 연구들을 살펴보면, 학위논문을 장르 글쓰기로 전제하고, 학위논문 결론의 장르적 특징과 구조를 분석한 연구(손다정·정다운, 2017), 박사 유학생이 학술적 담화공동체에서 요구하는 정체성이 부족하다고 전제하고, 필자로서의 정체성 강화 방안을 모색한 연구(민정호, 2020), 박사 유학생의 학업 부적응 요인 양상을 분석하고, 학업 적응 방안을 모색한 연구(책리하·박창언·천단, 2018) 등이 있다. 박사까지 포함해서 대학원 유학생으로 총칭된 연구로는 대학원에서 요구하는 학업 수행 기술을 밝히고, 이를 향상시키기 위한 방안을 모색한 연구(이기영, 2019), 학위논문의 서론만을 중심으로 종결 표현 양상을 확인한 연구(김희진, 2019) 등이 있다. 박사 유학생을 학습자로 진행된 연구들의 주제는 주로 학위논문 분석, 학업 부적응 양상과 적응 방안, 학술적 글쓰기에서 필자 정체성 강화 방안 등으로 정리할 수 있다. 여기서 두 가지 특이점을 발견할 수 있는데, 첫째는 전반적으로 '쓰기'에 주안점을 두고 있다는 것이고, 둘째는 '교육 방안'과 관련된 연구는 상대적으로 적다는 것이다.

박사 유학생 대상 선행연구가 주로 '쓰기'로 진행되었지만, '장르'는 주로 '학위논문'이었고, 텍스트 분석이 주를 이루었다. 교육 방안과 관련된 연구가 있었지만, 필자 정체성을 강화하기 위함이었지, 실제 박사 유학생의 상황 맥락을 고려해서 가장 실제적인 장르를 선택하고, 이를 해결하기 위한 교육 방안을 제시하지는 못했다. 박사 유학생은 높은 수준의 한국어 능력을 갖고 있는 것으로 인식되지만, 책리하·박창언·천단(2018)의 지적처럼 한국어 능력이 부족한 박사 유학생도 존재하고, 모국에서 석사학위를 받은 후에 유학을 와서 한국어로 석사학위논문을 써 보지 못한 박사 유학생들도 많이 있다. 그러므로 학습자의 상황 맥락을 학습자 개별성이라고 할 때, 박사 유학생의 학습자 개별성을 고려한다면, 학술논문과 학위논문을 성공적으로 완성할 수 있도록 도울 수 있는 교육 방안을 모색하는 연구가 필요할 것이다.

본 연구는 박사 유학생을 대상으로 가깝게는 '학술논문', 궁극적으로는 '학위논문'에 이르기까지 도움을 줄 수 있는 학술적 글쓰기 교육 방안을 모색해 보려고 한다. 특히 교육 방안을 마련할 때 '캡스톤 디자인(capstone design)'을 중심으로 논의를 전개한다. Dutson et al(1997:17)은 '캡스톤 디자인 강의(capstone design courses)'가 '이론(theory)'과 '수행(practice)' 사이에서 균형을 맞추는데 실질적인 도움을 준다고 밝혔고, 의학이나 법학처럼 다양한 다른 학문 영역에서도 교육적 효과가 있다고 밝혔다. 본 연구도 인문사회계열 박사 유학생의 상황 맥락을 고려해서 가장 시급한 장르 글쓰기를 '학술논문'으로 정하고, 학술적 글쓰기의 이론과 실습을 모두 지향하는 방향으로 수업을 설계·개발해 보려고 한다. 이때 캡스톤 디자인을 중심으로 수업을 설계한 Pimmel(2001)의 '협력 학습(cooperative learning)'과 '미니 강의(mini-lecture)'를 중심으로 논의를 전개한다. Berkenkotter & Huckin(1993:477)은 장르를 사용 맥락에 따라 조작되는 '역동적인 수사적 구조(dynamic rhetorical structures)'로 정의했다. 본 연구에서 '협력 학습'과 '미니 강의'를 강조하는 이유는 장르가 특정 맥락에서 사회적으로 구성되기 때문에, 특정 장르로 의사소통하는 학술적 담화공동체의 구성원들과 협력적으로 글쓰기를 하면 그 특정 장르에 대한 높은 이해와 장르 글쓰기의 질적 제고가 가능할 것으로 판단했기 때문이다.

2. 수업 설계를 위한 이론적 검토

2.1. 박사 유학생의 상황과 학습자 개별성

이승철(2018:993)은 '개별 학습자'에 대한 고려, 즉 '학습자 개별성'이 교육학에서 당위의 명제로 다뤄져 왔음을 지적했다. 교육학이라는 게 학습자의 당면한 문제를 해결해 주고 필요한 핵심 능력을 향상시키는 것에 있다고 전제할 때 '학습자 개별성'의 고려는 당위의 명제가 될 것이다. Halliday(1978:28-29)은 '상황 맥락(contexts of situation)'을 설명하면서 반복적으로 나타나는 '상황 유형(situation types)'이 곧 언어의 의미를 결정하는 상황 맥락이라고 정의한다. 여기서 주목할 부분은 '반복'과 '상황 유형'이다. 본 연구의 전제처럼 박사 유학생에게 교육적 처치를 통해 해결해야 하는 학습자 개별성이 존재한다면, Halliday(1978)의 지적처럼 '반복'되는 '상황 유형'을 통해서 발견되는 중요한 사건이 곧 학습자 개별성이 될 것이기 때문이다. 이 '반복되는 상황 유형'을 분석할 때 본 연구는 '학업'과 '졸업' 이렇게 두 가지 기준을 중심으로 살펴보

려고 한다. 그 이유는 박사과정이 '학업'이 중시되는 '대학원의 교육과
정'이라는 것 때문이고, 학습자 중심 교육의 관점에서도 성공적으로
'졸업'하는 것이 가장 중요한 부분이라고 판단했기 때문이다.

〈표 1〉 박사과정에서의 학업과 졸업 요건

	학업		졸업	
	학점	졸업 시험	학술논문	학위논문
A대학교	36학점(3.0이상)	필수	KCI 등재지 2편 이상	필수
B대학교	30학점(2.7이상)	필수	KCI 등재(후보)지 1편 이상	필수
C대학교	36학점(3.0이상)	필수	KCI 등재(후보)지 1편 이상	필수
D대학교	36학점(3.0이상)	필수	KCI 등재(후보)지 1편 이상	필수
E대학교	30학점	필수	KCI 등재(후보)지 1편 이상	필수

위 표는 학위과정 유학생이 가장 많은 서울 소재 5개 대학교의 일반
대학원의 학업, 졸업과 관련된 항목을 정리한 것이다. 본 연구는 인문
사회계열을 중심으로만 해당 내용을 정리했는데, 그 이유는 우선 인문
사회계열에 박사 유학생이 2019년 10,782명으로 가장 많기 때문이고,
다른 계열의 학업과 졸업의 요건이 인문사회계열과 크게 다르지 않다
고 판단했기 때문이다.

우선 학점의 경우 반드시 이수해야 하는 학점이 있고, 학업 이수를
위해서 요구하는 평균 성적도 있었다. 여기서 주목할 부분은 평균 성적
을 얻기 위해서 요구되는 것이 무엇이냐는 것이다. 출석, 과제, 시험 등
으로 평가가 진행된다고 전제했을 때, 과제와 시험은 모두 '쓰기'에 해
당한다. 특히 C, D대학교는 학위논문의 지도 교수가 진행하는 강의를
반드시 수강해서 논문에 대한 지도를 받아야 한다고 명시했는데, 이는
이 강의에서 다루는 내용과 시험으로 출제되는 내용이 곧 학위논문의
주제와 연결되기 때문일 것이다. 결국 과제와 시험 등은 박사 유학생이

계획하는 학위논문의 주제로 전이, 발전될 수 있는 학술 담론을 미리
접한다는 차원에서 중요할 것이다. 또한 박사 유학생은 전공 분야별로
진행되는 졸업 시험도 응시해야 하는데, 결국 이 시험에서도 '쓰기'가
중요하다. 결국 학업을 성공적으로 이수하고, 박사 수료 지위를 획득하
기 위해서는 '쓰기'가 중요하게 고려되는 것을 확인할 수 있다. 그런데
이러한 '쓰기'의 중요도는 '졸업' 요건에서 보다 더 강력해진다. 우선 박
사 유학생은 본인의 학위논문을 주제로 학술논문을 완성해서 KCI등재
학술지나 등재후보 학술지에 1개에서 2개 이상의 논문을 게재해야만
한다. 그리고 게재된 논문을 중심으로 학위논문을 완성해야 하는데, 석
사과정의 경우 유학생에 한에서 학위논문을 졸업 시험으로 대체하기도
하지만, 박사과정의 경우에는 학위논문이 필수라는 점에서 '학술논문'
을 써야만 하는 상황은 가장 강력한 학습자 개별성이 된다. 이처럼 전
형적인 학술적 글쓰기의 세부 유형인 학술논문과 학위논문은 박사 유
학생이 졸업하기 위해서 반드시 해결되어야 하는 과제가 될 것이다.

결국 박사 유학생의 상황 맥락에서 반복되는 상황 유형은 '쓰기'와
관련된 '평가' 상황이고, 이를 졸업으로 확장해서 살펴보면 '학술적 글
쓰기'를 완성해야 하는 '글쓰기 상황'을 의미한다. 이를 학습자 개별성
의 차원에서 논의하자면 박사 유학생에게 요구되는 가장 시급한 문제
는 졸업을 위해서 학술논문을 완성하는 것, 그리고 이를 학위논문으로
전이해서 성공적으로 완성하는 것이 된다.

여기서 고려되어야 하는 것은 학술논문이 장르 글쓰기라는 점이다.
Miller(1994:31)는 장르를 '반복되는 상황(recurrent situations)'을 통해 고정
된 '전형적인 수사적 행위(typified rhetorical actions)'라고 정의했다. 이 정
의는 Halliday(1978)이 언어의 해석에서 상황 맥락을 고려한 것과 연결
되는데, Hyland(2002:1094)는 이 '전형적인 수사적 행위'를 학술적 담화
공동체에서 발전해 온 '특별한 장르적 특징(a particular genre)'으로 설명

했다. 그러니까 결국 학술논문은 특정 학술적 담화공동체에서 반복적으로 누적된 수사적 행위의 총칭을 의미하고, 이것이 곧 장르적 특징이라고 볼 수 있는 것이다. 또한 이 장르적 특징을 고려한 장르 글쓰기는 해당 언어의 수준과 별개로 별도의 훈련이나 교육을 받지 않으면 성공적으로 수행하기가 어렵다. 학술논문이라는 장르 글쓰기만의 담화 관습이 존재하기 때문이다.

본 연구는 앞서 박사 유학생의 특징을 정리하면서 한국어 고급 학습자이고, 석사학위논문을 완성한 경험도 갖고 있다고 설명했다. 그렇지만 한국어 수준이 높은 고급 학습자의 경우에도 낯선 장르 글쓰기에서는 어려움을 경험할 수 있다. 물론 박사 유학생은 석사학위논문을 완성한 경험이 있지만, 석사학위논문과 박사과정에서의 학술논문은 그 성격에서 분명한 차이를 보인다. 학술논문은 그 나름의 담화 관습과 장르적 특징이 존재하고, 비교적 짧은 분량에서 자신만의 목소리를 표현해야 한다. 민정호(2020:304-305)은 '박사학위논문'을 필자로서 분명한 '목소리(voice)'를 내는 것이 중요한 글쓰기라고 지적했다. 그러므로 필자가 자신의 관심 분야의 지배적인 학술지에 담화 관습에 따라 학술논문을 쓴 동료, 혹은 쓸 동료와 협업하면서 학술논문을 완성하도록 하는 것은 중요한 교육적 처치가 될 것이다.

그렇다면 박사 유학생에게 낯선 장르인 학술논문을 성공적으로 쓰고, 이를 학위논문으로 발전시켜서 필자로서 자신만의 목소리를 낼 수 있도록 할 수 있는 교육적 방안이 고려될 필요가 있다. 민정호(2020)은 이를 위해서 박사과정에 박사 유학생이 학술논문을 쓰면서 학위논문의 주제와 내용을 설계할 수 있도록 하는 강의 설계가 필요하다고 지적했다. 본 연구도 학습자 개별성을 고려한 학술논문 강의가 필요하다는 점에 동의하는데, 이 수업을 캡스톤 디자인을 중심으로 설계해 보려고 한다.

2.2. 학술논문의 장르 교육법

박사 유학생이 써야 하는 학술논문은 그 장르적 특징을 고려해서 완성해야 하고, 이 경험을 통해서 학위논문까지 완성될 수 있도록 해야 한다. 그래서 학술논문에서부터 자신만의 목소리로 심화·전이할 수 있는 교육적 방법이 필요할 것이다. 교육적 방법의 출발점은 학술논문의 장르적 특징부터 이해하는 것이다. 반드시 써야만 하는 장르 글쓰기의 특징을 알아야, 이를 기초로 자신만의 목소리를 발현할 수 있을 것이다.

Williams et al(2011)은 교육학 분야의 논문 구조를 '서론(introduction)', '연구 문제/문제에 대한 설명(research question/ statement of problem)', '문헌 검토(literature review)', '연구 방법(methodology)', '연구 결과(results)', '논의/함의(discussion/ implications)', '결론(conclusion)' 등으로 구성된다고 밝혔다. 혹자들은 당연한 것으로 이해할 수도 있지만, Horn(2012)가 경영학 분야의 논문 구조를 '서론(introduction)', '문헌 검토(literature review)', '자세한 연구 방법(methodology: more detail)', '자료 수집(data collection)', '자료 분석(analysis of data)', '자료로부터의 결과(findings from data)', '결론/결과(conclusion/ findings)'로 정리한 것과 비교하면 그 차이점이 분명하다. 이 논문의 구조들은 McNamara et al.(1996)이 밝힌 텍스트의 '전체적 구조(a global structure)'만을 살핀 것인데, 같은 '연구 방법'의 경우에도 교육학은 'methodology'이지만, 경영학은 'methodology: more detail'로 나타난다. 이는 각 계열이나 전공에 따라서 담화 관습적으로 누적된 학술논문의 장르적 특징이 분명하게 다름을 보여준다. 또한 이 결과는 미국의 대학을 중심으로 종합된 결과이기 때문에 한국의 학술적 담화공동체의 경우에는 또 다른 양상으로 나타날 수 있을 것이다. 즉 박사 유학생에게 이와 같은 장르적 특징을 갖는 학술논문은 낯선 장르이다. 이는 Freedman(1987)의 논문 제목 '다시 배우는 글쓰기(Learning to Write Again)'와 같이, '다시 배워야 하는' 새롭고 낯선 장르 글쓰기를 의미한다.

Devitt(2004:197)는 장르 학습에서 장르에 대한 '메타 인식(meta-awareness)'을 강조한다. 'meta'에서 짐작할 수 있듯이, 결국 '장르 지식'을 통해서 '장르 지식'을 확장해야 한다는 말이다. 앞서 제시한 '장르 지식'은 필자가 기존에 갖고 있는 장르 지식이고, 뒤에서 언급한 '장르 지식'은 새로 만난 낯선 장르를 말한다. 이처럼 '장르'를 이해하고 이를 통해 장르 글쓰기를 쓰게 하려면 장르에 대해 알고 있는 배경지식을 통해 새로운 장르를 비판하고 재인식하게 해야 하며, 이를 통해 낯선 장르를 익숙한 장르로 인식하고 글쓰기를 하도록 해야 한다. Devitt(2004:346)는 이와 같은 장르 인식을 향상시키기 위해서 3가지 장르 교육법을 제안했는데, 비유적으로 '입자(particle)', '파동(wave)', '영역(field)'이라고 말한다. 입자는 곧 '장르'를 비유적으로 표현한 것인데, 이는 장르를 미립자(微粒子), 즉 변하지 않는 최소 단위로 본 것으로 교육을 위한 장르란 최소한의 '고정적 특징'을 갖고 있음을 의미한다. 그런데 이 입자는 비유적 표현으로 '파동'되는데, 이는 학습하는 장르가 '선행 장르(antecedent genres)'로써 마주하게 될 낯선 장르를 이해하는 '과정(process)'의 역할을 한다는 것이다. 마지막으로 영역은 맥락을 비유하는 것으로 입자가 파동되어 특정 영역으로 오면 마주한 장르를 맥락에 따라 해석하고 비판하면서 새롭게 인식하게 된다는 것을 의미한다. 학술논문을 입자로, 학위논문을 영역으로 전제하면, 박사 유학생은 학술논문에 대한 장르 글쓰기 교육을 통해 획득한 경험과 지식이 파동, 즉 특정 배경지식이 되어 같지는 않지만 유사한 장르, 즉 '학위논문'을 재인식하고, 글쓰기를 할 수 있도록 할 것이다. Devitt(2009:349)는 '입자-파동-영역'의 장르 교육법을 위한 7가지 프로젝트를 제안했는데, 이 프로젝트는 다음과 같다.

<표-2> 장르 교육을 위한 7가지 프로젝트

프로젝트	내용
프로젝트1	수사적인 분석을 위한 기술을 배우면서 교실에서 마주할 수 있는 일상적이고 '친숙한 장르(everyday genre)' 분석해 보기.
프로젝트2	배경, 주제, 독자, 목적 등을 '주요한 이동(major shift)'을 통해서 친숙한 장르를 다른 식으로 써 보기.
프로젝트3	샘플들을 모아 분류하면서 장르를 분석하고 다른 문화나 시기에 등장한 장르를 분석해 보기, 그리고 역사적, 문화적 맥락에 관해 알기.
프로젝트4	수업에서 보편적 장르로 작업하면서 '잠재적인 선행 장르(a potential antecedent)'로서 선택된 '학술적 장르'를 분석해 보기.
프로젝트5	이 수업에서 '특징적 글쓰기 과제(a specific writing task)'로 학술적 장르를 써 보기.
프로젝트6	완성한 장르를 비판하고 각 학생의 요구에 더 잘 부합할 수 있는 구체적인 피드백을 제공하기.
프로젝트7	개인적 요구를 충족하기 위해 개별적으로 선택된 잠재적인 선행 장르를 분석하고 비판해서 유연하게 써 보기.

Devitt(2009)의 이 7가지 프로젝트에서 중요한 것은 친숙한 장르가 입자가 되어 새로운 장르를 만났을 때 파동을 일으키고, 이를 다양한 맥락을 고려해서 낯선 영역, 즉 장르를 새롭게 인식하도록 설계되었다는 것이다. Devitt(2009)의 프로젝트에서 주목해야 하는 부분은 이와 같은 장르 인식의 과정이 장르의 특징에 대한 '지식'을 배운 후에 이를 활용해서 '글쓰기'를 하는 '이론과 실습이 통합된 양상'이라는 것이다. 즉 어느 정도 입자가 형성되어야 새로운 장르를 만났을 때 파동을 일으킬 수 있기 때문이다. 또한 Devitt(2009)는 장르를 인식하는 프로젝트의 과정에서 공통의 문제를 해결하는 '협력적 행위'를 강조했다. 본 연구가 학술논문에 대한 장르 교육법에 대해 논의하면서 캡스톤 디자인을 언급한 이유는 바로 여기에 있다. 이 캡스톤 디자인으로 수업을 설계하면 협력적 행위가 가능해지기 때문이다.

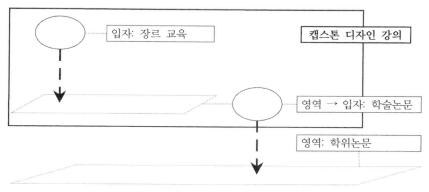

〈그림 1〉 학술논문의 장르 교육과 특징

위 그림은 지금까지 논의한 장르 교육법을 정리한 것이다. 학술논문의 장르적 특징 등을 배우는 '장르 교육'은 하나의 입자가 되어 박사 유학생들이 새롭게 접하는 학술논문을 이해하기 위한 자극, 즉 파동을 일으킬 것이다. 그래서 박사 유학생들이 학술논문을 함께 완성해 나갈 때 장르 이해에 도움을 줄 것이다. 이때 협력 학습을 통해서도 장르에 대한 새로운 지식을 학습하게 되는데, 이 지식은 다시 입자가 되어 박사 유학생이 준비하는 학위논문의 질적 제고를 위한 파동을 일으킬 것이다. Dutson et al(1997:17)은 '캡스톤 디자인'의 장점이 '이론(theory)'과 '수행(practice)'을 동시에 고려하는 것이라고 밝혔다. 그러면서 '전공이나 계열'에 상관없이 효과가 있을 것이라고 설명했다. 글쓰기 분야의 경우 김규훈·고희성(2019)가 필자를 공학 계열의 대학생으로 전제하고, 공학적 설계와 작문 원리의 연계성을 고려해서 캡스톤 디자인으로 글쓰기 수업 모형을 제안하였다. 다만 이론과 수행이라는 캡스톤 디자인의 핵심 원리를 중심으로 공학 계열이 아닌 '다른 계열'의 '유학생'을 대상으로 '장르 글쓰기 접근법'까지 적용하지는 못했다. 이와 같은 이유로 본 연구는 학습자 개별성을 고려한 학술논문 수업을 캡스톤 디자인을 중심으로 설계하는데, 이때 공학 계열을 벗어나서 인문사회계열의 교육학 논문을 중심으로 논의를 전개한다.

2.3. 협력 활동 중심의 캡스톤 디자인

산업자원부(2005)는 공학 계열의 실제 현장에서 요구하는 문제를 해결하기 위해서 전공 지식을 바탕으로 산업현장에서 요구하는 기획, 설계, 제작 등을 미리 실습해 보는 강의로 캡스톤 디자인을 설명했다. 인문사회계열의 박사 유학생이 박사과정을 졸업한 후에 실제 인문사회계열 분야로 취직을 하면, 학술논문을 쓸 기회는 없을 것이다. 물론 박사학위까지 받았기 때문에 취직을 한 후에도 학술적 활동을 하면서 학술논문을 지속적으로 쓰는 유학생도 있겠지만, 모국에서 취업을 하면 한국어로 학술논문을 쓸 기회는 거의 없을 것이다. 그래서 본 연구는 실제 현장의 범위를 '학위논문'으로만 제한하고, 학술논문에 대한 장르 교육을 통해서 박사학위논문의 질적 제고에 도움을 주는 방향으로 수업을 설계해 보려고 한다.

Pimmel(2001)은 앨라배마 대학교의 전기 · 공학 전공에서 캡스톤 수업을 설계했다. 일반적으로 캡스톤 디자인은 '이론'과 '실습'에 주안점을 두는데, Pimmel(2001)은 여기에 '협력 학습 접근법(cooperative learning approach)'을 적용했다. 이렇게 '협력 학습'을 중심으로 수업을 설계한 이유는 반복적으로 수업을 진행한 결과, 일반적인 캡스톤 디자인 강의로는 학생들의 집중력을 향상시키기가 어려웠기 때문이라고 밝혔다. 무엇보다 학습자들이 강의에서 학습한 기술을 '내재화(internalize)'하고, 실제 상황 맥락에서 사용하는 데도 실패해서 낯선 기술과 지식을 학습했을 때 요구되는 '도약 출발(jump-start)'이 발생하지 않았다고도 밝혔다(Pimmel, 2001:413). 그래서 캡스톤 디자인으로 수업을 설계하면서 보다 '협력 학습'이 강조되도록 수업을 설계한 것이다. Pimmel(2001)의 수업 설계 모형을 제시하면 다음과 같다.

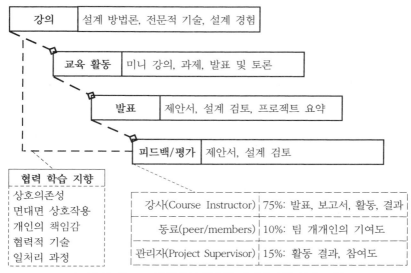

〈그림 2〉 Pimmel(2001)의 캡스톤 디자인 수업 설계 모형

　이 수업 모형은 강의, 활동, 발표, 피드백으로 나뉜다. 강의는 현장에서 요구되는 지식을 중심으로 전문적 내용이 담긴 강의를 말한다. 강의에는 2명의 강사가 필요한데, 한 명은 실제 수업을 관리, 운영하는 강사이고, 다른 한 명은 지난 학기 수업의 강사로 현 수업에서는 피드백을 제공하기 위한 관리자로 참여한다. 2명의 강사는 유사한 주제의 강의가 서로 연달아 다뤄지지 않도록 협의를 통해서 강의 내용을 정하고, 관리자는 강의 유경험자로서 강의에 참여하는 학생들의 참여도와 활동의 결과 등을 점검·확인한다. 특히 강의에는 전기·공학 전공에서의 '설계 방법론', '전문적 기술', '설계 경험' 등과 관련된 전문적 강의들도 개설되는데, 이때 다양한 세부 전공 교수들의 협력이 필요하다고 지적했다. 교육 활동은 비교적 간단한 주제를 중심으로 '미니 강의(mini-lecture)'를 들은 후에 과제를 제안하고, 이를 해결하고 발표하는 과정을 거친다. 미니 강의를 들은 후에는 브레인스토밍, 아이디어 종합, 팀별 합의 등을 중심으

로 실습이 진행된다. 이러한 과정을 거쳐 팀별로 완성된 제안서, 설계도, 프로젝트 요약 등을 발표하는데, 이 발표는 팀원들의 참여도를 올리기 위해서 무작위로 선택된 구성원이 한다. 또한 제안서, 설계도, 요약문 등의 텍스트를 완성하면서 동료 피드백을 진행하는데, 이 역시 '협력적 활동'을 통해 텍스트의 질을 향상시키기 위함이다. Pimmel(2001:414)은 이와 같은 협력 학습이 '긍정적인 상호의존성(positive interdependence)', '면대면 상호작용의 촉진(face to-face promotive interaction)', '개인의 책임 감(individual accountability/personal responsibility)', '협업적 기술(collaborative skills)', '조직의 업무 처리 과정(group processing)' 등을 고려한 것이라고 밝혔다. 그런데 글쓰기에서도 협력적 활동이 비판적 사고력과 문제 해결 능력과 같은 사고력 향상에 도움을 준다는 연구가 있다(Fung, 2006; Harmer, 2004). 본 연구는 이와 같은 사고력의 향상뿐만 아니라 글쓰기가 곧 사회 구성원들 간의 협력적 행위이기 때문에 텍스트의 질적 제고에 결정적임을 주장하는 연구들을 중심으로 캡스톤 디자인에서 협력 활동 의 중요성을 설명해 보려고 한다.

Hayes(1996:5)는 '사회적 행위(Social activity)'로 쓰기 과정을 모형화하 면서 '협업자(Collaborators)'를 추가했고, 후에 Hayes(2012)에서는 비평자 (Critics)와의 협업으로 글쓰기 과정을 설명한다. 이는 '학술적 에세이 (school essay)', '학술적 글(Articles)'과 같은 학술적 담화공동체 내에서의 글쓰기는 필자가 혼자 쓰는 것이 아니라 소속된 담화공동체의 관습과 독자로서의 구성원들을 고려하면서 쓰는 사회적 행위라는 접근을 수용 했기 때문이다. 본 연구가 캡스톤 디자인에서의 협력 활동을 중심으로 학술논문 교육법을 설계하는 이유는 바로 학술적 글쓰기가 갖는 이와 같은 담화공동체 내에서의 사회적 행위, 즉 장르 글쓰기라는 특징 때문 이다. 박사과정에 소속된 필자라면 학술적 담화공동체의 구성원으로서 적절한 독자와 담화공동체를 고려하면서 학술논문을 완성할 수 있어야

할 것이다. 학술논문이라는 장르 글쓰기에서 요구되는 핵심 장르적 특
징을 중심으로 강의를 설계하고, 이때 유사한 주제로 논문을 쓰는 유학
생들을 팀으로 묶어서 학술논문의 장르 지식과 실습이 진행되도록 해야
할 것이다. 다만 이 모형을 그대로 적용할 경우 몇 가지 문제가 발생한
다. 첫째는 관리자(Project Supervisor)와 강의를 담당할 다양한 세부 전공
교수들의 초청과 관련된 것이다. 둘째는 강의로 다룰 학술논문의 장르
적 특징에 대한 핵심 내용과 관련된 것이다. 셋째는 협력 학습이 발생하
는 다양한 활동에서 사용될 과제 활동의 구체적 내용과 특징에 관한 것
이다. 다음 장에서는 먼저 캡스톤 디자인을 활용한 학술논문 수업 설계
모형을 제시하고, 이 장에서 제기된 문제들을 해결해 보도록 하겠다.

3. 박사 유학생을 위한 학술논문 수업 설계

3.1. 수업 설계 모형

　본 연구에서 제안하는 캡스톤 디자인을 활용한 학술논문 수업은
Pimmel(2001)의 모형을 중심으로 설계된다. 앞서 언급했듯이 이 모형이
다른 캡스톤 디자인 수업 설계 모형과 다르게 '협력 학습'을 강조하고,
글쓰기를 사회적 행위로 보는 장르 글쓰기와 맞닿아 있기 때문이다. 그
래서 학술논문 수업에서는 박사 유학생이 강의를 듣고 협력 학습을 통
해서 관련 지식과 전략 등을 내재화하도록 했는데, 이때 2장에서 언급
했듯이 충돌하는 몇 가지 문제가 있었다. 그래서 3장에서는 이 문제들
을 해결하면서 Pimmel(2001)의 모형이 어떻게 수정되었는지를 설명하
도록 하겠다.

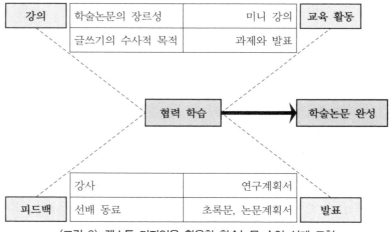

〈그림 3〉 캡스톤 디자인을 활용한 학술논문 수업 설계 모형

본격적인 협력 학습의 진행에 앞서 강의가 진행되는데, 강의는 크게 2가지 주제로 나뉜다. 앞서 Pimmel(2001)의 모형에서는 해당 전공이나 계열에서 중요하게 다뤄지는 지식만 강의에서 다뤘는데, 학슬논문 강의는 글쓰기 중심의 강의이기 때문에 전공과 관련된 내용뿐만 아니라 글쓰기에서 필요한 내용도 포함되어야 한다. 그래서 강의의 첫 번째 주제는 학술논문의 장르성에 대한 것이 된다. 학술논문의 장르성은 Williams et al(2011), Horn(2012), Murray(2011) 등에서 다루는 학술논문의 담화 구조, 그리고 계열별 학술논문의 담화 구조와 장르적 특징 등을 중심으로 설명한다. 또한 담화 구조를 박사 유학생에게 가르칠 때, 각 장에서 요구하는 '수사적 목적'을 중심으로 구체적으로 제시한다. 예를 들어 설명하면, 학술논문 1장은 '서론'이라고만 설명하는 것이 아니라, 이 서론에 '해당 분야의 연구 현황', '해당 분야의 주요한 문제점', '해당 분야의 선행연구 분석', '연구의 필요성 도출', '연구 방법과 연구 범위의 제한', '연구의 목적과 의의 명시' 등과 같은 수사적 목적을 중심으로 담화들이 패러다임화되어야 한다고 명시적으로 제시·설명하는

것이다.

그리고 팀별로 나눈 후에는 팀별로 쓰려고 하는 논문의 핵심 이론이나 해당 분야의 선행연구들을 선택하고, 이 논문들을 읽고 분석해서 발표하는 활동을 진행한다. Pimmel(2001)의 식이라면 이때 다양한 세부 전공의 교수들을 초청해야 하지만, 본 연구는 해당 계열에서 박사학위를 받은 선배 동료들을 초청해서 미니 강의를 진행하는 것으로 수정한다. Swales(1990)은 학술적 담화공동체의 담화 규약을 설명하면서 특정 주제를 특정 전공의 담화 관습에 따라서 완성한 선배들의 장르성을 지키며 완성하는 것이 곧 학술적 글쓰기라고 밝혔다. Pimmel(2001)의 지적처럼 해당 분야의 현장 경험을 가진 전문적 기술자나 해당 분야의 저명한 교수들을 초청해서 강의를 진행할 수 있다면 가장 좋겠지만, 시간, 장소, 비용 등과 같은 현실적 여건을 고려해야 한다. 그래서 이미 학술적 글쓰기의 장르성을 지켜 학술논문을 완성했고 여전히 주요한 학계에서 학술 활동을 하며, 동일한 전공으로 박사학위논문까지 쓴 졸업생 선배들을 초청해서 팀별 활동에서 미니 강의를 담당하게 한다. 졸업생 선배들은 동일 장르 글쓰기를 미리 성공적으로 완성한 '선배 동료'를 의미하는데, 이 선배 동료를 활용해서 강의를 진행하는 것은 학술논문의 장르 교육을 유지하면서 미니 강의의 수준도 확보할 수 있는 좋은 방법이 될 것이다. 특히 팀별로 진행되는 발표에서도 선배들이 담화 관습과 전공 지식에 기초해서 적절한 피드백을 할 수 있고, 미니 강의를 들은 후에 브레인스토밍이나 아이디어 종합, 강의 요약과 같은 과제를 해결할 때도 도움을 줄 수 있을 것이다.

발표는 기본적으로 연구계획서, 그리고 초록문, 논문계획서 등을 발표하게 한다. 연구계획서는 팀원 모두의 논문 내용이 요약된 것이기도 하지만, 팀원 각자의 연구계획서와 완성한 논문을 어떤 학술지에 게재할지, 그리고 학술지 선택의 이유는 무엇인지 등을 모두 기록한 논문계획서까지 포함한다. 또한 초록문은 학기말에 완성한 학술논문을 요약한 것으로 이를 발표하고 선배 동료들의 피드백을 받는다. 물론 선배 동료들을 수업에 초청해서 진행할 수 있는 기회는 매우 제한적이지만, 그 제한적 방문에 분명한 목적을 두어서 선배 동료로부터 학술논문, 학위논문과 관련된 최대한의 도움을 받을 수 있도록 한다. 다만 선배 동료들의 미니 강의를 들은 후에 진행되는 발표에서는 강의를 듣고 든 생각이나 강의의 핵심 내용 등을 쓰게 하고 이를 팀별로 발표하게 한다. 이때는 협력 학습이 진행될 수 있도록 선배 동료의 피드백뿐만 아니라 다른 팀원들이 쓴 내용과 비교하도록 하고 이를 통해서 연구를 보다 정밀하게 계획·수정하도록 유도한다.

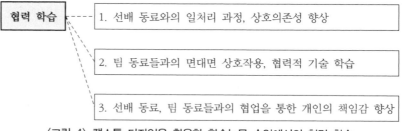

〈그림 4〉 캡스톤 디자인을 활용한 학술논문 수업에서의 협력 학습

이렇게 학술논문 수업은 강의, 교육 활동, 발표, 피드백 등이 선배 동료와 팀 동료, 그리고 강의를 담당하는 강사와의 협력 학습이 가능하도록 설계된다. 그리고 이를 통해서 박사 유학생 개인의 협력 활동에 대한 책임감과 논문에 대한 기여도가 향상되도록 한다. 특히 실제 유사한 과정으로 학술논문, 학위논문을 완성하고 동일 학계에서 활동하는 선배 동료와의 협업은 학술논문 글쓰기 과정에 대한 이해와 동료와의 의존성을 향상시키는 역할을 할 것이다. 또한 팀 동료와의 과제, 활동을 통해서 상호작용이 늘어나고, 이를 통해 협력적 기술도 학습될 것이

다. 또한 이와 같은 과정을 통해서 학술논문이라는 장르 텍스트를 보다 정확하게 이해하고, 자신의 학술논문 주제를 학계의 연구 경향과 연결시켜서 보다 구체화하는 데 도움을 줄 수 있을 것이다. 이는 이 수업이 종료된 후에도 학위논문을 완성하는 과정에서 박사 유학생이 이 수업을 통해 내재화된 글쓰기 경험을 토대로 글쓰기를 지속적으로 쓰도록 하는 데 도움을 줄 것이다.

그렇다면 학술적 담화공동체의 다양한 구성원들과 함께 협력적으로 진행되는 학술논문 수업이 15주차 수업에서 어떤 양상과 어떤 특징을 갖는지 구체화될 필요가 있겠다. 다음 장에서는 수업에서 활용되는 구체적인 활동과 내용은 무엇인지, 그리고 선배 동료들이 진행하는 미니 강의의 주제와 특징은 무엇인지 등에 대해서 자세하게 소개하도록 하겠다.

3.2. 협력 활동과 미니 강의

다음은 주차별 강의 내용이다. 이 강의는 1차시를 3시간을 기준으로 완성된 것으로 실제 박사 유학생의 수업 시간과 전공 강의 여건을 고려한 것이다.

〈표-2〉 주차별 강의 내용

주	강의 내용
1	오리엔테이션, 학술논문의 장르적 특징, 팀 구성
2	학술논문의 거시 구조와 특징 – 과제 – 발표
3	학술논문의 미시 구조와 수사적 목적 – 과제 – 발표
4	팀별 미니 강의(선배 동료) – 과제 – 발표 – 숙제(해당 분야 논문 찾기)
5	팀별 과제 해결 – 발표(팀 동료)
6	팀별 연구 계획서 완성하기 – 피드백(동료) – 숙제(연구계획서 수정하기)
7	완성된 연구 계획서 발표 – 피드백(강사)

8	팀별 논문 계획서 완성하기 - 발표 - 중간과제 제출(논문/연구 계획서)
9	학술논문의 1장 미니 강의(팀 동료) - 팀별 학술논문 1장 완성하기
10	학술논문의 2장 미니 강의(팀 동료) - 팀별 학술논문 2장 완성하기(선배 동료)
11	학술논문의 3장 미니 강의(팀 동료) - 팀별 학술논문 3장 완성하기(선배 동료)
12	
13	학술논문의 4장 미니 강의(팀 동료) - 팀별 학술논문 4장 완성하기
14	미니 강의(강사) - 초록 완성 - 학술논문의 초록문 발표 - 피드백(강사)
15	학위논문의 특징(강사) - 학위논문 계획서 완성하기 - 발표

1주차에는 강의에 대한 소개와 학술논문의 장르적 특징, 그리고 유사한 논문 주제별로 팀을 구성한다. 강의에 대한 소개에서는 '강의-과제-발표'와 같은 수업 진행 방식에 대한 설명과 실제 KCI 등재 학술지에 논문을 투고해야 한다는 강의 목표까지 자세하게 설명한다. 또한 학술논문의 장르적 특징에서는 Murray(2011)의 학술논문의 일반적 구조 등을 중심으로 설명하고, 박사 유학생의 계열이나 전공에서 주목할 만한 학회와 학술지 등을 소개한다. 팀 구성은 박사 유학생이 관심 있는 논문 주제를 조사하고 이 조사 결과를 토대로 강사가 팀을 조직한다.

Devitt(2009)는 맥락에 따라서 장르가 다르게 구성되기 때문에 다양한 맥락과 자신의 배경지식을 토대로 낯선 장르를 '인식'하는 것에 주안점을 두었다. 본 연구에서 구성한 강의 초반부도 계열이나, 전공에 따라서 논문의 거시 구조가 달라지는 것을 박사 유학생이 인식하도록 하는 데 그 목적이 있다. 그래서 2주와 3주차 강의에서는 계열과 전공별로 달라지는 학술논문의 구조와 특징을 설명한다. 또한 강의를 들은 후에는 팀별로 강의 내용을 요약하고, 배운 지식을 내재화할 수 있는 과제를 제시한다. 이 과제는 주로 배운 내용을 요약하거나, 이를 통해 알게 된 학술논문의 특징 등을 소개하는 것이다. 이 과제를 해결한 후에 팀별로 발표하도록 하고, 강사는 무작위로 한 명씩 선택해서 전체

발표를 진행하는데, 이는 Pimmel(2001)이 학생들의 참여도와 기여도를 높이기 위해 캡스톤 디자인 수업에서 사용한 방법을 그대로 차용한 것이다.

4주차에는 팀별로 선택한 관심 분야의 선배들을 초청해서 팀 별로 미니 강의를 진행한다. 이 강의를 통해서, 선배 동료들은 해당 주제에서의 연구 동향과 해당 학계에서 시급하게 요청하는 논문 주제 등을 소개한다. 또한 해당 분야에서 최근 가장 활발하게 쓰이는 연구 방법의 경향 등에 대해서도 비교적 자세하게 소개한다. 이 미니 강의를 통해서 박사 유학생은 구체적으로 학술논문으로 완성할 연구 주제와 연구 방법을 확정하는 과제를 해결한다. 그리고 선배 동료들까지 포함된 상태에서 팀별로 발표를 진행한다. 그리고 이에 대한 피드백을 받은 후에 이를 구체화해서 모델링이 되는 해당 분야 논문을 찾아서 읽고 요약한다. 이 숙제는 5주차에서 팀별로 발표하고, 강사가 피드백을 제공한다. 그러고 나서 박사 유학생은 자신의 학술논문 제목을 확정하고, 자신의 학술논문에서 사용할 핵심 이론 등을 확정해서 이를 다시 종합한다.

6주차에는 4주차와 5주차에서 진행된 강의와 과제 등을 바탕으로 연구계획서를 작성한다. 이윤진(2014:179)는 연구계획서가 '연구요약', '연구개요', '초록' 등이 포함된 것이라고 했는데, 본 연구에서는 '연구개요'를 중심으로 '제목', '연구의 핵심 이론', '연구 방법', '개요표 작성' 등을 구체적으로 적는 것을 의미한다. '연구개요'를 중심으로 연구계획서를 완성하면, 팀별로 발표를 진행하고, 팀원들로부터 동료 피드백을 받도록 한다. 그리고 7주차에는 동료 피드백을 반영해서 연구계획서를 수정하도록 하는데, 이때 강사의 피드백을 통해 최종적으로 연구계획서를 확정한다. 그리고 완성된 연구계획서를 바탕으로 8주차에는 논문계획서를 쓰는데, 이 논문계획서에는 구체적으로 논문이 갖는 학술적 '의의'와 투고할 '학술지명', 그리고 학술지 선택의 '이유'와 투고 날짜 등이 포함되는데, 이 계획서는 일종의 논문 (투고) 계획서를 말한다.

강의 후반부인 9주차부터 본격적으로 동료와의 협력적 글쓰기가 진행되는데, 박사 유학생은 노트북을 가지고 수업에 참여해야 한다. 이는 2주와 3주차에 배운 학술논문의 구조를 팀 구성원이 요약해서 설명한 후에 이 내용과 연구계획서의 내용을 연결해서 학술논문을 쓰기 위함이다. 이처럼 강의를 들은 후에는 연구계획서를 참고해서 학술논문의 1장부터 4장까지 완성하게 된다. 다만 이론적 배경(검토)과 실험 방법이 들어가는 2장과 이론적 배경을 틀로 삼아 진행된 실험의 결과를 요약하고 결과를 요약하는 3장은 기간을 1주 추가해서 3주 동안 학술논문을 완성하도록 한다. 이 기간에 팀 구성원들은 적극적으로 소통하면서 서로 협력적으로 논문을 쓰도록 하고, 특히 논문의 2장과 3장을 쓸 때는 다시 한 주간 선배 동료들을 초청해서 팀별로 함께 논문의 방법과 주제, 참고한 이론 등의 타당성을 점검받는다.

14주차에는 초록문의 특징에 대해서 강사가 설명한다. 초록문의 경우에는 14주차의 수업 시간에 모두 완성하도록 하고, 이를 팀별로 발표한 후에, 다시 전체 학생들 앞에서 팀별로 선택된 박사 유학생이 발표하도록 한다. 그리고 이에 대해서 강사가 피드백을 진행한다. 마지막으로 15주차에는 학위논문의 장르적 특징을 다루는 강의를 진행하고, 박사 유학생이 완성한 학술논문의 내용과 주제 등을 학위논문으로 전이·심화시킬 수 있도록 학위논문 계획서를 완성하도록 한다. 앞서 언급했듯이 학위논문과 학술논문은 유사하지만 각각의 장르적 특징이 존재하는데, 이에 대해서 분명한 인식하고 학위논문 계획을 세울 수 있도록 한다. 마지막으로 완성된 학위논문 계획서를 발표하게 하고 수업을 마친다.

이 수업은 캡스톤 디자인으로 설계되었기 때문에 박사 유학생은 학술논문의 장르적 특징을 이론적으로 아는 것뿐만 아니라 자신의 학술

논문 주제를 정하고 1장부터 단계적으로 '실습', '완성'하게 된다. 또한
실제 해당 분야의 선배들을 만나고, 논문 주제가 유사한 동료들과 협력
적 글쓰기를 하기 때문에 학술논문을 쓰면서 마주하는 당면한 문제들
을 비교적 수월하게 해결할 수 있을 것이다. 또한 완성된 학술논문을
수업 중 강사에게 피드백 받고, 이를 학위논문으로 전이시키는 계획서
까지 완성하며, 무엇보다 실제 KCI 등재 학술지에 투고까지 할 수 있다
는 점에서 유의미한 수업이 될 것이다.

<표-4> 주차별 미니 강의의 주체와 내용

주	주제	내용	주체
4	주제별 학술논문의 특징	주제별 연구 동향 주제별 요청되는 연구 주제 주제별 연구 방법과 특징	선배 동료
9	학술논문 1장의 특징	2, 3주차에 학습한 학술논문의 특징을 요약해서 팀별로 팀 동료에게 강의한다. 강의의 내용은 미리 강사에게 확인을 받 도록 한다. 강의자는 무작위로 선택되고 4개의 장 중에서 1회 이상 강의하도록 설계한다.	팀 동료
10	학술논문 2장의 특징		
11			
12	학술논문 3장의 특징		
13	학술논문 4장의 특징		

　수업의 강사가 진행하는 2주, 3주차, 그리고 14주차 강의를 제외하
면 미니 강의는 모두 5회 진행된다. 4주차에 진행되는 강의에서는 선배
동료가 팀 구성원들이 관심을 갖는 주제에 대한 연구 동향, 요청되는
연구 주제, 연구 방법의 경향과 특징 등에 대해서 20분 정도 강의를 진
행한다. 이 미니 강의의 목표는 팀의 구성원들이 학술논문의 주제와 연
구 방법 등을 확정하는 데 도움을 주기 위함이다. 그래서 이 강의를 들
은 후에 팀 동료들과 토의를 하고 이를 통해 연구계획서를 확정하는 과
제를 하게 된다. 강의 후반부에 진행되는 미니 강의는 팀의 동료가 다
른 구성원들을 대상으로 진행한다. 2주차와 3주차에 배운 학술논문의

장르적 특징과 구조 등을 요약해서 설명하는 것으로 본격적인 협력적 글쓰기를 진행하기 전에 학술논문에 대한 장르 인식을 향상시키기 위함이다. 미니 강의를 진행한 후에 팀별로 학술논문 쓰기를 하는데, 이때 완성된 2장과 3장의 경우에는 미니 강의를 담당했던 선배 동료를 한 번 더 초청해서 피드백을 받도록 한다.

4. 결론 및 제언

본 연구는 박사 유학생을 위한 글쓰기 수업을 설계하기 위해서 상황 맥락을 중심으로 학습자 개별성을 정리했다. 박사 유학생의 주요한 상황 맥락은 졸업을 위해서 학술논문을 의무적으로 완성해야 하는 상황, 그리고 이를 확장해서 학위논문을 완성해야 하는 상황, 마지막으로 한국어 수준이 높지만, 학술적 리터러시는 낮아서 별도의 교육적 처치가 필요한 상황 등이었다. 이러한 상황을 고려해서 박사 유학생을 위한 학술논문 수업 설계가 필요하다고 전제했고, '협력 학습'이 가능하도록 학술논문을 수업 중에 완성하도록 설계했다. 특히 수업을 설계할 때 이론과 실습을 종합적으로 강조·적용하기 위해서 캡스톤 디자인을 활용했다. 다만 박사 유학생의 낮은 학술적 리터러시 상황을 고려해서 전공의 강사, 논문 주제가 같은 팀 동료, 같은 논문 주제로 박사 학위를 받은 선배 동료 등과 다층적 협력 학습이 발생하도록 학술논문 수업을 설계했다.

이 수업을 통해서 박사 유학생은 학술논문의 장르에 대한 이해가 높아지고, 실제 동료들과 학술논문을 완성해 보는 경험을 하게 된다. 그리고 이를 통해서 학위논문을 쓸 수 있는 자격을 얻으며, 무엇보다 이 학술논문 완성의 경험을 확장해서 학위논문을 쓸 수 있을 것이다. 그렇지만 본 연구는 구체적으로 실제 팀 구성원들이 학술논문을 쓸 때 어떤 전략으로 동료들과 협력이 활발하게 진행될 수 있는지에 대한 전략과 방법 등을 자세하게 다루지 않았고, 무엇보다 선배 동료들을 초청할 수 있느냐는 현실적인 요건 등도 보다 자세하게 다루지 못했다는 한계가 있다. 또한 실제 해당 수업을 적용한 후에 사례를 중심으로 교육적 함의를 도출하지 못했다. 그렇지만 본 연구에서 제안하는 수업은 높은 한국어 수준에도 불구하고 학술논문을 낯설어하는 박사 유학생의 학습자 개별성을 고려해서 이론과 실습이 종합된 캡스톤 디자인으로 수업을 설계·개발했다는 점에서 의미가 있을 것이다. 이와 같은 수업을 통해서 박사 유학생이 학술논문에 대한 장르 인식을 바탕으로 학술논문을 완성하고, 이를 근거로 학위논문도 성공적으로 완성할 수 있기를 바란다.

• 참고문헌

김규훈· 고희성(2019). 학습 필자의 변인을 고려한 대학 작문의 교수-학습 모형: 공학적 설계와 작문 원리의 연계를 중심으로, 작문연구 41, 한국작문학회, 7-35.

김희진(2019), 외국인 유학생의 학위논문 〈서론〉의 종결 표현 문형 연구, 한국어와 문화 26. 숙명여자대학교 한국어문화연구소, 167-207.

민정호(2020). 박사 유학생의 필자 정체성 강화를 위한 제언: 학술적 글쓰기에서 담론적 정체성을 중심으로, 철학사상문화 33, 동국대학교 동서사상연구소, 298-321.

산업자원부(2005). 서울대 등 7개 대, '05년 창의적설계인력양성 사업신규참여 보도자료.

손다정· 정다운(2017). 외국인 유학생의 한국어교육 박사 학위논문 서론 텍스트 구조 분석, 어문논집 70, 중앙어문학회, 445-480.

이기영(2019). 외국인 대학원생들의 학업 수행 기술에 대한 고찰: 학습자, 교수자 요구 분석을 중심으로, 한국언어문화학 16(3), 국제한국언어문화학회, 203-235.

이승철(2018). 동양사상에서 '학습자 개별성'의 이해에 관한 시론적 검토: 양명사상을 중심으로, 학습자중심교과교육연구 18(8), 학습자중심교과교육학회, 993-1009.

이윤진(2014). 외국인 대학원생을 위한 연구계획서 쓰기 지도 방안, 리터러연구 8, 한국리터러시학회, 177-205.

책리하· 박창언· 천단(2018). 한국어 실력이 왕초보인 박사과정 유학생의 학업적응에 관한 내러티브 탐구, 내러티브와 교육연구 6(3), 한국내러티브교육학회, 157-175.

Berkenkotter, C. & Huckin, T. N.(1993). Rethinking genre from a sociocognitive perspective, *Written Communication*, 10, 475-509.

Devitt, A. J.(2004). *Writing Genres*, Carbondale: Southern Illinois University Press.

Devitt, A. J.(2009). Teaching Critical Genre Awareness, In Bazerman, C., Bonini, A. & Figueiredo, D.(Eds.), *Genre in a Changing World*(342-355), Fort Collins, Colorado: The WAC Clearinghouse and Parlor Press.

Dutson, A. J., Todd, R. H., Magleby, A. P. & Sorensen, C. D.(1997). A Review of Literature on Teaching Engineering Design Through Project Oriented Capstone Courses, *Journal of Engineering Education*, 86(1), 17-28.

Freedman, A.(1987). Learning to Write Again: Discipline-Specific Writing at University, *Carleton Papers in Applied Language Studies*, 4, 95-116.

Halliday, M. A. K.(1978). *Language as Social Semiotic: The Social Interpretation of Language and Meaning*, London: Edward Arnold.

Harmer, J.(2004). *How to teach writing*, Harlow, Essex: Longman.

Hayes, J. R.(1996). A new framework for understanding cognition and affect in writing, In C. M. Levy & S. Ransdell(Eds.), *The science of writing : Theories, methods, individual differences, and applications*(1-27), Mahwah, NJ : Lawrence Erlbaum.

Hayes, J. R.(2012). Modeling and Remodeling Writing, *Written Communication*, 29(3), 369-388.

Horn, R.(2012). *Researching and writing dissertations: A complete guide for business and management students*, Chartered Institute of Personnel and Development.

Hyland, K.(2002). Authority and invisibility: authorial identity in academic writing, *Journal of Pragmatics*, 34(8), 1091-1112.

Hymes, D.(1968). The ethnography of speaking, In Fishman, J. A.(Ed.), *Readings in the sociology of language*(99-138), The Hague: Mouton.

McNamara, D. S., Kintsch, E., Songer, N. B., & Kintsch, W.(1996). Are Good Texts Always Better? Interactions of Text Coherence, Background Knowledge, and Levels of Understanding in Learning From Text, *Cognition and Instruction*, 14, 1-43.

Miller, C. R.(1984). Genre as Social Action, *Quarterly Journal of Speech*, 70, 151-167.

Murray, R.(2011). *How to write a thesis*, Open university press.

Norman, D. A. & Spohrer, J. C.(1996). Learner-centered education, *Communications of the ACM*, 39(4), 24-27.

Pimmel, R.(2001). cooperative learning instructional activities in a capstone design course, *Journal of Engineering Education*, 90(3), 413-421.

Swales, J. M.(1990). *Genre Analysis*, Cambridge: Cambridge University Press.

Williams, K., Bethell, E., Lawton, J., Parfitt-Brown, Richardson, M. & Rowe, V.(2011). *Completing your PhD*, Red Globe Press.

초출 일람

I. 학술적 담화공동체와 필자 정체성

- 학술적 담화공동체의 개념과 학술적 글쓰기 교육에서의 의미

  민정호(2021), 학술적 담화공동체의 개념과 학술적 글쓰기 교육에서의 의미, 리터러시연구 12(2), 한국리터러시학회, 13-40.

- 학술적 글쓰기에서 대학원 유학생의 필자 정체성 강화를 위한 제언

  민정호(2020), 대학원 유학생의 필자 정체성 강화를 위한 제언, 인문사회21 11(2), 아시아문화학술원, 199-210.

- 박사 유학생의 필자 정체성 강화를 위한 제언

  민정호(2020), 박사 유학생의 필자 정체성 강화를 위한 제언 −학술적 글쓰기에서 담론적 정체성을 중심으로, 철학·사상·문화 33, 298-321.

II. 신수사학파와 장르 글쓰기 교육

- 신수사학파의 장르 인식 개념과 유학생 글쓰기 교육에서의 함의

  민정호(2022), 신수사학파의 장르 인식 개념과 유학생 글쓰기 교육에서의 함의, 동악어문학 86, 동악어문학회, 171-192.

- 장르 인식 향상을 위한 텍스트 유형과 장르 인식 활동 방안 연구

  민정호(2022), 장르 인식 향상을 위한 텍스트 유형과 장르 인식 활동 방안 연구, 리터러시연구 13(2), 한국리터러시학회, 393-415.

- 장르 업테이크 향상을 위한 수업 설계 연구

  민정호(2021), 장르 업테이크 향상을 위한 수업 설계 연구 − 대학원 한국어 실습 교과에서 교안 완성을 중심으로, 리터러시연구 12(4), 한국리터러시학회, 233-257.

III. EAP와 장르 글쓰기 교육

- 장르 분석을 활용한 학위논문 장르 교육 수업 설계 연구

  민정호(2021), 장르 분석을 활용한 학위논문 장르 교육 수업 설계 연구, 외국어로서의한국어교육 63, 연세대학교 언어연구교육원 한국어학당, 27-50.

- 대학원 유학생을 위한 학위논문의 장르 교육 연구

  민정호(2020), 대학원 유학생을 위한 학위논문의 장르 교육 연구, 문화교류와다문화교육 9(3),

한국국제문화교류학회, 109–132.

- 대학원 유학생 석사학위논문의 '이론적 배경' 구성에 관한 일고찰

민정호(2020), 대학원 유학생 석사학위논문의 '이론적 배경' 구성에 관한 일고찰: 한국어교육
전공 수업에서 발표된 '예비 논문'을 중심으로, 학습자중심교과교육연구 20(6), 학습자중심교과
교육학회, 683–701.

- 대학원 유학생 학위논문 결론의 담화구조 분석과 교육적 함의

민정호(2020), 대학원 유학생 학위논문 결론의 담화구조 분석과 교육적 함의, 인문사회21 11(3),
아시아문화학술원, 1–12.

Ⅳ. 시드니학파와 장르 글쓰기 교육

- 시드니 학파의 장르 교육법과 유학생 글쓰기 교육에서의 함의

민정호(2022), 시드니 학파의 장르 교육법과 유학생 글쓰기 교육에서의 함의, 문화교류와 다문화
교육 11(5), 한국국제문화교류학회.

Ⅴ. 학습자 특수성과 장르 글쓰기 교육

- 박사 과정에서 WAW를 활용한 쓰기 교육 방안 탐색

민정호(2020), 박사 과정에서 WAW를 활용한 쓰기 교육 방안 탐색: 박사 유학생의 '학술논문'
완성을 위한 수업 설계를 중심으로, 사고와표현 31(2), 한국사고와표현학회, 65–94.

- 캡스톤 디자인을 활용한 박사 유학생의 학술논문 수업 설계 연구

민정호(2020), 캡스톤 디자인을 활용한 박사 유학생의 학술논문 수업 설계 연구: 협력 활동과
선배 동료의 미니 강의를 중심으로, 학습자중심교과교육연구 20(17), 학습자중심교과교육학회,
987–1006.

민정호

현재 동국대학교 국어국문학과 외국어로서의 한국어교육 전공 초빙교수이고, 쓰기 교육으로 박사학위를 받았다. 중앙대학교에서 유학생에게 한국어를 가르쳤고, 인천대학교에서 교수로 재직하며 한국 학생에게 글쓰기를 가르쳤다. 글쓰기와 리터러시, 그리고 장르와 교육법에 관심을 갖고 열심히 연구 중이다. 주요 저서로는 『학술적 글쓰기와 저자성』, 『학술적 리터러시와 글쓰기 교육』, 『글쓰기 교육과 교수 방법』(공저) 등이 있고, 주요 논저로는 「신수사학파의 장르 인식 개념과 유학생 글쓰기 교육에서의 함의」, 「시드니 학파의 장르 교육법과 유학생 글쓰기 교육에서의 함의」, 「장르 분석을 활용한 학위논문 장르 교육 수업 설계 연구」 등 다수의 논문이 있다.

담화공동체와 장르 글쓰기 교육

2022년 9월 13일 초판 1쇄 펴냄

저 자 민정호
발행인 김흥국
발행처 보고사

책임편집 이경민
표지디자인 김규범

등록 1990년 12월 13일 제6-0429호
주소 경기도 파주시 회동길 337-15 보고사
전화 031-955-9797(대표)
       02-922-5120~1(편집), 02-922-2246(영업)
팩스 02-922-6990
메일 kanapub3@naver.com / bogosabooks@naver.com
http://www.bogosabooks.co.kr

ISBN 979-11-6587-348-6 93810
ⓒ 민정호, 2022

정가 25,000원